Der Alte Mann und Mr. Smith

Im Econ & List Taschenbuch Verlag sind von Peter Ustinov außerdem lieferbar:

Gott und die Staatlichen Eisenbahnen (TB 27065)
Der Intrigant (TB 27117)
Der Mann, der es leicht nahm (TB 27171)
Mit besten Grüßen (TB 27206)
Was ich von der Liebe weiß (TB 27255)
Krumnagel (TB 27233)
Der Verlierer (TB 27374)
Ich und ich (TB 26240)
Peter Ustinovs geflügelte Worte (TB 27335)

Der Mann, der es leicht nahm / Gott und die Staatlichen Eisenbahnen (TB 27571)

Zum Buch

Ein seltsames Gespann, sozusagen seit Ewigkeiten gute Bekannte, besucht wieder einmal die Erde: der Alte Mann und ein gewisser Mr. Smith. Nach wenigen Stunden schon werden die Herrschaften verhaftet. Sie haben Falschgeld in Umlauf gebracht. Danach gestalten sich ihre Abenteuer immer unglaublicher. Eine verwanzte Polizeizelle, eine psychiatrische Klinik, das Badehaus einer Schwulensauna, das Ankleidezimmer des amerikanischen Präsidenten, die Live-Show eines TV-Evangelisten sind Stationen der beiden auf der Suche nach Menschlichkeit. Vom FBI gejagt, finden die beiden Alten immer noch die Zeit, höchst vergnügliche philosophische Gespräche zu führen.

Zum Autor

Peter Ustinov, 1921 in London geboren, ist u.a. Dramatiker, Romancier, Schauspieler und Regisseur. Seit 1989 ist er Mitglied der Académie des Beaux-Arts in Paris.

Peter Ustinov

Der Alte Mann und Mr. Smith

Roman

Aus dem Englischen von
Hans M. Herzog

Econ & List Taschenbuch Verlag

Veröffentlicht im Econ & List Taschenbuch Verlag
Der Econ & List Taschenbuch Verlag ist ein Unternehmen
der Econ & List Verlagsgesellschaft, München
Neuausgabe 1999

Titel des englischen Originals: The Old Man and Mr. Smith

first published by Michael O'Mara Books Ltd., London
Aus dem Englischen übersetzt von: Hans M. Herzog
Umschlagkonzept: Büro Meyer & Schmidt, München – Jorge Schmidt
Umschlagrealisation: Init GmbH, Bielefeld
Titelabbildung: Preußischer Kulturbesitz
Druck und Bindearbeiten: Ebner Ulm
Printed in Germany
ISBN 3-612-27425-2

Meinen Kindern
Tamara, Pavla, Igor, Andrea
in der Reihenfolge
ihres Auftretens

Es besteht die entfernte Chance,
daß sich nichts von allem, was folgt, je ereignet hat;
viel wahrscheinlicher ist jedoch, daß es sich,
falls es sich je ereignet haben sollte,
nie wieder ereignen wird.

1

»Gott? Doch wohl mit ›dt‹«, sagte der Empfangschef, ohne aufzusehen.

»Mit Doppel-t«, sagte der Alte Mann entschuldigend.

»Das ist ungewöhnlich«, bemerkte der Empfangschef.

»Ungewöhnlich? Es ist einzigartig.« Und der Alte Mann lächelte milde über seine Äußerung.

»Vorname?«

»Ich habe keinen.«

»Anfangsbuchstaben genügen.«

»Es liegt doch auf der Hand ... Da ich keinen Vornamen habe, habe ich auch keine Anfangsbuchstaben.«

Der Empfangschef sah den Alten Mann durchdringend und zum ersten Mal an. Der Alte Mann trat von einem Bein auf das andere, erpicht darauf, die peinliche Situation zu beenden.

»Finden Sie das etwa auch ungewöhnlich? Dafür gibt es einen völlig einleuchtenden Grund, der Sie zufriedenstellen sollte. Ich habe nämlich keine Eltern, wissen Sie.«

»Jeder hat Eltern«, stellte der Empfangschef bedrohlich fest.

»Ich nicht«, gab der Alte Mann heftig zurück.

Es folgte ein Augenblick, in dem sich die beiden Kontrahenten taxierten. Der Empfangschef nahm in einem Ton gezwungener Lockerheit den verbalen Kontakt wieder auf.

»Und für wie lange wäre das?«

»Weiß ich nicht. Ich bin impulsiv.«

»Impulsiv«, wiederholte der Empfangschef. »Und welcher Zahlungsweise werden Sie sich bei Ihrer Abreise bedienen?«

»Keine Ahnung«, sagte der Alte Mann mit ersten Anzeichen von Ungeduld. »Ich hätte gedacht, ein Hotel dieser Klasse ...«

»Natürlich«, erwiderte der Empfangschef beschwichtigend. »Allerdings muß auch ein Hotel der höchsten Kategorie gewisse Fragen stellen, wenn sich ein potentieller Kunde für Mr. Gott mit Doppel-t ausgibt und nicht einmal einen Vornamen besitzt, von Gepäck ganz zu schweigen.«

»Ich sagte Ihnen bereits, mein Gepäck ist unterwegs.«

»In Begleitung Ihres Freundes?«

»Ja. Wir haben beide erkannt, daß es praktisch ausgeschlossen ist, ohne Gepäck ein Hotelzimmer zu bekommen.«

»Ach, Sie haben es bereits versucht?«

»Aber ja.«

»Und dann, wenn ich fragen darf?«

»Und dann hat er ein wenig Gepäck gekauft.«

»Nur Gepäck? Mit nichts drin?«

»Wie neugierig Sie sind!«

»Verzeihen Sie bitte. Dennoch wüßte ich gern, wie Sie zu zahlen beabsichtigen. Ich bin *nicht* besonders neugierig, verstehen Sie, aber meine Arbeitgeber ...«

»Man hat mich schon um weit mehr als die Angabe meiner Zahlungsweise gebeten ... um Gesundheit, Frieden, Sieg, Rettung ..., bedeutende Dinge, verstehen Sie, die häufig Staaten oder zumindest Völker betreffen. Ich muß zugeben, daß ich solche Forderungen gewöhnlich als zu unpräzise, zu vage zurückweise. Nun frage ich mich, warum mich Ihre durchaus vernünftige Forderung so ärgert? Vielleicht macht sich mein Alter bemerkbar ... Hier, können Sie damit etwas anfangen?«

Er fischte eine Handvoll Münzen aus den unergründlichen Tiefen seiner Taschen und verteilte Unmengen davon auf der Glasplatte des Rezeptionstisches. Einige fielen zu Boden und rollten fort, aber nicht weit, da nur wenige vollkommen rund waren.

»Page!« rief der Empfangschef, woraufhin ein kleiner uniformierter Junge über den Boden krabbelte und die Münzen einsammelte. Der Empfangschef musterte die auf dem Tisch verbliebenen. »Hoffentlich haben Sie nicht vor, damit zu bezahlen.«

»Was stimmt daran nicht?« fragte der Alte Mann.

»Mir kommen sie griechisch vor und antik noch dazu.«

»Wie die Zeit vergeht«, seufzte er Alte Mann und ergänzte: »Ich versuch's noch mal.«

Der Empfangschef pochte mit seinem Bleistift rhythmisch auf die Glasplatte seines Rezeptionstisches, während der Alte Mann seine Taschen nach Brauchbarerem durchforstete. Einmal schien er sich physisch anzustrengen, als sei seine Aktivität nicht nur undurchsichtiger, sondern auch komplizierter, als er sich anmerken ließ. Dann beförderte er, wie die Überbleibsel eines zerfallenden Salatkopfes, grüne Geldscheine ans Licht.

»Können Sie damit was anfangen?« erkundigte er sich, atemlos von der Anstrengung.

Der Empfangschef begutachtete die Scheine, die sich öffneten wie Blüten, als führten sie ein Eigenleben.

»So wie es aussieht ...«

»Wie lange können wir dafür bleiben?«

»Wir? ... Ach ja, Ihr Freund ... So wie es aussieht, etwa einen Monat, aber das hängt natürlich von dem Zimmerservice ab, dem Hausdiener, der Minibar, solchen Sachen ...«

»Ein Monat. Wir werden wohl kaum einen Monat lang bleiben. Dazu müssen wir uns viel zuviel ansehen.«

»Haben Sie ein Besichtigungsprogramm hier in Washington?« fragte der Empfangschef in dem Versuch, freundlich zu sein, um mögliche Reste von Spannungen zu zerstreuen.

»Wir sehen uns überall Dinge an. Für uns ist alles neu.«

Der Empfangschef wußte nicht recht, wie er mit dieser fröhlichen Unschuld umgehen sollte, die ihm auf seltsame Weise dünkelhaft und kommunikationsfeindlich vorkam. Er ließ nicht locker. Als Empfangschef, der in seinem Metier einen gewissen Ruf hatte, mußte er einen Unterton bemerken, wenn er ihm auffiel, und ignorieren, wenn es in seine beruflichen Intentionen paßte.

»Die Leute von Yankee Heritage stellen ausgezeichnete Rundfahrten zusammen«, sagte er, einen Stapel Broschüren in der Hand. »Dabei können Sie die Nationalgalerie besuchen, das Smithsonian ...«

»Das Weiße Haus«, schlug der Alte Mann nach einem Blick auf einen Zettel vor.

»Da wird es schon schwieriger«, lächelte der Empfangschef.

»Aus Sicherheitsgründen werden dort keine Gruppenführungen mehr genehmigt.«

»Ich würde ohnehin nicht mit einer Gruppe kommen«, sagte der Alte Mann. »Dort will ich allein hin, oder vielleicht mit meinem Freund.«

»Dafür brauchen Sie eine Einladung.«

Der Alte Mann sprach mit überraschender Autorität. »In meinem ganzen Leben habe ich noch nie eine Einladung erhalten, und ich habe nicht vor, jetzt damit anzufangen.«

»Noch *nie* eine Einladung erhalten?«

»Nein. Gebete habe ich erhalten, Fürbitten, früher sogar Opfer, Brandopfer, aber eine Einladung noch nie.«

In diesem Moment machte ein weiterer alter Mann auf sich aufmerksam, indem er versuchte, mit der auf die Straße führenden Drehtür fertig zu werden, zwei häßliche Plastikkoffer schleppend. Schwarze, feuchte Haare umrahmten sein Gesicht wie ein Sinnbild der Verzweiflung schlechthin. Dieses Gesicht stand in deutlichem Gegensatz zu der porzellanhaften Pausbäckigkeit des Alten Mannes, es war ein faltiges, schreckliches, zu einer melancholischen Maske verzerrtes, zerfasertes und zerbrochenes Ding, mit schwarzen Augen, die widerstrebend alles Schreckliche gesehen zu haben schienen, auf zitternden Tränen ruhend, die sich gelegentlich lösten, um sich in den Furchen seines lädierten Wangenpergaments zu verlieren.

»*Mon dieu*«, sagte der Empfangschef, den Kampf beobachtend. »Er sieht älter aus als Gott.«

»Nein, wir sind ungefähr gleich alt«, stellte der Alte Mann fest.

»Bertolini, Anwar«, befahl der Empfangschef.

Die beiden Hotelangestellten waren zu fasziniert gewesen, um sich ohne Aufforderung in Bewegung zu setzen. Jetzt eilten sie dem Neuankömmling zu Hilfe, dessen Koffer verdächtig leicht zu sein schienen.

Dieser begab sich schwankend zur Rezeption.

»Endlich!« sagte der Alte Mann betont.

»Was soll das heißen, endlich?« fuhr ihn der Neuankömmling an.

»Die Wartezeit habe ich mit belangloser Konversation verbracht. Du weißt doch, wie sehr mich das anödet. Woher hast du die Koffer?«

»Gestohlen. Du hast doch wohl nicht erwartet, daß *ich* sie kaufe, oder? Außerdem hatte ich kein Geld!«

»Und Sie heißen ...?« erkundigte sich der Empfangschef, der so tat, als hätte er die letzte Bemerkung nicht gehört.

Bevor der Neue Zeit fand zu antworten, sagte der Alte Mann: »Smith.«

Der Empfangschef sah nicht von seinem Gästebuch auf. »In Hotels erscheinen die Mr. Smith unweigerlich in Begleitung einer Mrs. Smith.«

So feindselig der Neuankömmling war, so verblüfft wirkte der Alte Mann.

»In diesem Fall gibt es keine Mrs. Smith«, stotterte er. »Die Ehe hätte immer zuviel Zeit in Anspruch genommen, wäre zu bindend, zu verpflichtend gewesen.«

»Du warst an allem schuld! Du warst immer an allem schuld!« schrie Mr. Smith, dessen Tränen in die Luft stoben wie Schaum von den Nüstern eines Pferdes. »Wärest du nicht gewesen, hätte ich es mir in einem liebevollen und sonnigen Familienleben gemütlich machen können!«

»Es reicht!« donnerte der Alte Mann derart vehement und mit solch gewaltiger Lautstärke, daß die wenigen durch das Foyer gehenden Menschen panikartig in Deckung liefen.

»Zimmer 517 und 518«, rief der Empfangschef, so laut er konnte, was nach den gerade verklungenen majestätischen Lauten ziemlich mickrig klang. Egal, im Hotelgewerbe mußte man sein möglichstes tun. Es kam darauf an, nur die Hälfte von dem zu sehen, was geschah, da man mehr als die Hälfte von dem durchschaute, was nicht geschah.

»Und nehmen Sie bitte Ihr Geld mit.«

»Bewahren Sie es für mich auf.«

»Mir wäre es lieber, wenn Sie es selbst aufbewahrten«, sagte der Empfangschef, seinen ganzen Mut zusammennehmend.

Der Alte Mann nahm eine Handvoll, eine andere Handvoll ließ er auf dem Tisch liegen.

»Das ist für Sie. Für Ihre Mühe.«

»Das ist für mich?« fragte der Empfangschef ruhig.

»Ja«, bestätigte der Alte Mann. »Nur aus Neugier, wieviel ist es?«

Der Empfangschef warf einen Blick darauf. »Sieht aus wie... zwischen vier- und fünftausend Dollar.«

»Aha. Sind Sie glücklich? Ich habe keine Ahnung, was den Wert von Geld angeht.«

»Das glaube ich Ihnen gern, Sir. Um Ihre andere Frage zu beantworten, Sir, ich bin weder glücklich noch unglücklich. Ich bin im Hotelgewerbe. Falls Sie Ihre Meinung noch ändern sollten...«

Es war zu spät. Die prunkvollen Fahrstuhltüren schlossen sich bereits hinter den beiden alten Herren, Bertolini, Anwar sowie den zwei scheußlichen Koffern.

* * *

In ihren Zimmern angekommen, gelang es ihnen mit großer Mühe, die Verbindungstüren zu öffnen. In seiner Zerstreutheit hatte der Alte Mann Bertolini und Anwar ein paar griechische Münzen als Trinkgeld gegeben, was diese vor die Frage stellte, wie dankbar sie sein sollten, falls überhaupt. Kaum waren die beiden alten Herren allein, unterhielten sie sich in Mr. Smith' Zimmer. Mr. Smith öffnete seinen Koffer, der auf der Klappablage stand.

»Was suchst du?« fragte der Alte Mann.

»Nichts. Ich habe lediglich meinen Koffer geöffnet. Ist das nicht normal?«

»Es ist nicht normal, wenn nichts drin ist. Mach ihn sofort zu. Schließ ihn ab, und laß ihn bis zu unserer Abreise verschlossen.«

»Immer noch derselbe alte Tyrann«, murrte Mr. Smith und tat wie geheißen.

»Für alles, was ich tue, gibt es gute Gründe«, verkündete der Alte Mann.

»Das macht es so lästig.«

»Wir können unsere Mission nur erfüllen, wenn wir uns so normal wie möglich verhalten.«

»Da haben wir die allerbesten Chancen, mit unseren wilden Haarmähnen und der seltsamen Kleidung.«

»Das müssen wir vielleicht auch ändern, bevor wir behaupten können, unser Reiseziel erreicht zu haben. Ich weiß sehr wohl, daß sich die Menschen nicht mehr so anziehen wie wir. Einige tragen ihr Haar immer noch lang, wie es die Natur verlangt, aber entweder bändigen oder schneiden sie es so, daß es das Aussehen von Tieren nachahmt, oder sie fetten es ein, so daß es wie klebrige Stalagmiten von ihren Köpfen aufragt, wie ölige schwarze Hahnenkämme.«

»Schwarz? Gelb, Blau, Rot, Grün, in ihren grellsten Varianten. Du erwartest doch hoffentlich nicht, daß wir ...«

»Nein, nein, nein ...« Den Alten Mann ärgerte diese ständige Opposition gegen alles, was er sagte, dieses Genörgel. »Ich möchte lediglich vermeiden, das Opfer der Neugier von Zimmermädchen zu werden, die Phänomene wie leere Koffer bemerken, von denen sie ihren Kolleginnen erzählen, und schon verbreitet sich die Neuigkeit wie ein Lauffeuer.«

»Daß sie leer sind, hast du dem Mann an der Rezeption verraten, als du mich fragtest, wo ich sie gekauft habe ...«

»Ich weiß, worauf du mit beispielhafter Diskretion erklärtest, du hättest sie gestohlen.«

»Stimmt. Ist dieser Mann vertrauenswürdiger als die anderen Domestiken?«

»Ja!«

Eine Pause entstand, während der deren Echo der Stimme des Alten Mannes verhallte.

»Warum?« fragte Mr. Smith mit der Stimme einer Klapperschlange.

»Weil ich ihm fünftausend Dollar Trinkgeld gegeben habe, darum. Ich habe sein Schweigen erkauft!« Der Alte Mann sprach betont deutlich, um seiner Erwiderung mehr Gewicht zu geben

»Du mußt bloß den Zimmermädchen auch ein paar tausend Dollar zurücklassen«, nuschelte Mr. Smith.

»Glaubst du denn, ich schmeiße mit meinem Geld um mich? Ganz sicher nicht, wenn es viel weniger Mühe macht, den Koffer abzuschließen.«

»Dein Geld ist es ohnehin nicht.«

Es gab eine Pause, in der Mr. Smith den Schlüssel in den Schlössern drehte.

»Wenn du fertig bist, gehen wir nach unten und essen zu Abend.«

»Wir brauchen nicht zu essen.«

»Das muß keiner wissen.«

»Alles nur Show.«

»Ja, vergiß nicht, wir sind auf der Erde. Alles nur Show.«

Auf dem Weg zur Tür gewann Mr. Smith unversehens seine Energie zurück. Einen Schrei wie eine wütende Kuh ausstoßend, blieb er abrupt stehen.

»Warum hast du gesagt, ich hieße Mr. Smith?«

Der Alte Mann schloß kurz die Augen. Er hatte diesen Vorwurf erwartet, war sogar überrascht, daß er nicht früher erfolgt war.

»Hör zu«, sagte er, »ich hatte schon genug Schwierigkeiten, als ich mich selbst zu erkennen gab. Das wollte ich nicht noch mal durchmachen«.

»Wie hast du dich genannt?«

»Törichterweise gab ich meinen richtigen Namen an.«

»Aha. Ehrlichkeit war schon immer dein Markenzeichen.«

»Und, war nicht Unehrlichkeit im Laufe der Geschichte immer deins?«

»Das habe ich dir zu verdanken.«

»Hoffentlich kauen wir das alles nicht schon wieder durch. Ich muß darauf hinweisen, daß das Restaurant in Kürze zumacht.«

»Woher willst du das wissen?«

»Nur geraten. Und wie gewöhnlich zutreffend.«

Mr. Smith setzte sich, schwer gekränkt.

Der Alte Mann versuchte es mit Überredung. »Glaubst du ernsthaft, es ist unseren Untersuchungen zuträglich, wenn sich herumspricht, daß wir nicht nur kein sauberes Bettzeug brauchen, sondern auch keine Nahrungsmittel zu uns nehmen? Ich appelliere an deine Fairneß.«

Mr. Smith erhob sich, finster kichernd. »Was für eine schrecklich alberne Bemerkung. Sie war sogar so albern, daß sie mein Gefühl für das Lächerliche ansprach. Na schön, ich komme mit, kann aber nicht garantieren, daß ich das Thema nicht noch einmal anspreche, so tief ist meine Wunde, so brennend der Schmerz.«

Bei Mr. Smith' letzten Worten, langsam und in aller Schlichtheit vorgetragen, lief es dem Alten Mann dort kalt den Rücken hinunter, wo seine Wirbelsäule hätte sein müssen.

* * *

»Und dazu empfehle ich Ihnen einen Christian Brothers Cabernet oder einen Mondavi Sauvignon, beides schöne Weine, oder, falls Sie etwas Älteres, wenn auch nicht notwendigerweise Besseres suchen, den 1972er Forts-de-la-Tour aus Bordeaux, Frankreich, oder für zweitausendachtzig Dollar die Flasche einen 1959er La Tâche aus Burgund, Frankreich, oder jede Menge schöner Tafelweine dazwischen«, verkündete der Weinkellner ein wenig atemlos.

»Für uns sind alle Weine jung«, lächelte der Alte Mann.

»Ein wirklich guter Witz«, befand der Weinkellner.

»Das ist kein Witz«, fauchte Mr. Smith.

»Touché«, sagte der Weinkellner, nur um etwas zu sagen.

»Bringen Sie uns eine Flasche des ersten Weins, der Ihnen in die Hände fällt.«

»Rot oder weiß?«

Der Alte Mann warf Mr. Smith einen Blick zu.

»Gibt es keinen Kompromiß?«

»Rosé.«

»Gute Idee«, sagte der Alte Mann.

Mr. Smith nickte knapp, und der Weinkellner ging.

»Die Leute starren uns an«, murmelte Mr. Smith. »Wir hätten nicht kommen sollen.«

»Im Gegenteil«, erwiderte der Alte Mann, »die Leute sollten uns nicht anstarren.« Damit starrte der Alte Mann der Reihe nach die anderen Gäste an, und einer nach dem anderen widmete sich wieder seinem Essen.

Das Abendessen war kein Erfolg. Beide hatten schon so lange nichts mehr gegessen, daß sie sich jeden Geschmack wieder neu aneignen mußten, und die Pausen zwischen den Gängen dauerten ewig. Es blieb wenig zu tun, außer reden, und wenn sich die zwei unterhielten, erregten sie unweigerlich Aufmerksamkeit. Auch wenn die anderen Gäste nicht nur von dem durchdringenden Blick des Alten Mannes gehemmt waren, sondern auch von einer gedrückten Stimmung, die sich auf den Speisesaal gelegt hatte und sogar den normalerweise eher unempfänglichen Pianisten so beeinträchtigte, daß er während seiner Darbietung von »Granada« etliche falsche Töne anschlug und schließlich, seine Stirn wischend, den Raum verließ, musterten sie nun verstohlen die beiden alten Männer, die wie zwei kleine Zelte, eins schwarz, das andere weiß, in einer Nische unter der angewiderten Maske eines Tritons hockten, der Wasser in einen Marmorbrunnen spie.

»Raus damit«, murmelte der Alte Mann diskret. »Ganz im Gegensatz zu deinen üblichen Sprüchen kam dein letzter Vorwurf, als wir unsere Zimmer verließen, so sehr von Herzen, daß ich gerührt war. Ich möchte nicht, daß du leidest, ganz gleich, was du denkst.«

Als Mr. Smith lachte, klang das eher unangenehm als ironisch. Dann wurde er wieder ernst, hatte aber offenbar gewisse Schwierigkeiten, mit der Sprache herauszurücken.

»Dein Motiv fand ich immer besonders durchschaubar und verletzend«, brachte er endlich hervor.

»Hast du das schon einmal zu mir gesagt, oder ist es was Neues?«

»Also, wie könnte ich mich daran erinnern«, rief Mr. Smith. »Wir haben uns seit Jahrhunderten nicht gesehen! Vielleicht habe ich es mal angedeutet, aber eigentlich halte ich es für einen sehr alten Vorwurf, den ich noch nie geäußert habe.«

Der Alte Mann versuchte, ihm zu helfen. »Ich erinnere mich an deinen entsetzlichen Schrei, als du über Bord gegangen bist. Dieser Schrei sollte mich noch viele Jahre lang verfolgen.«

»Jahre ...«, wiederholte Mr. Smith. »Ja ..., ja ..., das war schlimm genug. Ich drehte dir den Rücken zu, schaute gerade über den Rand einer Kumuluswolke, und plötzlich, ohne Vorwarnung, dieser grobe Stoß und der entsetzliche Fall. In den Worten der Sterblichen war es Mord.«

»Du bist doch hier.«

»Wenn man menschliche Worte benutzt, sagte ich.«

»Ich entschuldige mich«, sagte der Alte Mann in der offenkundigen Erwartung, damit sei die Angelegenheit erledigt.

»Entschuldigen?« gackerte Mr. Smith erstaunt.

»Hatte ich denn früher schon mal die Gelegenheit?« fragte der Alte Mann.

»Vergiß das«, fuhr Mr. Smith fort. »Es geht mir nicht um die Tatsache meiner Vertreibung. Damit muß ich leben, und wahrscheinlich wäre ich früher oder später von allein gegangen. Mir geht's um das Motiv! Du mußtest ein schlimmes Versehen bei der ansonsten kompetent durchgeführten Schöpfung korrigieren.«

»Ein Versehen?« erkundigte sich der Alte Mann und ließ beinahe so etwas wie Nervosität erkennen.

»Ja. Wenn alle weiß waren, wie konnte man dich als das sehen, was du bist?«

»Was soll das heißen?« Der Alte Mann leckte sich die Lippen.

»Weiß braucht Schwarz, um als das erkannt zu werden, was es ist«, stellte Mr. Smith mit eisiger Präzision und ohne sein übliches Gewese fest. »Wenn alles weiß ist, gibt es kein Weiß. Du mußtest mich verstoßen, um selbst erkannt zu werden. Dein Motiv dafür war ... Eitelkeit.«

»Nein!« protestierte der Alte Mann. Dann ergänzte er: »Oh, hoffentlich nicht!«

»Deine Dankesschuld mir gegenüber ist so groß, daß sie noch soviel Reue nie wieder abtragen kann. Bis zu meiner Vertreibung verstand dich niemand, nicht einmal die Engel, oder verspürte die Wärme deines Glanzes. Erst als ich den dunklen Hintergrund, den Kontrast, abgab, wurdest du als der sichtbar, der du warst und immer noch bist.«

»Wir sind hier auf Erden, um herauszufinden, ob ich es noch bin, ob wir es noch sind.«

»Ohne mein Opfer ... ohne *mich* bist du unsichtbar!« fauchte Mr. Smith.

»Ich bin bereit zu glauben, daß dies teilweise wahr ist«, sagte der Alte Mann, der sich wieder gefaßt hatte, »aber tu doch nicht so, als hättest du es nicht genossen, zumindest am Anfang. Vor einem Moment sagtest du liebenswürdiger- und zutreffenderweise, hätte ich dich nicht rausgeschmissen, wärest du wahrscheinlich früher oder später von allein gegangen. Das bedeutet, die Anlagen waren vorhanden. Ich habe dem richtigen Engel einen Schubs gegeben.«

»Das bestreite ich gar nicht. Die Kollegen, die du für mich schufst, waren ohne jeden Charakter, möglicherweise mit Ausnahme von Gabriel, der sich immer freiwillig für schwierige Missionen meldete und bereit war, komplizierte Nachrichten über lange Entfernungen zu überbringen. Und weißt du, warum? Er langweilte sich. Er litt genauso an Langeweile wie ich.«

»Das hat er sich nie anmerken lassen.«

»Du wüßtest doch nicht einmal, wie Langeweile aussieht.«

»Heute wüßte ich es. Heute wüßte ich es. Aber ich gebe zu, daß damals, als die Welt noch nach frisch gelüfteter Wäsche duftete ...«

»Und diese grauenhaften Seraphim und Cherubim mit ihren ungebrochenen Stimmen, wie sie in unerträglichem Unisono ihre allabendlichen Choräle quietschten, ohne jede liebliche Dissonanz, keinerlei schmeichelnde Harmonie oder dezente Bedeutungsverschiebung bei der mindestens eine Million Wesen, scheußliche kleine, aus Marzipan gefertigte Gartenputten, zu makellos, zu niedlich, als daß sie auch nur eine einzige Windel oder ein Nachttöpfchen gebraucht hätten ...«

Mittlerweile schüttelte sich der Alte Mann vor ebenso überschwenglichem wie lautlosem Gelächter. Er streckte die Hand aus. Verdutzt ergriff sie Mr. Smith.

»Diese Seraphim und Cherubim waren kein Erfolg«, kicherte der Alte Mann. »Recht hast du. Wie so oft. Und vor allem bist du der geborene Entertainer. Deine Beschreibungen sind eine wahre Freude, auch wenn deine etwas wirre Metaphorik einige deiner dunkleren Perlen zu verschütten droht. Ich bin so froh, daß du endlich die Initiative ergriffen hast – die Initiative, die zu dieser Begegnung führte.«

»Ich plane nichts Übles. Ich sehe die Dinge nur klar.«

»Zu klar ...«

»Das liegt an den Jahrhunderten der Täuschung, an der schwelenden Abneigung.«

»Ich verstehe.«

Der Alte Mann schaute Mr. Smith tief in die Augen und umschloß dessen eiskalte Hände mit seinen warmen.

»Wenn es zutrifft, daß ich ohne dich nicht erkennbar bin, trifft ebenso zu, daß du ohne mich nicht existierst. Ohne den anderen besteht an keinem von uns Bedarf. Gemeinsam stellen wir eine Skala dar, eine Palette, ein Universum. Wir würden es nie wagen, Freunde oder auch nur Verbündete zu sein; wir können nicht vermeiden, zumindest flüchtige Bekannte zu sein. Laß uns das Beste aus einer mißlichen Situation machen, indem wir einander höflich behandeln, während wir herausfinden, ob wir noch notwendig sind und nicht bloß Luxus oder gar überflüssig. Im Erfolg wie im Mißerfolg sind wir auf Gedeih und Verderb untrennbar.«

»Ich habe an deinen Worten nichts auszusetzen, außer ...« Mr. Smith schien plötzlich der Schalk im Nacken zu sitzen.

»Vorsicht«, bat der Alte Mann. »Es ist mir gelungen, wieder eine Art Gleichgewicht zwischen uns herzustellen. Ich habe Zugeständnisse gemacht. Verdirb nicht alles, ich bitte dich.«

»Es gibt nichts zu verderben«, krächzte Mr. Smith. »Ich bin kein Narr. Ich verstehe die Geometrie unserer Positionen, was möglich ist und was nicht. Ich bin nicht hier, um Punkte zu machen, die es nach all der Zeit gar nicht mehr wert sind, gemacht zu werden. Ich denke bloß ...«

»Ja?« unterbrach der Alte Mann in der Hoffnung, Mr. Smith zu nochmaligem Nachdenken zu bewegen.

»Ich denke, es liegt eine gewisse Ironie darin, daß du mir, um mir eine neue Funktion zu schaffen, einen üblen Streich spielen mußtest, der zwar meiner würdig war, aber nicht deiner.«

Der Alte Mann wurde tieftraurig. »Das stimmt«, gestand er mit einer Stimme, der man auf einmal sein Alter anmerkte. »Um den Teufel zu schaffen, mußte ich etwas Diabolisches tun – dir einen Stoß in den Rücken verpassen, als du am wenigsten damit gerechnet hast.«

»Mehr möchte ich nicht sagen.«

Der Alte Mann lächelte traurig. »Möchtest du noch etwas Suppe? Trifle? Wildbret? Forelle? Moorhuhn? Pfefferminztee?«

Mr. Smith fegte all das beiseite. »Es war unvermeidlich«, sagte er. »Danke für die Einladung.«

Beim Hin und Her ihrer Unterhaltung hatten die beiden nicht bemerkt, wie das Licht immer schwächer geworden war, der übliche dezente Hinweis darauf, daß die Küche endgültig schließt und die letzten Gäste mit Vereinbarungen zwischen Hotel und Gewerkschaften in Konflikt kommen. Alle anderen Gäste hatten sich schon verzogen, obwohl einige nur mit Schwierigkeiten ihre Rechnungen bekamen. Auf dem Höhepunkt des über weite Teile gut hörbaren Streits zwischen den beiden hatten sich die Kellner nicht getraut, das Restaurant zu betreten, so daß die restlichen Dinnergäste wie angewurzelt sitzen blieben.

»Gehen wir einfach«, schlug der Alte Mann vor. »Wir können morgen zahlen.«

»Wenn du schon dabei bist, gib mir etwas Geld, sonst muß ich mir was stehlen.«

»Natürlich, natürlich«, sagte der Alte Mann vergnügt.

Keinem war aufgefallen, daß der Pianist wieder an seinem Instrument saß, wahrscheinlich in der Hoffnung, man würde sich ihm gegenüber dankbar erweisen. Als die beiden alten Männer sich zwischen den Tischen zum Ausgang vorarbeiteten, begann er zu singen: *»Pennies from Heaven ...«*

2

Es war am nächsten Morgen. Da sie kein Schlafbedürfnis verspürten, hatten sie eine lange Nacht hinter sich, zumal die beiden nun, wo sie eine gewisse Harmonie untereinander hergestellt hatten, vor weiteren Gesprächen zurückschreckten. Der Alte Mann hatte gerade ein wenig Geld für Mr. Smith gemacht, das letzterer in seiner Tasche verstaute. Es klopfte dezent an der Tür.

»Herein«, rief der Alte Mann.

»Die Tür ist abgeschlossen«, sagte eine Stimme.

»Einen Augenblick.«

Als er und Mr. Smith ihre Transaktion beendet hatten, ging der Alte Mann zur Tür, schloß sie auf und öffnete. Draußen standen der Empfangschef und vier Polizisten, die sich umgehend und mit völlig unangebrachter Eile ins Zimmer drängten.

»Was soll das?«

»Ich muß mich entschuldigen«, sagte der Empfangschef. »Ich bedanke mich noch einmal für Ihre übertriebene Großzügigkeit, muß Ihnen aber auch leider mitteilen, daß es sich bei den Banknoten um Fälschungen handelt.«

»Das ist nicht wahr«, erklärte der Alte Mann. »Ich habe sie selbst gemacht.«

»Sind Sie bereit, eine Aussage dieses Inhalts zu unterschreiben?« fragte der ranghöchste Polizist, Kaszpricki mit Namen.

»Was soll das alles?«

»Sie können nicht ganz allein Geld machen«, sagte Streifenpolizist O'Haggerty.

»Ich brauche keine Hilfe«, entgegnete der Alte Mann von oben herab. »Sehen Sie!«

Damit griff er in seine Hosentasche, und nach einem Moment

der Konzentration purzelten wie aus einem Glücksspielautomaten Hunderte glänzender Münzen auf den Teppich.

Zwei Polizisten knieten schon halb, ehe sie von Kaszpricki zur Ordnung gerufen wurden. Der Empfangschef kniete sich auf den Boden.

»O.K., was sind es?« fragte Kaszpricki.

»Pesos, nehme ich an. Philip II. von Spanien.«

»Sind Sie Numismatiker oder was?« erkundigte sich Kaszpricki. »Doch das berechtigt Sie noch lange nicht, mit Dollarscheinen herumzualbern. Das ist strafbar, und ich muß Sie festnehmen.«

»Handschellen?« wollte Streifenpolizist Coltellucci wissen.

»Klar, wennschon – dennschon«, antwortete Kaszpricki.

Mr. Smith geriet in Panik. »Sollen wir verschwinden? In unsere Trickkiste greifen?«

»Keine Bewegung«, fuhr Streifenpolizist Schmatterman sie an, zog seine Pistole und hielt sie beidhändig auf die zwei gerichtet, als uriniere er über eine große Entfernung.

»Mein lieber Smith, wir müssen uns mit solch kleinen Unannehmlichkeiten abfinden, wenn wir herausbekommen wollen, wie diese Leute leben, und vor allem, wie sie miteinander umgehen. Sind wir nicht deshalb hier?«

Die Handschellen wurden angelegt, und die Prozession verließ das Zimmer. Der Empfangschef bildete die Nachhut, ständig sein Bedauern über den Zwischenfall wiederholend, sowohl in seinem Namen als auch in dem des Hauses.

Auf dem Polizeirevier angelangt, nahm man den beiden ihre Oberbekleidung ab, und sie wurden von Polizeichef Eckhardt verhört, der sie unter seinem eisengrauen Bürstenhaarschnitt und einer Stirn, die so faltig war wie ein zerknülltes Taschentuch, unverwandt anstarrte. Er trug eine randlose Brille, die seine Augen so groß wie kleine Austern aussehen ließ.

»O.K., Sie heißen Smith, das hab' ich mitgekriegt. Vorname?«

»John«, sagte der Alte Mann.

»Kann Smith nicht allein reden?«

»Nicht über ... private Dinge ... Er ist schwer gestürzt, müssen Sie wissen.«

»Wann war das?«

»Vor Ihrer Zeit.«

Chief Eckhardt musterte sie eine Zeitlang.

»Ist er bloß verrückt... oder habt ihr beide einen Sprung in der Schüssel?«

»Für Unhöflichkeit gibt es keinerlei Entschuldigung«, mahnte der Alte Mann.

»O.K., versuchen wir's halt mit Ihnen. Name?«

»Gott... lieb.«

»Einen Moment lang dachte ich, wir müßten uns irgendwelche Blasphemien anhören. Was habt ihr in ihrem Gepäck gefunden?«

»Nichts«, antwortete einer der zwei Polizisten, die soeben den Raum betraten.

»Und in ihren Taschen auch nichts«, ergänzte der andere, »außer sechsundvierzigtausendachthundertdreißig Dollar in der rechten Innentasche, alles Scheine.«

»Sechsundvierzigtausend?« brüllte Chief Eckhardt. »In wessen Tasche, in welcher Tasche?«

»Von dem Dunkelhaarigen.«

»Smith! Also schön, wer hat das Geld gemacht, Sie oder Smith?«

»Ich habe das Geld gemacht«, sagte der Alte Mann betont lustlos, »und es Smith gegeben.«

»Warum?«

»Zum Ausgeben. Kleingeld.«

»Sechsundvierzigtausend Dollar, Kleingeld? Was ist dann Ihrer Meinung nach richtiges Geld, verflucht noch mal?« rief Eckhardt.

»Darüber habe ich noch nicht groß nachgedacht«, sagte der Alte Mann. »Wie ich dem Herrn im Hotel bereits erklärte, ich weiß über den Wert des Geldes nicht Bescheid.«

»Zum Fälschen kennen Sie es gut genug.«

»Ich fälsche es nicht. Ich habe Taschen wie Füllhörner, praktisch bodenlose Taschen des Überflusses, wenn Sie so wollen. Ich brauche nur an Geld zu denken, schon füllen sich meine Taschen allmählich damit. Die einzige Schwierigkeit besteht darin, daß mir, da die Geschichte schon ziemlich lang anhält, gelegentlich entfällt, wo und wann ich gerade bin. Beispielsweise habe ich keine Ahnung, warum ich heute morgen so viele spanische Dublonen, oder wie die Dinger hießen, auf dem Hotelfußboden verstreut habe. Von den Möbeln in unserem Zimmer beeinflußt, muß ich wohl einen flüchtigen Gedanken an den armen Philip II. verschwendet haben, der auf solch umständliche Art das ausdrückte, was er für seine Liebe zu mir hielt, halb in mottenzerfressenem Hermelin versunken, während sich in den eisigen Gängen des Escorial-Palastes der Geruch von Kampfer mit Weihrauch vermischte.

Mr. Smith lachte freudlos. »Allein dank ihrer zahlenmäßigen Überlegenheit haben meine Motten den Sieg über den Kampfer davongetragen.«

»Das reicht«, bellte Chief Eckhardt. »Wir kommen gewaltig vom Thema ab, und das lass' ich nicht zu. Sie beide werden am Morgen dem Untersuchungsrichter vorgeführt, angeklagt der Fälschung und des versuchten Betrugs. Auf was wollen Sie plädieren, und benötigen Sie 'nen Anwalt?«

»Wie sollte ich einen Anwalt bezahlen?« fragte der Alte Mann. »Zu diesem Zweck könnte ich nur wieder Geld machen.«

»Sie können einen Anwalt gestellt bekommen, auf Kosten der Allgemeinheit.«

»Nein danke, ich vergeude höchst ungern anderer Leute Zeit. Aber verraten Sie mir eins, damit Mr. Smith und ich wenigstens eine kleine Chance haben, wenn wir uns verteidigen. Woran merken Sie, daß mein Geld gefälscht ist?«

Chief Eckhardt lächelte mit grimmiger Befriedigung. Er war zufriedener, wenn die Sachlage offenkundig und kristallklar war, von unwiderlegbaren Fakten untermauert und daher ein präzises Indiz für die technische Überlegenheit der Vereinigten Staaten von Amerika.

»Wir haben jede Menge Methoden, allesamt das Ergebnis von modernstem technologischen Know-how..., und sie ändern sich laufend... werden immer raffinierter. Ich verrate über diese Methoden nichts, da wir gewissermaßen in der gleichen Branche sind, Sie versuchen, nicht erwischt zu werden, ich mache Ihnen n'en Strich durch die Rechnung. Aber eins lassen Sie mich noch sagen. In diesem unseren großartigen Land wird Privatinitiative zwar gern gesehen, aber damit das klar ist, Fälschung gehört nicht dazu. Dafür sorge ich. Ich und andere Gesetzeshüter.«

Der Alte Mann war von unverfänglicher Höflichkeit. »Verraten Sie mir freundlicherweise noch etwas, bevor Sie uns den unpersönlichen Mächten des Gesetzes übergeben. Wie schneidet mein Geld denn ab, verglichen mit dem echten?«

Chief Eckhardt war ein gerecht denkender Mann. Gerecht denkend und rücksichtslos, das Spiegelbild einer Gesellschaft, in der sogar Gerechtigkeit von Terminen abhing und sogar ein vorschnelles Urteil besser war als peinlicher Zweifel, dem der Geruch von Unfähigkeit anhaftete. Er nahm einen Schein in die Hand und musterte ihn betont gleichgültig.

»Auf einer Skala von null bis hundert bekämen Sie von mir 'ne Dreißig. Schlampiges Wasserzeichen, ein wenig nachlässig in der Pinselführung, und die Unterschrift ist leserlich – was sie nicht sein sollte. Als Fälschung läßt es jede Menge Wünsche offen.«

Der Alte Mann und Mr. Smith sahen einander einigermaßen beunruhigt an. Die Sache würde nicht so einfach werden wie erhofft.

Chief Eckhardt brachte sie aus Mitleid in derselben Zelle unter. Und zwar, aus einem ganz anderen Grund, in der Zelle Nr. 6.

* * *

»Wie lange bleiben wir noch hier?« fragte Mr. Smith.

»Nicht mehr lange«, erwiderte der Alte Mann.

»Hier ist es sehr unangenehm.«

»Allerdings.«

»Ich spüre, daß ich von Feindseligkeit umgeben bin. Aus irgendeinem Grund bin ich nicht vertrauenserweckend. Und dann möchtest du nicht, daß ich rede. Ich bin schwer gestürzt, wie wahr. Ein furchtbar geschmackloser Scherz.«

»Daß es ein Scherz ist, weiß niemand.«

»Du weißt es, und ich weiß es auch. Reicht das nicht? Zurück zu den Grundlagen.«

Der Alte Mann lächelte, auf seinem eisernen Bett liegend, ein wenig auf der Seite, die Hände wohlwollend über dem Bauch gefaltet.

»Die Zeiten ändern sich«, sinnierte er. »Nicht einmal vierundzwanzig Stunden nach unserer Ankunft hier auf Erden befinden wir uns bereits im Gefängnis. Wer hätte gedacht, daß es so schnell gehen würde? Und wer hätte den Grund für unser Mißgeschick vorhersehen können?«

»Du, aber du hast es nicht getan.«

»Nein, das habe ich nicht. Ich war noch nie der Schnellste, wenn es galt, Veränderungen zu bemerken, geschweige denn vorherzusehen. Ich kann mich an unsere Jugendzeit erinnern, bevor wir in unserer Göttlichkeit bestätigt wurden, als die Sterblichen uns immer noch auf dem Olymp vermuteten. Sie hielten uns für eine bloße Reflexion ihres eigenen Tuns und Treibens, für eine Art unendliche Familienkomödie, vom Souterrain aus betrachtet, wo eine Menge zu Ende ging, mal als Happy-End, mal nicht, das Ergebnis von Aberglaube, Phantasie und Andeutungen. Nymphen verwandelten sich in Bäume und Färsen und erbärmliche winzige Flüßchen. Nichts als Unsinn, und ich war entweder ein Stier, eine Fliege oder ein verirrtes Lüftchen aus den aufgeblähten Eingeweiden der Erde. So war das damals, gewissermaßen. Jede Gottheit hatte ihre Handvoll Schreine, ihren oder seinen Anteil an Gebeten. Wir waren alle zu beschäftigt, um permanent auf den anderen neidisch zu sein – im Grunde waren wir nur neidisch, wenn es die Handlung vorantrieb. Das Leben war ein Abenteuer oder vielleicht auch das, was man heute wohl eine Seifenoper nennt. Religion war eine Fortsetzung des Lebens auf einer höheren, aber nicht unbedingt besseren Ebene. Schuld hielt man noch nicht für ein Gift im Meßwein. Die Menschheit wurde noch nicht von Unwägbarkeiten und der Erfindung von Mittelsmännern gequält.«

Plötzlich lachte Mr. Smith vergnügt. »Erinnerst du dich noch an die Panik, als der erste hellenische Bergsteiger den Gipfel des Olymps erklomm und dort nichts vorfand?«

Der Alte Mann stimmte nicht in das Gelächter ein. »Ja, aber in Panik verfielen wir, nicht sie. Der Mann war zu verängstigt, um bei seiner Rückkehr von der leeren Bergspitze zu erzählen, aus Furcht, von Gläubigen in Stücke gerissen zu werden. Aus Angst, das

Dümmste zu tun, tat er das Zweitdümmste: Er beichtete die Angelegenheit einem Priester. Der Priester, der seinen Posten wahrscheinlich aus politischen Gründen innehatte, sagte dem Mann, er dürfe diese Neuigkeit auf keinen Fall weitergeben. Der Mann schwor Stillschweigen. Der Priester sagte: ›Weshalb sollte ich dir glauben, nachdem du mir bereits davon erzählt hast?‹ Der Mann wußte keine Antwort und starb noch in derselben Nacht eines mysteriösen Todes. Doch wie man so sagt, die Katze war nun einmal aus dem Sack. Die Leute hatten einen abenteuerlustigen Bergsteiger hinaufklettern sehen – andere hatten erlebt, wie er verdrossen und stumm zurückgekommen war. Im Laufe der Zeit, als sich die Qualität ihrer Sandalen verbesserte, kletterten die Menschen auf den Olymp, um zu picknicken, und der Berg gewann an Müll, was er an Göttlichkeit verlor.«

»Und allmählich erhob sich der Sitz der Götter in die Zonen von Dunst und Regenbogen, sowohl real als auch in der Phantasie. Symbolismus erhob sein wirres Haupt, und schon waren wir unterwegs in die Ära, in der ursprüngliche Wahrheiten mit der trüben Brühe des Hokuspokus übertüncht wurden. Die simple Melodie wurde einer ganzen Kohorte von Arrangeuren unterworfen«, sagte Mr. Smith.

Der Alte Mann war bewegt. »Wie kannst du so emotional über Dinge reden, die dich gar nicht mehr betreffen?« fragte er.

»Muß ich mein Interesse an deinem Himmel schon allein deshalb verlieren, weil du mich rausgeworfen hast? Vergiß nicht, Verbrecher kehren an den Ort ihres Verbrechens zurück, Kinder besuchen ihre Schulen, wenn sie erwachsen sind. Als ehemaliger Engel habe ich gewisse Interessen – und außerdem hat sich im Lauf der Zeitalter die Hölle viel weniger verändert als der Himmel. Sie ist Veränderungen gegenüber nicht sehr aufgeschlossen, während du dich auf jede neue moralische Erkenntnis, jede theologische Mode einstellen mußt.«

»Das glaube ich nicht. Ich bin nicht dieser Meinung.«

»Zu meiner Zeit bestandest du darauf, ein so langweiliges Konzept wie Vollkommenheit sei dein Leitprinzip. Darin liegt zwangsläufig das Gegenteil von Persönlichkeit: Wir waren alle identisch und vollkommen. Kein Wunder, daß ich Anflüge von Revolte verspürte, genau wie Gabriel und vielleicht sogar die anderen. Man lebte in einem Spiegelsaal – wohin man auch blickte, man sah sich selbst. Ja, ich gebe es zu: Als du mich rausgeschmissen hast, verspürte ich eine ungeheure Erleichterung, obwohl ich in eine ungewisse Ewigkeit fiel. Ich bin ich selbst und allein, dachte ich, während die Luft um mich herum wärmer und unruhiger wurde. Ich bin entkommen! Erst später schlug meine Erleichterung in Verbitterung um, die ich wie eine Pflanze hegte und pflegte, für den Fall, daß wir uns je wieder begegneten. Doch nun, da dieses Treffen Realität wurde, finde ich es interessanter, die Wahrheit zu sagen. Oft langweilt mich das Böse, aus naheliegenden Gründen. Auch die Tugend ist öde, doch in deiner gesamten Schöpfung gibt es nichts so Steriles, so Lebloses, so überwältigend Negatives wie die Vollkommenheit. Wage es, mir zu widersprechen!«

»Nein«, entgegnete der Alte Mann einsichtig, aber mit einer Spur von Trauer. »Ich bin mit viel mehr von dem, was du sagst, einverstanden, als mir lieb ist. Vollkommenheit gehört zu jenen in der Theorie so narrensicheren Konzepten, die sich erst in der Praxis als stinklangweilig erweisen. Wir haben sie bald aufgegeben.«

»Habt ihr sie je völlig aufgegeben?«

»Ich glaube schon. Vielleicht existiert Vollkommenheit noch als Wunsch in den besonders unterwürfigen Köpfen von einigen, die so fromm sind, daß sie Langeweile nur für eine längere Pause vor der Verkündigung einer ewigen Wahrheit halten, und die ihr Leben mit Warten zubringen, auf den Lippen ein mattes Lächeln bevorstehender Allwissenheit. Doch die meisten von uns – sogar die Engel, die so emanzipiert sind, daß ich sie heutzutage kaum noch zu Gesicht bekomme – sehen ein, daß das Beharren auf dem absoluten Guten und dem absoluten Bösen archaische Konzepte sind. Ich spreche nur ungern von mir, einfach weil ich dich mit größerer Klarheit sehe, als ich für mich selbst verwenden kann, und ohne dir schmeicheln oder dich beleidigen zu wollen, muß ich dir nach unserer kurzen erneuerten Bekanntschaft sagen, du bist viel zu intelligent, um vollkommen böse zu sein.«

Ein ironisches Zucken schien sich über Mr. Smith' zerfurchte Miene auszubreiten, wie Sonnenschein über Wasser. »Ich war einmal ein Engel«, sagte er, und tief in seinen Augen flackerte Empfindsamkeit auf. Dann verhärteten sich seine Züge wieder. Die Wärme war verschwunden. »Im Laufe der Geschichte gibt es Unmengen von bedeutenden Bösewichtern, die von Priestern erzogen wurden. Nehmen wir Stalin.«

»Wer?« fragte der Alte Mann.

»Vergiß es. Das war nur ein Beispiel, ein Seminarist, der Diktator eines dem Atheismus verschriebenen Landes wurde.«

»Ach ja, Rußland.«

»Nicht Rußland. Die Sowjetunion.«

Der Alte Mann versuchte, daraus schlau zu werden, während Mr. Smith zu dem Entschluß kam, alles zu wissen bedeute nicht zwangsläufig, daß man gut darin war, aus dem riesigen, zur Verfügung stehenden Fundus Fakten auszuwählen.

»Wie dem auch sei«, fuhr Mr. Smith fort, als er fand, der Alte Mann habe genug Zeit gehabt, um ein wenig Ordnung in den in seinem Hirn verborgenen himmlischen Computer zu bringen, »in all den Gefängnissen, in denen wir uns hier auf der Erde garantiert begegnen werden, haben wir jede Menge Gelegenheit für weitere Erörterungen ethischer Natur. Meine wachsende Sorge gilt der Frage, wie wir aus diesem hier entkommen.«

»Benutze deine Kräfte, aber verschwinde um meinetwillen nicht zu weit weg. Ich fühle mich verlassen, wenn ich dich jetzt verliere.«

»Ich will nur herausfinden, ob meine Kräfte noch funktionieren.«

»Natürlich funktionieren sie noch. Habe Vertrauen. Du weißt, wie man es macht. Außerdem müssen sie funktioniert haben, damit wir uns nach Jahrtausenden der Trennung mit absoluter Präzision auf einem Bürgersteig in Washington treffen konnten.«

»Sie funktionieren durchaus, aber wie lange noch? Ich habe da so ein dumpfes Gefühl, daß sie irgendwie rationiert sind.«

»Ich weiß, was du meinst. Auf einmal scheint man keine unbegrenzten Möglichkeiten mehr zu haben, was allerdings auch eine durch langes Leben hervorgerufene Illusion sein kann. Ich glaube nicht, daß es wahr ist.«

»Wenn ich eines Tages gar keine Tricks mehr beherrsche, werde ich mir kraftlos vorkommen.«

Der Alte Mann zeigte sich irritiert. »Ich wünschte, du würdest nicht von Tricks reden. Es sind Wunder.«

Mr. Smith zeigte eines seiner gräßlichen Grinsen. »Vielleicht vollführst du Wunder«, sagte er. »Ich mache Tricks.«

Sie schwiegen.

Chief Eckhardt, der sich mit einigen Untergebenen in einem schalldichten Raum im Kellergeschoß aufhielt, schaute auf. Seine Miene drückte all das Erstaunen aus, das ein durchschnittlicher Polizist angesichts des Unverständlichen empfand. Zelle Nr. 6 war natürlich verwanzt, und sie hatten dem Gespräch der zwei alten Männer zugehört, mit gerunzelten Augenbrauen wie bei Schulkindern während einer Prüfung, die Kiefer mahlend vor Entschlossenheit in ihrer reinsten und bedeutungslosesten Form.

»Was schließen Sie daraus, Chief?« fragte Kaszpricki.

»Nicht viel«, antwortete Eckhardt, »und ich würde keinem über den Weg trauen, der behauptet, er wisse, wovon sie verdammt noch mal reden. Los, O'Haggerty, sehn Sie mal nach, was in der Zelle los ist. Das Schweigen gefällt mir gar nicht, das Gerede von Tricks und Verschwinden.«

O'Haggerty verließ den Abhörraum und begab sich zur Zelle Nr. 6. Ihm fiel sofort auf, daß der Alte Mann allein war.

»He, wo ist Ihr Freund?« fragte er dramatisch.

Der Alte Mann wirkte überrascht, allein zu sein. »Oh, er muß wohl mal eben hinausgegangen sein.«

»Die Tür war dreifach abgeschlossen!«

»Ich habe dazu nichts weiter zu sagen.«

Das verstanden Eckhardt und die anderen Lauscher.

»Kaszpricki, gehen Sie hoch und sehen Sie nach ... nein, ich sollte selbst hingehen. Schmatterman, Sie lassen das Tonband mitlaufen. Ich will das alles für die Akten haben. Die übrigen kommen mit mir.« Als Eckhardt Zelle Nr. 6 erreichte, traf er Polizist O'Haggerty samt der beiden alten Männer im Zelleninneren an. »Was war hier los?« fragte er barsch.

»Als ich hier ankam, war dieser Alte allein in der Zelle«, keuchte O'Haggerty.

»Das hab' ich auch so verstanden«, sagte Eckhardt und musterte Mr. Smith. »Wo waren Sie?«

»Ich habe die Zelle nicht verlassen. Ich war die ganze Zeit hier.«

»Das ist gelogen!« rief O'Haggerty. »Er kam erst ein paar Sekunden vor Ihnen wieder her.«

»Was soll das heißen, ›kam her‹, O'Haggerty? Betrat er die Zelle durch die Tür?«

»Nein. Nein. Er ist wohl materialisiert.«

»Materialisiert«, wiederholte Eckhardt langsam, als habe er noch einen Bekloppten vor sich. »Und was machen Sie *in* der Zelle?«

»Ich wollte nachsehen, ob ich wieder rauskonnte«, sagte O'Haggerty.

»Und können Sie's?«

»Nein, kann ich nicht. Ich verstehe also nicht, wie Smith es geschafft hat.«

»Vielleicht hat Smith es gar nicht getan. Vielleicht war Smith die ganze Zeit über hier drin?«

»Genau«, sagte Smith.

»Wir brauchen Ihre Hilfe nicht. Tun Sie mir einen Gefallen, und halten Sie den Rand«, erwiderte Eckhardt.

»Ich kann all diese Lügen nicht gutheißen«, sagte der Alte Mann. Mr. Smith machte mißbilligende Geräusche.

»Das meine ich ernst«, fuhr der Alte Mann fort. »Wie ich Ihrem Abgesandten bereits erklärte, Mr. Smith ist mal eben hinausgegangen.«

»Das konnte er gar nicht«, sagte Eckhardt streng. »Diese Schlösser sind die neuesten, am besten gesicherten Modelle vom Spezialisten. Ohne Dynamit kommt man da unmöglich raus.«

Der Alte Mann lächelte. Es war soweit, das spürte er. »Soll ich es Ihnen zeigen?«

»O.K., zeigen Sie's mir«, sagte Eckhardt gedehnt und ließ seine rechte Hand nach dem Revolver in seinem offenen Halfter greifen.

»Also gut, doch bevor ich gehe, möchte ich Ihnen für die liebenswürdige Gastfreundschaft danken.«

Ein freundliches Lächeln auf den Lippen, verschwand er. Einen Sekundenbruchteil später schoß Eckhardt zweimal auf die Stelle, wo der Alte Mann gewesen war.

Den entstehenden Schock löste umgehend ein Schrei von Mr. Smith ab, so unheimlich wie der einer Volière voller Wintervögel, ein trauriger, mißtönender Schrei.

»Ihr schießt also! Ihr glaubt also, ihr könnt auf *unsere* Tricks noch eins draufsetzen. So was Blödes! Ich mach' mich aus dem Staub! Haltet mich doch auf!« Und damit lachte Mr. Smith in ihre Gesichter, unbarmherzig, verächtlich.

Eckhardt schoß ein drittes Mal. Mr. Smith' Gelächter wurde zu einer Mischung aus körperlichem Schmerz und Erstaunen, aber er verschwand, bevor einer von ihnen irgendwelche Schlüsse ziehen konnte.

Eckhardt suchte umgehend nach Entschuldigungen. »Ich wollte ihm in den Fuß schießen.«

»Laßt mich raus hier«, flehte O'Haggerty.

Auf dem Bürgersteig materialisierte sich Mr. Smith neben dem Alten Mann, beide erleichtert und erfreut über ihren doppelten Erfolg. Als sie weitergingen, schlenderte Mr. Smith zu einer Mülltonne, sehr zum Mißvergnügen des Alten Mannes. Smith kramte in dem Abfall, zog eine verdreckte Zeitung heraus und steckte sie in seine Tasche. Dann gingen sie weg.

Im Polizeirevier konnte Eckhardt wieder einen klaren Gedanken fassen, auch wenn ihm die Schüsse noch in den Ohren klangen.

»O.K., Schmatterman. Stellen Sie das Tonbandgerät ab«, brüllte er zur Zimmerdecke hoch. »Einpacken, beschriften und ablegen. Und bewachen Sie die Dinger unter Einsatz Ihres Lebens.«

»Was haben Sie vor, Chief?« erkundigte sich Kaszpricki, ganz die rechte Hand seines Bosses, dessen Selbstvertrauen er stärkte, indem er ihn zwang, bedeutende Entscheidungen zu treffen.

»Die Sache ist zu groß für uns«, murmelte Eckhardt, aber so, daß alle es hören konnten. »Ich werde das einzig Verantwortliche tun. Ich werde die höchste Autorität informieren.«

»Die Erzdiözese«, schlug der Katholik O'Haggerty vor. Eckhardt musterte ihn verächtlich.

»Den Präsidenten?« Coltellucci war Republikaner.

»Das *Federal Bureau of Investigation*«, sagte Eckhardt quälend langsam. »Das FBI ... Schon mal von gehört?«

Weder erwartete noch erhielt er eine Antwort.

3

Als Mr. Smith seine dritte stinkende Zeitung aus einem Müllsack entfernte, welcher auf dem Bürgersteig seiner Abholung harrte, erhob der Alte Mann zum ersten Mal Einspruch.

»Ist es denn nötig, alte Flugschriften aus Abfallhaufen zu stehlen?« fragte er, während sie eine der alten baumbestandenen Alleen Washingtons entlangschritten.

»Von Stehlen kann wohl kaum die Rede sein, wenn es sich um Materialien handelt, die von ihren Besitzern definitionsgemäß ausgeschieden wurden, sonst lägen sie nicht in glänzenden schwarzen Säcken am Straßenrand. Soll ich sie vielleicht Kioskverkäufern klauen? *Das* wäre dann Stehlen«, entgegnete Mr. Smith, während seine Augen die schmierigen Seiten musterten, an denen noch eisern Reste von Apfelschalen klebten.

»Was liest du gerade?«

»Gibt es eine bessere Methode, die Mentalität derjenigen zu ergründen, die unseren Aufenthalt auf der Erde bisher unangenehm gemacht haben, als pflichtgemäß das zu lesen, was sie zum Vergnügen lesen?«

»Und was hast du herausgefunden?« erkundigte sich der Alte Mann mit skeptischem Unterton.

»Ich habe beim Gehen drei oder vier Leitartikel überflogen und glaube, langsam zu begreifen, daß diese Leute über alles, was sie betrifft, sehr gut Bescheid wissen und dabei sehr tüchtig sind, während sie von beinahe allem anderen fast gar keine Ahnung haben. Falschgeld beispielsweise betrifft sie, es nutzt nämlich ihren Wohlstand auf eine Art aus, die ihren feinen Riecher für Rechtmäßigkeit verhöhnt. Aus diesem Grund haben sie äußerst raffinierte Methoden zum Aufspüren von Geld entwickelt, das, selbst wenn es göttlichen Ursprunges sein mag, nicht in einer amtlichen Münze hergestellt wurde.«

»Rechtmäßigkeit? Meinst du damit, daß sie gesetzestreu sind?«

»Nein. Damit meine ich, daß sie eine panische Angst davor haben, bei korrupten Unternehmungen Falschgeld zu verwenden. Sie sind wohl der Ansicht, daß man unehrliche Taten, wenn die Korruption sinnvoll sein soll, mit gesetzlichen Zahlungsmitteln durchzuführen hat.«

Der Alte Mann runzelte die Stirn. »Wie ich sehe, haben sich deine Gedanken einzig um einen Themenkreis gedreht, während meine hin und her wanderten. Warum interessiert sie deiner Meinung nach nicht, was sie nicht betrifft?«

»Es gibt den einen oder anderen Leitartikel über Veränderungen in der österreichischen Regierung, Kontroversen im israelischen Kabinett, den Papstbesuch in Papua und so weiter, die offenbar von Personen verfaßt wurden, die nicht nur sehr gut informiert und sehr eingebildet sind, sondern auch die ihnen zur Verfügung stehenden Informationen völlig ahnungslos verwenden. Die Artikel werden, wie dort steht, landesweit in verschiedenen Zeitungen verbreitet. So was ist neu.«

»Eins muß ich zugeben«, sagte der Alte Mann ein wenig bedrückt, »du hast die vergangenen Jahrhunderte besser überstanden als ich. Ich wußte weder, daß Österreich eine Regierung, noch, daß Israel ein Kabinett hat oder daß ... wo hält sich der Papst gerade auf?«

»In Papua. Morgen in Fidschi. Übermorgen Okinawa und Guam. Dienstag wieder in Rom.«

»Lach mich bitte nicht aus – aber wo liegt Papua?«

»Neuguinea, nördlich von Australien.«

»Und was, um meinetwillen, macht Israel mit einem Kabinett?«

»Alle anderen haben ein Kabinett. Sie brauchen auch eins.«

»Genügt ihnen nicht, daß sie auserwählt sind?«

»Sie wollen auf Nummer Sicher gehen. Sie wählen sich auch selbst aus. Und dafür brauchen sie natürlich ein Kabinett.«

»Ich muß noch eine Menge lernen.« Langsam zog ein Schatten

über die Miene des Alten Mannes. Plötzlich wurde er wieder fröhlich.

»Und hat deine Lektüre verdreckter Zeitungen zu irgendeiner Lösung unserer Probleme beigetragen?«

»Ja«, sagte Mr. Smith. »Wir müssen unser äußeres Erscheinungsbild ändern.«

»Warum?«

»Wir sind viel zu auffällig. Vergiß nicht, wenn wir uns beispielsweise damit vergnügen, zwischen neogeorgianischen Häusern durch baumbestandene Straßen zu schlendern, so scheint dies lediglich ein zivilisierter Zeitvertreib bei schönem Wetter zu sein, dabei sind wir flüchtige Kriminelle.«

Die Augenbrauen des Alten Mannes schoben sich in die Höhe. »Kriminelle?«

»Gewiß. Wir wurden als Falschmünzer festgenommen und sind aus dem Polizeigewahrsam entflohen.«

»Weiter.«

»Und jetzt habe ich einen Plan, der auf meiner Durchsicht des Wirtschaftsteils beruht.«

»Ach, das hast du also getan? Ich habe dich noch nie so schweigsam erlebt wie auf diesem Spaziergang, nicht einmal früher.«

»Wir haben keine Zeit zu verlieren, deshalb. Mein Plan sieht so aus: Ich werde mich als Ostasiate verkleiden ...«

»Wozu das?«

»Ohne jeden Zweifel haben die Amerikaner schreckliche Angst vor der ungeheuer gestiegenen Konkurrenz aus Ostasien. Sobald ich mich umgemodelt habe, konzentrierst durch dich intensiv und machst eine Menge ihrer Geldscheine, Yen genannt.«

»Das ist und bleibt Fälschung.«

»Was bleibt einem sonst übrig, von Stehlen abgesehen? Wir können es doch kaum verdienen. Oder glaubst du etwa, vor mir liegt eine Zukunft als Babysitter?« Mr. Smith' Kichern klang wie ein Glockenspiel, dessen Glocken einen Sprung hatten.

»Erklär mir deinen Plan«, sagte der Alte Mann widerstrebend.

»Ihr eigenes Geld kennen sie haargenau«, antwortete Mr. Smith, der sich langsam von seinem Anfall erholte, »aber über japanische Banknoten wissen sie wenig oder gar nichts, die Aufschriften sind für sie unlesbar. Wenn ich wie ein Japaner aussehe, wird das jedem amerikanischen Bankkassierer als Garantie für die Echtheit der Scheine genügen.«

»Was hast du mit den Geldscheinen vor, falls ich sie wirklich erschaffe?«

Mr. Smith registrierte ein wenig peinlich berührt, daß der Alte Mann immer noch nicht begriffen hatte. »Ich werde sie in der Bank eintauschen.«

»Gegen was?«

»Gegen *echte* Dollar.«

Der Alte Mann blieb stehen. »Genial«, sagte er leise. »Durch und durch unlauter, aber genial.«

In diesem Moment raste ein Auto mit Blaulicht auf dem Dach und quietschenden Reifen vor ihnen um die Ecke, schrammte und knallte gegen etliche abgestellte Wagen, ehe es sich drehte und die ruhige Wohnstraße abriegelte. Instinktiv machten der Alte Mann und Mr. Smith kehrt, um in die andere Richtung zu gehen. Ein Polizist auf einem Motorrad kam ihnen auf dem Bürgersteig entgegen, gefolgt von einem Kollegen. Auf der Straße kam ein weiterer Polizeiwagen angebraust, ebenso hektisch und überdreht wie der erste. Männer sprangen heraus, alle in Zivil. Einige ältere trugen Hüte. Alle fuchtelten mit Schußwaffen herum, und sie trieben den Alten Mann und Mr. Smith zu einem der Autos. Dort zwang man sie, die Hände auf das Wagendach zu legen, während die Neuankömmlinge ihre wallenden Gewänder durchsuchten.

»Was hab' ich dir gesagt?« sagte Mr. Smith. »Wir müssen unser Erscheinungsbild ändern, jetzt oder später.«

»Was war das?« fauchte einer der sie filzenden Beamten.

»Später«, antwortete der Alte Mann.

Sie wurden in die Wagen verfrachtet und zu einem riesigen Gebäude am Stadtrand gefahren.

»Was ist das – das Polizeipräsidium?« erkundigte sich der Alte Mann.

»Ein Krankenhaus«, antwortete der ranghöchste FBI-Mann, Captain Gonella.

»Ein Krankenhaus«, wiederholte der Alte Mann.

»Weil Sie ein sehr kranker alter Bursche sind«, säuselte Gonella.

»Genaugenommen sind Sie beide krank und alt. Wir werden nachzuweisen versuchen, daß Sie nicht wußten, was Sie taten, als Sie all das Geld machten. Daß Sie dabei nicht im Vollbesitz Ihrer geistigen Kräfte waren, verstehen Sie. Sie bekommen von uns jede Chance, nur helfen müssen Sie uns. Ich möchte, daß Sie dem Doktor jede Frage wahrheitsgemäß beantworten. Nicht, daß ich Ihnen vorschreibe, was Sie zu sagen haben ... bloß nicht voreilig sein, nicht sprechen, bevor man Sie anspricht ... ganz ruhig bei dem bleiben, was Sie sagen. Nur die Ruhe bewahren. Verhalten Sie sich so verrückt, wie Sie wollen, damit rechnet man sogar, verwirren Sie die Ärzte nur nicht mit einem Haufen Worten ... verdammt, ich brauch' Ihnen nicht zu erzählen, was Sie zu sagen haben ... und – ach ja, noch ein Wort zum Schluß. Hören Sie mit dem Verschwinden auf, okay? Das FBI mag so was nicht. Ich weiß nicht, wie das funktioniert. Ich will's auch gar nicht wissen. Ich sage bloß: Laßt es bleiben. Das ist alles.«

Man führte sie einer furchteinflößenden, wie eine Oberschwester oder Oberin gekleideten Frau vor, die an der Aufnahme saß. Tatsächlich, auf den ersten Blick starrten Mr. Smith und die Rezeptionistin einander an, aus gutem Grund. Laut der an ihrem Kittel befestigten Plastikkarte hieß die Frau Hazel McGiddy. Mit ihren vorstehenden blauen Augen, fast so hell wie Eiweiß, starrte sie die Neuankömmlinge inquisitorisch an. Ihre Lider schienen die Augen durch bloße Willenskraft in den Höhlen zu halten, und ihr Mund glich einer grellroten Wunde im Zentrum des eingefallenen leblosen Gesichtes, nur daß er sich bewegte, kaum merklich zuckte, als versuche sie permanent, einen Rest des gestrigen Mittagessens aus einem Loch in ihren Zähnen zu entfernen.

»In Ordnung«, bellte sie. Solche Frauen – und Sergeants beiderlei Geschlechts – beginnen jede unangenehme militärische Litanei immer mit diesen zwei Worten. »Wer von euch zweien ist Smith?«

»Er«, sagte der Alte Mann.

»Immer der Reihe nach!«

»Ich«, sagte Smith.

»Schon besser, junger Mann.«

»Es ist weder mein richtiger Name, noch bin ich jung.«

»Im Polizeibericht stehen Sie als Smith, und Sie sind nicht berechtigt, ihn zu ändern. Wenn Sie nicht Smith heißen wollten, hätten Sie sich das überlegen müssen, bevor Sie in den Computer geraten sind. Jetzt bleiben Sie für den Rest Ihres Lebens Smith. Religion?«

Smith bekam nun einen langen stummen Lachanfall, während dessen ein unterdrückter und augenscheinlich schmerzhafter Rhythmus seine schlaksige Gestalt schüttelte.

»Ich warte, Smith.«

»Katholisch!« quäkte er, als stünde er für El Greco Modell.

»Ich lasse nicht zu, daß du solche Dinge sagst!« brüllte der Alte Mann mit Donnerstimme.

»Immer der Reihe nach!«

»Nein, nein. Das ist zuviel. Weshalb wollen Sie überhaupt unsere Religionszugehörigkeit wissen?«

Miss McGiddy schloß einen Moment die Augen, als riefe sie sich in Erinnerung, daß sie den Umgang mit Idioten zu sehr gewohnt war, um sich von solchen Nullen fertigmachen zu lassen.

»Das tun wir«, erwiderte sie, als diktiere sie es Schulkindern, »damit wir – falls es einer von euch Senioren für angebracht hält, in unserem Krankenhaus dahinzuscheiden – wissen, in welcher Kirche wir ihn beerdigen oder wohin wir die Asche schicken müssen, sollte es zu einer Feuerbestattung kommen.«

»Wir sind seit Jahrhunderten nicht gestorben. Warum um alles in der Welt sollten wir jetzt damit anfangen?« erkundigte sich der Alte Mann.

Miss McGiddy warf Captain Gonella einen Blick zu, den dieser mit bedeutungsvoller Miene und Schulterzucken quittierte. Miss McGiddy nickte kurz.

»O.K.«, sagte sie zu dem Alten Mann, »wir gönnen Ihrem Freund eine Ruhepause und wenden uns Ihnen zu. Sie sind Mr. Gottfried.«

»Nein«, entgegnete der Alte Mann kühl.

»Das steht hier aber.«

»Schlimm genug, daß wir uns durch Umstände, die sich unserer Kontrolle entziehen, gezwungen sahen, Geld herzustellen ..., aber dieses permanente Flunkern ärgert mich allmählich. Ich heiße

Gott, ganz einfach. Gott, der Herr, wenn Sie es gern höflich haben.«

Miss McGiddy zog verwundert eine orangefarbene Braue hoch. »Erwarten Sie etwa, daß mich das überrascht?« erkundigte sie sich. »Zur Zeit behandeln wir hier drei Insassen, die sich für Gott halten. Wir müssen sie zu ihrer eigenen Sicherheit absondern.«

»Ich halte mich nicht für Gott«, sagte der Alte Mann. »Ich bin Gott.«

»Das haben die anderen auch behauptet. Wir nennen sie Gott Eins, Zwei und Drei. Möchten Sie Gott Vier sein?«

»Ich bin jeder Gott, von minus bis plus Unendlichkeit. Es gibt keinen anderen!«

»Halten Sie sich von den anderen fern. Ich werde Dr. Kleingeld verständigen«, teilte Miss McGiddy Captain Gonella mit.

Der Alte Mann sah den Captain an, der lächelte.

»In den Vereinigten Staaten halten sich siebenhundertzwölf Männer und vier Frauen für Gott. Eine FBI-Statistik. Guam und Puerto Rico natürlich eingeschlossen. Sie haben eine Menge Konkurrenz.«

»Wie viele behaupten, sie seien Satan?« fragte Mr. Smith plötzlich.

»Das wäre mir neu«, erwiderte Gonella. »Keiner, soviel ich weiß.«

»Ein herrliches Gefühl, etwas Besonderes zu sein«, sagte Mr. Smith leise, leicht affektiert und eingebildet, was den Alten Mann offensichtlich ärgerte.

»Der sind Sie also? Satan?« lachte Gonella. »Toll, toll. Satan Smith. Bei Ihrer Taufe wäre ich gern dabeigewesen. Wie lief die ab, völliges Eintauchen in Feuer? O.K., Miss McGiddy, notieren Sie einfach die uns bekannten wichtigsten Angaben, ich zeichne das Aufnahmeformular gegen. Wir müssen langsam weiterkommen ...«

»Die wichtigsten Angaben?«

»Gott und Satan. Heute lassen wir nichts aus. Wir sollten stolz darauf sein.«

»Ich habe schon Mr. Gottfried und Mr. Smith notiert, und dabei bleibt es auch.«

»O.K., O.K., ist ja sowieso alles erfunden, wie man es auch immer betrachten mag.«

»Wie sieht's mit der vorgeschriebenen Anzahlung aus?«

»Das übernehmen wir, oder sind Sie bereit, sich Falschgeld andrehen zu lassen?«

»Soll das 'n Witz sein?«

Mit dieser frostigen Neckerei führte man die beiden Gefangenen zu der physischen Untersuchung, die ihrem Gespräch mit Dr. Mort Kleingeld vorausging, dem anerkannten Psychiater, Verfasser von *Das Ich, das Es und das Über-Ich* sowie dem populäreren und zugänglicheren *Alles, was Sie über den Wahnsinn wissen müssen.*

Sie wollten den Puls des Alten Mannes fühlen, fanden aber keinen. Sie machten Röntgenaufnahmen, doch auf den Platten sah man nichts. Um Dr. Benaziz zu zitieren, den Koordinator des Untersuchungsteams: »Wir fanden kein Herz, keine Rippen, keine Wirbel, keine Venen, keine Arterien und, was mich besonders freut, keinerlei Anzeichen für eine Krankheit.«

In dem Bericht stand unter anderem, die Haut des Alten Mannes habe zeitweise die Konsistenz von »Keramik« gehabt, sich bei anderer Gelegenheit jedoch »gummiartig angefühlt, ganz und gar nicht wie menschliche Haut«. Offenbar konnte er seine Körperoberfläche nach Belieben verändern.

Mr. Smith sorgte sogar für noch größere Verblüffung, wofür die nach seiner Entkleidung von ihm ausgehende erstaunliche Hitze verantwortlich war, einschließlich kleiner Rauchwölkchen, die beinahe unmerklich aus seinen geschwärzten Poren entwichen, die Station mit einem diffusen und unangenehmen Schwefelgeruch erfüllend, und dies, obwohl er sich ansonsten bei Berührung eiskalt anfühlte.

Man versuchte, seine Temperatur zu messen, doch das Thermometer explodierte in seinem Mund. Vergnügt kaute er das Glas und schluckte das Quecksilber, als nähme er ein Schlückchen eines seltenen Jahrganges zu sich. Man versuchte es mit einem Ersatzthermometer in seiner Achselhöhle, doch das ging ebenfalls in die Luft. Die letzte Rettung war ein Rektalthermometer, woraufhin sich Mr. Smith, von Natur aus Exhibitionist, vergnügt im Bett herumdrehte. Der Arzt kam zurück und verkündete den anderen die beunruhigende Neuigkeit: »Kein Rektum.«

»Ich bitte Sie«, rief Gonella, »er muß es irgendwo verstecken.«

»Irgendwelche Vorschläge, wo?« fragte der verzweifelte Dr. Benaziz.

»Manche Leute müssen nach Operationen aus der Hüfte scheißen, hab' ich recht?«

»Das ist sogar noch auffälliger als dort, wo es die Natur vorgesehen hat.«

»Himmel!« rief Gonella, der mittlerweile die Geduld verlor. »Bringen wir sie zum Irrenarzt. Darum haben wir sie hierhergeschafft. Daß sie leben, wissen wir, und sie sehen nicht aus, als stünden sie kurz vor dem Tod. Und wenn es so wäre, stünden sie schon so lange dort, daß es auch egal ist. Wir brauchen das Gutachten eines Irrenarztes.«

»Das kriegen Sie nicht in Null Komma nichts«, bemerkte Dr. Benaziz. »Kleingeld braucht seine Zeit.«

»Unser aller Zeit«, ließ sich ein anderer Arzt vernehmen.

»Unser aller Geld«, ergänzte ein dritter.

»Unser aller Zeit *ist* unser aller Geld«, stellte Dr. Benaziz fest.

* * *

Dr. Kleingeld war ein kleingewachsener Mann mit unverhältnismäßig großem Kopf, er sprach flüsternd. Offenbar hielt er es für angebracht, seine Klienten durch Unterschreiten ihrer Lautstärke zu dominieren, indem er sie zwang, sich beim Zuhören anzustrengen, und ihnen das Gefühl vermittelte, bereits durch zu lautes Atmen etwas zu verpassen. Aus den Tiefen eines allumfassenden Sessels studierte er seine Unterlagen, wobei ein von Selbstsicherheit und überlegenem Wissen kündendes Lächeln seine dünnen Lippen umspielte. Der Sessel war nur ein wenig aufrechter als das Sofa, auf dem sich der Alte Mann ausgestreckt hatte.

»Wie gefällt Ihnen mein Sofa?« flüsterte Dr. Kleingeld.

»Ich kenne den Unterschied nicht.«

»Den Unterschied?«

»Zwischen Ihrem Sofa und anderen Sofas.«

»Verstehe. Weil Sie Gott sind?« Die Vorstellung amüsierte Dr. Kleingeld.

»Vielleicht. Wahrscheinlich.«

»Vor gar nicht langer Zeit hatte ich einen Mann hier, der behauptete, Gott zu sein. Ihm gefiel mein Sofa ungemein, wie er sagte.«

»Dies bewies, wenn es denn eines Beweises bedurfte, daß er nicht Gott ist.«

»Welchen Beweis haben wir, daß Sie Gott *sind*?«

»Ich brauche keinen Beweis. Das ist es ja gerade.«

Es entstand eine Gesprächspause, während deren Dr. Kleingeld sich Notizen machte.

»Erinnern Sie sich an die Schöpfung?«

Der Alte Mann zögerte. »Woran ich mich erinnere, wäre für Sie ohne Bedeutung.«

»Das ist eine interessante Bemerkung. Gewöhnlich wiederholen sie lange Passagen aus dem Ersten Buch Mose, als erinnerten sie sich an die Ereignisse. Dabei haben sie sich nur den Text gemerkt.«

»Von wem sprechen Sie?«

»Von Patienten, die behaupten, Gott zu sein.«

Kleingeld machte sich noch ein paar Notizen.

»Darf ich Sie fragen, warum Sie zur Erde zurückkamen?«

Der Alte Mann dachte nach. »Das kann ich nicht in wenigen Worten sagen. Eine plötzliche ... überraschende Einsamkeit. Der Wunsch, mit eigenen Augen die seltsamen Variationen des Themas zu sehen, das mir vor langer Zeit so großartig erschien. Und dann ... es läßt sich im Moment ... so schwer formulieren. Darf ich Ihnen eine Frage stellen?«

»Natürlich, allerdings habe ich nicht so viele Antworten wie Sie.«

»Glauben Sie ...? Sie scheinen zu glauben, daß ich der bin ..., der ich zu sein behaupte.«

Dr. Kleingeld lachte tonlos. »So weit würde ich nicht gehen«, sagte er leise. »Wissen Sie, es fällt mir nicht leicht, an irgend etwas zu glauben.«

»Das ist ein Zeichen Ihrer Intelligenz.«

»Das haben Sie nett gesagt. Ich scheue mich nicht, meine Meinung zu ändern. Genauer gesagt, ich ermuntere mich dazu, regelmäßig. Um an meinem Gespür für Wahrheit herumzunagen, wie ein Hund an einem Knochen. Nichts ist beständig. Alles verändert sich permanent. Menschen altern genau wie Vorstellungen, genau wie der Glaube. Alles wird vom Leben ausgehöhlt, weshalb es mir nicht schwerfällt, mit Ihnen zu reden, als wären Sie Gott, ohne daß ich weiß oder es mich kümmert, ob Sie es sind oder nicht.«

»Wie seltsam!« rief der Alte Mann sehr lebhaft. »Mir war nie klar, wie peinlich es sein würde, wenn man mir Glauben schenkte. Es ist so unerwartet. Als Sie gerade eben sagten, es kümmerte Sie nicht, ob ich Gott wäre oder nicht, empfand ich das nach einem Moment der Panik als Erleichterung. Sehen Sie, auf der Erde ist es viel leichter, sich als Gott auszugeben, als tatsächlich ER zu sein.«

»Es ist leichter, als verrückt zu gelten, als für alles verantwortlich gemacht zu werden, was mit der Welt schiefgelaufen ist ...«

»Oder als personifizierte Allmacht gepriesen zu werden. Es gibt keinen schlimmeren Druck, als die Zielscheibe von Gebeten zu sein.«

Dr. Kleingeld schrieb erneut.

»Darf ich Sie bitten, mir die Identität Ihres Reisebegleiters zu verraten?«

»Aha!« rief der Alte Mann. »Ich wußte, Sie würden früher oder später fragen.« Es entstand eine kurze Pause. »Sie wollten wissen, warum ich nach so langer Zeit auf die Erde zurückgekommen bin ... Nun, verraten Sie es ihm nicht, aber seit Ewigkeiten verspüre ich immer wieder Gewissensbisse wegen ihm ... Sehen Sie, ich habe ihn rausgeschmissen.«

»Raus?«

»Vielleicht verlange ich von Ihnen, zuviel auf einmal zu akzeptieren ... aber ... der Himmel.«

»Es gibt ihn?«

»O ja, auch wenn er nicht ganz so erstrebenswert ist, wie er immer geschildert wurde. Und die Einsamkeit wird manchmal recht bedrückend.«

»Einsamkeit? Sie überraschen mich. Ich hätte nicht gedacht, daß Sie für solche menschlichen Schwächen anfällig wären.«

»Angeblich habe ich den Menschen nach meinem Bild geschaffen. Ich muß doch am Ball bleiben, nicht wahr? Ich muß doch die Möglichkeit haben, Zweifel zu empfinden, sogar Freude und Qual. Wenn ich den Menschen erschuf, muß ich wissen, *was* ich erschuf.«

»Heißt das, sogar Gottes Vorstellungskraft hat Grenzen?«

»So habe ich das nie gesehen, aber natürlich muß es die geben.«

»Warum?«

»Weil ... weil ich nur das schaffen kann, was ich mir vorstellen kann, und es muß Dinge geben, die ich mir nicht vorstellen kann.«

»Im Universum?«

»Das Universum ist mein Labor. Im riesigen weiten Himmel würde ich verrückt, wenn ich nicht mit dem Universum herumspielen könnte. Das hält mich frisch und – bis zu einem gewissen Punkt – jugendlich, doch selbst das Universum ist in erster Linie zur Entdeckung und Interpretation durch den Menschen da, schließlich besteht es aus dem Menschen bekannter Materie. Das Universum deckt die Grenzen meiner Vorstellungskraft auf ..., aber natürlich erfordert die Unsterblichkeit ebenso einen Rahmen wie die Sterblichkeit. Die Sterblichkeit hat den sehr wichtigen Rahmen des Todes, der dem Leben seinen Sinn gibt. Für die Unsterblichkeit sind ebenfalls Grenzen der Vorstellungskraft notwendig, denn ohne Grenzen würde sie rasch in Chaos ausarten, aufgrund ewigkeitsbedingter Erschöpfung.«

»Höchst aufschlußreich«, murmelte Dr. Kleingeld, »aber im Eifer des Erzählens haben Sie mir natürlich Ihren Begleiter verschwiegen. Ist es Satan?«

»Ich dachte, das wäre aus meinen Worten deutlich geworden.«

»Das ist es auch, in gewisser Weise ..., aber nicht vergessen, ich glaube nicht unbedingt *alles,* was Sie sagen. Hat er mal im Zirkus gearbeitet?«

Der Alte Mann wirkte leicht verdattert. »Ist mir nicht bekannt. Die Möglichkeit besteht. Ich hatte den Kontakt mit ihm verloren, seit er ... ging ... bis gestern. Im Zirkus? Warum im Zirkus?«

»Ich weiß nicht recht. Offenbar ist er in der Lage, Dinge verschwinden zu lassen, sogar Teile seines eigenen Körpers, und seine Beziehung zu Feuer scheint eine freundliche zu sein. Es gibt Leute, die Feuer schlucken und Tricks vorführen. In der Regel arbeiten sie im Zirkus.«

»Tricks! Er selbst redet auch von Tricks. Er ist extrovertierter als ich, ein Freund von Überraschungen, und gibt gern mit seinen Fähigkeiten an. Ich ziehe es vor, während meines Aufenthalts auf Erden wie ein Mensch zu leben, falls so etwas möglich ist.« Er grübelte. »Ich wollte ihn wiedersehen, nach so langer Zeit. Ich ließ ihm ziemlich heimlich eine Nachricht zukommen. Er reagierte wie der Blitz. Vorgestern trafen wir uns zum ersten Mal, seit Urzeiten, auf dem Bürgersteig vor dem Smithsonian Institute hier in Washington, um dreiundzwanzig Uhr, wie verabredet. Wir begaben uns direkt ins Hotel, wo man uns mangels Gepäck den Zutritt verwehrte. Eine Nacht verbrachten wir im Smithsonian Institute und in der Nationalgalerie.«

»Die nachts beide geschlossen sind.«

»Mauern sind kein Hindernis, ebensowenig wie Höhen. Was wir sahen, fand ich ungemein ermutigend, was gewisse Errungenschaften des Menschen betraf; Mr. Smith trieb es vor Langeweile fast in den Wahnsinn.«

»In der nächsten Nacht fanden Sie eine Unterkunft und mußten Geld erschaffen, um Ihr Hotel zu bezahlen. Habe ich das richtig verstanden?«

»Richtig.«

Dr. Kleingeld betrachtete den Alten Mann ebenso verschmitzt wie herausfordernd. »Das FBI hat Sie zwecks psychiatrischer Einschätzung Ihrer geistigen Verantwortlichkeit hierhergebracht, Ihrer Zurechnungsfähigkeit, wenn Sie so wollen. Wir werden uns umgehend dem zweiten Teil des Tests zuwenden. Doch darf ich Sie vorher bitten, etwas Geld zu machen?«

»Man sagte mir, das sei illegal.«

»Ich beabsichtige nicht, es zu benutzen. Es dient nur dazu, daß ich – natürlich vertrauliche – Aussagen über Ihre Fähigkeit oder deren Nichtvorhandensein treffen kann.«

»Wieviel brauchen Sie?«

In Dr. Kleingelds Augen glitzerte es. »Wären Sie ein normaler

Klient«, sagte er, »läge mein Honorar im Bereich von zweitausend Dollar pro Sitzung. Ausgehend von dem, was Sie mir bisher erzählt haben, bräuchten Sie zwischen zehn und zwanzig Sitzungen, bevor ich beurteilen könnte, ob Sie mehr benötigten. Wie Sie sehen, sind solche Dinge furchtbar schwer einzuschätzen. Sagen wir dreißigtausend Dollar, wobei es sich um eine konservative Schätzung handelt.«

Der Alte Mann konzentrierte sich intensiv, und plötzlich flog, freigelassenen Tauben gleich, Geld aus seinen Taschen. Die Scheine flatterten durch das ganze Zimmer, aber grün waren sie nicht. Dr. Kleingeld fing einen in der Luft. »Das sind keine Dollar«, rief er ganz untypisch. »Das ist österreichische Währung. Wußten Sie, daß ich in Österreich geboren bin?«

»Nein.«

»Es ist völlig wertlos. Es wurde während der deutschen Besetzung Österreichs kurz vor dem Krieg gedruckt.«

»Aha«, sagte der Alte Mann mit einer gewissen Befriedigung. »Anscheinend bin ich kein normaler Klient. Schade, weil Sie in anderen Dingen wirklich weitsichtig sind.«

* * *

Vielleicht waren Rachegefühle dafür verantwortlich, vielleicht lag es auch nur an der rücksichtslosen Wißbegier von Männern, die sich der Forschung verschrieben, wie dem auch sei, Dr. Kleingeld ließ Luther Basing aus seiner Einzelhaft holen und in sein Arbeitszimmer bringen. Luther Basing, ein äußerst korpulenter junger Mann mit kurzgeschorenen Haaren und dem gefährlich schläfrigen Gesichtsausdruck eines Sumoringers, firmierte intern als Gott Drei und galt als gefährlichster der drei.

»Äh, ich dachte, Sie beide sollten sich kennenlernen. Gott Drei, ich möchte Ihnen Gott Vier vorstellen.«

Luther Basing zitterte leicht, als er den Alten Mann ansah, und brach beinahe in Tränen aus. Dr. Kleingeld gab den zwei Pflegern, die Gott Drei begleitet hatten, ein Zeichen. Sie traten rasch und leise vor und nahmen hinter Dr. Kleingeld Aufstellung.

Inzwischen standen sich der Alte Mann und Luther Basing

gegenüber, in einer Umarmung der Blicke verschlungen. Wer von beiden das Kräftemessen gewinnen würde, ließ sich noch nicht sagen.

»Verblüffend«, murmelte Dr. Kleingeld den Pflegern zu. »Normalerweise wäre Gott Drei über einen Neuen hergefallen und hätte ihn fertiggemacht. Darum habe ich Sie gebeten, ihn herzubringen und in meinem Arbeitszimmer zu bleiben, während ...« Er hatte den Satz noch nicht beendet, als Luther Basing seinen mächtigen Körper auf den Fußboden senkte und vor dem Alten Mann niederkniete.

Langsam trat der Alte Mann vor und streckte die Hand aus. Luther Basing ergriff sie nicht, sondern schaute auf den Boden und richtete seine Gedanken so vernehmlich nach innen, als faltete er ein Tischtuch.

»Komm, ich möchte dir helfen. Bei deinem großen Gewicht kann ich dir nicht erlauben zu knien.«

Lammfromm reichte ihm Luther Basing eine Hand, die aussah wie ein Bund verwachsener Bananen.

»Die andere auch. Ich brauche beide.«

Gehorsam streckte Luther die andere Hand aus. Der Alte Mann nahm beide Hände in seine, hob mit einem schnellen Schlenker seines Handgelenks die massige Gestalt hoch über den Boden und hielt sie dort.

Luther Basing schrie mit hoher, weiblicher Stimme und strampelte panisch mit seinen kurzen Säulenbeinen. Aus naheliegenden Gründen war die Erde sein Element, und er ertrug es nicht, von ihr entfernt zu werden.

Der Alte Mann ließ ihn behutsam herunter und breitete die Arme aus, um den wimmernden Riesen zu trösten, der den Kopf auf die Schulter des Alten Mannes legte und eine Zeitlang leise Geräusche von sich gab, wie ein Kind, das sich von einem Wutanfall zu erholen sucht.

»Bei Gott Eins und Zwei wird er wild«, sagte Dr. Kleingeld, »und bei Ihnen ist er die Sanftmut in Person. Warum?«

»Im tiefsten Inneren seines Herzens, trotz seiner überheblichen Behauptung, Gott zu sein, weiß er, daß er es nicht ist. Bei den anderen zwei Kandidaten weiß er, daß sie genausowenig Gott sind wie er. Das Säkulare der Situation macht sie aggressiv. In meinem Fall bemerkte er eine andere Qualität als Arroganz oder den Wunsch zu überzeugen. Ich behaupte nicht, Gott zu sein. Das habe ich nicht nötig.« Und der Alte Mann betrachtete den sich auf ihn stützenden unbeweglichen Giganten. »Er ist eingeschlafen.«

»Er hat seit Wochen nicht geschlafen«, sagte der eine Pfleger.

»Können Sie ihn zurückbringen, ohne daß er aufwacht?« fragte Dr. Kleingeld.

»Versuchen können wir's.«

Die Pfleger versuchten, Luther Basing zu übernehmen. Er wachte mit Gebrüll auf und schleuderte beide Pfleger durch die Luft. Dr. Kleingeld erhob sich entsetzt.

Der Alte Mann streckte die Hand aus, berührte Luther und fragte sehr direkt: »Wie hast du mich erkannt?«

Luthers Augen verschwanden in seinen Gesichtsfalten, als er sich angestrengt erinnerte. »Ein Himmelschor ..., ich hab' mal in einem gesungen ... bis zu meinem Stimmbruch ... vor einer Million Jahren ... noch länger.«

»Ein Cherub kannst du nicht gewesen sein. Sie kriegen nie einen Stimmbruch. Leider. Ihre Stimmen sind so schrill wie eh und je, verfehlen aber aus reiner Routine häufiger den Ton als früher.«

»Ich weiß nicht, wo es war ... aber ich erkannte Sie sofort ... als ich hereinkam.«

»Mach dir deswegen keine Sorgen. Die Phantasie ist ein erstaunlicher Ersatz für Erfahrung. Nichts, was je gelebt hat, ist wirklich gestorben, es hat sich nur verändert. Die Natur ist eine große verfallene Bibliothek für alles, was je gewesen ist. Man findet sich dort nicht zurecht, und doch ist alles da, irgendwo. Häufig erhaschen Menschen einen Blick auf dieses oder jenes, wenn es auf der Wellenlänge ihrer Seelen passiert. Nicht mehr als ein Augenblick des Verstehens, ein Lichtfunke, ist nötig, um vorher ungeahnte Orte in unbekannten Welten oder längst vergangenen Zeiten kurz zu beleuchten. Alles steht allen zur Verfügung, manchmal nur einen Fingerbreit außer Sichtweite.«

Der große Mann grinste. »Ich weiß jetzt, woher ich Sie kenne.«

»Woher?«

Er pochte mit einem Wurstfinger gegen seinen unförmigen Schädel. »Aus dem Kopf.«

Der Alte Mann nickte bedeutungsvoll und sagte zu Dr. Kleingeld: »Er wird Ihnen keine Schwierigkeiten mehr machen. Nebenbei bemerkt, er ist nicht verrückt. Er ist lediglich ein Visionär. Es ist die seltenste, die wertvollste Form geistiger Gesundheit.«

Luther Basing drehte sich zu den beiden Pflegern um. »O.K., Jungs, gehen wir. Zeit fürs Abendessen.« Damit hob er sie auf, unter jeden Arm einen, und trug die zwei sich windenden Männer aus dem Zimmer.

»Vermutlich sind Sie sehr stolz auf sich«, sagte Dr. Kleingeld ungehalten.

»In solchen Begriffen denke ich nie. Ich habe keinen, mit dem ich mich vergleichen könnte.«

»Was soll ich in meinem Bericht schreiben?«

»Schreiben Sie die Wahrheit.«

»Soll man mich für verrückt halten?«

4

Man hatte dem Alten Mann ein Beruhigungsmittel gegeben, und er tat, als schliefe er, um ein Gespräch mit der hübschen schwarzen Schwester zu vermeiden, die ihm die Tablette verabreicht hatte. Für Small talk war er nicht in Stimmung. Es gab zuviel Stoff zum Nachdenken.

Als sie die Station verlassen hatte, beobachtete er zwischen halbgeschlossenen Lidern, wie sich ein Asiate in Krankenhauskleidung im Halbdunkel des Spätnachmittags einen Weg zwischen den Betten suchte.

Der Alte Mann öffnete die Augen. »Was machst du hier, Smith?« fragte er streng.

»Pst! Pst!« bat der Asiate. »Ich probiere meine Verkleidung aus. Ich bin Toshiro Hawamatsu. So weit, so gut. Ich verschwinde bald, ob du mitkommst oder nicht.«

»Wohin soll's gehen?«

»Nach New York. Washington ist etwas für dich. Große moralische Fragen, Pressure-groups, Korruption an höchster Stelle, solche Sachen. New York ist etwas für mich. Man nennt es sogar den ›Big Apple‹. Erinnerst du dich noch an den kleinen Apfel in dem Garten, dessen Name mir immer entfällt, in dem ich lernen mußte zu schlängeln? Alles eine höchst physische Angelegenheit. Drogen und Prostitution im Verein mit hochmoralischem Getue. Das ist meine Szene, wie man so sagt.«

»Was willst du machen, um an Geld zu kommen?«

Millionen von Yen tauchten zwischen Laken und Decke im Bett des Alten Mannes auf.

»Danke, oder besser ausgedrückt: *Domo aregato gozaimas*«, sagte der dankbare Mr. Smith, als er das Geld in seine mickrigen

Taschen stopfte. »Ich habe schon etwas gestohlen. Nichts ist einfacher in einem Krankenhaus. Unten ist ein Zimmer, in dem die Wertsachen der Patienten aufbewahrt werden. Jetzt brauche ich nur noch ein bißchen Kleidung und eine Brille. Oh! ...«

Er hatte auf dem Nachttisch neben dem des Alten Mannes eine Lesebrille entdeckt, die einem schlafenden Kranken gehörte. Mr. Smith fischte sie geschickt von einem offenen Taschenbuch, dessen Seiten sich langsam schlossen.

»Warum hast du das getan?« tadelte der Alte Mann. »Du brauchst doch gar keine Brille, wir alle beide nicht. Anders als dieser arme Kerl.«

»Wenn du als Japaner durchgehen willst, mußt du einfach eine Brille haben, ob du sie wirklich brauchst oder nicht.«

»Was mache ich, wenn er aufwacht und fragt, ob ich weiß, wo seine Brille geblieben ist?«

»Wenn er aufwacht, schläfst du ein. Ganz einfach.«

»Und was ist mit meinen echten Dollars?«

»Komm mit mir. Ich gehe jetzt in den Röntgenraum, um ein paar Klamotten einzusammeln. In den Taschen muß es Geld geben. Genug für uns beide, um über die Runden zu kommen. Dann nehme ich um halb acht das, was man einen Greyhound-Bus nennt. Der bringt uns um Mitternacht oder etwas später nach New York.«

»Geh schon los. Ich komme später nach.«

»Und wenn du den Bus verpaßt?«

»Dann finde ich dich in irgendeiner Lasterhöhle.«

»Davon gibt es zu meiner Freude in New York eine Menge. Ich habe von einem Schwulenbadehaus mit Sauna namens ›Oscar's Wilde Life‹ in der 42nd Street gehört.«

»Ich wage gar nicht, daran zu denken, was ein Schwulenbadehaus ist ... irgendwelche Wasserorgien?«

»Nein. Eher homosexuelle Verderbtheiten.«

»Wirklich? So etwas gibt es?«

»Ich vergesse immer, wie naiv du bist.«

»Warum sollte sich ein japanischer Geschäftsmann dahin begeben?«

»Wenn ich dort ankomme, bin ich kein Japaner mehr. Ich werde in der Wechselstube meine Yen in Dollar gewechselt und mich wieder in mein ursprüngliches Ich zurückverwandelt haben, oder besser gesagt in eine für Amerikaner akzeptable Version meiner selbst. Ich begebe mich weniger in das Bad, um irdische Laster zu untersuchen, als vielmehr, um ein paar einfallsreiche Klamotten aufzutreiben, die von den Badenden im Umkleideraum zurückgelassen wurden.«

»Ach du meine Güte, du kannst dir nicht einfach eine Garderobe zusammenstehlen, das lasse ich nicht zu. Nicht, solange du mit mir unterwegs bist.«

»Ich werde ja nicht wahllos stehlen. Ich lasse die Kleider da, die ich hier stehle. Tausch ist kein Diebstahl.«

»*Ehrlicher* Tausch ist kein Diebstahl. Was stimmt an der Kleidung nicht, die du hier zu stehlen hoffst?«

»Ich kann mir nicht vorstellen, daß ich die hier geklauten Klamotten unbedingt behalten will. Hast du dir mal ein paar von den Leuten angesehen, die zum Röntgen herkommen?« Er verdrehte die Augen, um die unheilbare Dumpfheit dieser Leute und somit ihrer Kleidung anzudeuten. Zwei FBI-Männer betraten die Station, auf die Schlafenden sowenig Rücksicht nehmend, als handele es sich um abgestellte Autos.

Mr. Smith verschwand rasch.

»Smith ist wieder abgehauen«, sagte der eine.

»Wer stand da gerade neben Ihrem Bett?« wollte der andere wissen.

»Niemand.« Der Alte Mann errötete, als ihn die Umstände wieder zum Flunkern nötigten.

»Ich hätte geschworen, daß er asiatische Gesichtszüge aufwies, Koreaner oder Vietnamese...«

»Ich habe niemanden gesehen. Hören Sie, meine Herren, Mr. Smith ist ein geselliger Typ. Er könnte überall in diesem riesigen Krankenhaus sein, neue Freunde kennenlernen oder plaudern. Haben Sie es schon mal in der Cafeteria versucht?«

»O.K., Al, gehen wir. Wir müssen ihn finden. Irgendwo muß er sein.«

»Entbindungsstation?« witzelte der zweite FBI-Mann.

»So weit kommt's noch«, lachte der andere.

Kaum waren sie weg, materialisierte sich Mr. Smith. »Ich haue jetzt ab«, sagte er.

Der Alte Mann zuckte zusammen. »Du hast mich erschreckt. Ich dachte, du wärst schon unterwegs.«

Beleidigt verschwand Mr. Smith erneut. Die FBI-Männer hatten den Kranken im Nachbarbett geweckt, der in seinem Krimi Trost suchen wollte.

»Haben Sie meine Brille gesehen?« fragte er.

Der Alte Mann wollte gerade verneinen, als er erkannte, Gefahr zu laufen, sich das Erzählen von Notlügen anzugewöhnen, eine gefährliche Angewohnheit, die die Basis seiner Moralität unterminieren könnte.

»Ja«, antwortete er knapp. »Mr. Smith hat sie gestohlen.«

»Smith«, wiederholte der Kranke. »Das ist schlimm. Ohne sie kann ich gar nichts sehen.«

»Gerade eben waren FBI-Männer hier«, sagte der Alte Mann, um ihn aufzumuntern. »Sie suchen Mr. Smith.«

Die Miene des Kranken hellte sich auf. »Weil er meine Brille gestohlen hat?«

»Ja.« Der Alte Mann gab es auf. Manchmal war die Wahrheit verdammt lästig und verlängerte uninteressante Gespräche endlos.

* * *

Die Besprechung in Dr. Kleingelds Arbeitszimmer war schwierig. Der Doktor saß jetzt an seinem Schreibtisch auf einem Drehstuhl, den er permanent benutzte, um sich in Gespräche ein- oder wieder auszuschalten. Im Moment drehte er den anderen gerade den Rükken zu. Gonella marschierte nervös auf und ab, während die anderen FBI-Leute auf den Armlehnen von Sesseln hockten oder sich gegen andere Möbel lehnten. Chief Eckhardt vom 16. Revier war ebenfalls anwesend, außerdem Gontrand B. Harrison, stellvertretender FBI-Direktor, um dessen Anwesenheit Gonella dringend ersucht hatte. Beide saßen in Sesseln.

»Wie geht es nun weiter?« fragte Harrison.

»Warum gehen wir nicht alles noch einmal durch?« schlug Gonella vor.

»Das ist ein konstruktiver Vorschlag«, befand Harrison.

Gonella las aus Unterlagen vor: »Chief Eckhardt, Sie wurden, soviel ich weiß, verständigt, als Doble K. Ruck, der Kassierer des Hotels Waxman Cherokee, eine dem Empfangschef des Hotels, René Leclou, übergebene Anzahl von Geldscheinen zur Überprüfung in die Pilgrim Consolidated Bank brachte. Nach etwa einer bis anderthalb Minuten erklärte Lester Kniff, Manager der Bankfiliale, die Scheine zu Fälschungen ...«

Dr. Kleingeld drehte den Stuhl herum, bis er der Versammlung sein Gesicht zuwandte. Er sprach mit seiner nicht berufsmäßigen Stimme, laut, deutlich und unharmonisch.

»Das alles haben wir bereits durchgeackert, meine Herren, und zwar mehrfach. Noch geht es hier nicht um einen Prozeß, sondern um ein psychisches Phänomen. Es wird nichts helfen, wenn wir unwichtige Einzelheiten noch so oft wiederkäuen. Und ich bestreite, daß es sich um einen konstruktiven Vorschlag handelt, Mr. Harrison. Es ist lediglich konfuse bürokratische Zeitverschwendung, deren man sich in hohen Positionen gern bedient.«

»Das verbitte ich mir«, sagte Mr. Harrison.

»Tatsache ist, ich bin weder gewillt zu bestätigen noch zu dementieren, daß diese beiden Männer nicht das sind, wofür sie sich ausgeben.«

»Sind Sie übergeschnappt?« fauchte Harrison.

»Das überlegte ich auch. Ich fragte Gott Vier, was ich seiner Meinung nach sagen sollte. Er erwiderte: ›Sagen Sie die Wahrheit.‹ Ich weiß noch, wie ich sagte: ›Soll man mich für verrückt halten?‹ Ich kannte die natürliche Reaktion auf mein Verhalten sehr wohl, dennoch sehe ich keine Alternative.«

»Doktor«, flehte Gonella, »wir sind vier Männer in hervorragenden Stellungen. Können wir uns leisten, zu Protokoll zu geben, ein paar alte Typen, die sich ein Repertoire von Taschenspielertricks zugelegt haben, seien womöglich Gott und der Teufel? Ich bitte Sie – man würde uns nicht ernst nehmen. Außerdem ... nun, da draußen warten eine Menge Leute nur darauf, uns unsere Jobs wegzunehmen – aber zu diesem Thema will ich mich gar nicht erst äußern.«

»Wir wollen die Sache mal eben von einer anderen Warte aus

betrachten«, schlug Dr. Kleingeld vor, der seine Haltung wiedergewann und damit den Großteil seiner leicht suspekten Autorität. »Wir wollen diesen Vorfall von dem religiösen Aspekt trennen. Religion, angeblich der große Tröster, der große Stimmungsheber, macht die Menschen in Wirklichkeit nervös.«

»Das verbitte ich mir«, sagte Mr. Harrison.

»Und doch ist es meines Wissens wahr. Lassen Sie uns das, was passiert ist, als Science-fiction behandeln. Hält man sich an das Fernsehen, ist es durchaus plausibel, daß dieser Planet von einer glibbrigen Sülze oder weisen kleinen Hektikern mit Melonenköpfen und den Körpern halbverhungerter Kinder überfallen wird und daß die Gesetzeshüter die Invasoren bekämpfen, bis es zum Einsatz der irdischen Streitkräfte oder dem süßlichen Wohlwollen der Menschheit kommt, unterstützt von sämtlichen Geigen, die Hollywood aufbringt. Millionen verfolgen solche Geschichten und lassen sich davon stark beeinflussen. Als nächster Test unserer militärischen Leistungsfähigkeit bis an ihre Grenzen sind sie völlig glaubwürdig oder auch als Loblieder auf universellen Frieden, wobei man Liebe auf die menschliche Seele streicht wie Honig auf den Toast von gestern. Wissen Sie noch, wie Orson Welles zur Zeit des Rundfunks die amerikanische Öffentlichkeit in Panik versetzte, als er anschaulich, Schlag auf Schlag, die Invasion der Erde durch Marsbewohner übertrug? Noch nie hat jemand die Öffentlichkeit mit der Behauptung in Panik versetzt, Gott und Satan statteten uns einen Besuch ab.«

»Genau das verlangen Sie von uns«, sagte Gonella.

»Ich sage, es ist nicht machbar. Woran liegt das, was stimmt nicht mit uns? Jeder Präsidentschaftskandidat muß so tun, als wäre Beten für ihn überaus wichtig, auch wenn er nur so tut, um den Schein zu wahren. Gebete zu Hause bei ernsten Gelegenheiten gehören zur amerikanischen Tradition; doch die Vorstellung, daß das Objekt unserer Gebete in persona erscheint, gilt als unmöglich, ja sogar als blasphemisch. Es fällt leichter, an eine bedrohliche Sülze oder einen aus der Zeit der Schöpfung übriggebliebenen Dinosaurier zu glauben.«

»Beten Sie, Sir?« fragte Harrison.

»Nein«, antwortete Dr. Kleingeld.

»Das dachte ich mir. Aber ich. Vielleicht nehme ich Ihnen deshalb alles so bitter übel, was Sie sagen. Lassen Sie mich hinzufügen, daß wir es hier nicht mit einer Universitätsvorlesung, sondern mit einem sehr konkreten und sehr realen Notfall zu tun haben. Morgen früh werden Gottfried und Smith einem Richter vorgeführt, die Anklage lautet auf Falschmünzerei und schweren Diebstahl. In Anbetracht ihres Alters hatten wir gehofft, Sie könnten irgendwelche mildernden Umstände psychischer Natur vorschlagen, die vor einem Richter zugunsten der beiden sprechen würden, der nur eine begrenzte Zeit zur Verfügung und keine Gelegenheit hat, auch nur annähernd das über diesen Fall herauszufinden, was ich herausfinden konnte. Aber offensichtlich ist das zuviel von Ihnen verlangt.«

»Ich soll schwindeln, so wie wir alle ständig schwindeln, bei Kleinigkeiten, in kleinem Maßstab. Ich soll sagen, die zwei alten Männer seien für ihre Taten nicht voll verantwortlich, sie bräuchten Bewährung, um die Gesellschaft zu schützen, wie Gesetzesbrecher während ihrer zweiten Pubertät, sie bräuchten Hilfe, was so großzügig klingt, aber der erste Schritt von sehr wenigen Schritten ist, die zu ständiger Verwahrung führen. Ich möchte nur sagen, daß die Worte, die Gott Vier benutzte, um Gott Drei zu beruhigen, von ungeheurer Autorität, absoluter intellektueller Integrität sowie einer beneidenswerten Ökonomie der Mittel zeugten, denen wir alle zu unserem Vorteil nacheifern könnten.«

»Das ist Ihr letztes Wort?«

»O nein, ich habe keine Ahnung, was mein letztes Wort sein wird. Ich kann nur sagen, während Sie redeten, habe ich zum ersten Mal in meinem Leben gebetet . . . als Experiment.«

»Kommen Sie, meine Herren.« Harrison erhob sich. »Ich werde nicht länger in meiner Enttäuschung verharren. Chief Eckhardt, Sie setzen die Verfolgung einfach fort, behandeln diese Angelegenheit wie einen normalen Fall. Was die abnormen Aspekte des Falles betrifft, wären wir wohl am besten beraten, sie zu vergessen und nie wieder zur Sprache zu bringen.«

»Jawohl, Sir. O.K.«, und Eckhardt ergänzte, als leisen Nachklapp. »Was wäre, wenn sie *während* der Verhandlung verschwinden?«

»Das FBI wird alles in seiner Macht Stehende unternehmen, um so etwas zu verhindern.«

»Das sagt sich so leicht, Sir. Sie haben nicht miterlebt, wie es passiert.«

»Auch wir haben ein ganz ansehnliches Arsenal an Tricks in der Hinterhand, Chief.«

»Jawohl, Sir. Das zu wissen tut wirklich gut.«

»Und ob.«

Gonella faßte zusammen: »Lassen Sie mich nochmals wiederholen, nur damit wir alle klarsehen. Wir klagen die beiden Alten als gewöhnliche Kriminelle an und versuchen, jeden Bezug darauf zu vermeiden, wie das Geld in Umlauf gebracht wurde, zum Beispiel aus einer Tasche. Keine Erwähnung der spanischen oder griechischen Münzen. Nur die reinen Fakten, was die Blüten angeht, sonst nichts.«

»Genau«, sagte Harrison mit einem Seitenblick auf Dr. Kleingeld, der leise lächelnd dasaß, die Augen geschlossen, mit den Fingern ein Zelt vor seinem Gesicht formend. »Die Details können wir im Büro oder im 16. Revier besprechen. Es handelt sich um eine interne Angelegenheit. O.K., gehen wir.«

Die Tür öffnete sich, bevor sie dort ankamen. Die zwei FBI-Männer standen vor ihnen.

»Sie sind weg«, sagte der erste atemlos.

»Weg? Alle beide?« rief Gonella.

»Ja. Der Alte, Gottfried heißt er wohl, der lag im Bett, also, um vier Uhr dreiundvierzig, und er sagte, seiner Meinung nach konnte der andere Typ, Smith, in der Cafeteria sein, weil er gerade nicht im Bett lag. Smith fanden wir nicht, also kamen wir zurück, wollten mit Gottfried reden, aber der war auch weg. Mr. Courland im Nachbarbett sagt, eben sei er noch da, im nächsten Moment verschwunden gewesen.«

»Genau, genau«, jammerte Eckhardt, der die Symptome erkannte.

»Außerdem sagte er, Smith habe seine Brille gestohlen.«

»Eins nach dem anderen«, fauchte Harrison. Er war für Ordnung.

»Smith oder Gottfried oder sonstwer hat einem gewissen Mr.

Xyliadis die Kleidung gestohlen, als der sich in der Röntgenstation aufhielt.«

Ein dunkler, kahler, untersetzter Mann tauchte auf, der gestreifte Unterwäsche trug, darüber einen geliehenen Morgenrock, und augenscheinlich äußerst ungehalten war.

»Eine gottverdammte Schande ist das«, schrie er. »Pünktlich wie ein Uhrwerk komme ich zu meinem halbjährlichen Check-up her – hab' ich in den letzten zehn Jahren alle sechs Monate machen lassen, außer letztes Jahr, als ich in Saloniki war –, meine Oberbekleidung lasse ich im Umkleideraum, genau wie immer ...«

»Jemand soll sich die Einzelheiten notieren«, rief Harrison.

»O.K., ich übernehme das«, bellte Chief Eckhardt.

»Die übrigen ... hören Sie zu ... ich werde diese Angelegenheit an höchster Stelle vortragen – bis zum Präsidenten, wenn's sein muß.«

»Zum Präsidenten?« fragte Gonella ungläubig. »Ist das nicht ein wenig voreilig?«

»Nein, Sir«, zischte Harrison zwischen entschlossen gebleckten Gebißhälften. »Ist Ihnen klar, daß wir es hier womöglich mit dem Spähtrupp von einem anderen Planeten zu tun haben oder mit irgendwas, das die verfluchten Sowjets ausprobieren, bevor sie es einsetzen? Das ist zu groß, das kriegen wir nicht unter Kontrolle, und möglicherweise ist der Zeitfaktor entscheidend. Gehen wir, Leute.«

Ihr Aufbruch verzögerte sich durch das fröhliche Gelächter eines ungewöhnlich heiteren Dr. Kleingeld.

»Der Spähtrupp von einem anderen Planeten? Was habe ich Ihnen gesagt? Das können wir leichter akzeptieren und auf den Schreibtisch des Präsidenten legen als einen göttlichen Besuch.«

»Ist das alles, was Sie zu sagen haben?« fragte Harrison, der keine Sekunde verschwenden wollte.

»Nein. Für jemanden, der über sechzig Jahre ohne ein Gebet verbrachte, habe ich soeben eine höchst erfreuliche Erfahrung gemacht. Schon bei meinem ersten Versuch wird es erhört.«

»Worum haben Sie denn gebetet?« wollte Gonella wissen, schon im voraus höhnisch grinsend.

»Ich habe gebetet, daß die beiden alten Herrschaften verschwinden. Ein Glück für den Richter morgen früh. Er wird nie erfahren, was ihm entgangen ist. Und ein Glück für uns!«

»Gehen wir. Genug Zeit verschwendet«, befahl Harrison, und die Polizisten strömten zurück zu ihren quietschenden Reifen, ihren kreischenden Bremsen und ihren heulenden Sirenen, die Erkennungsmelodie und Hintergrundmusik für die Walküren der öffentlichen Ordnung.

Nur Chief Eckhardt blieb zurück und nahm die stinklangweilige Aussage von Mr. Xyliadis auf, der bereits vier verschiedene Versionen seines Tascheninhalts abgeliefert hatte.

* * *

Kaum war er im Freien, bewegte sich Mr. Smith mit einer Energie und Zielstrebigkeit, die er in Begleitung des fülligen Alten Mannes unmöglich an den Tag legen konnte, dessen natürlicher Rhythmus behäbig, um nicht zu sagen schwerfällig war.

Er hielt ein Taxi an und erfuhr von dem Fahrer nicht nur, daß er New York schneller mit dem Flugzeug als mit einem Greyhound-Bus erreichen konnte, sondern auch, daß es am Flughafen eine Wechselstube gab. Diese Lösung war auch für den Fahrer besser, wie dieser erklärte, da der Fahrpreis zum Flughafen höher sei als zum Busbahnhof.

»So sind alle zufrieden«, gluckste er, als sie in den Abend fuhren.

Mr. Xyliadis' Kleidung hing in Falten von Mr. Smith' schlanker Gestalt. Große Auswahl hatte es nicht gegeben. An diesem Nachmittag war nur noch ein kleines achtjähriges Mädchen geröntgt worden. Nun sah Mr. Smith so eigenartig aus wie eine nichtschwangere Frau, die ihre Schwangerschaftskleidung trug. Ja, eine vollschlanke Dame hielt ihn auf dem Weg zum Ticketschalter an und erkundigte sich, ob er sich der Westwood-Wideworld-Diät unterziehe, und wenn ja, in welcher Woche er gerade sei. Eine solche Diät, erwiderte Mr. Smith, sei »in Japan unbekannt«. Die unförmige Dame reagierte, als sei es von einem ostasiatischen Besucher nicht besonders nett abzustreiten, daß er sich einer kalifornischen Diät unterzog, obwohl er es augenscheinlich tat.

Der Wechsel der Yen-Noten ging ohne Schwierigkeiten vonstatten, genau wie der Erwerb der Flugzeugtickets. Mr. Smith flog ohne großes Gepäck, verließ aber den New Yorker LaGuardia-Flughafen mit einer schicken neuen Reisetasche, die er, ohne groß zu überlegen, von einem Förderband stahl, auf dem sich frisch aus Cleveland eingetroffenes Gepäck befand. Dann nahm er ein Taxi zu Oscar's Wilde Life. Der Fahrer war ein streitlustiger Herr aus Haiti, der Mr. Smith fragte, ob es in Japan viele Schwule gebe.

»Würden Sie Ihren Blick bitte nicht von der Straße nehmen«, mehr sagte Mr. Smith nicht. Er war deshalb so wortkarg, weil er, wie ein Salamander im Frühling, eine Verkleidung für eine andere aufgab, was Konzentration erforderte.

Der Fahrstil des Haitianers wurde immer chaotischer, als dieser im Rückspiegel das sich verändernde Aussehen seines Fahrgastes bemerkte. Ja, er wirkte wie versteinert, als der Fahrgast in der 42nd Street den Wagen verließ, kein Asiate mehr, sondern irgendwie angelsächsisch, mit wallenden roten Locken und einer Unzahl von Sommersprossen in einem unverändert beunruhigenden Gesicht, die Maske von jahrhundertelanger ungeteilter Lasterhaftigkeit.

»Ich hab's doch nicht übertrieben, oder? Mit den Sommersprossen, meine ich?« fragte er den Fahrer beim Bezahlen. Spontan beschleunigte dieser, ohne auf sein Geld zu warten.

Mr. Smith war begeistert, da er ein schönes Sümmchen echter Dollar gespart hatte. Ihm kam der Gedanke, daß dies der erste seiner Tricks war, den er gewissermaßen kommerziell genutzt hatte.

Er überquerte die Straße, auf der immer noch sehr viel Betrieb war, trotz – oder vielmehr wegen – der späten Stunde. Stammelnd und undezent versprachen beleuchtete Schilder Kitzel, wenn nicht Laster. Das Laster blieb den düsteren Gestalten auf dem Bürgersteig überlassen, die alle darauf zu warten schienen, daß etwas passierte, oder so bewegungslos wie möglich verharrten und Spinnen gleich darauf lauerten, daß sich nichtsahnende Fliegen in ihren unsichtbaren Netzen verfingen.

Neben dem Eingang zu Oscar's Wilde Life stand ein prachtvoll gebautes Mädchen, die Beine bis zu den Hüften sichtbar, in grobmaschigen, stellenweise zerrissenen Netzstrümpfen. Ihre Schuhe hatten Bleistiftabsätze, die, wenn sie sich ein wenig bewegte, den Eindruck vermittelten, als stände sie auf Stelzen. Ihr Minirock sah aus, als wäre er beim Waschen eingelaufen, und ihre Brüste glichen schwimmenden Hunden, begierig, ihre Nasenlöcher über dem Wasserspiegel zu halten. Ihr Gesicht war jung, aber verlebt. Ihre und Smith' Blicke begegneten sich, und etwas wie Erkennen flakkerte auf.

»Kommst du mit, hm? ... Ich hab' dir 'ne Menge zu bieten ...«

»Vielleicht später ...«, sagte Mr. Smith und schob sich an ihr und einer blumigen Parfumwolke vorbei.

»Vielleicht gibt es kein Später ...«

Er ignorierte sie und betrat den hell erleuchteten Eingangsbereich zu Oscar's Wilde Life. Hinter einem Vorhang wurde es wieder dunkel. Ein als Popeye der Matrose verkleideter weibischer Schlägertyp hielt Mr. Smith auf. Zu ihm gesellte sich ein älterer Mann mit weißen, nach vorn in die Augen gekämmten Haaren, ebenfalls in einer an Yachtclubs erinnernden Manier gekleidet.

»Ich muß einen Blick in dein Täschchen werfen, Süßer«, sagte der Schläger. »Aus Sicherheitsgründen. Wir hatten schon zwei Bombendrohungen von faschistischen heterosexuellen Organisationen.«

Mr. Smith öffnete seine Tasche. Sie enthielt ein Schminkköfferchen, ein seidenes Bettjäckchen, seidene Unterhöschen, einen BH sowie einen lachsfarbenen Pyjama.

»Komm doch rein«, sagte der ältere der beiden Männer. »Ich bin Oscar. Willkommen im Club. Komm, ich führ' dich herum. Wie heißt du?«

»Smith.«

»Wir verkehren hier alle per Vornamen.«

»Smith ist mein Vorname.«

»Aha. Hier entlang, Smith, Schätzchen.«

Mr. Smith folgte Oscar durch ein Gewirr exotischer Pflanzen, die sich plötzlich zu einer Art Dschungellichtung öffneten. Dort befand sich wunderbarerweise ein marmorner Swimmingpool mit neorömischen Mustern sowie plumpen visuellen Erotizismen, die

Pompeji zur Ehre gereicht hätten. Das in den Pool fließende Wasser trat aus einem vergoldeten männlichen Organ, so schäbig glänzend wie ein Stück Modeschmuck. Die beiden Anhängsel, in ebenso strahlend goldener Ausführung, erzeugten nach Belieben Wellen und trügerische Strömungen. Das bösartig grünliche Wasser war voll von kreischenden Männern, die ihr Talent zur Übertreibung auslebten. Am Beckenrand standen zwei nackte Schwarze, die Ohren mit falschen Steinen gespickt. Einem hingen mallorquinische Perlenketten um den Hals.

»Dies sind meine eingeborenen Träger«, kicherte Oscar. »Jungs, begrüßt Smith.«

»Jambo, jambo, bwana«, riefen die beiden Männer in einem verzwickten rhythmischen Muster, das mit einem präzise aufeinander abgestimmten Tanz samt Handschlag endete.

Die Männer im Swimmingpool brüllten zustimmend.

»Jungens und Mädels«, rief Oscar mit anzüglichem Augenrollen. Beifall. »Dies ist Smith.« Höhnisches Gejohle. Tadelndes Händeklatschen Oscars. Als die Ruhe wiederhergestellt war, versuchte er es mit gutem Zureden: »Smith ist *in Ordnung*. Oscar hat einen Blick in sein *Köfferchen* geworfen.« Das alles in lockendem Singsang. »Und jetzt runter mit diesen *schauderhaften* Kleidern in unserm barocken *Ent*kleideraum, und dann zeige dich in deiner *wahren* Pracht!«

Begeisterungstaumel. Während Oscar Smith wegführte, rief einer der Schwimmer laut: »Ich bin ganz wild auf Sommersprossen«, worauf ihn sein Liebhaber, der keine Sommersprossen hatte, spielerisch biß.

»Ich lasse dich hier *allein*. Aber nicht *lange*. Was für *Haare!*«

Mr. Smith schaute sich in dem in Plüschrot und Knochenweiß gehaltenen Umkleideraum mit seinen Statuen römischer Jünglinge in albernen Positionen um. Er zog den Vorhang auf, um einen Blick in die Alkoven zu werfen, wo die Kleider hingen, und entdeckte eine Jeans, handbemalt mit Pfauen und Paradiesvögeln. Er spürte, wie sich eine tiefe Begeisterung seiner bemächtigte, wie er sie seit Jahren nicht erlebt hatte. Er probierte sie an. Sie paßte. Nichts, was die Badenden sonst noch abgelegt hatten, paßte sehr gut zu der Hose, aber er streifte ein weites, mattes, in einem zarten Violetton gehaltenes T-Shirt über, auf das vorne die Worte »Call Me Madame« gedruckt waren. Er betrachtete sich im Spiegel. Was er sah, amüsierte ihn.

Er hängte Mr. Xyliadis' konventionelle Kleidung auf die Bügel, von denen er seine neuen Klamotten gestohlen hatte, schnappte sich seine Tasche, rannte an Oscar vorbei, den er genau wie den muskulösen Popeye am Eingang beiseite schob, und erreichte die Straße. Die Prostituierte war immer noch da, wo er sie zuerst gesehen hatte. Mr. Smith ergriff ihre Hand und zischte: »Schnell! Wohin gehen wir?«

Sie lief auf ihren Bleistiftabsätzen mit, wobei sie sich wie ein Fohlen anhörte.

»Hundert Piepen, für weniger mach' ich's nicht!« keuchte sie.

»In Ordnung, in Ordnung!«

Sie zog ihn in eine dunkle Einfahrt. Dort saß ein Mann, der nicht aufschaute.

»Ich bin's, Dolores«, sagte sie.

»Hundertsechzehn«, sagte der Mann und reichte ihr einen Schlüssel mit Anhänger.

Sie nahm den Schlüssel und stieg auf einer schmalen Treppe in den ersten Stock. Als sie die Tür fand, schloß sie auf, knipste das Licht an und führte Mr. Smith herein, um mit ihm das spartanische Elend dieser Kammer zu teilen, die für ein paar kostbare Momente dem Laster diente.

Hinter Mr. Smith schloß und verriegelte sie die Tür. Dann lud sie ihn ein, sich auf das Bett zu setzen, was er tat; sie drehte an einem Schalter neben der Tür, woraufhin das grelle weiße durch häßliches rotes Licht ersetzt wurde. Sie zündete eine Zigarette an und bot Mr. Smith eine an, der ablehnte.

»Dolores«, sagte er.

»Ja?«

»Das ist ein schöner Name.«

Sie war nicht zur Zeitverschwendung hier. »Worauf stehst du?« fragte sie.

»Stehen? Die Frage verstehe ich nicht.«

»Du bist doch nicht wegen stinknormalem Sex hier, oder? So siehst du jedenfalls nicht aus.«

»Ich weiß nicht.«

Irritiert zog sie an ihrer Zigarette. »O.K., ich nenn' dir also den Tarif«, sagte sie. »Vielleicht kommen dir die Preise übertrieben vor, aber ich bin in sämtlichen Varianten sehr erfahren, von normal bis ausgefallen. Der Grundbetrag ist hundert Piepen, wie schon gesagt. Normal ist dann zwanzig Piepen für alle folgenden zehn Minuten.«

»Normal?« fragte Mr. Smith mürrisch.

»Klar. Normaler Verkehr, ohne irgendwelche Extras. Willst du wie ein Schuljunge geprügelt werden, kostet das für alle folgenden zehn Minuten fünfzig Piepen Aufpreis auf den Grundbetrag. Wenn das dein Ding ist, geh' ich nach oben in die Garderobe, tja, und zieh' mich an wie eine Gouvernante, falls du ein Sklave sein willst, kostet dich das fünfundsiebzig alle fünfzehn Minuten, dann ziehe ich mich als Gebieterin oder Göttin um, was dir lieber ist. Willst du mich auspeitschen, kostet das mindestens hundert Piepen pro fünfzehn Minuten, feste Schläge sind untersagt. Ich hab' Kostüme für französische Dienstmädchen und Schülerinnen, nägelbeschlagene lederne Handschellen, Halsbänder, hölzerne Fußknöchelfesseln, außerdem Brustwarzenklammern, Vibratoren und Dildos. Was soll's sein?«

»Wo bleibt die Leidenschaft?« rief Mr. Smith mit einer Stimme wie ein Orgelton.

»Die was?« fragte die verängstigte Dolores.

»Die Leidenschaft«, fauchte Mr. Smith. »Es kann keine Laster ohne Leidenschaft geben, ohne die jähe Reise zu den Extremen der menschlichen Möglichkeiten, ein Delirium so nahe am Tod, wie es geht, ein Kaleidoskop der Sinne, etwas, das sich jeder Beschreibung entzieht. Leidenschaft. Sie hat keinen Preis.«

»Dann verschwinde von hier«, schrie Dolores, von ihrer Angst ermutigt. »Ohne Preis gibt's bei mir nichts.«

»Hier sind tausend Dollar«, sagte ein plötzlich vernünftiger Mr. Smith. »Tu das, was ich deiner Meinung nach verdiene.«

»Tausend Dollar!« Dolores war überwältigt. »Soll ich dich fesseln?«

»Ich will mich nicht anstrengen. Ich bin total übermüdet.«

»Als was soll ich mich verkleiden?«

»Ich habe für einen Körper bezahlt, nicht für Kleider.«

»Dann zieh dich aus.«

»Das wiederum erfordert eine Antrengung meinerseits.«

Erneut wußte Dolores nicht weiter. »Wie wär's mit griechisch?«

»Griechisch?«

»Von hinten?«

»Keine Ahnung, was du meinst.«

»Bruder, wo hast du all die Jahrhunderte bloß gesteckt?«

»Eine berechtigte Frage ...«

In dem altersschwachen kleinen Nachttischradio fand Dolores etwas Rockmusik, zu der sie sich bewegte, was für sie einer Rückkehr zur Vernunft gleichkam. Mit den ihrer Meinung nach sinnlichen Bewegungen ihrer Hüften reagierte sie auf den monotonen Beat der Musik und auf den unverständlichen Text, der aus einem einzigen, immer und immer wiederholten Satz in einer nicht näher definierten Sprache bestand.

Mr. Smith beobachtete sie durch halbgeschlossene Augen. Während sie eine Prozedur begann, die für sie der Schlüssel zum Sex in all seiner rhythmischen Intensität war, gewann Mr. Smith den Eindruck, er habe sich auf eine Reise in die tiefsten Tiefen der Langeweile begeben.

Vor sich hin wackelnd, löste sie die Verschlüsse ihres Minirocks, der gehorsam zu Boden glitt. Sie versuchte, den Rock von ihren Füßen zu entfernen, indem sie aus ihm trat und gleichzeitig ihren Rhythmus beibehielt, doch der Rock verfing sich in einem ihrer Absätze, so daß sie beinahe stürzte. Einen Sekundenbruchteil lang schien Belustigung Mr. Smith' hingebungsvolle Langeweile zu gefährden, doch Dolores fing sich, so daß Mr. Smith wieder von seinem Dämmerzustand umfangen wurde. Zur Musik öffnete Dolores den BH und gab ihre Brüste frei, die ihre natürliche Stellung einnahmen, zum Beat wackelten, als führten sie ein Eigenleben.

Mr. Smith bemerkte die tiefen Rillen, wo das Kleidungsstück ins Fleisch geschnitten hatte. Als die Netzstrümpfe hinuntergerollt waren, folgte der Slip, was den Körper eine ganze Serie ungraziöser Stellungen durchlaufen ließ, und als Dolores zum ersten Mal in all ihrer arroganten Nacktheit sichtbar wurde, nahm Mr. Smith, bevor ihn das Vergessen einholte, als letztes noch einmal die Einschnitte der Gummibänder wahr, die sich wie die Laufspur eines Hundertfüßlers rund um die Taille und quer über die Pobacken zogen.

Als Mr. Smith aufwachte, gab das Radio nur noch ein unangenehmes Knistern von sich. Er sah sich um, und ihm wurde klar, daß eine nackte Frau geschafft hatte, was Jahrhunderten des Existierens nicht gelungen war: Sie hatte ihn eingeschläfert. Er griff in seine Tasche. Sein Geld war weg. Wütend lief er zur Tür und nach unten. Der nicht aufschauende Mann war fort. Die Lampe über dem Pult war aus.

Mr. Smith trat auf die Straße. Es wurde langsam hell, und die Straße war relativ leer. Er lief auf dem Bürgersteig zum Eingang von Oscar's Wilde Life zurück; von Dolores keine Spur. Statt dessen stand der Alte Mann, wo Dolores gestanden hatte, die weißen Haare und der Bart ergossen sich wie gewohnt über seine Gewänder. Neben ihm zwei kleine Koffer.

»Woher wußtest du?« stammelte Mr. Smith.

»Du selbst hast mir die Adresse gegeben, weißt du noch?« erwiderte der Alte Mann. »Ich habe uns nebenan in einem Hotel für Durchreisende untergebracht. Es heißt Mulberry Tower. Vielleicht nicht erstklassig, aber wir sind schließlich nicht auf Erden, um das Beste zu erleben.«

»Das kannst du laut sagen«, sinnierte Mr. Smith grollend. »Hast du dich in Oscar's Wilde Life nach mir erkundigt?«

»Nein. Ich hielt es für klüger, darauf zu verzichten.«

»Du bist wirklich erstaunlich.«

»Nicht unbedingt. Ich glaube bloß, dich zu kennen, mehr nicht.«

»Was machst du mit zwei Koffern?«

»Einer ist für dich. Ich dachte mir, du könntest deinen mittlerweile verloren haben.«

Mr. Smith brach unvermittelt und peinlicherweise in Tränen aus.

»Was ist jetzt schon wieder los?« seufzte der Alte Mann.

»Das ist noch nicht alles«, schluchzte Mr. Smith. »Mein ganzes Geld ist weg! Gestohlen! Gestohlen!«

Der Alte Mann seufzte schwer. Er griff in seine Taschen und förderte ein paar hundert Yen zutage.

»O nein, nicht schon wieder!« flehte Mr. Smith unter Tränen. »Ich ertrage es nicht, Japaner zu sein. Ich kann es so schlecht.«

Der Alte Mann wurde ungeduldig. Er konzentrierte sich kurz und heftig. Dann hielt er ihm eine Handvoll Geldscheine hin. »Sind die besser?«

Mr. Smith nahm sie. »Schweizer Franken. Du bist ein echter Kumpel. Wie kannst du mir je vergeben?« Und wieder flossen die Tränen.

»Keine Ahnung, aber mir wird schon was einfallen. Ich weigere mich nur, dein Gepäck zu tragen. Heb es bitte auf und folge mir.«

5

Das Mulberry Tower gehörte nicht zu der Kategorie von Hotels, die Wert darauf legen, daß nicht miteinander verwandte Personen, gleich, welchen Geschlechts, getrennte Zimmer nehmen. Folglich teilten sich Mr. Smith und der Alte Mann eine recht erbärmliche kleine Schachtel, in der die spärliche Beleuchtung von der grellen und neurotischen Neonwerbung draußen verstärkt wurde, ganz zu schweigen von dem Schatten der metallenen Feuerleiter, der in diversen geometrischen Mustern auf die feuchten Wände geworfen wurde. Daß ein ungesund aussehender Morgen anbrach, verstärkte die Disharmonie nur noch.

»Nimm dich doch bitte zusammen«, forderte der Alte Mann Mr. Smith auf, der wieder angefangen hatte zu flennen, mal wie ein bestraftes Kind, mal mit unbändiger Wut und Empörung.

»Vergiß nicht, wir, die wir nicht schlafen, müssen uns mit den Nächten abfinden, damit sich die Menschen von den Mühen des Tages erholen können. Es ist eine Drangsal für uns, dieser allnächtliche Übergang von Licht zu Dunkelheit und wieder zurück zum Licht. Doch wir müssen es hinnehmen. Es gehörte zu dem Originalentwurf, und wir können nichts unternehmen, ohne das ökologische Gleichgewicht zu gefährden. Wir müssen Geduld haben.«

»O Gott«, murrte Mr. Smith, »du redest wie einer deiner Bischöfe, eine Plattheit nach der anderen, eine Verallgemeinerung nach der nächsten. Glaubst du vielleicht, die Nacht wird von all den Päderasten respektiert, die sich in Oscar's Wilde Life plantschenderweise die Dunkelheit vertreiben? Sie decken einander zu, nehmen die Hörer von den Telefonen und gönnen sich soviel Ruhe wie möglich, mit Hilfe von Augenklappen, Ohropax und elektronischen Geräten, die das Geräusch eines Wasserfalls imitieren. Es gibt keine Regeln, die das menschliche Verhalten bestimmen, wie noch im Mittelalter, als Kerzen die einzige Alternative zum Tageslicht waren und Vorhänge die einzige Alternative zur Nacht. Heute können die Menschen rund um die Uhr sündigen, wann immer und wo immer ihr Streß es ihnen erlaubt. Ich habe sie elektrische Geräte in Steckdosen stöpseln sehen, damit diese funktionieren. Das gleiche machen sie mit Teilen ihres Körpers, die sie für Momente erhaschter Ekstase ineinanderstöpseln, und die rülpsende, furzende Befriedigung danach, mit ein paar Worten, einer Flasche zischenden Elixiers und einer teerarmen Mentholzigarette.

»Es gibt welche, die behandeln den Zeugungsakt mit gebührender Frömmigkeit«, mahnte der Alte Mann.

»Es gibt welche, es gibt welche, es gibt *immer welche*«, rief Mr. Smith. »Doch es gibt auch andere, die überwältigende Mehrheit. Wirklich, du redest immer noch, als betrachtetest du den Entwurf, den großen Plan. Der Entwurf ist zur Realität geworden. Sie wissen, wie es funktioniert. Die Gebrauchsanweisungen auf dem Dekkel der Schachtel brauchen sie nicht mehr zu lesen. Sie haben die Schachtel weggeworfen! Darum sind wir wieder hier, nicht wahr, um Anschauungsmaterial zu sammeln? Wolltest du dir nicht in Erinnerung rufen, wie sich die Menschheit dem Überleben auf diesem Planeten angepaßt hat? War das nicht der Plan? Die Bekanntschaft zu erneuern? Was auch immer geschieht?«

Der Alte Mann lächelte. »Natürlich. Das ist nur eine rhetorische Frage. In Wirklichkeit erwartest du keine Antwort von mir.« Er runzelte die Stirn. »Habe ein Weilchen Nachsicht mit mir. Versuche, mit schlagfertigen Widerworten und ungebührlichen Oberflächlichkeiten sparsam umzugehen. Sie fliegen dir zu, aber manchmal muß man sich der Versuchung entziehen, unterhalten zu werden, da uns die Unterhaltung zu leicht von dem Kurs unserer Untersuchung ablenkt.« Der Alte Mann hielt inne. Dann sprach er weiter, langsam und bedächtig.

»Sieh mal, als überall vorkommende Atmosphäre, als körperloser Geist, zu existieren, der einer Landschaft ihre plötzlichen Sonnenstrahlen oder tristen Regenschauer verpaßte, Naturkatastrophen mit einem hübschen Anflug makabren Zaubers zu organisieren, wie es mich die Jahrhunderte lehrten, ist ja schön und gut, doch ich kam zu dem Schluß, daß ich zu den Grenzen einer menschlichen Form zurückkehren mußte, wollte ich meinem Gedächtnis bei seiner Aufgabe helfen, das Leben zu rekonstruieren, wie wir es uns einmal vorgestellt hatten. Ich muß diese sterblichen Beschränkungen fühlen, die Unfähigkeit, ohne ein Flugzeug zu fliegen, ohne ein Automobil größere Entfernungen zurückzulegen, ohne einen Aufzug rasch die Höhe zu wechseln, ohne Telefon von einem Ende der Erde zum anderen zu reden. All diese Dinge hat der Mensch erfunden, um sich der Illusion hinzugeben, er wäre ein Gott. Und es sind geniale Erfindungen, wenn man bedenkt, daß ich keinerlei Hinweise zurückließ. Als ich den Menschen das letzte Mal sah, unternahm er noch Flugversuche, indem er von Höhen hüpfte und dabei mit den Armen ruderte. Noch so viele zermalmte Körper konnten ihn nicht von seinem Vorhaben abbringen. Jahrhundertelang quälte er sich ab, einen weniger kapriziösen Ersatz für das Pferd zu finden, bis er sich schließlich Metalle und Mineralöle zunutze machte, und heute kann er es uns in vielen unserer Kräfte gleichtun, dank purer Hartnäckigkeit und jenem privaten und persönlichen Elysium namens Intelligenz, der Fähigkeit, selbst Abstraktionen so zu verbinden, daß sie ein Muster ergeben, zusammengehalten von der raffinierten Logik des Daseins. Ich bewundere, was das Kleinkind, das nach verschwommenen Gegenständen in seinem Gesichtsfeld griff, als ich es zum ersten Mal sah, zustande gebracht hat. Der Mensch kann in Sekundenschnelle von einem Ende der Erde aus mit dem anderen reden. Wenn sich das, was er sagt, seit der Zeit, als man ihn nur so weit hören konnte, wie eine Stimme trug, nicht sehr verbessert hat – nun, wir wollen nicht zu rasch enttäuscht sein. Weisheit reift viel langsamer als wissenschaftliche Erkenntnis.«

»Immer siehst du das Positive«, murrte Mr. Smith. »Das ist wohl normal. Irgendwas verbindet Tugend mit Optimismus. Die berufsbedingte Seligkeit von Priestern ist ein Markenzeichen, und es macht mich wahnsinnig. Doch bleibt bei alledem kein Gedanke daran übrig, wie tief das Laster gesunken, wie mechanisch und kalt es geworden ist? Nie werde ich die mollige Hure mit ihrem vulgären Katalog der Lüste vergessen, im voraus ausgewählte Wonnen für den abgestumpften Mann. Welchen Sinn hat die Fleischeslust, wenn sie nicht aus einer Art brennender Torheit entsteht, aus etwas ebenso Unkontrollierbarem wie – während des Akts – Kontrolliertem? Wenn du unbedingt peitschen mußt, dann peitsche gefälligst wie der Marquis de Sade, bis an die Pforte des Todes. Wenn du unbedingt leiden mußt, dann leide wie ein Märtyrer. Wenn du unbedingt vögeln mußt, dann vögle wie Casanova ...«

»Er hat nur darüber geschrieben ...«

»Na schön, ich habe ein schlechtes Beispiel gewählt. Du weißt, was ich meine. Leidenschaft hat keinen Preis, man schenkt sich nur selbst. Nur stumpfe Illusionen können zum Verkauf stehen, und die sind von der Wahrheit so weit entfernt, daß sie Fälschungen sind wie dein Geld, und doch ist das Feilbieten eines Körpers gesetzliches Zahlungsmittel.«

»Solange man dafür mit echten Dollar zahlt«, ergänzte der Alte Mann schalkhaft, um in einem anderen Ton fortzufahren: »Weißt du, bisher haben wir so wenig herausgefunden, daß es kaum Zweck hat, unsere Eindrücke auszutauschen. Zugegeben, du weißt mehr als ich, da du so eifrig deine verschmutzten Zeitungen liest. Doch es muß inzwischen eine schnellere Methode geben, um einen Finger an den Puls der Öffentlichkeit zu legen.«

»Den gibt es«, bestätigte Mr. Smith und zeigte auf einen kleinen Kasten.

»Das? Was ist es?«

»Fernsehen. Im Flughafen sah ich ein Kind damit herumspielen. Der Vater war vollauf damit beschäftigt, sich irgendein Ballspiel anzusehen. Das Kind drehte ständig am Schalter, um einen Blick auf andere Kanäle zu werfen. Ich weiß nicht, wer gewonnen hat. Ich mußte zu meinem Flugzeug eilen.«

»Wie funktioniert es?«

Trotz seiner Plädoyers für die Leidenschaft kam Mr. Smith mit technischen Dingen gut zurecht, weit besser als der Alte Mann, der sich auf einer eher abgehobenen, weniger praktischen Ebene aufhielt. In Null Komma nichts war das Gerät eingeschaltet und gab den Blick auf eine Gruppe langhaariger Männer mittleren Alters frei, die merkwürdige Dinge über den Kopf gezogen hatten und mit diversen Feuerwaffen wahllos in einem Supermarkt herumballerten. Eine Maschinengewehrsalve trennte einer Kundin buchstäblich den Kopf vom Rumpf. Ein mit Waren beladener Mann wurde von Kugeln durchsiebt, in seinem Rücken erschienen rote Löcher, verkohlte Löcher in seinen Einkäufen. Das Ganze ging in Zeitlupe weiter, eine grauenhafte Choreographie des Todes, in einer wüsten Übersteigerung des faktisch Möglichen spritzte Blut wie Milch, während auf der Tonspur – neben den obligatorischen Panikschreien – eine Jazzcombo eine aufreizende kleine Melodie spielte, das Klavier ebenso kalkuliert verstimmt wie das von ihm begleitete Geschehen.

Sobald das Gemetzel beendet war, Personal wie Kunden kaputtem Spielzeug gleich in jedem Gang herumlagen, beluden die Eindringlinge die Einkaufswagen mit Waren und fanden heraus – zu ihrem offensichtlichen Ärger und begleitet von Schwällen von Flüchen, Gejohle sowie unverständlichen Dialogen –, daß es Schwerstarbeit ist, vollbeladene Wagen über Leichen zu heben.

Mit versteinerter Miene sahen sich der Alte Mann und Mr. Smith das grausliche Geschehen zu Ende an, besser gesagt: bis fast ganz zu Ende, da Mr. Smith am Schluß wieder eingeschlafen war.

Der Film hieß offenbar *Rückkehr aus dem Erdbeerbunker* und wurde in der Programmzeitschrift, die das Hotel auf den Fernseher gelegt hatte, als ernstes Drama über ihrer bürgerlichen Ehrenrechte beraubte, aus dem Alptraum Vietnam zurückgekehrte Männer angekündigt, die sich mit einer unfreundlichen Heimkehr und Supermärkten voller Leckerbissen konfrontiert sahen. Weiter stand dort, zu allem Überfluß: »Kein denkender und fühlender Amerikaner kann es sich leisten, diesen Film nicht zu sehen.«

Der Alte Mann stieß Mr. Smith, der aus seinem Schlaf hochschreckte, in die Seite.

»Wie ist es ausgegangen?« fragte dieser, schwächte aber seinen Eifer ab. »Nein, verrat's mir nicht, ist mir scheißegal.«

»Was du gehört hast, hat deine Sprache beeinflußt.«

»Das könnte sein, und ich entschuldige mich. Nichts wäre mir mehr zuwider, als von diesem Film beeinflußt zu werden.«

»Das war also ein Film?«

»Ja, und er hat es geschafft, mich in Schlaf zu versetzen ... zweimal in zwölf Stunden! Es ist eine Schande.«

»Es ist mir nicht gelungen, den Film zu verstehen, allerdings konnte ich wach bleiben. Sei also versichert, du hast nichts versäumt. In dem Büchlein steht, der Film sei nur für Jugendliche in Begleitung ihrer Eltern zugelassen. Kannst du dir ein Elternteil vorstellen, das diesen Namen verdient und seinem Kind empfiehlt, sich solch ein hirnloses Gemetzel anzusehen?«

»Um zu erreichen, daß die kleinen Ekel keinen Unfug anstellen, sind manche Eltern zu fast allem bereit.«

»Sogar, sich so etwas anzusehen?«

»Hör zu«, sagte Mr. Smith, »wenn die Kleinen ihren Eltern beim Kopulieren zusehen, so gilt das in einigen weniger entwickelten Teilen der Welt als kindgerechte Unterhaltung, und eine solche Aktivität ›Begleitung durch die Eltern‹ zu nennen ist viel sinnvoller, da es sich tatsächlich um Weiterbildung handelt.«

Diese Offenbarung stimmte den Alten Mann traurig, und er drehte niedergeschlagen an den Knöpfen herum. Der Bürgermeister von Albany tauchte kurz auf, um zu erzählen, warum Mülltonnen gelegentlich von Nicht-Gewerkschaftsmitgliedern abgeholt würden, und ein Saal voller Frauen tauschte vertrauliche Informationen über die sexuellen Defizite alkoholkranker Ehemänner aus. Auf einem anderen der zahllosen Kanäle stritten sich drei Rabbis darüber, was das Jüdischsein ausmache. Natürlich waren sie keineswegs einer Meinung und lehnten außerdem jede Form von Kompromiß ab. Ein Mann verkaufte Autos mit Hilfe eines Old English Sheepdog, den man abgerichtet hatte, auf Wagendächer zu springen und zu bellen. Eine Frau erklärte der portugiesischen Gemeinde die aktuelle Naturkatastrophe, eine Überschwemmung in Utah. Und schließlich noch ein Film, in dem fünf Polizisten, als solche erkennbar, auch wenn sie sich mit dem zögernden Gang eines Roboters fortbewegten, oder als wären sie auf künstliche Gliedmaßen angewiesen, eine Straße entlanghinkten, wobei sie den gesamten Bürgersteig in Beschlag nahmen. Ihre Blicke waren glasig, die Gesichtszüge starr; nur ihre Zeigefinger an den Abzügen schienen die für ein komplettes Leben erforderliche Sensibilität zu besitzen.

Vor ihnen stolperte eine Handvoll Gangster übereinander, in dem Versuch zu entkommen, darunter der unvermeidliche Schwarze im Strickpullover und mit dunkler Sonnenbrille, der seiner Furcht durch spitze Schreie Ausdruck verlieh. Der Anführer der Bande, ein weißes Stirnband um die Haare, eine fiese Achtzehntes-Jahrhundert-Brille auf der Nase und eine Zigarette mit Zigarettenspitze, wirkte weniger fluchtbereit als die anderen und zog sich nur widerwillig zurück. Das war ein Fehler, denn die Schießerei begann auf das Signal eines Zombies in einem gepanzerten Kommandofahrzeug hin.

Die Polizisten eröffneten in einer wilden Kakophonie das Feuer, ihr Blick sogar noch glasiger als zuvor. Offenbar waren sie erbärmlich schlechte Schützen, da nur ein Gangster tödlich getroffen wurde, woraufhin er hoch in die Luft sprang, über ein Geländer hechtete und in einer Baugrube in einem Betonmischer landete, etwa fünfzehn Meter unterhalb der Straße.

»Nach-laden«, befahl in seinem Kommandofahrzeug der Zombie, dessen Miene eine gewisse leere Befriedigung zeigte. Die uniformierten Marionetten taten wie geheißen, wie gedrillt.

Es war an der Zeit, daß die Gangster zurückschossen.

Einige Uniformteile wurden angesengt, aber die Polizei war augenscheinlich kugelsicher.

»Feuer«, befahl der Zombie, und wieder gaben die Polizisten ein blendendes, ohrenbetäubendes Sperrfeuer ab, schafften es aber wieder nur, einen weiteren Gangster zu erschießen, der durch das Glas eines Ladenfensters gepustet wurde, wo er in den Armen einer Schaufensterpuppe im Abendkleid tot liegenblieb.

Da ihnen über ein Dutzend Gangster gegenüberstanden und die Polizei offenbar nicht mehr als einen pro fünf Magazine töten konnte, dauerte diese Schlächterei eine ganze Weile und fand erst ein Ende, als der Bandenchef – der natürlich gegen Filmende über die Dächer gejagt wurde, damit er tiefer fiel – angesichts der Ironie des Schicksals in ein irres Gelächter ausbrach. Dieses Geräusch erregte die Aufmerksamkeit eines der mechanischen Polizisten, der seinen Blick nach oben richtete, im Gegensatz zu den anderen, die noch auf Anweisungen warteten. Ein Zucken deutete eine leise Rückkehr zum Menschsein an. Der veränderte Ausdruck seiner bisher glasigen Augen ließ vermuten, daß er die Schrecken vergangener Ereignisse Revue passieren ließ. Mit einer gewaltigen Konzentrationsleistung legte er die Pistole an, rief laut: »Das ist für meine toten Kumpels!« und erschoß aus dreihundert Meter Entfernung den Gangsterboß.

Der Boß schwankte, dann katapultierte er sich in die Leere, um am Fuß der Zapfsäule einer Tankstelle zu landen. Bedachte man den tiefen Sturz, war sein Gesichtsausdruck erstaunlich selig, und um ein noch erstaunlicheres Wunder draufzugeben: Die zwischen zusammengepreßten Kiefern in ihrer Spitze steckende Zigarette brannte noch.

Die letzte Glut fiel in einen Tümpel aus Benzin, und der Bildschirm explodierte in der zu einer solchen Geschichte passenden Schlußeinstellung, ein Feuerschwall, der groß genug war, um alle Fragen und alle Antworten zu verschlingen, alle Details und alle Handlungsstränge, jede Glaubwürdigkeit, alles.

»Worum ging es da?« fragte Mr. Smith.

Der Alte Mann schlug in der Zeitschrift nach. »Er hieß *Polizeirevier der Phantome,* es ging um tote Polizisten, wiederbelebt von einem toten Sergeant, der herausgefunden hatte, wie er sie alle, ihn selbst eingeschlossen, in eine Art Halbleben zurückholen konnte. Sie führten ein Automatenleben, ihr einziges Ziel hieß Rache. Der Sergeant führte, da er nun mal ein Sergeant war, ein den anderen Männern überlegenes Halbleben, das ihm eine begrenzte Eigeninitiative erlaubte. Am Ende wird Streifenpolizist O'Mara zu einem semipostumen Sergeant, indem er die Fessel blinden Gehorsams abschüttelt. Mit dem Ruf: ›Das ist für meine toten Kumpels!‹ zieht er sich auf eine höhere Bewußtseinsstufe und fegt den Erzschurken mit einem einzigen Schuß vom Dach, eine Leistung, die alles über die gründliche Ausbildung an Polizeischulen verrät. Die Inhaltsangabe schließt erneut mit der Behauptung, keine amerikanische Familie könne es sich leisten, diese glänzende Geschichte zu verpassen, die von Mut und der Weigerung handele, den Tod als letzte Antwort zu akzeptieren. Ich brauche dir nicht zu erzählen, für wen dieser Film zugelassen ist.«

»Jugendliche in Begleitung ihrer Eltern?«

»So ist es.«

Von halb sechs Uhr morgens bis halb vier Uhr nachmittags sahen sie sich pausenlos Filme an. Etwa jede Stunde pochte ein störendes Zimmermädchen mit den Schlüsseln gegen die Tür und rief melodisch: »Jemand da?« Doch davon abgesehen unterbrach niemand die Flut geisteskranker Senatoren und Leiter geheimer Regierungslabors, die es kaum erwarten konnten, im Namen von Patriotismus, Demokratie und so weiter selbst die Macht zu ergreifen, nur um im letzten Moment von der Initiative, Weitsicht oder den besonderen Kräften irgendeines Individuums daran gehindert zu werden.

»Der Wunsch nach Unsterblichkeit ist überall evident, was ich höchst beunruhigend finde«, sagte der Alte Mann, als er sich, erschöpft von zehn Stunden Kreuzfeuer, bei dem der Geist praktisch beschäftigungslos blieb, aufs Bett legte. »Angenommen, sie entdecken wirklich einen Weg, nicht zu sterben? Zunächst wird es für die meisten Menschen zu teuer sein, so daß nur die Idioten mit ererbtem Reichtum oder die neureichen Kriminellen überleben und der Welt der Unsterblichkeit ihre Normen setzen werden. Arme Narren. Ist ihnen denn nicht klar, daß Sterblichkeit der Welt ihren Qualitätsmaßstab gibt? Wäre Beethoven unsterblich gewesen, hätte es Hunderte von Svmphonien gegeben, sich unendlich wiederholend, um sich schließlich sogar in ihrem Ausmaß an Mittelmäßigkeit nicht mehr voneinander zu unterscheiden. In solch einer Welt wäre Senilität so ansteckend wie die gemeine Erkältung, Geburten würden immer seltener, bis endlich jede als gesetzlicher Feiertag bejubelt werden würde, während man die Zivilisation, alles, was der Mensch sich so mühsam aufgebaut hat und was man gemeinhin Fortschritt nennt, in der zunehmenden Dunkelheit aus Unfähigkeit vergeuden würde; zahnloses Grinsen, aus den Mundwinkeln fließende Speichelrinnsale, wie eiskalte Lava aus den beladenen Nasenlöchern tropfender Schleim wären die letzten Lebenszeichen meines glücklichsten Tagtraumes.«

Die Augen des Alten Mannes wurden tränenfeucht.

Mr. Smith sprach leidenschaftlich, wenn auch mit einer Spur abwertender Selbstironie. »Eloquenz ist überflüssig, mein Lieber«, sagte er. »Reicht es nicht, dich und mich zu betrachten, wenn du nach einem Argument gegen das lange Leben suchst?«

Der Alte Mann ergriff Mr. Smith' ausgestreckte Hand und drückte sie fest, wobei er die Augen schloß und sich majestätisch ernst gab.

Nach einer Weile wollte Mr. Smith seine Hand zurückhaben, wußte aber nicht recht, wie er dies anfangen sollte. »Ich begreife nicht, warum etwas von dem mörderischen Mist, den wir uns angesehen haben, kommerziell sein soll«, versuchte er, das Thema zu wechseln. Da der Alte Mann nicht reagierte, fuhr Mr. Smith fort. »Zahlen die Menschen gutes Geld, um sich eine Heidenangst einjagen zu lassen, um bis zur völligen Verdummung betäubt, bis zur Unterwerfung geblendet, geschurigelt und ausgepeitscht zu werden? Was wir uns angesehen haben, war das wirklich Unterhaltung?«

Der Alte Mann öffnete die Augen, ohne Mr. Smith' Hand loszulassen. »Das ist wie bei den alten Streitfragen der Jesuiten. Zugegeben, Cesare Borgia und die Heilige Inquisition waren verwerfliche Augenblicke in einer erhabenen Geschichte, aber welch eine Religion, die solche Momente übersteht und gestärkt daraus hervorgeht! Amerika begreift sich selbst als eine so unendlich begehrenswerte und unbezwingbar mächtige Gesellschaft, daß sie fähig ist, jede Herausforderung ihrer, wie Amerika es sieht, moralischen Überlegenheit zu fördern und dennoch zu siegen. Alle Filme, die wir gesehen haben, huldigen dem gleichen absurden Optimismus, nach dem die Würfel zugunsten der Gerechten präpariert sind, obwohl bis zum Ende der Eindruck vermittelt wird, die Würfel seien zugunsten der Verderbten präpariert. Jedenfalls kann man sich darauf verlassen, daß die Würfel präpariert sind. Und die moralische Haltung bleibt inflexibel, auch wenn das Laster offenbar um sich greift und Unehrlichkeit belohnt zu werden scheint. Doch es ist immer ein Fotofinish. Immer. Da fordert wohl die Unterhaltung ihr Recht. Auch wenn das Recht obsiegen muß (das ist gesetzlich vorgeschrieben), muß das Risiko gewaltig erscheinen, jedem Durchschnittswert zuwiderlaufen, es muß unfair erscheinen. Was am Ende den Ruhm um so größer macht.«

»Seltsam, daß man dich Optimismus absurd nennen hört. So habe ich manchmal deinen eigenen Optimismus genannt. Noch seltsamer, daß du die Erben alten Geldes Idioten und die neuen

Reichen Kriminelle nennst. Diese Übertreibungen sind meiner würdig. Untypischerweise hast du mir die Worte aus dem Mund genommen.«

»Wir kommen nicht umhin, einander zu beeinflussen«, sagte der Alte Mann gefühlvoll und drückte Mr. Smith' Hand noch fester.

Mr. Smith fuhr fort: »Sieh mal, ich glaube, die in diesem Land – glaubt man den von uns gesehenen Filmen – angeblich alles durchdringende Korruption stellt eine notwendige, ja sogar schmeichelhafte Ergänzung seines enormen Reichtums dar. Ohne solch einen Reichtum, solche Möglichkeiten, reich zu werden, gäbe es keinen Grund für Korruption, für Armut, keinen Grund, daß so ziemlich jeder eine Waffe trägt. Ist dir in den Filmen aufgefallen, daß bei nahender Gefahr mehrmals eine Hand eine Schublade öffnete, um sicherzugehen, daß die Waffe noch dort lag? In praktisch allen Filmen geschah das mindestens einmal. Doch in keinem Film sahen wir die Armut, die uns auf unserer Fahrt durch die Stadt bei einem Blick aus den Augenwinkeln auffiel – die auf den Bürgersteigen schlafenden, betrunkenen oder rauschgiftsüchtigen Obdachlosen, die Behausungen mit zerbrochenen Fensterscheiben, die als Spielplätze dienenden Straßen.« Seine Augen verengten sich, während er die richtigen Worte suchte.

»Über den amerikanischen Traum habe ich viel gehört oder gelesen. Definiert wird er nie. Niemand wagt es. Er sitzt auf dem Altar des amerikanischen Bewußtseins, eine ektoplasmatische Präsenz, so schwer auf eine feste Form zu bringen wie deine undurchsichtige Erfindung, der Heilige Geist. Dieser Traum ist per definitionem unerreichbar, dennoch muß man jede erdenkliche Anstrengung unternehmen, um das Unmögliche zu schaffen. Am greifbarsten ist er als Fortsetzung der Hoffnungen und Gebete der Gründerväter, dank zahlloser Ergänzungen an die sich ständig verändernden Bedingungen der heutigen Welt angepaßt. Am ärgerlichsten ist er als Glanz, vor dem sich gotische Silhouetten abheben und der von unisono singenden Stimmen widerhallt. Ich glaube aber, daß er bereits existiert, dieser Traum oder diese Ansammlung von Träumen, in einer sowohl schändlichen wie zutiefst destruktiven Form.«

»Ach, und wo?« fragte der Alte Mann, leicht nervös.

»Hier«, antwortete Mr. Smith und tätschelte liebevoll den Fernseher, als wäre er der Kopf eines Kindes.

»Das Fernsehen? Das Fernsehen ist ein Mittel, kein Zweck. Wie das Telefon oder das Flugzeug. Du kannst die erbärmlichen Geräte nicht für das verantwortlich machen, was die Menschen mit ihnen anstellen!«

»Der Zweck wird durch solche Mittel erreicht. Genau das wollte ich sagen. Der amerikanische Traum ist eine fortlaufende Phantasie, wie man hier sagen würde, eine endlose Liste von Ideen, die zu fortschrittlich sind, als daß andere sie hätten, und mit Lösungen, die zu einfach sind, als daß andere sie gutheißen würden. Die Träume stecken in halbstündigen, einstündigen, manchmal zweistündigen Happen. Ihre Botschaft lautet, daß Kugeln Streitereien beenden, daß Glaube weniger einfach als einfältig ist und daß die Menschen zwar frei sind, sich aber gefälligst der Diktatur der Rechtschaffenheit zu unterwerfen haben, wie sie in der Bibel formuliert wird. Nicht nur die Unterhaltung muß sich diesen frommen Strukturen fügen, sondern auch die Politik ist eine Abteilung des sogenannten Showbusineß. Und, ohne dich schockieren zu wollen, das gilt auch für die Religion.«

»Und ob du mich schockierst. Natürlich tust du das. Aber welche Erleichterung und Inspiration, ein ernsthaftes Gespräch mit dir zu führen. Ich gehe sogar so weit, zu sagen, man kann eine Menge lernen, wenn man nicht deiner Meinung ist«, sagte der Alte Mann besänftigend.

Mr. Smith stellte den Fernseher an.

»O nein, ich will nicht mehr fernsehen, nicht jetzt«, rief der Alte Mann.

»Du glaubst mir nicht. Es gibt über vierzig Kanäle. Irgendwo muß irgendwas Religiöses laufen.« Mit wachsender Ungeduld schaltete Mr. Smith von einem Kanal zum anderen. Plötzlich füllte das Gesicht eines Mannes den Bildschirm, der Todesqualen zu erdulden schien, Tränen vermischten sich mit Schweiß, zitterten wie Tapioka auf Wangen und Stirn.

»Das sieht nach Religion aus«, murmelte Mr. Smith.

»Es könnte auch Delirium tremens sein«, schlug der Alte Mann verschämt vor. In diesem Moment fand der Mann seine Stimme wieder, ein armseliges gemartertes Organ, von reiner Willenskraft über sein normales Vermögen hinaus getrieben.

»Ich war versucht zu sündigen!« rief der Mann, ein Schluchzen unterdrückend.

»Schon besser«, sagte Mr. Smith.

Der Prediger machte eine enorme, eine unverschämte Pause. Die Kamera zeigte die Gemeinde. Ovale Köpfe mit randlosen Brillen, Frauen mit faltigen Gesichtern, die Hände nahe an den Gesichtern, für Notfälle gerüstet, junge Leute, offen wie Bücher, aber hier und da mit Spuren von Skepsis.

»Ich war versucht zu sündigen!« sagte der Prediger mit normaler Stimme, als wiederhole er ein Diktat für Schulkinder.

Ein Mann im Publikum rief: »Yeah.«

»Gelobt sei der Herr«, meldete sich ein anderer.

Die Pause wurde länger, während der Prediger anscheinend den Versuch unternahm, jedem einzelnen Anwesenden ins Auge zu sehen.

Und schließlich flüsterte er: »Ich war versucht zu sündigen!«

»Mach endlich weiter«, rief Mr. Smith.

Wieder schrie der Prediger, deutete mit zitterndem Finger auf die Stelle vor sich.

»Ich hatte den Teufel in meinem Zimmer!«

»Lügner!« brüllte Mr. Smith und entriß dem Alten Mann seine Hand.

»Er erschien mir in dem Moment, als Mrs. Henchman gerade zu Bett gehen wollte, nach einem langen Tag, an dem sie mir bei meinem geistlichen Amt beistand ... Charlene Henchman ist ein wunderbarer Mensch ...«

Rufe ertönten: »Yeah«, »Amen«, »Halleluja« und »Es gibt keinen Besseren«.

»Ich sagte zu ihr, geh auf dein Zimmer, Liebes, der alte Satan leistet mir Gesellschaft, und ich muß einen Weg finden, wie ich ihm die Tür weisen kann.« Er legte eine dramatische Pause ein. »Mrs. Henchman ging nach oben in ihr Zimmer, ohne mir auch nur eine Frage zu stellen«, sagte er leise. Dann, mit mehr Gefühl: »Ich drehte mich zu Satan um ... ich drehte mich zu dem Burschen um, schaute ihm direkt in die Augen und rief, ich zitiere: ›Nimm Linda

Carpucci aus meinem Leben, Satan ...‹ Ich habe schon eine Frau ... ich brauche keine Linda Carpucci, damit sie Momente der Untätigkeit mit sündigen Gedanken und Fleischeslust erfüllt. Mrs. Henchman schenkte mir sechs großartige Kinder, angefangen bei Joey Henchman junior bis hinunter zu La Verne, unserer Jüngsten. Du mußt verrückt sein, wenn du glaubst, ich würde all die Gaben opfern, die der Allmächtige über meinen unwürdigen Kopf ausgeschüttet hat, nur weil dieser alte Schlingel Satan mir eines Abends Linda Carpucci unterschob, als meine kostbare Charlene noch spät in der Gemeinde arbeitete, Briefumschläge zuklebte, damit unsere großartige Botschaft in die mehr als hundert fremden Länder getragen werden konnte, in denen wir tätig sind.« Seine Stimme wurde wieder lauter, und er schluchzte. »In Abwandlung der Worte unseres Herrn gegenüber Satan rief ich: ›Weiche von mir, Satan, und nimm Linda Carpucci mit dir!‹«

Im Saal gab es wahre Beifalls- und Zustimmungsstürme, während Mr. Smith vor Wut schier außer sich geriet.

»Lügner! Dreckiger, abscheulicher Lügner! Ich habe dich in meinem ganzen Leben noch nie gesehen! Und wer zum Teufel ist Linda Carpucci?«

Auf dem Bildschirm nickte Reverend Henchman seinem Publikum dankbar zu, wie ein Showmaster, sein Mund formte immer wieder die Worte »Danke« und »Vielen herzlichen Dank«.

»Ich muß dorthin! Jetzt! Das ist eine ganz unerträgliche Provokation! Ich bin schon unterwegs!«

»Wir haben kein Geld.«

»Zur Hölle mit Geld.«

»Wir können das Hotelzimmer nicht bezahlen.«

»Zur Hölle mit dem Hotelzimmer.«

Auf dem Bildschirm wurde der große Saal ausgeblendet, und eine Stimme sagte: »Nach der nun folgenden Botschaft unseres Sponsors, Mutter Whistler's Backmischung, kehren wir wieder live zu Reverend John Henchman in die Stained Glass Church of Many Colours, University of the Soul, Henchman City, Arkansas, zurück.«

»Das ist die Adresse«, fauchte Mr. Smith. »Rappelst du dich auf, oder soll ich allein los?«

»Überleg es dir noch mal. Das ist wahrscheinlich nur einer von vielen ähnlich gearteten Ausbrüchen ...«

»Dieser hat mich an meinem wunden Punkt getroffen. Ich bin verleumdet, verunglimpft worden. Ich bin impulsiv. Das ertrage ich nicht. Es geht nicht! Es ist zu ungerecht!«

Er streckte die Hand aus, die der Alte Mann ergriff.

Kurz bevor sie sich in Luft auflösten, fragte der Alte Mann noch mit leicht boshaftem Unterton: »Was ist das für ein Gefühl, Teil des amerikanischen Traums zu sein? Ein negativer Teil zwar, aber doch so wichtig. Na, alter Schlingel?«

»Jemand da?« rief das Zimmermädchen, und als sie weder menschliche Stimmen noch den Fernseher hörte, ging sie hinein. »Gepäck ist noch da«, murmelte sie. »Komisch, hab' sie nicht gehen sehen.«

Dann stellte sie das Radio auf dem Nachttisch an. Seichte Musik, ohne die Bettenmachen nicht möglich war.

»Komisch«, sagte sie laut, »haben nicht in ihren Betten geschlafen. Jedem Tierchen sein Pläsierchen ...«

Und sie drehte außer dem Radio auch noch den Fernseher an, um das komplette Unterhaltungsprogramm zu bekommen. Dann setzte sie sich auf eines der Betten und zündete sich eine Zigarette an.

6

Mit einem warmen Windstoß, der den einen oder anderen Hut hinwegfegte, landeten der Alte Mann und Mr. Smith im Gang der Stained Glass Church of Many Colours, einem erstaunlichen, ausschließlich aus transparenten Bibelszenen bestehenden Gebäude, das von einer modernen zeltähnlichen Struktur zusammengehalten wurde; die gleißende südliche Sonne brachte die Blau-, Rot- und Beigetöne in all ihrer ursprünglichen Intensität zur Geltung.

Männer in grünen Smokings und Frauen in altmodischen rosa Partykleidern bildeten einen Chor, der in synkopierter Harmonie gelegentlich eine Hymne oder einen religiösen Jingle sang, wobei sie rhythmisch mit den Fingern schnippten oder die Knie bogen.

Reverend Henchman, der stark schwitzende Prediger, befand sich auf der Bühne, genau dort, wo er vor dem Werbespot gestanden hatte, doch nach der Großaufnahme auf dem Fernsehbildschirm wirkte er beinahe erbärmlich klein. Nur auf den überall hängenden Fernsehmonitoren sah man jede einzelne Schweißperle.

»Ich unterbreche meine Predigt, damit unser großartiger Chor das Lied singen kann, das ich mit eigenen Händen schrieb, inspiriert von ... ihr wißt schon, von wem ...« (Ein gewaltiges zustimmendes Gebrüll. Es handelte sich offenbar um einen konditionierten Reflex, ein Signal für Hallelujas, So-ist-es- und Ganz-gewiß-Rufe, begleitet von einem bestätigenden Blinzeln auf Henchmans Gesicht, das, einem Schwarm verschreckter Insekten gleich, Schweißtropfen von seiner Stirn aufstieben ließ.) »... anläßlich ... anläßlich der Geburt unseres zweiten Sohnes ... als Lionel Henchman zur Welt kam, hier auf dem Universitätsgelände ... wurde die Musik ... die Musik von Charlene Henchman komponiert ...« (Das nächste Gebrüll, während eine großgewachsene, flachbrüstige Dame mit einer Tastatur großer Zähne und einer hochaufgetürmten Frisur wie Zuckerwatte auf dem Monitor »Gelobt sei der Herr« nuschelte, wobei ihre stromlinienförmige Brille mit Schmetterlingsgestell die vielfarbigen Scheinwerfer widerspiegelte.) »... sie diktierte das Stück noch von ihrem Wochenbett aus ... indem sie es unserem wunderbaren Arrangeur und Hausorganisten Digby Stattles ins Ohr summte – mach einen Diener, Digby ...« (Eine aus dem Nichts auftauchende Orgel schob sich mitsamt einem Mann im weißen, paillettenbesetzten Bolero in das Blickfeld; der an den Tasten Sitzende spielte ein süßliches Orgelsolo, wobei er sich auf seinem Sitz so weit wie möglich umdrehte, um den erwarteten Beifall zu erwidern. Die Noten zitterten wie Wackelpudding, während die falschen Orgelpfeifen – die aus einem plexiglasähnlichen Material bestanden und zu religiösen Symbolen geformte röhrenförmige Glühlampen enthielten, beispielsweise Kreuze, Sterne und stilisierte Hände, zwei wie zum Segnen erhobene Finger, außerdem Dornenkronen und Heiligenscheine – in einer computergesteuerten Orgie von Pastelltönen endlos die Farben wechselten.)

»Vorgetragen wird das Lied von unserem gemischten Chor der Church of Many Colours ... jawohl, Leute, begrüßt sie mit Beifall ...« Henchman tobte, als die Orgel mit höchster Lautstärke spielte. »Diese Gemeinde besteht nicht auf Stille ... Womit ... womit bringt man Stille am häufigsten in Verbindung? ... Mit dem Grab ... Genau! ... Dies ist eine Gemeinde der Begeisterung. Des Lebens! Ja – des Humors!« (Er lachte atemlos.) »Dies ist eine Gemeinde des Humors! Gott hat Humor! Verflixt, den muß er haben! ... Wenn man nach den Kreaturen geht, mit denen er seine grüne Erde geschmückt hat ... das Nilpferd ... Schon mal eins gesehen?« (Yeah!) »Nun, wer sich ein Nilpferd ausgedacht hat, der muß einfach Humor haben, versteht ihr? ... Versteht ihr mich? ...« An dieser Stelle warf Henchman einen Blick auf Charlene, der ihr Lächeln gründlich vergangen war. »Doch ich schweife ab«, fuhr er ernst fort. »O.K., Leute, Charlenes Lied!« (Das Lächeln war wieder da.) »›Reicht euch eure kleinen Hände im Gebet‹, und ich möchte, daß ihr alle den Refrain mitsingt, der lautet: ›Hände im Gebet, Hände im Gebet, Hände im Gebet‹, nur dreimal wiederholt. Alles klar? Los geht's, Digby.«

Als das Kirchenlied begann, erhoben sich einige Mitglieder der Gemeinde, vom Geist des Teilens ergriffen, um Mr. Smith und dem Alten Mann Platz zu machen. Mr. Smith setzte sich bereitwillig, direkt auf eine Zeitung, die sein Vorgänger liegengelassen hatte. Der Alte Mann ließ sich mit Schwierigkeiten auf der Bank nieder, da der von Mr. Smith übriggelassene Platz für seinen massigen Körper kaum ausreichte. Mr. Smith erhob sich ein wenig und zog die Zeitung unter sich weg. Die Schlagzeile erregte umgehend seine Aufmerksamkeit: »Evangelist Henchman hat 6-Millionen-Dollar-Klage von Ex-Stripperin am Hals«.

Offenbar hatte Linda Carpucci vor einem Jahr in dem Chor gesungen, nachdem sie Reverend Henchmans Aufmerksamkeit in einem Nachtclub in Baton Rouge erregt hatte, wo ihre Hauptaufgabe darin bestand, mit an ihren Brustwarzen hängenden Troddeln zu wackeln. Dieser Aufgabe entledigte sie sich mit solcher Hingabe und solchem Eifer, daß der Reverend mit sicherem Blick hervorragendes neues Material für den musikalischen Teil seiner Gemeindearbeit erkannte. Sie wurde laut Zeitung umgehend initiiert und fand gleichzeitig zu Jesus und zu Reverend Henchman. Was seltsam war, wie der Journalist ein wenig maliziös bemerkte: Auf den Tag genau neun Monate nach ihrer Wiedergeburt gab Miss Carpucci ihre Kenntnisse dieser Wunder an eine lockige Tochter namens Josie weiter. Gewicht drei Kilogramm, blaue Augen, besondere Kennzeichen: die Tendenz zu übermäßiger Schweißabsonderung sowie eine Neigung zum Brüllen. Daraus ergab sich beinahe automatisch, daß der große Anwalt Sharkey Pulse, der in den Mülleimern der Gesellschaft ständig nach Fällen herumstöberte, sechs Millionen Dollar für das angemessene Ziel einer Vaterschaftsklage hielt.

»Fragen Sie gar nicht erst, was gerecht oder ungerecht ist«, erklärte er telefonisch aus seinem Büro in Portland, Oregon. »Fragen Sie bloß, ob es sich dieser Schlingel leisten kann. Und falls es zufällig aus den Taschen der Wiedergeborenen kommt, dann tut mir das wirklich leid. Mir haben sie's zu verdanken, daß sie nun aus Schaden klug werden.«

Mr. Smith stupste den Alten Mann in die Seite, der an der Zeitung kein Interesse hatte. Das einfältige Liedchen gefiel ihm recht gut, und immer, wenn »Hände im Gebet« an der Reihe war, stimmte er in die überlauten Orgeltöne ein. Was Kirchenmusik betraf, fand der Alte Mann Bach ziemlich beängstigend mit seiner scharfen Logik und seinem außerordentlichen Einfallsreichtum, was in aller Klarheit eine hingebungsvolle Versklavung verlangte. Händel kam dem Alten Mann extravaganter, theatralischer vor und ließ ihn vermuten, daß ein Übermaß begnadeter Noten unweigerlich in einen Stand der Gnade mündete. Diese Sorte Kinderlied-Melodie, so makellos wie Pudding, beleidigte nichts außer der Intelligenz und gab dem Reverend Gelegenheit, seine Stirn mit ein paar Badetüchern zu trocknen.

Als die jungen Erwachsenen ihren Lobgesang der infantilen Frömmigkeit mit einer säuerlichen Schlußnote beendet hatten, trat der inzwischen trockene und mit Pomade eingeriebene Reverend zur nächsten Runde des guten Kampfes aus seiner Ecke, während sich seine Sekundanten mit ihren Kämmen, Bürsten und Handtüchern in die Kulisse verzogen.

»Ich bin fertig mit Satan«, verkündete Henchman vergnügt.

In der Kirche kam Begeisterung auf.

»Wißt ihr, wohin Satan von mir aus gehen kann? Er kann sich dorthin begeben, wo er sich niedergelassen hat. An dem Wort, das ich jetzt benutzen werde, ist nichts Anstößiges. Es umschreibt lediglich eine Geisteshaltung. Satan kann zur Hölle fahren.«

Große Aufregung, während Satan versuchte, sich aufzurappeln. Mit übermenschlicher Kraft hielt ihn der Alte Mann zurück.

»Sei doch kein Narr!« zischte der Alte Mann. »Wenn du unbedingt die Beherrschung verlieren willst, muß es einfach bessere Gelegenheiten als diese geben.«

Mr. Smith wedelte mit der Zeitung vor dem Gesicht des Alten Mannes herum, und der begriff, daß ihre Lektüre der Preis für Mr. Smith' gutes Benehmen war.

In diesem Moment ließ die Spannung nach. Reverend Henchman entspannte sich, das Publikum begann zu brabbeln.

»O.K., Leute. Ganz locker. Wir haben eine Werbeeinblendung!« rief der Aufnahmeleiter.

»Was ist los?« fragte der Alte Mann, der versuchte, den Zeitungsartikel zu lesen.

Mr. Smith kicherte. »Dieser amerikanische Traum wurde soeben von der Botschaft seines Sponsors unterbrochen.«

»Soll das heißen, sie unterbrechen Gottesdienste und senden Werbung?«

»Ja, alle paar Minuten dürfen die Geldwechsler wieder in den Tempel, um ihre Waren zu verkaufen.«

»Diese Praxis kann ich unmöglich gutheißen. Ich muß schon sagen, das ist ein erstaunlicher Artikel. Reverend Henchman scheint ungewöhnlich empfänglich für weibliche Schönheit zu sein.«

»Tja, du hast seine Frau gesehen. Man kann ihn beinahe verstehen.«

»Ich möchte nicht unfreundlich sein, aber ich muß schon sagen, daß sie eher wie eine der Tanten von Mutter Natur aussah.«

»Was meinst du damit?«

»Das hätte ich nicht sagen sollen. Ich hätte das meiste von dem nicht sagen sollen, was ich seit unserem erneuten Zusammentreffen gesagt habe.«

Zwischen ihnen kam Herzlichkeit auf.

»Achtung!« schrie der Aufnahmeleiter. »Die Übertragung wird in dreißig Sekunden fortgesetzt. Jetzt ist eine andächtige Atmosphäre angesagt, Leute. Das ist das letzte Segment vor den Glaubensheilungen. Jeder Kranke unter euch, der sich bei mir oder einem meiner Assistenten vor der Sendung gemeldet hat, bereitet sich jetzt darauf vor, wie geplant Aufstellung zu nehmen. Zehn Sekunden. Wir wollen für eine tolle Show sorgen, Leute, und haltet euch beim Beifall bloß nicht zurück. Joey! Los geht's!«

Henchman kehrte zu dem nüchternen Vortragsstil zurück, den Tälern seiner emotionalen Landschaft. »Leute... einige unter euch glauben vielleicht, ich sei mit dem Teufel ein wenig lässig umgesprungen.«

»Das glaube ich allerdings!« rief Mr. Smith mit möglichst beißender Stimme.

Einen Moment lang wirkte Henchman überrascht.

»Tut mir ehrlich leid, das zu hören, Sir.« Und er holte weiter aus, um das Publikum zu beteiligen. »Hier ist ein Herr der Meinung, ich sei mit dem Teufel ein wenig lässig umgesprungen.«

Es gab entrüstete Rufe von »Absolut nicht«, »Zur Hölle mit Satan«, »Weiche von mir« und so weiter.

Nachsichtig streckte der Reverend eine Hand aus, damit Ruhe einkehrte. »Aus einem Grund möchte ich nicht länger bei Satan, diesem alten Schlingel, verweilen. Seht ihr, er könnte gerade jetzt in der Kirche sein, auch wenn ich euch sagen muß, daß ich ihn neulich ganz deutlich sah, und heute ist keiner hier, auf den diese Beschreibung zuträfe. Aber ...« (Und seine Stimme wurde lauter und zitterte.) »Jemand ist anwesend, den man nicht identifizieren muß ... man spürt es einfach in seinem Sünderherz ... Mein Freund, Gott ist heute abend hier ...«

»Hast du das gehört?« flüsterte der Alte Mann.

»Er spricht von Gott. Dich meint er nicht«, blödelte Mr. Smith boshaft.

»Gott ist heute abend hier. Dies ist sein Haus. Dies sind seine Buntglasmauern ... sein Heimkino umgibt uns ... wir, seine sündigen Kinder ... Er wohnt hier unter uns ... hier in unseren Herzen und Hirnen ... und laßt mich euch eins verraten, Leute ... Wenn er sich entschließen würde, heute hier unter uns zu erscheinen ... ganz gleich, in welcher Verkleidung aufzutauchen ... wenn er in seiner unendlichen Weisheit dies beschlösse ... ich würde ihn sofort erkennen, und ich würde sagen ... um euretwillen ... O Herr, wir begrüßen dich in aller Einfalt: in heiliger Scheu vor deiner Majestät, in die Windeln deiner Liebe gewickelt ... in die Wärme deiner Liebe gehüllt ... und im Namen der Gemeinde dieser geweihten Church of Many Colours auf dem Campus der University of the Soul in Henchman City, Arkansas, mit ihren Radio- und Fernsehübertragungen in mehr als hundert Ländern ... wir begrüßen dich mit den herrlichsten Worten in unserer Sprache ... Herr, willkommen zu Hause.«

Es gab stürmische Ovationen, und dem Reverend stiegen erneut Tränen in die Augen, er war von seinen eigenen Gefühlen und der Schönheit seiner Worte gerührt.

Der Alte Mann erhob sich und wollte auf die Bühne steigen. Ein Ordner hielt ihn auf.

»Sie können da nicht rauf, Opa. Heilung ist erst danach dran.«

»Man hat mich erkannt«, sagte der Alte Mann.

»Gibt es irgendwelche Schwierigkeiten, Jerry?« fragte Henchman. Er mochte nicht glauben, daß ein alter Mann in wallender Kleidung eine Bedrohung darstellen oder das Programm unterbrechen konnte. Im Gegenteil, Henchman spürte im Bauch, ein alter Mann mit einem Gesichtsausdruck von solch kindlicher Offenheit könnte sogar dazu beitragen, die Illusion alles durchdringender Heiligkeit aufrechtzuerhalten.

»Du hast mich erkannt«, rief der Alte Mann mit ungeheuer machtvoller Stimme, »und ich bin tief gerührt.«

Zu Hause in West Virginia kippte Gontrand B. Harrison, stellvertretender Direktor des FBI und ein Fan Reverend Henchmans, seinen Cocktail um, als der Alte Mann auf dem Bildschirm erschien.

»Da ist der Mistkerl!« rief er der verdutzten Mrs. Harrison zu.

»Wer?«

»Schalt rasch den Videorecorder an, ja, Schatz? Neue Kassette. Ich muß Gonella anrufen. Erinnerst du dich an die Phantomzeichnung, die ich dir gezeigt habe?«

»Gott?«

»Genau. Das ist er. Arkansas. Hallo, Mrs. Gonella? Ist Carmine zu Hause? Es ist dringend.«

In der Kirche forderte Henchman, als erfahrener Fernsehstar seiner Intuition gehorchend, den Alten Mann auf, die Bühne zu betreten.

»Nur keine Angst«, rief er freundlich, in dem Glauben, so ein alter Mann könnte zu Recht eingeschüchtert sein.

»Warum sollte ich Angst haben, wo du mich so freundlich begrüßt hast?« rief der Alte Mann mit einer Stimme, die nicht nur die Kirche erfüllte, sondern auch noch für ihr eigenes Echo sorgte.

»Gebt ihm ein Mikro«, sagte der Reverend.

»Er braucht kein Mikro«, widersprach der eingeschüchterte Tontechniker.

»Ich habe Sie freundlich begrüßt? Wer sind Sie, Alter Mann?«

»Ich bin erst seit ein paar Tagen wieder auf Erden. Du bist der erste Mensch, der in der Öffentlichkeit meine Identität erkennt, und dazu gratuliere ich dir. Ich bin Gott.«

Der Reverend wirkte verzweifelt. Er hatte sich verrechnet. Hätte der Alte Mann sich als Ellsworth W. Tidmarsh aus Boulder City, fünfundneunzig Jahre alt, zu erkennen gegeben, hätte das Haus getobt, aber Gott war die letzte Konkurrenz, die er brauchte. Außerdem konnte man Gott nicht fragen, ob er sich regelmäßig die Joey-Henchman-Show ansehe.

»Alter Mann, ist Ihnen klar, daß Sie sich der Blasphemie schuldig gemacht haben?«

»Nun verdirb nicht alles«, sagte der Alte Mann gequält. »Du hast so gut angefangen ...«

»Soll ich Ihnen verraten, woher ich *weiß*, daß Sie *nicht* Gott sind?«

»Das kannst du gar nicht wissen«, rief der Alte Mann. »Du hast selbst gesagt: *ganz gleich*, in welcher Verkleidung ich auftauchen würde.«

»Das stimmt. Sie haben recht. Das sagte ich tatsächlich. In diesen Worten. Ich würde Gott willkommen heißen, *ganz gleich*, in welcher Verkleidung er auftaucht. Schließlich habe ich Gott, im Gegensatz zu Satan, nie gesehen. Er könnte hier in irgendeiner Gestalt erscheinen, und auch wenn ich seinen geheiligten Geist erkennen würde, seinen jeweiligen Körper würde ich nicht erkennen.«

»Er könnte sogar wie ich aussehen«, sagte der Alte Mann.

»Das könnte er allerdings. Wie Sie aussehen. Die Möglichkeit besteht. Obwohl ich erwarten würde, daß sein Geschmack vielleicht ein wenig besser wäre ...«

Die Menge lachte zustimmend, während Henchman, der nicht den Eindruck vermitteln wollte, er mache sich über einen harmlosen alten Irren lustig, ergänzte: »Eleganter, Sie verstehen.« Dann sprach er lauter, wurde schneidend und aggressiv.

»Doch es gibt etwas, das Gott nie tun würde. Dieses Multi-Millionen-Dollar-Geschäft dient Gott und seiner Botschaft in mehr als hundert Ländern. Da er weiß, wie teuer Sendezeit ist, denn Gott weiß alles – er ist *all*wissend –, würde Gott nie und nimmer diese wertvolle Sendezeit verschwenden, indem er sie ihrem rechtmäßigen Besitzer wegnähme, ihrem Käufer, dem Reverend Joey Henchman, der rund um die Uhr und auf seine eigenen Kosten das Wort Gottes verbreitet. Gott wäre besser informiert, besser unterrichtet. Habe ich recht?«

Die Reaktion war ein lautes zustimmendes Gebrüll mit den üblichen Rufen: »Amen«, »Hinsetzen«, »Verschwinde dahin, wo du hergekommen bist«. Sogar dem Alten Mann mit seinen überragenden akustischen Fähigkeiten gelang es nicht, sich in der steigenden Flut gerechter Empörung verständlich zu machen. Hilflos stand er da, während ein paar Ordner ihn von der Bühne zu zerren versuchten. Die gutgeführten Kameras zeigten nicht ihn, sondern lieber Joey Henchmans nickende Zufriedenheit darüber, daß er so kurz und bündig und gut eine religiöse Lehre erteilt hatte, oder die aufgebrachte Gemeinde, die sich offenbar kaum noch unter Kontrolle hatte.

Etwas Dramatisches war erforderlich, um die Initiative zurückzugewinnen. Blitzschnell war Mr. Smith aufgesprungen und raste auf die Bühne. Die Ordner waren zu intensiv mit dem Alten Mann beschäftigt, um so schnell zu reagieren, wie erwartet wurde. Doch trotz wilden Schreiens und Gestikulierens konnte Mr. Smith die Mauer aus Lärm auch nicht leichter durchdringen als der Alte Mann. Er ging vorübergehend in Flammen auf.

Die Zuschauer kreischten verängstigt, es folgte eine fassungslose Stille, während die Leute sich fragten, ob sie tatsächlich gesehen hatten, was sie zu sehen glaubten, oder ob ihre kollektive Phantasie ihnen einen üblen Streich spielte.

»Joey Henchman, du bist ein Lügner und Betrüger, und ich kann's beweisen.«

Der Reverend war wieder einmal schweißbedeckt, was aber nicht auf körperliche Anstrengungen zurückzuführen war.

»Na los. Beweisen Sie's«, sagte er leichtsinnigerweise und leckte sich über die Lippen.

»Erinnerst du dich an mich?« rief Mr. Smith. »Von vorne?« Er drehte sich um neunzig Grad. »Profil?«

»Nicht daß ich wüßte«, sagte Henchman gefaßt.

»Und doch behauptest du, mich sehr gut zu kennen. Du hast gelogen. Du hast mich mit Miss Linda Carpucci in Verbindung gebracht. Ich hatte nie das Vergnügen, die junge Dame kennenzulernen. Die nächste Lüge. Du sagtest, du könntest dich an meine physische Gegenwart erinnern und daß ich nicht in der Kirche sei, obwohl ich in der ersten Reihe saß, direkt vor deiner Nase. Die dritte Lüge.«

»O.K., O.K., nicht verraten, lassen Sie mich raten. Sie sind Satan«, sagte Henchman völlig unbeeindruckt, ja sogar spöttisch.

Bevor Mr. Smith Zeit fand, diese nicht unbegründete Vermutung zu bestätigen, wandte sich Henchman an die Versammlung, seine große Verbündete.

»Ist das nicht toll?« Eine rhetorische Frage. »Der *Teufel* kommt *Gott* zu Hilfe. Ist das nicht eine wüste Vorstellung? Beide sind auf derselben Seite und versuchen, Joey Henchman und ein dem Wort des Allmächtigen geweihtes Multi-Millionen-Dollar-Unternehmen zum Deppen zu machen?«

Das Gelächter schwoll an und wurde zu Jubel.

»Das wär's, Leute. Es ist wieder Zeit für eine Empfehlung unseres Sponsors, und ich denke, ich habe euch gezeigt, wie man mit falschen Propheten und Leuten umgeht, die die Heilige Schrift für ihre eigenen trüben und finsteren Zwecke verdrehen.« Es gab starken Beifall, Joey Henchman und sein elektronisches Verstärkersystem hatten gewonnen.

Mr. Smith und der Alte Mann, von allen Seiten bedroht, nahmen sich bei der Hand. Verzweifelt bewegte Mr. Smith seine andere Hand, und das Gebäude stand in Flammen.

»Sei kein Narr!« rief der Alte Mann und löschte die Feuersbrunst. Wieder ertönte ein kollektiver Aufschrei, gefolgt von Stille.

»Ich lass' mir nicht sagen, daß ich nicht aufrichtig bin!« brüllte Mr. Smith, und hinter der Versammlung brach ein Feuer aus.

»Ich verbiete dir das!« rief der Alte Mann und löschte es wieder.

»Laß mich in Ruhe«, jammerte Mr. Smith und setzte sich wieder selbst in Brand.

Der Alte Mann pustete, und die Flammen erstarben.

»Ich bin mein eigener Herr«, brüllte Mr. Smith. »Laß mich vernichten, was vernichtet gehört. Den Tempel Mammons!«

»Ich werde nicht zulassen, daß du vor meinen Augen meine Arbeit erledigst«, fauchte der Alte Mann. »Hinter meinem Rücken magst du ja tun, was du willst. Sogar beten, sollte dich die Nostalgie übermannen.«

»Keiner rührt sich!«

Eine weitere Stimme hatte sich in den Streit eingeschaltet. Ein Mann mit Panamahut stand am Eingang, eine Karte in einer und eine Pistole in der anderen Hand.

»Smith und Gottfried!« rief er laut.

Der Alte Mann und Mr. Smith blinzelten, reagierten aber nicht.

»Gardner Green, FBI, Little Rock, Arkansas. Sie sind wegen Falschmünzerei verhaftet. Werfen Sie jede eventuell in Ihrem Besitz befindliche Waffe vor sich auf den Boden.«

Mr. Smith zitterte. »Was machen wir jetzt?«

»Nimm meine Hand und leere deinen Geist.«

»Wovon?«

»Von allem.«

»Geredet wird nicht!« befahl der FBI-Beamte und kam näher. »Und versuchen Sie nicht zu verschwinden.«

»Wohin wollen wir?« rief Mr. Smith.

»Auf einen menschenleeren Berggipfel in Arizona.«

Und damit verschwanden sie. Es gab ein erstauntes Aufseufzen, aber die Werbung hatte gerade begonnen, so daß den Fernsehzuschauern das eigentliche Verschwinden erspart blieb. Der FBI-Mann drehte sich rasch um und wandte der Gemeinde das Gesicht zu. Jemand reichte ihm ein Mikrofon.

»O.K., kein Grund zur Panik. Was Sie soeben erlebt haben, ist absolut normal und allen Erforschern außersinnlicher Wahrnehmung und anderer psychischer Phänomene wohlbekannt. Diese Burschen unbekannter Herkunft entkamen erst vor ein paar Tagen dem Gewahrsam in Washington, D.C. Sie werden als nicht verurteilte Kleinkriminelle geführt, und es gibt keinerlei Anzeichen für Gewalttätigkeiten ihrerseits. Viel Vergnügen noch. Und alles übrige überlassen Sie dem FBI, eine jener Institutionen, die dieses Land so großartig machen.«

Es wurde geklatscht, und der FBI-Mann verließ den Ort des Geschehens, seine Waffe in ihr Halfter zurücksteckend.

Die Heilungen verliefen so gut wie immer; Inkontinenz, Asthma, Blindheit, Hämorrhoiden und Aids gehörten zu den Heimsuchungen, deren sich Reverend Henchman mit alttestamentarischer Direktheit annahm, wobei die verbleibenden dreißig Sekunden der Sendung auf den letzten Fall, den mit Aids, entfielen. Das Opfer behauptete, sich viel besser zu fühlen, nachdem es mit ein paar gegen Satan gerichteten beleidigenden Worten eins über den Schädel bekommen hatte.

Erst als die Sendezeit abgelaufen war und man Reverend Henchman abschminkte, wurde langsam die ganze Bedeutung des soeben Geschehenen klar. Gardner Green, der FBI-Beamte aus Little Rock, saß auf einem Hocker und schlürfte einen trockenen Martini mit einem Spritzer Zitrone, so wie er ihn am liebsten trank, von Joey Henchman persönlich gemixt. Der Reverend brauchte Verbündete; Leute, mit denen er reden konnte. In sehr schwierigen Momenten hatte er sich äußerst mutig und professionell verhalten, doch jetzt war ihm die Lage wohl ein wenig außer Kontrolle geraten. Das Telefon klingelte ununterbrochen. Viel Anrufer lobten Reverend Henchman, doch manche sagten auch, was, wenn es wirklich Gott und wirklich der Teufel gewesen seien? Andere hatten tatsächlich positive Schwingungen verspürt, als der Alte Mann auf Sendung gewesen war, negative Schwingungen, als Mr. Smith in Flammen gestanden hatte. Die großen Fernsehsender wollten bereits die Rechte erwerben, um das Material in ihren Abendnachrichten zu senden.

Gardner Green war ziemlich erleichtert, daß die Story, wie er es formulierte, publik geworden war. »Ein harter Brocken«, sinnierte er, als er seinen Drink herumschwappen ließ und zusah, wie die Olive im Glas hüpfte. »Sehen Sie, diese beiden Alten haben es drauf, zu verschwinden und in Sekundenschnelle anderswo wiederaufzutauchen ... und mit anderswo meine ich zwei-, dreitausend Kilometer entfernt. Laut Geschäftsführer eines Hotels in Manhattan hörte das Zimmermädchen noch um halb fünf den

Fernseher, als sie ihre Runden drehte. Um fünf Uhr ... siebzehn ... kam sie wieder dort vorbei ... es war die letzte Gelegenheit für sie, vor ihrem Feierabend das Zimmer zu machen, und sie fand es verlassen vor ... zwei Koffer, ungeöffnet ... beide leer ... die Betten waren nachts unberührt geblieben ... Also, das Interessante daran ist, daß sie bei ihrer Runde um halb fünf ... also um sechzehn Uhr dreißig ... ganz deutlich beide Stimmen hörte. Die zwei sahen sich Ihre Sendung an.«

»Tja ... das stimmt ... nach unserer Zeit wäre das vierzehn Uhr dreißig *Mountain Time*. Genau dann sind wir dran. Da hatte ich wohl gerade angefangen.«

»Stimmt. Irgend etwas an Ihrer Sendung muß bewirkt haben, daß sie zwischen halb fünf und fünf aufgebrochen sind. Können Sie sich vorstellen, was sie genügend aufgeregt haben könnte, um in ein paar Sekunden die Strecke zwischen New York und Henchman City zurückzulegen?«

Joey Henchman lachte, während die hübsche Maskenbildnerin ein Entspannungsgel auf sein Gesicht auftrug. »Nun, zuallererst möchte ich feststellen, nichts auf Gottes Erde kann bewirken, daß sie so schnell reisen.«

»Weil Sie's nicht könnten, selbst wenn Sie's versuchen würden.«

»Genau, genau. Nein, um Ihre Frage zu beantworten, keine Ahnung, was ihre Entscheidung bewirkt haben könnte. Ich begann mit meiner Wochenpredigt ... die halte ich einmal in der Woche ... sonst bin ich abends dran ... Joey Henchman's Hour of Many Colours ...«

»Das weiß ich«, sagte Green.

»Sehen Sie sich meine Sendung an?« strahlte der Reverend.

»Nicht, wenn was anderes läuft.«

Henchman war ob dieses unerwartet feindseligen Untertons zunächst verunsichert, tat aber so, als hätte Green ja gesagt.

»Nein, ich begann die Predigt mit einer kurzen Schilderung meines Erlebnisses, als Satan mich besuchte, und erwähnte beiläufig die zahlreichen Gerüchte über ... Sie wissen schon ... Linda Carpucci ... Es ist nicht gerade vorteilhaft, wenn man beim Weglaufen beobachtet wird ... nicht von diesem Pöbel ...«

»Welcher Pöbel?«

»Die gottverdammte Presse: ›Halligalli in Henchman City‹ ... ›Spaß und Frohsinn im Oben-ohne-Tempel‹ ... ›Joey macht seine Hausaufgaben hinter dem Rücken der Lehrerin‹ ... Sie kennen die Schlagzeilen.«

»Nein.«

Joey Henchman wollte es nicht glauben. »Die müssen Sie gelesen haben.«

»Nein.«

»Warum nicht?«

»Hat mich wohl einfach nicht interessiert. Genügt das?«

Henchman ging wacker wieder zum Angriff über. »Die Carpucci ist ein *gaaanz* schlimmes Mädchen, das können Sie mir glauben. Für die zählt nur eins: Geld, Geld in jeder Form. Und dafür gibt sie alles her, Körper, Seele, ganz egal.«

»Klingt nach der idealen Begleiterin für Sie. Da müssen ja eine Menge unausgesprochene Gemeinsamkeiten zwischen Ihnen beiden bestehen. Zum Sprechen waren Sie wohl zu beschäftigt.«

Joey Henchman schob das Mädchen beiseite und richtete sich kerzengerade in seinem Schminkstuhl auf, erbost. »Auf wessen Seite sind Sie eigentlich?«

»Ich? Ich arbeite für das FBI. Damit bin ich wohl auf seiten der Gerechtigkeit. Wenn ich Glück habe. Aber ich verrate Ihnen eins, Gontrand B. Harrison, der alte Gonner Harrison, ist ein Fan von Ihnen ... verpaßt nie eine Joey-Henchman-Show, falls er nicht im Dienst ist, natürlich ... Er hat Ihre Konfrontation mit diesem alten Burschen mitbekommen ... Sie wissen schon, Gottfried ... und besaß die Geistesgegenwart, unser Büro in Little Rock anzurufen ... und ich war gerade in meinem Wagen unterwegs, nicht weit von hier ... und konnte sofort herkommen, tja, und unterwegs bekam ich zusätzliche Informationen über mein Autotelefon.«

»Na, das muß ich dem FBI lassen, Sie arbeiten wirklich schnell. Woher wußten Sie, in welchem Hotel Sie ihn finden würden?«

»Sie riefen uns an. Wir haben seit fast einer Woche eine ziemlich gute Phantomzeichnung von dem dicken Alten draußen an alle Hotels ausgegeben, und in diesem Hotel erkannte man sie nach ihrem Verschwinden.«

»Prima. Aber sagen Sie ...« Henchman wurde vertraulich und vermittelte den Eindruck, jemand zu sein, der Vertrauen verdiente. »Sagen Sie mal ... es sind doch bloß Geldfälscher, kleine Fische, stimmt's?«

»Was die kleinen Fische betrifft, da weiß ich nicht Bescheid, aber der Haftbefehl wurde wegen Falschmünzerei ausgestellt ...«

»Warum gibt's keine Phantomzeichnung von dem dürren Burschen?«

»Er verändert ständig seine Identität, erst eine Art Künstler, dann ein japanischer Geschäftsmann und jetzt ein Schwuler aus dem Village. Läßt sich nicht leicht festlegen.«

»Aber ... für wen halten Sie die beiden?«

»Ich? Ich bin unwichtig. Ich bin bloß ein Glied in der Kommandokette. Meine einzige Pflicht bestand darin, hierherzukommen, sie wenn möglich anhand der mir zur Verfügung stehenden Informationen zu verhaften und eine Panik zu verhindern. Als die Sendung zu Ende ging, während der Glaubensheilungen, konnte ich unsere Leute in Phoenix anrufen, und sie werden mit Jeep, Hubschrauber oder zu Fuß jeden Berggipfel in Arizona absuchen und versuchen, da Erfolg zu haben, wo ich gescheitert bin.«

»Aber ich muß es unbedingt wissen ... die Gründe liegen auf der Hand ... Für wen hält das FBI die beiden?«

Green nahm genüßlich ein wenig Martini in den Mund und schluckte ihn mit einem zufriedenen Seufzer. »Zur Zeit gibt es zwei Theorien«, sagte er. »Sobald die beiden ersten widerlegt werden, stellt man zweifellos andere auf. Die erste, aufgestellt von General Anzeiger, dem Vorsitzenden der Vereinigten Stabschefs: Er glaubt noch mehr an Außerirdische als an die Sowjetunion. Seiner Meinung nach testen Kundschafter aus dem Weltraum unsere Verteidigung. Einem bodenständigen Burschen wie dem Sicherheitsberater unseres Präsidenten, Pat Gonzalez, natürlich ein Zivilist, erscheint das ein wenig romantisch. Er glaubt ein bißchen mehr an die Sowjetunion als an winzige Marzipanmännchen vom Planeten Plemplem. Seiner Ansicht nach probieren die Sowjets, nicht die Außerirdischen, etwas Neues aus, das bereits unter einem Codewort namens ISLE läuft, was sich wie eine weitere dieser überflüssigen Vertragsorganisationen anhört, *Individual Supersonic Loca-*

tion Exchange, Individueller Ortswechsel in Überschallgeschwindigkeit. Ich persönlich halte das für die Sorte juveniler Theorien, wie sie permanent von hohen Persönlichkeiten aufgestellt werden, die nicht als altmodisch gelten möchten.«

»Was ist es Ihrer Meinung nach? Sie haben noch nichts gesagt, außer daß es nicht Ihre Sache ist, Theorien aufzustellen.«

»Genau.«

»Du lieber Himmel, wie bescheiden kann man noch sein? Nirgendwo im Buch der Bücher steht, man soll die andere Backe hinhalten, bevor man auch nur einen Schlag auf die rechte bekommen hat. Wir leben in einer Demokratie, Mann. Sogar der Säufer in der Bowery hat seine Theorie.«

Green lächelte. »O.K., wenn Sie drauf bestehen«, sagte er. »Meine Theorie sieht so aus, daß die beiden möglicherweise genau das sind, was sie zu sein vorgeben, Gott und Satan.«

»Sie wollen mich nur nervös machen, das ist alles!« rief Henchman. »Verschwinden Sie!«

»Wie Sie wünschen. Aber wie mein Chef sagte, was auch immer die Wahrheit sein mag, dieses Ereignis hat Ihre Affäre mit Miß Carpucci garantiert aus den Schlagzeilen verdrängt.«

Henchman sah über seine Wut hinweg und beschäftigte sich kurz mit diesem Gedanken. »Glauben Sie wirklich?«

»Ja klar. Wer kümmert sich noch um eine Vaterschaftsklage, wenn das FBI zwei alten Knackern auf der Spur ist, die sich Gott und Teufel nennen, sich schneller fortbewegen können als der schnellste Düsenjet auf Erden *und* der Verhaftung entgehen, indem sie sich in Luft auflösen?«

»He, da könnten Sie recht haben. Warten Sie, bis ich das Charlene erzähle ...«

»Na klar.«

Plötzlich verschwand das Lächeln aus Henchmans erleichtertem Gesicht. »Beten Sie, Mr. Green?«

»Nein, Sir.«

»Sind Sie Christ?«

»Nein, Sir.«

»Sind Sie bereit, wiedergeboren zu werden?«

»Nein, Sir.«

Joey Henchman schloß die Augen, und ein Schluchzen schlich sich in seine Stimme. »Ich werde für Sie beten.«

»Ich könnte mir bessere Methoden der Zeitverschwendung vorstellen.«

Joeys Augen öffneten sich wieder, erstaunt, eine solch distanzierte Einstellung nicht gewohnt. »Sie sind Agnostiker«, sagte er vorwurfsvoll.

»Das stimmt.«

»Und doch sind Sie willens zu glauben, daß ein paar Hochstapler tatsächlich das sind, was sie vorgeben zu sein, Gott der Allmächtige und Satan?«

»Jawohl, Sir. Ist Ihnen je der Gedanke gekommen, daß ich durchaus bedauern könnte, ein Ungläubiger zu sein?«

»Sie *könnten* glauben, wenn Sie nur wollten.«

Henchman trat vor und versuchte, Greens Hände zu ergreifen. Green trat den Rückzug an und wich ihm aus, sein leeres Cocktailglas ausgestreckt, das Joey ihm im Reflex abnahm.

»Nein, Sir. Weder könnte ich glauben, noch möchte ich es unter den herrschenden Umständen. Meine Arbeit hat mir gezeigt, daß einige der schlimmsten Gauner in diesem Land die sind, die ihren Glauben vermarkten.«

»Ihren Glauben vermarkten?« wiederholte Henchman ungläubig.

»Ja ... in über hundert Ländern ... ist das nicht die Formel? Tja, auch wenn aus meiner Wiedergeburt nichts wird: danke für den Martini ... er war – göttlich?«

7

Der Alte Mann saß in der prallen Spätnachmittagssonne auf einem Felsen und aalte sich in der überwältigenden Schönheit der rotgoldenen Hügel und des malvenfarbenen Horizontes. Die Luft war rein und lau, da die Tageshitze allmählich abklang.

Mr. Smith lag flach auf dem Boden hinter ihm, erschöpft von der rasanten Reise. Fasziniert beobachtete er den hektischen Aufmarsch von Ameisen. Es herrschte gerade Stoßverkehr, und in ihrer verzweifelten Anstrengung, ihr Ziel zu erreichen, stolperten sie übereinander. Bei aller Intelligenz hatten sie offenbar noch nicht die Organisation, die bewirkt, daß die eine Ameisenreihe auf einer und die Gegenrichtung auf der anderen Seite blieb.

»Das ist sinnvoll«, sagte der gesprächige Alte Mann.

»Was?«

»Es erinnert mich an so vieles, auf Anhöhen zu sitzen, unerreichbar. An unsere Jugendzeit, weißt du noch? Der Olymp?«

»Der Olymp war kalt, in Wolken gehüllt, erbärmlich ungemütlich. Es war überhaupt nicht wie hier.«

»Nun, meine Erinnerung sieht so aus – vielleicht nicht meine himmlische, aber meine sterbliche Erinnerung, die ich annahm, um die menschlichen Eigenheiten einzuschätzen. Und Moses. Moses und die Gesetzestafeln. Auf einer Anhöhe.«

»Ich war nicht dabei.«

»Meine Aufmerksamkeit war geweckt, deshalb erinnere ich mich daran.«

Sie schwiegen, während jeder seinen eigenen Gedanken nachhing.

»Wo werden wir die Nacht verbringen?« fragte Mr. Smith.

»Hier.«

»Hier wimmelt es von Insekten.«

»Schwebe frei in der Luft«, schlug der Alte Mann vor, als sei es das Normalste auf der Welt.

»Freischweben verbraucht Energie. Durch diese vielen Reisen bin ich völlig erschöpft.«

»Ich leihe dir meine Gewänder, darauf kannst du ruhen. Nichts wird dich berühren. Vielleicht bist du sogar in Stimmung, ein wenig zu schlafen.«

»Nein«, murrte Mr. Smith, »anscheinend versetzen mich nur zwei Dinge in Schlaf: Sex und Fernsehen. Und das fehlt mir hier oben, wenn ich's recht überlege. Fernsehen. Können wir uns nicht irgendwo ausruhen, wo es einen Fernseher gibt?«

»Nein«, blaffte der Alte Mann, erstaunlich schlecht gelaunt.

»Warum nicht?« quengelte Mr. Smith wie ein Kind. Er hatte die gedankliche Wellenlänge des Alten Mannes gefunden und störte sie mit der egoistischen Verbohrtheit eines boshaften Kleinkindes. »Warum nicht?« wiederholte er, und nach einer Weile, mehr in die Länge gezogen: »Warum n-i-i-icht?«, bis plötzlich der Kessel überkochte. »Warum nicht?« kreischte Mr. Smith, keilte unmotiviert mit den Beinen aus und trommelte mit seinen Fäusten auf den Boden.

Der Alte Mann schloß die Augen, als wolle er seine ganze Geduld zusammennehmen. »Du bist wirklich unmöglich«, sagte er dann. »Nach allem, was wir gemeinsam unternommen haben, nach all den Momenten, in denen wir einander freundlich und zuvorkommend behandelt haben, findest du eine Methode, um meine kosmischen Grübeleien zu stören. Was treibst du eigentlich da hinten?«

Und der Alte Mann bemerkte eine rasche verstohlene Bewegung, als Mr. Smith sich umdrehte, wie ein Schüler, der seine Hausaufgaben vor den Blicken eines Nachbarn abdeckt.

»Nimm deinen Arm weg!« befahl der Alte Mann.

Widerstrebend tat Mr. Smith wie geheißen, und ein Ring aus kleinen Feuern um einen Skorpion war zu erkennen, der seinen Schwanz hoch erhoben hatte, als wolle er einen Speer schleudern. Die Kadaver anderer Skorpione lagen herum wie abgenagte Garnelen.

»Igitt ... igitt ... das ist fies, wie Nasebohren«, sagte der Alte Mann. »Du überraschst mich. Arme kleine Skorpione.«

»Also wirklich, arme kleine Skorpione!« rief Mr. Smith. »Du tust, als wäre es Mord. Das ist es nicht, ich betone das! Es ist Selbstmord.«

»Selbstmord? Du läßt bei deiner Verteidigung keine Spitzfindigkeit aus.«

»Mir fehlt mein Fernsehen.«

»Ich dachte, du fändest es scheußlich.«

»Ich fand beim ersten Probieren vieles scheußlich, Camembert, Austern, Mentholzigaretten, Marihuana. Ich gerate leicht in Abhängigkeit von Dingen, die ich beim ersten Kontakt abstoßend finde. Vor dir siehst du einen Fernsehsüchtigen, der dringend seinen Stoff braucht.«

»Was fasziniert dich daran?«

»Keine Ahnung. Ich habe es nicht analysiert. Vielleicht weil Tausende von Menschen getötet werden, ohne daß jemandem ein Haar gekrümmt wird. Diese kleinen Skorpione habe ich zum Zeitvertreib umgebracht, sie sind alle richtig tot. Sie kommen nicht wieder, um Barfüßige oder unvorsichtige Sonnenanbeter zu bedrohen. Und weißt du, warum sie tot sind? Weil sie nicht im Fernsehen waren.«

Der Alte Mann lächelte grimmig. »Seit wann interessiert dich, ob ein Tod echt oder vorgetäuscht ist?«

»Seit ich mit dir auf Reisen bin, o Herr.«

»Heuchler.«

»Aber ja! Ich fühle mich geschmeichelt!« und einen Moment lang kicherte er irre. Dann wurde er ernst. »Ich würde meinen Auftrag verfehlen, wenn ich plötzlich zwischen echtem Tod und falschem Tod unterschiede, zwischen echtem Leid und falschem Leid, zwischen Wahrheit und Theatralik.«

»Daß du dies zugibst, ist eine große Erleichterung für mich.«

»Diese Gefahr besteht nicht«, sagte Mr. Smith finster. »Aber ich hätte Reverend Henchman zu Hilfe kommen sollen und nicht dir, das ist dir hoffentlich klar. Er ist mein Kaliber.«

»Wärst du ihm zu Hilfe gekommen und hättest deine Gründe mit der Zurückhaltung geschildert, die man braucht, um in der amerikanischen Politik zu überzeugen, hättest du ihn als Prediger mit einem einzigen Schlag erledigt. Du hättest ihn endgültig auffliegen lassen, mit oder ohne Miß Carpucci. Doch für so eine komplizierte Strategie bist du viel zu überdreht. Du verlierst den Kopf, vergißt deine ursprüngliche Absicht, gerätst in Panik und setzt Dinge in Brand.«

Es folgte eine lange Gesprächspause.

»Warum sagst du nichts?« fragte der Alte Mann.

»Liegt es wirklich in meinem Interesse, ihn als Prediger zu erledigen? Wie gesagt, er ist mein Kaliber, nicht deins. Denk an die armen Invaliden, die bei unserem Abgang gerade Aufstellung nahmen ... an ihre zerstörten Hoffnungen, die scheinbare Besserung, das psychosomatische Gefühl plötzlichen Wohlbefindens. Sie fallen alle in meinen Bereich. Nur der ihnen eigene Optimismus hinsichtlich ihres Zustands stammt von dir. Die unwiderlegbare Realität gehört mir. Und vielleicht ist das Fernsehen deshalb auf einmal ganz nach meinem Geschmack. Es hat nichts Intimes oder Diskretes an sich. Nirgends findet man einen ordinäreren Marktplatz, alles ist käuflich, jedes schlechte Vorbild wird zum Kopieren angeboten, zum Überlegen läßt man keine Zeit. Alles ist Action, los, los, los!«

Er schnippte mit den Fingern und erfand rasch eine irgendwie ausgelassene und hemmungslose Tanznummer.

»Wir haben uns teilweise eine Sendung über das Paarungsverhalten der Pinguine angesehen, die, wie ich fand, sehr geschmackvoll gemacht war, aber du wolltest unbedingt umschalten, weißt du noch? Fernsehen ist nicht zwangsläufig so, wie es dir gefällt. Ja, ich würde sogar so weit gehen zu behaupten, wenn wir länger zusammenblieben, müßten wir uns ein zweites Gerät zulegen.«

Die nächste Pause entstand, während es merklich dunkler wurde. Die tieforangefarbene Sonne verlor an Intensität hinter massigen Wolken, die in ihren Falten diverse Reflexe einfingen, als wären sie abstrakte Paraphrasen des menschlichen Körpers. So sah sie jedenfalls Mr. Smith, mit einer gewissen traurigen Freude. Für den Alten Mann stellten sie die Aufdeckung tiefer Wahrheiten dar, zu unklar, als daß sie eine Übersetzung in das grobe Vehikel der Sprache vertrügen.

»Ich glaube«, sagte der Alte Mann freiheraus, »daß unser Abenteuer, wie notwendig es für unser Wohlergehen auch sein mag, bisher nicht gänzlich von Erfolg gekrönt war.«

»Ich stimme dem zu.«

»Ich hatte es mir weit einfacher vorgestellt. Ich hatte keine Ahnung, daß diese hochentwickelte Gesellschaft inzwischen zu kompliziert ist, um für ein paar alte Exzentriker in ihrer Mitte noch offen zu sein.«

»Dürfte ich ein Wort der Kritik äußern?«

»Habe ich dir je einen Maulkorb verpaßt?«

»Vergiß es. Das soll uns nicht interessieren. War es nicht ein Fehler, dieses Experiment am hochentwickelten Ende der Skala zu beginnen? Schließlich haben wir bis jetzt nur einen schweren Fehler begangen, und zwar am ersten Tag auf Erden. Du hast mit einer Handvoll Dollar um dich geworfen, die sich als Fälschungen entpuppten. Ein zweiter Fehler war gar nicht mehr nötig. Nachher wurde unser Leben immer riskanter, revolverschwingende ungehobelte Männer forderten uns auf, mit allem aufzuhören, was wir gerade taten, und versuchten, unser Ehrenwort zu erhalten, daß wir nicht verschwinden würden, ehe sie uns nicht bestraft hatten. Nie wieder möchte ich diese eiskalten Handschellen spüren, weder hinter Gittern hocken noch mich einer medizinischen Untersuchung unterziehen müssen.«

»Ich gebe zu, wir haben ebenso peinliche wie unangenehme Augenblicke durchgemacht, dabei aber mehr gelernt, als wir glauben. Und wären wir im afrikanischen Busch oder im Dschungel Indiens gelandet, hätten wir uns gesagt, so ziemlich alles sei beim alten geblieben, und selbst damit hätten wir uns getäuscht. Doch irgendwie kann ich mir nicht vorstellen, daß die Echtheit von Geld in einer Gegend, wo ein derartiger Mangel daran herrscht, so wichtig ist, sondern ich glaube, daß es ebenso begeistert wie dankbar aufgenommen werden würde, ob falsch oder richtig.«

»Warum haben wir dann mit Amerika begonnen?«

»Es ist zweifellos unsere schwierigste Hürde, und ich denke, ehe wir zu unserer gewohnten Existenz zurückkehren, vielleicht sogar schon lange vor dieser Rückkehr, wird man uns zwingen, die Vereinigten Staaten zu verlassen.«

»Gibt es in anderen Ländern Fernsehen dieser Intensität?«

»Was für eine seltsame Frage. Es geht dir wirklich nicht mehr aus dem Kopf.«

»Nun, gestern hatte ich dort wider Erwarten meinen großen Augenblick. Ich schmeichle mir, daß man mich heute beinahe überall erkennen würde, hätten wir uns nicht an einem Ort ohne jeden Publikumsverkehr niedergelassen.«

»Wegen deiner Publicitysucht werden wir die Staaten wahrscheinlich verlassen müssen. Aber vergiß nicht, sie sind so tief in ihrem Skeptizismus verwurzelt, daß man dich nie als Satan erkennen wird, höchstens als den, der sich für Satan hält!«

»Na, wenigstens habe ich mein Aussehen verändert, damit man mich nicht entdeckt. Du unternimmst gar nichts. Hast du auf deinen Reisen schon mal jemanden gesehen, der dir auch nur entfernt ähnelt? Und wären wir auch nach Afrika oder Indien gegangen, so wie du aussiehst? Wie hättest du die Tatsache wegdiskutiert, daß du geradezu geschmacklos weiß bist? Nicht nur deine Haut ist weiß, auch deine Haare und dein Bart sind es, dein Gewand ist weiß, ja, an den Füßen trägst du sogar etwas wie Tennisschuhe. Warum? Fürchtest du dich vor dem geringsten Makel? Du trägst nicht nur deine Perfektion am Revers, du tauchst regelrecht darin ein. Teufel, ich muß an den Himmel denken, wenn ich dich so sehe!«

»Das reicht!« rief der Alte Mann beinahe schrill und wurde umgehend schwarz.

Mr. Smith keuchte und würgte, als ihn ein unwiderstehliches Gelächter überkam.

Der Alte Mann blinzelte irritiert. Im Schwarzsein war er nicht sehr geübt, da er es noch nie ernsthaft probiert hatte und ihm Mr. Smith' Verwandlungskunst abging. Man muß hinzufügen, daß er auch im Weißsein nicht besonders gut war, da man bei jedem anderen in seiner Farbe vermutet hätte, er stünde nicht nur an der Pforte des Todes, sondern hätte sie bereits durchschritten. Jetzt war der Alte Mann so vollständig und übertrieben schwarz, daß er nicht gerade authentisch wirkte und eher einem geschwärzten Nachtclubkünstler aus den späten zwanziger Jahren glich als einem echten Schwarzen.

»Was ist denn jetzt schon wieder los?« erkundigte er sich unwirsch, als Mr. Smith sein Lachen endlich in den Griff bekam.

Mr. Smith betrachtete ihn mit dankbaren Augen, aus denen eine Prozession von Tränen zwischen den halbversteckten Leberflecken und Mitessern die faltigen Wangen hinabgerollt war und zur Melodie kurzer Zischlaute als Dampfwölkchen verpuffte.

»Wir sind wirklich nicht wir selbst, wenn wir uns in die Beschränkungen des menschlichen Körpers gezwungen sehen, stimmt's? Zum Anfassen sind wir nicht geschaffen«, sagte er, plötzlich nüchtern und vernünftig.

»Wie können wir uns auf eine Entdeckungsreise begeben, ohne das notwendige kurzzeitige Opfer zu bringen, die Form und – falls erforderlich – den Geist unserer Geschöpfe anzunehmen?«

Mr. Smith schüttelte sich wieder vor Lachen, diesmal viel schwächer und schmerzhafter als zuvor.

»Bitte, fang mit diesem Aussehen kein ernsthaftes Gespräch an. Dein anderes Äußeres ist zwar genauso albern, aber ich habe mich wenigstens dran gewöhnt.«

Im Handumdrehen kehrte der Alte Mann zu seinem alten elfenbeinernen Äußeren zurück, war aber alles andere als zufrieden. »Du bist wirklich unmöglich«, sagte er und entfernte sich.

»Wohin gehst du?«

Der Alte Mann ließ sich zu keiner Antwort herab.

»Tut mir leid! Ich entschuldige mich!«

Der Alte Mann blieb stehen. Hastig schwankte Mr. Smith den Abhang hoch.

»Wohin gehen wir?« fragte er. »Ich dachte, wir würden die Nacht hier verbringen. Du hast mich sogar zum Freischweben aufgefordert.«

»Du hast mir leid getan. Es widerspricht meinem Charakter, die Ekstase von Anhöhen zu genießen, wenn du dich so elend fühlst.«

»Die Ekstase von Anhöhen? Jetzt bringst du mich sogar noch höher, über die Schneefallgrenze hinaus. Schau mal, da ist er. Direkt vor uns sieht man ihn. Schnee!«

»Da oben befindet sich auch ein Haus. Man sieht, wie ein diffuses Leuchten aus seinen Fenstern in den Schnee fällt.«

»Wo?« fragte ein ungläubiger Mr. Smith, das Gesicht verzerrt vor lauter Anstrengung, das Unsichtbare zu sehen.

»Vertrau mir. Vielleicht gibt es dort sogar Fernsehen.«

»Ach, vergiß es«, sagte Mr. Smith. »Ich kann ohne Fernsehen leben. Was habe ich denn Millionen Jahre lang gemacht? Ich dachte bloß, es wäre ganz nett, mehr nicht.«

Sie stapften schweigend weiter, die Atmosphäre gesättigt von unausgesprochenen Dingen, die sich im Lauf der Jahrhunderte angesammelt hatten.

Plötzlich hielt der Alte Mann an. »Woher hattest du die Skorpione?«

»Gefunden«, erwiderte Mr. Smith, der in Schuldgefühlen zu schwelgen schien.

»Quatsch. Dort oben ist es für Skorpione viel zu kalt, abgesehen von ein paar Stunden um die Mittagszeit oder im Hochsommer. Wenn ich scharf nachdenke, kann ich mich recht deutlich an die Bedürfnisse von Skorpionen erinnern.«

»Wenn du's unbedingt wissen mußt, ich hatte sie in einer Pappschachtel mitgebracht, falls mir die Vergnügungen ausgingen.«

»Vergnügungen?« rief der Alte Mann.

»Du hast lieber Falschgeld in deinen Taschen. Das ist doch wohl Geschmackssache, nicht wahr? Ich sehe zufällig lieber Skorpionen beim Sterben zu, reiße Fröschen die Beine aus und ersäufe Insekten in Untertassen ... grausame Sportarten, du verstehst.«

Der Alte Mann enthielt sich einer Antwort. Er ging einfach weiter, ein Grollen im Blick. Mr. Smith tat pikiert, als würden seine demokratischen Rechte unnötigerweise beschnitten.

Schweigend kamen sie an der Tür des Hauses an. Der Alte Mann klingelte. Sofort bellte ein sehr alter Hund, dessen Stimme nach Unsicherheit und ins Gedächtnis gerufener Pflicht klang.

»Wären wir Hunde, würden wir uns so anhören«, sagte Mr. Smith.

»Ich werde nicht lachen«, entgegnete der Alte Mann, mühevoll ein Lächeln unterdrückend.

Die Tür wurde von einem Mann in einer Art Uniform geöffnet. Seine Frau stand hinter ihm. Als sie den Alten Mann sahen, sanken beide auf die Knie.

»Aber ich habe noch gar nicht erklärt, wer ich bin«, sagte er.

»Sie haben Fernsehen!« rief Mr. Smith erfreut aus.

Im Hintergrund aßen zwei kleine Kinder zu Abend und begannen, erstaunt über ihre knienden Eltern, mit den Löffeln auf ihre Teller zu hauen.

»Ruhig, Kinder«, sagte die Mutter mit ihrer Kirchenstimme.

»Sei gegrüßt, Herr, in unserem bescheidenen Heim«, hub der Vater an.

»Erhebt euch bitte«, bat der Alte Mann..

»Es geziemt sich nicht, daß wir uns erheben«, sagte der Vater, nach den angemessen frommen Worten suchend.

»Um Himmels willen«, rief der Alte Mann aus, »wir sind doch hier nicht in der Bibel. Und gewiß nicht im siebzehnten Jahrhundert. Darf ich Ihren Namen erfahren?«

»Thomas K. Peace, Sir.«

»Das ist ein wunderschöner Name, auch wenn Sie darauf bestehen zu knien. Warum machen Sie das?«

»Wir haben Sie in der Joey-Henchman-Show gesehen, Herr.«

»Leider war ich nicht besonders erfolgreich. Es war zwar naiv von mir, aber er schien meine Anwesenheit im Saal zu spüren. Und ich bin auf seine Worte hereingefallen. Ich dachte, er meinte es ehrlich.«

»Ich hätte Sie über Joey Henchman informieren können, Herr. Er gehört zu dem, was in diesem unseren großartigen Land verkehrt ist.«

»Du kannst aufstehen, Tom, ist O.K. Der Herr wird sauer, wenn du da unten bleibst«, sagte die Frau nervös, von dem Alten Mann Bestätigung erwartend.

»Sauer werden?« fragte dieser beunruhigt.

»Auf jemanden sauer sein. Wütend«, erklärte die Frau.

»Aha. Leider bin ich mit den neuesten linguistischen Moden nicht vertraut. Nein, ich werde sicher nicht böse. Es gibt religiöse Fanatiker, und es gab Pilger, die den größten Teil ihres Lebens auf den Knien verbrachten. Manche verstehen Religion als eine Art physische Folter, und leider kommt diese Tendenz besonders unter jenen vor, die der Religion ihr ganzes Leben widmen. Ich bedaure das.«

Kaum hatte er das gehört, sprang Tom Peace auf.
»Ich wollte Sie nicht hetzen«, sagte der Alte Mann.
»Ich habe im Marine Corps gedient, Herr.«
»Ach, daher die abrupten Bewegungen?«
»Wir wurden in allem gedrillt, daher wird in einem Notfall für mich alles zur zweiten Natur, Herr.«
»Das Marine Corps. Ist das eine militärische Organisation?«
»Na klar, Herr.«
»Wir essen gerade mit unseren Kindern zu Abend, Herr, mit Tom junior und Alice Jayne. Viel haben wir nicht zu bieten, würden uns aber sehr freuen, wenn Sie ... Sie und Ihr Freund ... mit uns das Brot brechen würden«, sagte die Frau.
»Mit Vergnügen. Ihnen ist natürlich klar, daß wir nicht essen. Nein, es ist keine Prinzipienfrage. Nahrung gehört einfach nicht zu unseren Bedürfnissen. Aber wir setzen uns zu Ihnen, in aller Einfachheit.«
Schüchtern nahmen der Alte Mann und Mr. Smith auf kleinen Holzstühlen Platz.
»Wir wollen alles richtig machen, verstehen Sie, Herr«, sagte Tom. »Erwarten Sie, daß wir Ihnen Ihre Füße waschen?«
»Ach du meine Güte, nein.«
»Ich hätte nichts dagegen, wenn es zum Service gehört«, bemerkte Mr. Smith.
»Nein!« sagte der Alte Mann scharf.
Der Hund, der zuvor gebellt hatte, fing nun an zu jaulen und an einer Tür zu kratzen.
»Sie haben doch nichts gegen Tiere, Herr, oder?« fragte Tom.
Der Alte Mann lachte. »Wie könnte ich etwas gegen Tiere haben?«
»Mich hat noch keiner gefragt«, meldete sich Mr. Smith in leicht bissigem Ton.
»Meine Frage war allgemein gehalten«, sagte Tom taktvoll.
»Mein Freund und ich sind normalerweise nicht die Adressaten allgemein gehaltener Fragen.«
Der Alte Mann unterbrach. »Bevor uns der Hund vorgestellt wird: Mir fällt auf, daß uns schon alle vorgestellt wurden außer Ihrer Frau.«

»Tut mir leid, Herr. Dies ist Mrs. Peace.«
»Das habe ich mir bereits zusammengereimt.«
»Nancy«, sagte Mrs. Peace, die gerade die Kinder fütterte.
»Und mein Begleiter heißt ... Mr. Smith.«
»Ich kümmere mich um Satan, Schatz.«
»Satan?« Mr. Smith richtete sich wie von der Tarantel gestochen auf.
»Nicht persönlich gemeint, Sir.« Tom zögerte, bevor er den Hund freiließ.
»Heißt der Hund so?« fragte der Alte Mann höchst amüsiert.
»Ja, Herr.«
»Warum?« erkundigte sich Mr. Smith mit einer Stimme, die beide Kinder zum Weinen brachte.
»Weil er schwarz ist, nehme ich an.«
Nachdem er kurz vor einem Wutanfall gestanden hatte, verfiel Mr. Smith in ein bizarres Schmollen.
»Hat der Hund einen guten Charakter?« fragte der Alte Mann versöhnlich.
»Er sieht bloß furchterregend aus, hat aber ein goldenes Herz.«
»Nun, dann trägt er seinen Namen zu Recht.«
»Ich schätze, er jagt den Leuten unter anderem Angst ein, weil er blind ist.«
»Blind?« wiederholte Mr. Smith, als spüre er eine weitere Beleidigung.
»Na, er ist siebzehn Jahre alt, Sir.«
»Siebzehn Jahre!« kreischte Mr. Smith. »Der reinste Welpe!«
Der Alte Mann war sichtlich froh, daß Mr. Smith sich zusammengenommen hatte.
Tom öffnete die Tür, und Satan sprang herein, einen Couchtisch umschmeißend. Seine gelben Augen schienen nur allzugut zu sehen, wirkten aber völlig unfixiert. Er stand ganz ruhig da, als wolle er mit Hilfe verborgener Sinne eine neue Lage einschätzen. Plötzlich wackelte sein Schwanz, und er bewegte sich mit gesenktem Kopf vorsichtig auf den Alten Mann zu.
»Na, Satan, welch eine Überraschung«, sagte letzterer sanft, streckte die Hand aus und streichelte den edlen Kopf mit den blin-

den Augen. Auf einmal lenkte ein flüchtiger Geruch die Aufmerksamkeit des Hundes ab, er wandte seinen Kopf Mr. Smith zu und begann ein enorm tiefes und daher kaum hörbares Knurren.

Mr. Smith erhob sich hastig. »Ich wußte es«, rief er. »Ich hasse Hunde, und sie hassen mich. Mich hat keiner gefragt. Ich wußte, genau das würde passieren! Ich wußte es!«

Sowohl Tom als auch der Alte Mann versuchten, Satan abzulenken und zu beruhigen, doch es zwar zwecklos. Der Schwefelduft in der Luft, der Gestank der Urverderbtheit, der Luftzug durch uralte Schlüssellöcher ließ sich zwar vor Menschen verbergen, aber gewiß nicht vor Hunden. In den gelben Augen neigte sich das Weiße, während der Kopf auf eine Seite gelegt wurde, gespannt wie eine Flinte, und das Knurren von Baß zu Tenor überging.

»Ruhig, Alter, ganz ruhig«, flötete Tom inständig, während die Kinder mit großen Augen zusahen, automatisch ihre Zwiebäcke mampfend. Um Satans Mund bildete sich gefährlicher Schaum.

»Er will mich töten«, zischte Mr. Smith.

»Er kann dich nicht töten. Das kann niemand!« versuchte ihn der Alte Mann zu beruhigen.

»Ich lasse es nicht zu. Wenn mich keiner schützt ...«

Der Hund schien willens, die Dunkelheit zu verlassen, in der er dahinvegetierte, und sich in ein grimmiges Tageslicht zu stürzen.

Mr. Smith' Augen weiteten sich schrecklich, und als Satan gerade springen wollte, obwohl Tom ihn an seinem nietenbeschlagenen Halsband festhielt, verwandelte sich Mr. Smith in einen großen sabbernden Grizzlybär mit kleinen Schweinsäuglein und gelblichen Klauen an den Tatzen.

»Hör sofort auf damit!« schrie der Alte Mann. »Dieser Hund ist völlig harmlos!«

Das kleinere Kind war allein von dem Ausmaß des Bären sichtlich verdattert und fing an zu heulen. Das größere zeigte nur mit dem Finger, als hätte sein Geschwisterchen es nicht bemerkt.

Satan verkroch sich plötzlich, da er eine neue Situation spürte, die sich nicht so schnell einschätzen ließ.

»Bringen Sie den Hund bitte dorthin, wo er herkam, Mr. Peace. Sonst können wir Mr. Smith nie überreden, sich zurückzuverwandeln«, sagte der Alte Mann.

»Dein Wille geschehe«, flötete Tom, gefolgt von: »Na los, marsch, ins Körbchen.«

Kaum hatte sich die Tür hinter Tom und dem nun winselnden Hund geschlossen, nahm Mr. Smith wieder seine gewohnte Gestalt an.

»Du hast gut reden, mich zu schelten und zu behaupten, der Hund sei harmlos«, fauchte er, sobald die Rückverwandlung erfolgt war. »Von dir hat er sich streicheln lassen. Mich wollte er angreifen, als hätte ich seine Identität gestohlen, anstatt umgekehrt.«

»Beruhige dich und wisch das auf. Du hast den ganzen Tisch vollgesabbert.«

»Da liegen Papierservietten«, sagte die hilfsbereite Nancy.

Das brüllende Kind musterte nun Mr. Smith, das von frischen Tränen bedeckte Gesicht leicht gerunzelt. Das andere Kind genoß die raschen Veränderungen und schien nach mehr zu verlangen, da es mit seinem Löffel in der Luft herumfuhrwerkte und ihn schließlich auf den Boden schmiß.

Während Mr. Smith Bärenspeichel vom Tisch wischte, kehrte Tom grimmig lächelnd zurück. »Mit dem kriegen wir keinen Ärger mehr. Der arme Satan hat einen Schock.«

Mr. Smith wollte eventuellen Bemerkungen des Alten Mannes vorbeugen. »Ich muß mich für jedwede übereilten Veränderungen meines Äußeren entschuldigen. Ich hatte keineswegs die Absicht, Sie oder Ihre Kinder zu beunruhigen. Ich handelte lediglich in berechtigter Notwehr«, behauptete er, nicht ganz unstrittig.

»Ich muß schon sagen, so habe ich Satan noch nie erlebt. Man lernt nie aus, Herr. Liegt vielleicht an seinem Alter.«

»Könnte ich Sie dazu bewegen, ihn im weiteren Gesprächsverlauf einfach nur ›der Hund‹ zu nennen?« fragte Mr. Smith freundlich.

»Na klar, klar, Nancy, Liebes, ich schätze, hier ist es für die jüngeren Familienmitglieder heute abend ein wenig zu aufregend ...«, sagte Tom.

»Verstanden«, erwiderte Nancy und klatschte in die Hände. »Schlafenszeit!«

Die Kinder betrachteten Mr. Smith ein letztes Mal.

»Schlafenszeit!« rief dieser und klatschte wie ein altgedienter Kindergärtner in die Hände.

Wieder begannen beide Kinder zu heulen.

»Sie sind übermüdet«, behauptete Nancy taktvoll und hob sie aus ihren Hochstühlen.

»Ich trage sie, Schatz. Wenn Sie mich für einen Moment entschuldigen würden, Herr.«

»Natürlich.«

Kaum waren der Alte Mann und Mr. Smith allein, betrachteten sie einander mit Mißfallen.

»Ein Bär, also wirklich«, murmelte der Alte Mann.

»Ich mußte mir rasch was einfallen lassen, als du dich entschieden hattest, mir nicht beizustehen ...«

»Dir beizustehen?«

»Du hättest ihn mit Streicheln in den Schlaf oder in ein Hochgefühl hündischen Wohlbefindens versetzen können. Früher habe ich erlebt, wie du ...«

»Ich habe dir schon mindestens tausendmal erzählt, daß ich auf Erden mit meinen Kräften sparsam umgehen will ...«

»Schon, aber hoffentlich nicht auf meine Kosten. Muß ich dich daran erinnern, daß ich auf deine Einladung hin hier bin? Genaugenommen bin ich hier auf Erden dein Gast. Du bist für meine Sicherheit verantwortlich!«

»Selbst wenn er es versucht hätte, hätte der Hund dich nicht zerfleischen können, nicht mal mit zwei gesunden Augen!«

»Als Bär fühlte ich mich sicherer, das ist alles. Ich hätte ein Krokodil werden können, aber das kann nicht am Tisch sitzen, außerdem hätte ich riskiert, einen armen blinden Hund zu beißen. Ich höre jetzt schon deine Vorwürfe. Alles mögliche hätte ich werden können. Eine Giraffe hätte nicht in dieses Zimmer gepaßt, außerdem ist sie völlig harmlos. Ein Elefant wäre durch den Fußboden gebrochen, und auf dem Tisch wäre viel mehr Sabber gewesen. Nein, nein, ich finde, aus Umweltschutz- und Zweckmäßigkeitserwägungen habe ich mich richtig verhalten, aber falls der Hund seine aggressiven Instinkte zurückgewinnen und wieder hier auftauchen sollte, würde ich wahrscheinlich das andere Extrem wählen, und dann wäre niemand sicher.«

»Was würdest du werden?«

»Eine Wespe vielleicht?«

Tom kam zurück. »Die Kleinen machen Schwierigkeiten beim Einschlafen«, sagte er.

Der Alte Mann winkte ihn heran. »Verraten Sie mir eins, Tom. Oder verraten Sie's uns. Warum hat es Sie kaum überrascht, uns zu sehen?«

»Nun, wie ich schon sagte, wir sahen uns die Joey-Henchman-Show an ...«

»Ja, aber warum sehen Sie sich die an, schließlich gehört sie, wie Sie sagen, zu dem, was in diesem Ihrem großartigen Land verkehrt ist?«

»Ich schätze, wir hatten so eine Ahnung, daß eine Wiederkunft des Herrn – und wir waren uns ziemlich sicher, Nancy und ich, daß es früher oder später eine geben würde, so wie die Sache hier läuft –, nun, sie würde am wahrscheinlichsten in einer Sendung wie der von Joey Henchman passieren. Es gibt eine ganze Menge davon – Reverend Obadiah Hicks, Brian Fulbertsens Flüsterstunde –, aber Joey Henchman ist mit Abstand der Schlimmste von dieser Sorte.«

»Aber uns so schnell zu erkennen ...«

»Ich möchte ganz ehrlich sein, Herr. Mr. Smith – so war doch der Name, oder? – haben wir nicht sofort erkannt; erst kurz bevor die Sendung zu Ende ging. Ich schätze, das lag daran, daß wir, was eine Wiederkunft anging, immer an Euch, Herr oder an Mitglieder Eurer Familie dachten. Der ... Mr. Smith ist doch sowieso immer hier, dachten wir uns.« Er lachte leise. »Vielleicht gehört es zur menschlichen Natur, das Böse für etwas immer Vorhandenes zu halten und das Gute als etwas, auf das man warten muß. Wie dem auch immer sei, in dem Moment, als Sie, Herr, auf dem Bildschirm erschienen, fielen Nancy und ich auf die Knie. Ich weiß noch, daß sie Halleluja gerufen hat!«

»Das ist ganz außergewöhnlich«, sagte der Alte Mann nüchtern. »Und Sie hatten keine Zweifel, was unsere – oder meine – Echtheit anbetraf?«

»Keine, Herr.«

»Was wäre, wenn ich mich in einen Bären verwandelt hätte statt mein Kollege?«

»Dann hätte ich gedacht, der Herr muß einen Grund haben, daß er dieses Wunder vollbracht hat; wenn wir Glück haben und im Glauben fest bleiben, wird dieser Grund eines Tages offenbart werden.«

»Das ist alles?«

»Das ist alles, Herr. So einfach.«

Einen Moment lang sonnte sich der Alte Mann in seiner Verblüffung. »Aber Ihre Frömmigkeit wirkt so natürlich, so bar aller Komplexe.«

»Ich bin ein ziemlich direkter Typ, Herr. Ich war Soldat, klar, hab' meinem Land gedient. Nach Vietnam haben sie mich geschickt, damit ich den Kommunismus bekämpfe. Wissen Sie, was das ist, Sir?«

»Ich bin nicht gänzlich unwissend.« Der Alte Mann lächelte.

»Ich will Sie nur nicht in Bereiche entführen, in denen zu viele Erklärungen nötig wären, damit es einen Sinn ergibt.«

»Über den Kommunismus weiß ich Bescheid, doch ohne viel Ahnung über die allerneuesten Veränderungen bei euch zu haben, Sie verstehen. Ist Herr Stalin noch aktiv?«

»Er starb 1953, zu meinem großen Bedauern«, sagte Mr. Smith böse.

»Jetzt, wo du es erwähnst, fällt mir ein, daß ich mir das merken wollte«, sagte der Alte Mann verbissen. »Fahren Sie bitte fort.«

»Tja, Vietnam war ein ziemlich verrückter Krieg, anders als alles, wozu man uns ausgebildet hatte. Ich schätze, wenn wir unser Land verteidigt hätten, wären wir auch ab und an kopflos geworden und hätten mit den Leuten, die uns überfallen haben, ein paar verrückte und einfach abscheuliche Dinge angestellt – im nachhinein verstehe ich es also. Doch damals ... man hat uns nicht gesagt, daß wir Invasoren waren, verstehen Sie. Das hat man uns später herausfinden lassen, allein. Erzählt hat man uns, wir seien stolze Überbringer des *American way of life,* des amerikanischen Traums. Und wieder ließ man uns allein herausfinden, daß es ein Alptraum war, so wie wir ihn weisungsgemäß interpretieren mußten. Verstümmelte Kinder, entlaubte Wälder, Suff und Drogen.

Auch wir wurden verstümmelt, Herr. Einige rasteten total aus, ohne es zu zeigen, die schlimmste Sorte von Geistesgestörtheit.

Andere flüchteten sich in Haß. Das ist auch nicht besser. Manche blieben auf der Strecke. Das ganze üble Geschäft war eine zu große Belastung für uns, verstehen Sie. Wenn irgendwelche Soldaten auf der ganzen weiten Welt es hätten aushalten können, dann wären wir es gewesen, aber ... auch wir konnten es nicht, das ist das Problem. Es war falsch von ihnen, es von uns zu erwarten. Und es war falsch von ihnen, uns nicht besser willkommen zu heißen, als die von uns nach Hause kamen, die es durchgestanden hatten.«

»Aber Sie haben Ihr Land großartig genannt«, erinnerte ihn der Alte Mann.

»Das ist es auch, Herr, Ihnen sei Dank. Bloß, es ist vielleicht zu schnell gewachsen. Als es nur dreizehn Staaten waren, ganz am Anfang, wußten wir irgendwo, was Sache war. Wir waren sozusagen Neugeborene, noch frei von Sünde. Wir kannten unsere Pflicht, kristallklar. Sie lautete zu überleben. Wir waren, was man heute ein Drittweltland nennt. Dann fingen wir an zu wachsen, Sie verstehen ... der viele Platz. Genau wie ein im Wachstum begriffenes Kleinkind fanden wir heraus, wie man läuft, durch Versuch und Irtum. Wir steckten Sachen in den Mund, auf die wir besser verzichtet hätten. Indem wir Krankheiten überwanden, wurden wir härter. Wir wurden größer. Die Schulzeit. In einem zu jungen Alter ernteten wir zu großen Reichtum. Erdöl, Weizen, all die Schätze Ihrer großen Erde, Herr. Gewaltige Vermögen wurden aufgehäuft, während die Armut durch Einwanderung geschürt wurde. Wir wuchsen und wuchsen, ließen unsere Muskeln spielen, erfreuten uns an unserer physischen Kraft, doch unsere Ideale blieben dieselben wie bei unserer Geburt, ein Grünschnabel mit einem realisierbaren Traum. Will sagen, solange die Weste sauber ist, ist jeder Traum realisierbar, hab' ich recht? Aber ich will Sie mit alldem nicht langweilen, Herr.«

»Weiter, nur weiter.«

»Nun, jetzt befinden wir uns in der Pubertät, verstehen Sie. Wir fahren unsere Skateboards gern rückwärts die Hügel runter, unsere Surfboards vorwärts die Wellen rauf, probieren neue Empfindungen aus, setzen uns und andere Leute Gefahren aus, machen all die unverantwortlichen Dinge, die Teenagern gefallen – doch unser Traum ist noch dort, wo er immer war, in der Wiege. Der

Traum von Offenheit, von Freiheit, von Goodwill gegenüber allen. Wir, wir alle, sogar die schlimmsten Mörder, die faulsten Aussteiger oder Penner, schleppen Reste dieses Traums mit uns herum. Das ist Tradition. Doch wenn wir morgens aufwachen, erleben wir die Realität. Die Notwendigkeit, Geld zu verdienen, erfolgreich zu sein, uns abzustrampeln, zu hetzen, den Tod zu vermeiden, den Schein zu wahren, Geschwüre zu behandeln, Fernsehen zu gucken und am Ende des Tages, kurz vor dem Einschlafen, zu merken, daß für den Traum nicht viel Zeit blieb ... oder für die Liebe. Und als letzter bewußter Gedanke, der morgige Tag wird anders.«

»Erstaunlich«, murmelte der Alte Mann. »Manchmal hoffe ich, ich müßte nichts mehr lernen, aber ich werde immer wieder enttäuscht. Wann haben Sie sich das alles überlegt?«

»Dazu war jede Menge Zeit. In Vietnam, während der Kampfpausen. Verstehen Sie, nach einer gewissen Zeit kam mir der Gedanke, daß ich gar nicht zum Kämpfen da war, wie man mir erzählt hatte. Ich war zum Lernen da, was man mir nie erzählt hat.«

»Sind Sie immer noch Soldat?«

»Nein.« Auf Toms Gesicht erschien ein behagliches Grinsen.

»Aber Sie tragen noch Uniform?«

»Ja ... ich schätze, ich bin zur Wiege zurückgegangen und habe den zerbrochenen Traum wie ein Puzzle zusammengefügt. Meine Uniform hat nichts Militärisches. Ich bin jetzt Ranger, hier oben im El-Cimitero-Nationalpark. Meine Aufgabe lautet, die Natur zu schützen. Für die ganze Welt kann ich das nicht tun. Dazu habe ich weder die Persönlichkeit noch die Überzeugung. Die könnte nur ein Verrückter haben, und ich bin nicht verrückt. Also – da ich es nicht für die ganze Welt machen kann, mache ich es eben für ein paar Quadratkilometer. Für die bin ich wenigstens verantwortlich. Mein Fleckchen Himmel schütze ich mit meinem Leben, Herr.«

»Erstaunlich.«

»Ja, ich muß schon sagen, erstaunlich«, pflichtete Mr. Smith bei. »Genug, um mich von dem breiten Weg abzulenken, der zur Verdammnis führt. Welche Gedankenkraft! Welche eigenwilligen Überlegungen, zu ein paar Tropfen Scharfsinn destilliert! Das reicht aus, um mir alle Illusionen zu rauben.«

In diesem Moment begann ein Geräusch drohend anzuwachsen, das wie kraftvolles Flügelschlagen klang.

»Komisch«, sagte Tom. »Ein Hubschrauber. Hier darf keiner landen, schon gar nicht nachts.«

Von draußen beschien ein greller Lichtstrahl das Haus, über seine Oberfläche hin und her fahrend.

Der Alte Mann sagte: »Ein schreckliches Gefühl verrät mir, das könnte durchaus das FBO sein.«

»FBI«, korrigierte Mr. Smith.

»Wer auch immer, falls Sie sich genötigt fühlen, uns herauszugeben, verstehen wir das vollkommen.«

»Für mich sprichst du damit nicht! Ich verspüre keineswegs den Wunsch, die Nacht im Knast zu verbringen, weil *du* etwas Geld gefälscht hast«, rief Mr. Smith.

»Gehen Sie ins Gästezimmer«, befahl Tom. »Die Treppe rauf, zweite Tür links. Und machen Sie kein Licht an.«

»Da oben sind nicht noch mehr Hunde?« wollte Mr. Smith wissen.

»Nein. Sprechen Sie leise. Möglichst wenig herumlaufen. Sie nehmen Platz und halten sich von den Fenstern fern.«

Die beiden Besucher taten, wie ihnen mit diesen scharfen präzisen Worfen befohlen worden war, während der von dem inzwischen stationären Scheinwerfer beleuchtete Tom sich daranmachte, den Besuchern gegenüberzutreten. Das von metallischem Schwirren begleitete Schlagen der gewaltigen Rotoren ließ nach.

8

Während sie sich im Dunkeln sitzend leise unterhielten, drangen von unten die Geräusche von Stimmen zu dem Alten Mann und Mr. Smith durch. Die Wände schienen sehr dünn zu sein.

»Ich bin es leid fortzulaufen. Denn wenn es noch mehr Menschen wie Tom gibt, könnte noch etwas Positives aus unserem Besuch werden«, sagte der Alte Mann.

»Glaub mir, er ist einzigartig. Nun ja, möglicherweise gibt es welche, die ihm potentiell ähneln, wenn sie nur auf ihre natürliche Intelligenz vertrauten statt auf das, was man ihnen sagt oder sogar befiehlt. Nein, glaub mir, die Toms dieser Welt sind den Stammgästen von Oscars's Wilde Life zahlenmäßig weit unterlegen, auch wenn letztere auf ihre Art ebenfalls Nonkonformisten sind. Die meisten Menschen, die überwältigende Mehrheit, ahmen einander nach, äffen die Meinungen, Frisuren, Kleidermoden und Sprachmuster der anderen nach. Für solche Leute stellt Originalität ein Hindernis im gesellschaftlichen Miteinander dar.«

»Deprimierend, falls es stimmt«, befand der Alte Mann. »Ich weiß jedoch, etwas in mir will den Kampf aufgeben, will ins Kittchen wandern, menschlicher Logik bis zum bitteren Ende folgen. Ohne das werden wir den Auftrag, den wir uns selbst gestellt haben, wohl nicht vollständig ausführen.«

»Klingt, als würde der leidige alte Todeswunsch wieder mal sein gähnendes Haupt erheben.«

»Könnte sein ... könnte sein.«

Erneut bekam Mr. Smith' Stimme ihre beißende Schärfe. »Finde dich damit ab, mein armer alter selbstgerechter Kumpel«, sagte er. »Du hast nichts getan, was der Todesstrafe würdig wäre. Du hast bloß 14 864 Dollar gefälscht ...«

»Woher kennst du den genauen Betrag? Den kenne nicht mal ich.«

»Aber das FBI. In diesem schauderhaften Krankenhaus in Washington habe ich es gelesen. Ich kann hervorragend auf dem Kopf stehende Texte lesen. Ich bin ein veritabler Schnelleser von auf dem Kopf stehenden Texten. Also, diese Summe liegt deutlich unter fünfzehntausend Mäusen. Du bist nicht vorbestraft... soviel wissen sie. Das mit den fünf Millionen Yen und den diversen anderen Nebeneinkünften aus unserem Überlebenspäckchen haben sie noch nicht geschnallt, und wenn wir Glück haben, werden sie's auch nie. In Anbetracht unseres hohen Alters kommst du wahrscheinlich mit Bewährung davon und mußt dich einmal die Woche bei irgendeinem Dünnbrettbohrer melden, für den man keine andere Arbeit gefunden hat. Solch eine Aussicht ist es wohl kaum wert, daß man sein Leben opfert, und außerdem – wie du mir gegenüber so unfreundlicherweise bemerktest, als ich beinahe von einem räudigen Hund gebissen wurde – kann man uns nichts anhaben. Vergiß es also.«

»Immer hältst du einen Eimer kalten Wassers bereit, um jede vorübergehende Begeisterung meinerseits zu dämpfen. Wirklich schade.«

Unten im Wohnzimmer sah sich Tom mit Guy Klevenaar, Doc Dockerty sowie Luis Cabestano konfrontiert, allesamt FBI.

Klevenaar überprüfte den Tisch, indem er um ihn herumlief und ihn von allen möglichen Blickwinkeln aus musterte.

»Wie ich annehme, wurde keine Nahrung eingenommen«, stellte er fest, »aber die Stühle sind so angeordnet, als seien sie noch vor kurzem benutzt worden.«

»Was wollt ihr beweisen, Leute?« fragte Tom, dessen helle Augen blitzten. »Daß ich Kriminelle beherberge oder, noch schlimmer, mit ihnen gemeinsame Sache mache?«

Doc Dockerty beugte sich ernst vor. »Ich frage mich nur, ob Ihnen völlig klar ist, wie gefährlich diese Männer sind. Ich verrate wohl keine Geheimnisse, wenn ich sage, einige führende Köpfe in dieser Administration halten es nicht für ausgeschlossen, daß sie womöglich für die andere Seite arbeiten. Zunächst haben sie die Vereinigten Staaten illegal betreten, eventuell von einem U-Boot aus. Dann wurden sie in Washington auf frischer Tat ertappt, wie sie versuchten, fast eine Million gefälschter Dollarnoten in Umlauf zu bringen. Sie verschwanden aus dem Polizeigewahrsam. Sie verschwanden aus einem psychiatrischen Krankenhaus. In der Joey-Henchman-Show sind wir wieder auf sie gestoßen, wo sie es – vielleicht haben Sie davon gelesen – mit Brandstiftung versuchten. Sie entkamen erneut. Jetzt geht das Gerücht, daß sie sich in dieser Gegend aufhalten, und *sie sind gefährlich.*«

»Was Sie nicht sagen. Sagen Sie, wie entkommen die beiden immer wieder? Ich dachte, ihr Burschen wärt Experten im Festsetzen von Gefangenen.«

Die vielsagenden Blicke, die sich die drei FBI-Männer zuwarfen, verrieten ihre Verwirrung.

Luis Cabestano sagte mit melodischem Latino-Akzent: »Das unterliegt Geheimhaltung. Wir ham nich das Recht, drüber auch nur nachzudenken.«

»Stimmt«, bestätigte Klevenaar.

»Und doch«, meinte Doc Dockerty gedehnt, »niemand kann einen Mann am Spekulieren hindern, und nach dem, was ich gerüchteweise aus Washington, D.C., höre, haben sie irgendeine neue Technik, mit der sie einfach in der Luft verschwinden. Also, wenn sie das können, bedeutet das nur eins: Sie haben etwas, das wir nicht haben. Und wer könnte wohl etwas haben, was wir nicht haben? Ein einzelner? Sind Sie verrückt? Eine Organisation? Sie müssen mal Ihre Birne untersuchen lassen! Eine andere Nation? Das klingt schon besser! Es erfordert die gesamten Hilfsmittel einer kompletten Nation. Solch ein Know-how entsteht nicht über Nacht. Blicken Sie jetzt langsam durch? Ge-nau! Jetzt können Sie raten, warum ein paar führende Militärs meinen, sie ständen in Diensten der ... anderen Seite?«

»Der anderen Seite?«

»Man muß nicht superintelligent sein, um zu wissen, welche Mittel den Russkis zur Verfügung stehen ... bloß sagen dürfen wir's nicht, falls ein Maulwurf in der Nähe ist, schließlich kommen wir heutzutage so gut mit ihnen zurecht, rangieren unsere überflüssigen Waffen aus und so weiter. Scheiße, das brauche ich Ihnen doch nicht zu erzählen.«

»Wohin führt diese Treppe?« fragte Klevenaar, den Fuß auf der untersten Stufe.

»Wohin führen Treppen gewöhnlich?« fragte Tom zurück. »Nach oben. Doch ich verrate euch eins, Jungs. Diese Tür führt nach draußen. Und ich finde, dorthin sollten euch eure Nachforschungen führen. Wir legen hier oben keinen Wert auf Hubschrauber. Sie stören das Wild, vor allem nachts, und verschmutzen die Umwelt. Und hiermit befehle ich Ihnen, den Nationalpark zu verlassen, weil Sie einige der für diesen Bereich festgelegten Vorschriften verletzen.«

»Wie steht's mit 'm Notfall?« rief Doc. »Sie brechen sich ein Bein, Ihre Frau hat 'n Blinddarmdurchbruch?«

»Das ist was anderes. Dies ist kein Notfall.«

»Kein Notfall?« brüllte Doc. »Zwei gefährliche Feinde der Vereinigten Staaten laufen frei rum ... sehr wahrscheinlich in Diensten der gottverdammten anderen Seite? O.K., Leute, durchsucht die Bude.«

»Meine Frau ist im Schlafzimmer, und die Kinder schlafen!« flüsterte Tom grimmig.

»Uncle Sam wird sich bestimmt bei Ihnen allen entschuldigen«, erwiderte Doc rücksichtsvoll, aber ebenso grimmig flüsternd.

In diesem Augenblick schrie Guy Klevenaar auf halber Höhe der Treppe und schüttelte seine Hand vor Schmerzen.

»Was ist los?« rief Doc, bereit, seine Waffe zu ziehen.

»Irgendein gottverdammtes Viech hat mich gestochen.«

»Sehen wir's uns mal an.« Doc machte einen Satz nach vorn.

»Genau hier, oben aufs Handgelenk!«

»Bist du sicher, daß es kein Blasrohr war?« sagte Doc mit leiser Stimme. »Vergiß nicht, wir hatten doch den Vortrag über Blasrohre und ihre Verwendung.« Und er fügte hinzu: »Scheiße!« und taumelte zurück, seinen Hals umklammernd.

»Was gibt's?« fragte Luis Cabestano träge.

»Ich bin auch gestochen worden!«

»Alle beide. Was 'n Zufall. Woll 'n mer mal gucken.«

Doc ließ zu, daß man seinen Hals inspizierte.

»War 'ne Wesse.«

»Eine was?«

»'ne Wesse.«

»Eine Wespe?«

»Ja. Oh, oh.«

»Was ist los? Du auch?«

»Ja. Ich mach' bloß nich so'n Aufstand wie ihr. Werd' fas jeden Tach im Garten gebiss'n.«

»Wo?«

»Hier am Nöchel«, sagte Cabestano und zog sein Hosenbein hoch.

»Wir alle drei«, knurrte Guy, »in mehr als dreitausend Meter Höhe, über der Schneegrenze, nachts, von einer Wespe gestochen.«

»Das ist doch Unsinn.«

Sie sahen einander an, und die Absurdität der Situation wurde ihnen immer bewußter.

Doc runzelte die Stirn und sagte leise und unheilschwanger: »Könnte das etwas anderes sein, was sie haben... wir aber nicht?«

Irgend etwas kitzelte Toms Handrücken. Er schaute nach unten, ohne die Hand zu heben. Auf ihr saßen zwei Hornissen, die eine dunkel, die andere schneeweiß.

»Du lieber Himmel, eine Albinohornisse?« sagte er bei sich, und da wurde ihm klar, was sich ereignet hatte: ein Wunder.

Ohne die Hand zu bewegen, öffnete er mit der anderen die Haustür. Dann beugte er sich ins Freie. Die Hornissen starteten im Formationsflug, und Tom schien es, als wackelten sie grüßend mit ihren Flügeln.

»Was machen Sie da?« fuhr ihn der mißtrauische Doc an.

»Drückend heiß hier drinnen, finden Sie nicht auch?«

Guy entgegnete »Gerade wollte ich bemerken, wie kalt es ist.«

»Genau«, pflichtete ihm Cabestano bei.

Tom schloß die Tür.

»Geht ruhig nach oben, Jungs. Wenn ich dem FBI irgendwie bei der Ausübung seiner Pflicht helfen kann ...«

»Was ist da oben eigentlich, außer, daß es der erste Stock ist?« fragte Guy, der die Treppe wieder halb hinaufgestiegen war.

»Die Hornissen haben bestimmt unter dem Dachgesims ein Nest gebaut, genau wie letztes Jahr. Mußte die Viecher ausräuchern.«

»Hornissen? Das ist ja schlimmer als Wespen!«

»Klar. Vier Hornissenstiche genügen, um einen Kerl umzubringen. Drei Stiche, wenn er schwächlich ist.«

»He, wißt ihr, was, der Schmerz läßt nicht nach«, sagte Doc und wölbte eine Hand über seinem Hals.

Guy kam langsam wieder die Treppe herunter. »Schätze, uns genügt Ihr Wort, daß Sie niemandem Unterschlupf gewähren.«

»Sie haben mein Wort«, sagte Tom, jeder Zoll ein anständiger, vertrauenswürdiger Amerikaner, »daß ich seit dem Schneesturm im letzten Winter keinem menschlichen Wesen hier Unterschlupf gewährt habe.«

Der alte Hund war aus einem unruhigen, von Visionen sabbernder Ungeheuer unterbrochenen Schlaf erwacht, spürte die Gegenwart Fremder und fing in diesem Moment an zu bellen.

»Sie haben einen Hund?«

»Ja ... ich lasse ihn nicht gern raus.«

»Was für einer?«

»Eine Mischung aus Dobermann und Rottweiler.«

»Wie heißt er?« fragte Doc

»Satan.«

»Tja ... ich bin wohl zufrieden, wenn ihr's auch seid. Ich möchte diesen Stich behandeln lassen«, sagte Doc.

»Hab' nichts dagegen«, erwiderte Guy. »Wenn diese Schmerzen schlimmer werden, kann ich nicht schlafen.«

»He, Leute, ich wollte die Sache schon abblasen, bevor wir gestochen wurden«, pflichtete Cabestano bei.

»Danke für Ihre Hilfe«, sagte Doc, als er ging, dann fiel ihm etwas ein, und er kam noch mal zurück. »Hören Sie, falls die Verdächtigen nach unserem Abflug auftauchen, rufen Sie einfach Phoenix 792143 oder 44 an. Hier ist meine Karte. Und erwähnen Sie nicht, daß wir die beiden suchen. Sie brauchen nicht zu wissen, daß wir ihnen auf der Spur sind, verstehen Sie? Wenn Sie lügen müssen, vergessen Sie nicht, Sie lügen für Ihr Vaterland. Sagen Sie ihnen einfach, nein, es waren keine drei Menschen hier, die nach

Ihnen gesucht haben. Rufen Sie uns an, beschäftigen Sie die zwei. Den Rest machen wir.«

»O.K., Doc.«

Bald nach anfänglichem, auf die Kälte zurückzuführenden Zögern strafften sich die schlaffen Rotoren, der Hubschrauber geriet außer Sicht und schließlich außer Hörweite.

Tom öffnete noch einmal die Tür und rief: »Sie können jetzt zurückkommen ...«

Er wartete ein Weilchen, bis ihm klar wurde, daß sie endgültig verschwunden waren, eine Menge Stoff zum Nachdenken für einen Mann einfachen Glaubens zurücklassend.

9

Sie waren eine Nacht und einen Tag lang geflogen, als die dunklere Hornisse irgendwo im Mittelwesten auf einem Eisenbahndamm landete. Die weiße Hornisse kreiste besorgt über ihr, bis sie sah, daß sich ihre Begleiterin langsam und sehr unsicher in Mr. Smith verwandelte. Da ließ auch sie sich nieder und verwandelte sich rasch und elegant in den Alten Mann.

Mr. Smith schüttelte seinen zerzausten Kopf, als würden sich die wirren Haare dadurch glätten. Er schnaufte und stöhnte und atmete tief durch.

»Hattest du genug?« fragte der Alte Mann verständnisvoll.

»Ich hätte es keinen Moment länger ertragen können«, behauptete Mr. Smith. »Übrigens, diese drei Idioten zu stechen hat mich wohl mitgenommen, mehr, als ich vermutet hätte.«

»Das war recht rachsüchtig.«

»Sie hatten es verdient. Wäre noch Zeit gewesen, hätte ich als Zugabe auch noch den Hund gestochen. Ein Alptraum, in einem so kleinen Körper wie dem einer Hornisse gefangen zu sein – und verbunden mit einer so begrenzten Lebenserwartung! Ich hatte das Gefühl, bei jedem Flugmeter, den ich zurücklegte, älter und mißmutiger zu werden. In den Nasenlöchern nichts als der staubige Geruch von Blütenpollen. Kein Interesse am Leben als diese trostlose Emsigkeit. Kein Ziel außer diesem Blütengehopse. Ich sag' dir eins, ich hatte während des Flugs Probleme, nicht zu vergessen, wer ich wirklich war.«

»Du bist zu empfänglich für Eindrücke, mein Lieber! Ich hatte keine Schwierigkeiten, meine Identität im Gedächtnis zu behalten.«

»Natürlich nicht. Wer hat schon von einer weißen Hornisse

gehört. Selbst als Insekt mußt du deine Identität herausstreichen. Es war richtig peinlich, neben dir zu fliegen. Zum Glück sind wir unterwegs keinem begegnet, der uns eventuell hätte erkennen können.«

»Wohin wollen wir jetzt?«

»Irgendwohin, wo wir nicht andauernd fortlaufen müssen. Irgendwohin, wo wir eine weiße Weste haben.«

»Ich werde die Anspielung ignorieren.«

Mr. Smith reagierte energisch. »Es stimmt. Dank meiner Erkundigungen hier und dort, dank Leitartikeln in verschmutzten Zeitungen und zufällig mitangehörten Bemerkungen weiß ich, daß in diesem Land jedes Vergehen, und sei es noch so harmlos, jede winzige Gesetzesübertretung, jede private Ansichten als unkonventionell ausweisende Abweichung, in einem mit einem Gedächtnis ausgestatteten Computer gespeichert werden ... und wenn jemand in Schwierigkeiten gerät, wartet man erneut mit den miesen Details auf, als wären sie von gestern. Das unterstreicht gleiche Bedingungen für alle – *alle* beginnen mit einer Benachteiligung.«

»Ein Computer?« fragte der Alte Mann vorsichtig.

»Ein von Menschen erdachter Nachbau des menschlichen Geistes.«

»Es ist ihnen gelungen?« erkundigte sich der Alte Mann plötzlich mit banger Erwartung.

»Es gibt zwei zentrale Unterschiede. Er hat keine Phantasie und kann auch keine haben, einfach aus dem Grunde, weil er – sollte er sich je Phantasie aneignen, um es den Menschen gleichzutun – dann genauso ineffizient werden würde, wie sie es schon sind, und für sie folglich nur noch von begrenztem Nutzen wäre. Der zweite Unterschied besteht darin, daß Menschen mit der Zeit vergeßlich werden, ein Computer aber nie. In den von mir beschriebenen Fällen entspricht das einer Waschmaschine, die, statt zu reinigen, Jahrzehnt über Jahrzehnt dieselbe dreckige Wäsche hervorbringt, wobei das Verstreichen der Zeit den Schmutz nur noch schlimmer aussehen läßt, als er ursprünglich war.«

»Warum weiß ich so wenig darüber? Es ist wirklich entmutigend«, seufzte der Alte Mann.

»Verlaß dich auf mich, was die Einzelheiten angeht. Dein natürliches Terrain ist der große historische Zusammenhang, der Gobelin der Zeit, gewaltige Perspektiven, Anhöhen ... ganz zu schweigen von in Dur gesungenen Chorälen. Für mich machen Tratsch, Verleumdungen, Gerüchte und Streitereien die menschliche Kommunikation erträglich. Du kannst unmöglich zwei und zwei zusammenzählen. Das ist zu einfach. Aber fragt man dich nach der Quadratwurzel von neun Millionen vierhundertsechstausendzweihundertachtundsechzig und drei Viertel, dann antwortest du gleichsam, als dächtest du gerade an etwas anderes.«

Der Alte Mann strahlte. »So formuliert man auf schrecklich angenehme Art, daß wir beide uns ergänzen.«

Mr. Smith seufzte. »Du wußtest, was du tatest, als du mich rausgeschmissen hast. Du bist der Dichter der Unendlichkeit. Ich bin lediglich Journalist, von Tag zu Tag, Stunde zu Stunde, Minute zu Minute.«

»Auch das ergänzt sich. Wäre ich allein auf diese Expedition gegangen, hätte ich absolut nichts erfahren. Den Horizont betrachtend, wäre ich über jeden Kiesel gestolpert.«

»Genug der Schmeichelei!« schimpfte Mr. Smith. »Das ist widernatürlich.«

»Was sollen wir machen? Hier können wir wohl nicht viel länger bleiben. Wenn uns das FBO in einem Fluggerät bis auf einen Berg folgt, sind sie nämlich zu allem in der Lage, außer uns zu fangen.«

Mr. Smith ließ den Fehler durchgehen. Er war es leid, offenbar immerzu recht zu haben.

»Die Täler haben wir erkundet«, sagte der Alte Mann. »Wir können nicht abreisen, ohne den Gipfel zu besuchen.«

»Den Gipfel?«

»Den Präsidenten, der in der Weißen Hütte in Washington wohnt. Habe ich recht?«

»Beinahe. Es ist ein Haus. Doch ehe wir aufbrechen, laß uns im voraus unseren Treffpunkt für hinterher vereinbaren. Wir werden das Weiße Haus ganz sicher nicht würdevoll verlassen. Dafür treiben sich dort zu viele Sicherheitsbeamte herum.«

»Gute Idee. Ich schlage den Flughafen vor. Vielleicht gelingt es uns wenigstens, das *Land* mit Würde zu verlassen.«

»Das bezweifle ich. Es bedeutet, daß wir Flugtickets kaufen müßten, vorzugsweise erste Klasse. Mehr Yen wechseln. Mehr japanische Verkleidungen.« Mr. Smith stöhnte. »Wohin würden wir eigentlich fliegen?«

»Nach Großbritannien«, sagte der Alte Mann bestimmt. »Ihnen gehörte ein weit größerer Teil der Welt, als recht war, und sie dachten, das sei man ihnen schuldig. Mich faszinieren Leute, die sich in einem solchen Ausmaß etwas vormachen und dabei dennoch eine ruhige Selbstgerechtigkeit erlangen und die Überzeugung, wenn sie es nicht getan hätten, hätte es eben jemand anders getan, nämlich, wie in ihrem Fall zumeist, die Franzosen.«

»Anscheinend bist du erstaunlich gut mit ihnen bekannt.«

»Wie viele andere Völker auch, erregten sie selbst im Laufe der Jahrhunderte immer wieder meine Aufmerksamkeit, und zwar am Vorabend eines Krieges. Sie hatten die köstliche Angewohnheit, riesige Messen abzuhalten, um mich dazu zu bewegen, vor dem Ausbruch von Feindseligkeiten die Waffen der einen oder anderen Seite zu segnen, als ob ich so etwas jemals tun würde. Und weil sie den ganzen Hokuspokus absolviert hatten, glaubten sie, das hätte geholfen. Was nicht der Fall war, wie du dir denken kannst. Aber allein für den Versuch gab ich ihnen hundert Punkte. Nur die Deutschen überschritten vor ein paar Jahren die Grenze des Anstands mit der Behauptung, ich sei auf ihrer Seite. ›Gott mit uns‹, wenn ich mich recht entsinne. Ich weigerte mich, mir diesen Unsinn anzuhören, aber bedauerlicherweise machte das keinen großen Unterschied. Sie benahmen sich, als hätte ich Kriegslust gebilligt. Selbstredend verloren sie am Ende. Das war die Quittung.«

»Du hast nie eine Seite unterstützt?«

»Nie. Ich hatte Besseres zu tun. Das überließ ich dir. Richtig zuwider waren mir nur die Religionskriege ... die Kreuzzüge und so was. Die Erregung schlug so hohe Wellen. Ich habe nie hingenommen, ein von den Kriegsfurien gebeutelter Zankapfel zu sein. Doch in letzter Zeit gab es keine Messen mehr. Begräbnisse ja, aber Segnungen will keiner mehr. Kriege werden verstohlen, flink und heimlich geführt. Keiner, der noch ganz bei Trost ist, bringt sie mit Moral in Verbindung. Es sind Lästerungen der Schöpfung.«

»Was soll ich darauf erwidern? Daß ich mit dir übereinstimme?

Nun, das tue ich tatsächlich. In vielerlei Hinsicht. Seit der Schöpfung ist zuviel Zeit vergangen, als daß ich an Konflikten noch Vergnügen hätte. Das Böse muß man schließlich genießen. Wie kann man Kriege genießen, in denen der gesamte Planet in eine Mischung aus Diskothek und Irrenhaus verwandelt wird? Nein, das Böse wird verteilt, ausgedünnt und, was am allerschlimmsten ist, auf großen Empfängen vergeudet. Das Böse ist für Dinnerpartys im kleinen Kreis. Das Böse ist dazu da, um genossen, nicht um konsumiert zu werden.«

Beide dachten eine Weile schweigend nach, während ihre Körper auf dem steilen, grasbewachsenen, bereits taugetränkten Bahndamm ruhten.

»So habe ich mich noch nie reden hören«, sagte der Alte Mann mit wachsender Verwirrung.

»Na, weil du noch nie jemanden zum Reden hattest. Du hast mich als Zuhörer aus meinen Tiefen gerufen.«

»Vielleicht. Aber das war es nicht allein. Ich brauchte einen Widersprecher.«

»Ein Podium?«

»Nein, nein. Einen Widersprecher. Jemanden, der die verblassende Erinnerung an meine Ansichten von neuem entfacht, indem er den Widerpart abgibt, meine abgestumpften Empfindungen schärft, indem er, zumindest für ein paar Momente, meinen schrecklichen Winterschlaf beendet.«

»Weiß verlangt nach Schwarz, wie eine Frau nach einem Spiegel verlangt.«

»Das stimmt. Meine Sichtweise könnte sich kurzzeitig verändert haben, weil ich, da ich die Beschränkungen der menschlichen Gestalt annahm, durch ebendiese Beschränkungen in meinem Denken beeinflußt wurde. Ich sehe alles, wie es ein Mensch vielleicht sehen würde, ohne auch nur eine Spur jenes postolympischen Entrücktseins, dank dessen ich durch die Firmamente schweben konnte, von jeder Emotion unberührt, von quälender Langeweile und einem gelegentlichen Gefühl des Mangels abgesehen, da mir Geschmackssinne oder Nerven, ja sogar das Vermögen fehlten, Erschöpfung oder Schmerz zu empfinden. So gesehen, steht meine Mission hier kurz vor ihrer Vollendung. Langsam entdecke ich, was es heißt, ein Mensch zu sein. Ich verspüre die flüchtige Empfindung physischer Zerbrechlichkeit und intellektueller Verwirrung.« Der Alte Mann lachte leise. »Du wirst es zwar nicht glauben, aber ich könnte gut darauf verzichten, ein Sterblicher zu sein. Ich könnte die Spannung, den reinen Streß wohl nicht ertragen, jede Handlung im Lichte der damit verbundenen Gefahren und des möglichen Versagens abzuwägen. Und doch, trotz alledem bin ich auf meine Schöpfungen ein wenig neidisch.«

»Wie meinst du das?« fragte Mr. Smith.

»Wenn sie müde sind, können sie schlafen.«

»Ist das alles?«

»Wenn sie sehr müde sind, können sie sterben.«

Die beiden Unsterblichen waren so in ihre Gedanken vertieft, daß sie überhörten, wie der Güterzug durch die kristallklare Nacht rumpelte und traurig pfeifend dicht an ihren Köpfen vorbeifuhr. Einen Moment lang trübte ein seltsamer Wirbel ihre Sicht, und ein ebenso ungepflegter wie bezechter Bursche, dem eine Wolke aus Alkoholdunst und stinkender Kleidung voranflog, rollte den Bahndamm hinab.

»Hi, Leute«, rief er, als er neben ihnen liegenblieb. Er war unverletzt und hatte augenscheinlich eine Technik entwickelt, von langsam fahrenden Zügen abzuspringen, ohne sich weh zu tun.

»Wo kommen Sie denn her?« fragte der Alte Mann.

»Aus dem Zug«, rief der Neue.

»Wohin sollte es denn gehen?«

»St. Louis, Missouri. Bis ich euch beide auf dem Damm liegen sah. Ich sagte zu mir, diese beiden sind bestimmt von dem drei zweiundvierzig von Lincoln, Nebraska, nach Terre Haute, Indiana, gerollt, der gegen fünf hier durchkommt. Gut möglich, daß sie was zu essen haben. Ich hab' noch nix zu Abend gegessen, versteht ihr.«

»Wir essen nicht«, sagte der Alte Mann streng.

»Wie war das? Eßt nichts? Und ihr lebt noch?« Und der Landstreicher lachte laut und ausgiebig.

»Wir sind nicht hungrig.«

»Wir sind nie hungrig«, ergänzte Mr. Smith unaufgefordert, aber in ebenso tadelndem Ton.

»Tja ...«, sinnierte der Landstreicher, »da gibt's bloß eine Erklärung. Ihr seid auf Drogen, so wie ich.«

»Drogen?« wiederholte Mr. Smith fragend.

»Klar. Wieso kommt einer dazu, Drogen zu nehmen, werdet ihr fragen. Also, ich verrat's euch. Ich liebe diese Welt leidenschaftlich, verstanden? Aber mir gefällt sie nackt, wie eine Jungfrau. Mir gefällt, was Gott der Herr uns gegeben hat ...«

»Das ist sehr freundlich von Ihnen«, unterbrach der Alte Mann.

»Aber ich hasse alles, was wir mit ihr gemacht haben. Es ist schwer zu glauben, ich weiß, aber ich bin von Haus aus reich. Einzelkind. Hatte wirklich alles, was ich wollte, als ich jung war. Pakkard Roadster, Poloponys. Ich ging auf eine hervorragende und strenge Schule, dann Universität Princeton. Heiratete die Tochter von E. Cincinnatus Browbaker, dem damals der größte Teil des Westens gehörte, einschließlich der Rocky Mountains and Pacific Railroads, den Pinnacle Studios in Hollywood, der Zeitung *Reno Daily Prophet*, der Death Valley District Bank und vieles mehr. Es war die größte Heirat in Denver in diesem Jahrhundert. Siebentausend Flaschen Champagner wurden geköpft; Feuerwerk im Wert von vierhunderttausend Dollar gezündet. Wie hätte das irgendeine Ehe überleben können?«

Es folgte eine Stille, die nur vom dezenten Pfeifen des Windes in den Telegrafendrähten und von seinem leisen Seufzen, als er durch das Gras fuhr, unterbrochen wurde.

»Soweit keine Fragen?« wollte der Landstreicher nun mit einem gewissen neckischen Unterton wissen.

»Nein«, antwortete der Alte Mann. »Klingt wie ein ganz normales biblisches Gleichnis.«

»Komisch, daß du das sagst. Mein Dad, er hat sein Vermögen mit Toilettenspülungen gemacht. Lamington's leise Klospülung. Er ging regelmäßig in die Kirche. Irgendwo tief in ihm drin hielt er an der Heiligen Schrift fest und ließ sie nicht los, ganz gleich, wie reich er wurde. Dieses Gleichnis über das Kamel und das Nadelöhr machte ihm immer Kummer. Als er schließlich reich genug war, daß er weder wußte noch sich drum scherte, wieviel ihm gehörte, ließ er in Wilkes-Barre, Pennsylvania, eine riesige Nadel bauen. Ich kann mich noch an den Tag erinnern, als die Einzelteile auf fünfzehn Lastern eintrafen und auf dem Rasen direkt unter dem Balkon von Dads Schlafzimmersuite zusammengeschweißt wurden. Dann kaufte er in Ägypten ein paar Kamele, und jeden Morgen wurde das eine oder andere durch das Nadelöhr geführt, und Dad schaute in den Himmel und sagte: ›Hoffentlich siehst du zu, Herr. Du weißt doch wohl, warum ich mir diese Mühe mache?‹ Darauf kicherte er andächtig und sagte wie zu einem Geschäftspartner: ›Es soll ein Geheimnis zwischen uns beiden bleiben, einverstanden?‹ Keine Ahnung, wo er jetzt steckt.«

»Ist er tot?« fragte der Alte Mann.

»Also, lebendig ist er bestimmt nicht, soviel kann ich euch verraten«, lachte der Landstreicher. »Sonst hätte ich mein Erbe nicht bekommen ...« Er seufzte tief. »Er hat mir nicht getraut, darum machte er es mir schwer, vor meinem fünfzigsten Lebensjahr mehr als eine Milliarde Dollar in die Finger zu kriegen.«

»Wie schrecklich lästig«, sagte Mr. Smith. »Wie haben Sie es geschafft?«

»Ich werd' Ihnen sagen, wie ich es geschafft habe. Kaum war ich mir sicher, daß meine drei Jungens in der Schule gut zurechtkamen und meine Frau eine aufregende Affäre mit meinem Psychiater hatte, verschwand ich einfach in der Landschaft, und hier bin ich. Zum Glück war ich als Junge ein Eisenbahnnarr. Der einzige Teil der Zivilisation, mit dem ich mich richtig identifizierte. Ich hatte mal ein kleines Schulheft voller Lokomotivnummern, Fahrplänen und Routen, und ich habe meine Informationen auf dem neuesten Stand gehalten. Und nun reise ich hin und her, des langen und breiten durch unser großartiges Land, weiche Städten aus, springe auf fahrende Züge und rolle mit Hilfe eines von mir selbst entwickelten Verfahrens Dämme runter.«

»Unser großartiges Land?« hakte der Alte Mann nach. »Sie sind der zweite, der uns gegenüber diese Formulierung verwendet, nur lebte der andere unter ganz anderen Umständen als Sie.«

»Besser? Schlimmer?« lachte der Landstreicher und lüftete seine kaputten Zähne gut durch. »Nun, unser großartiges Land ist wohl eine Art Schlagwort, das häufig von Militärs benutzt wird, die krimineller Vergehen beschuldigt werden, oder von Präsidenten, die sich gezwungen sehen, unpopuläre Entscheidungen zu treffen – doch offenbar ist es großartig. Seht mal da hinüber. Der Morgen dämmert, nur ein paar lila Strahlen und ein Spritzer Orange im Himmel, als stimme das Tagesorchester seine Instrumente. Der Horizont hat so etwas Kraftvolles, man spürt förmlich den im Boden verborgenen Reichtum. Es ist so gottverdammt *selbstbewußt*. Ich werde nie müde, meine Augen daran zu laben, und meine Ohren und was noch übrig ist von meinem verflixten Hirn.«

»Wenn Sie von Natur aus so zum Frohlocken neigen, verstehe ich nicht, warum Sie Drogen brauchen«, meldete sich Mr. Smith.

Wieder lachte der Landstreicher leise. »Woher weißt du, daß meine Frohlockerei – falls es so ein Wort gibt – nicht auf Drogen zurückzuführen ist?«

»Drogen sind lediglich eine teure Methode, um etwas Übles noch schlimmer zu machen.«

»Mehr weißt du nicht. Wie alt bist du?« fragte der Landstreicher, eine unangenehme Seite seines Wesens hervorkehrend.

»Ein wenig älter als Sie«, sagte Mr. Smith ruhig.

»Ach ja, bist du bestimmt nicht.«

»Bin ich bestimmt doch.«

»Bist du *nicht«*, schrie der Landstreicher streitsüchtig.

»Ich bitte Sie«, sagte der Alte Mann, »wie können Sie eben noch von den Wundern der Natur schwärmen, wobei mir einige Passagen besonders zusagten, und sich gleich darauf in einen völlig fruchtlosen Streit verzetteln?«

»Weil ich achtundsechzig beschissene Jahre alt bin! Deshalb!«

»Nach unseren Maßstäben sind Sie nur ein Kind. Nur Kinder bedienen sich dessen, was sie für Schimpfwörter halten.«

»Wie alt seid ihr also?« fragte der mißtrauisch gewordene Landstreicher.

»So alt, daß Sie es nicht glauben würden.«

»Ja, und wir sind ungefähr gleich alt«, ergänzte Mr. Smith mit tadelndem Unterton, der durch seine Information kaum gerechtfertigt war.

»Wieso habt ihr euch nicht über meinen Gestank beschwert?« erkundigte sich der Landstreicher finster.

»Warum sollten wir?« Mr. Smith machte sich die Mühe, das Gespräch fortzusetzen, während der Alte Mann sich auszuschalten schien.

»Wohin ich auch gehe, wenn ich Leuten nahe komme, so nahe, wie ich euch jetzt bin, sagt man mir, daß ich stinke. Manchmal gibt es Schlägereien. Ich gewinne immer. Die anderen sind vielleicht stärker und jünger, aber ich hab' den Knock-out-Geruch wie ein Stinktier. Ich setz' mich immer durch.« Er musterte sie flüchtig. »Ihr habt keine Einwände erhoben. Wie das?«

»Keiner von uns hat einen Geruchssinn. Aber wir haben Phantasie. Und da Sie das Thema nun mal angeschnitten haben, ich kann mir vorstellen, wie Sie zweifellos riechen. Sie sollten sich was schämen.«

»Das reicht. Willst du dich schlagen?«

»Wir ruhen uns aus. Sehen Sie das nicht?«

»Ich habe in meinem Leben sechs Männer getötet. Sechs Männer und eine Frau.«

»Schön für Sie, daß Sie die Übersicht nicht verlieren.«

»Soll das heißen, du hättest noch mehr getötet?«

»Ich töte nicht. Ich bewirke, daß getötet wird. Häufig durch Nachlässigkeit. Aber andererseits kann ich nicht überall zugleich sein.«

Der Landstreicher brach die Unterhaltung ab und bereitete alles für einen Fix vor, indem er das in seinem weiten Mantel verborgene tragbare Zubehör aufbaute. Eine Zeitlang verstummte das Gespräch, Mr. Smith schaute weg, als sei er beleidigt. Der Alte Mann stellte den Kontakt wieder her.

»Was machen Sie da?«

»Ich treffe Anstalten, mein Hirn zu verdrehen«, erwiderte der Landstreicher mit unterdrückter Aggression. »Eure Hirne sind schon verdreht, da fühle ich mich irgendwie außen vor.«

»Verdreht?«

»Genau. Ihr seid ein paar miese alte Lügner. Klar nehmt ihr Drogen, genau wie ich, sonst würdet ihr nicht so quatschen. Ich setz' mir 'n Schuß, damit wir ein normales Gespräch führen können. Und damit ihr's wißt: Es gibt eine Kameradschaft unter Leuten, die ich gern die Bruderschaft der Schiene nenne, etwas, das ich Geist der Gemeinschaft und des Teilens nennen könnte und wovon ihr zwei Scheißkerle nicht die geringste Ahnung habt. Wir alle teilen, was wir haben – Essen, Trinken, Marihuana, harte Sachen. Alle für einen und einer für alle. Keiner schuldet keinem etwas. Geld, diese schmutzige Krebsgeschwulst der Gesellschaft, existiert einfach nicht. Wir sind wie offene Bücher. Und das müßt ihr lernen, wenn ihr mit Güterzügen fahren wollt. Sonst kommt der Tag, an dem wir alle euch kennen, und nichts ist leichter, als einen Mann dort vom Zug zu stoßen, wo es keinen Bahndamm zum Runterrollen gibt – dazu nimmt man gerne eine Brücke oder einen Tunnel –, oder auch wenn gerade ein anderer Zug vorbeifährt.«

»Was haben Sie gegen uns?« fragte der Alte Mann.

»Ihr lügt. Ihr habt Geheimnisse und verratet nichts. Ihr seht mir nicht in die Augen. Ihr weicht aus. Ihr nehmt heimlich Drogen. Wahrscheinlich seid ihr zwei alte Schwuchteln, und ich hab' euer Schäferstündchen, oder wie ihr so was nennt, unterbrochen. Ihr wollt mich aus euren Leben fernhalten.«

»Keine Gotteslästerungen mehr!« sagte Mr. Smith scharf, dessen Stimme wie ein Skalpell in die Trommelfelle des Landstreichers fuhr.

»Gotteslästerungen?« tobte dieser, während er sich gerade seinen Schuß setzte. »Wofür hältst du dich eigentlich – für Gott den Allmächtigen?«

»Wir können nicht beide Gott der Allmächtige sein, und ich bin es gewiß nicht.«

»O Mann, ihr seid nicht mehr zu retten«, sagte der Landstreicher und legte sich zurück, darauf wartend, daß die Droge zu wirken begann.

Der Alte Mann beschloß, sich beruhigend einzuschalten. »Sie haben von Natur aus eine so reiche und fiebrige Phantasie – offensichtlich viel zu begabt, für einen Millionär –, daß ich nicht verstehe, weshalb Sie zusätzlicher Stimulation bedürfen.«

Die Augen des Landstreichers waren geschlossen, und über seinen Brauen konnte man ein wenig Schweiß erkennen. »Himmel, ihr habt ja keine Ahnung ... so leicht zufriedenzustellen ... in die Gefängnisse eurer eigenen Körper eingesperrt ... auf die Gitterstäbe an den Fenstern und die Dunkelheit dahinter beschränkt, was die Phantasie im Keim erstickt ... Jesus, ein Mensch braucht Hilfe, um sich aus dem vom Leben aufgezwungenen Rahmen zu befreien ... vierundzwanzig Stunden rund um die Uhr, eins achtzig groß, vierundachtzig Kilo schwer, Blutdruck 198 zu 80, Sozialversicherungsnummer 5 Strich 28641BH und so weiter, und so fort ... alles haargenau festgelegt ... so haargenau wie ein Schmetterling im Schaukasten ... kein Leben, keine Seele, nur sein wahres Gesicht zeigen ... O meine Brüder, welcher Zauber liegt in den Unmengen von Arterien, Korpuskeln, Zellen und Poren, die den menschlichen Metabolismus ausmachen, aber was nützt das Gehirn, wenn es wie ein Fossil in der Wüste verknöchert? Aber ...« Er fing an, leicht, aber kontrolliert zu zittern. »... füge etwas Pulver hinzu, unschuldig weiß, oder einen Schuß in die Ader, und schon kann ein ans Land gefesselter Mensch über die Landschaft fliegen, die Welt wie ein Puck in einer halben Stunde umfassen, zwischen den Galaxien umhertorkeln und sich bei bewegungslosem Tempo über der Lichtgeschwindigkeit Augenblicke lang in der Stratosphäre schweben.« Er begann zu deklamieren, versuchte, vom Boden hochzukommen. »Es ist ein unfaßbares, lendenverrenkendes Amalgam aus Skifahren, Schnorcheln und Sex!«

Der Alte Mann erhob sich mit Leichtigkeit. »Ich ertrage es nicht«, sagte er streng und sehr sachlich. »Hier bin ich, gebe mir alle erdenkliche Mühe, mich und – zwangsläufig – mein Denken innerhalb der Beschränkungen der Sterblichkeit zu belassen, und da kommt dieser mehr als armselige, durch Wein und Stimulantien unverständliche Sterbliche, der alle erdenklichen Anstrengungen unternimmt, ein Gott zu sein. Das sollte mich endgültig von der fixen Idee befreien, noch einmal so etwas zu versuchen. Ich verzieh' mich. Angewidert.«

Der Landstreicher wälzte sich auf dem Boden, als würde er von einem unsichtbaren Partner zum Orgasmus gebracht.

»Laß mich nicht allein mit ihm«, warnte Mr. Smith. »Das genügt, um einem ein für allemal die Lust auf Laster zu nehmen.«

»Jetzt hab' ich sogar das Gefühl, ihn riechen zu können«, sagte der Alte Mann gedrückt, mit hin und her spähenden Augen, gerümpfter Nase und vor Ekel geschürzten Lippen. »Wieviel Uhr ist es?«

»Warum fragst du mich?«

»Du weißt alles.«

Mr. Smith sah in den Himmel. »Zwischen fünf und sechs, würde ich sagen.«

»Wieviel Uhr ist es in Washington?«

»Wenn die Auskunft des Tramps über unseren Aufenthalt zutrifft, würde ich meinen, zwischen sieben und acht Uhr.«

»Hände halten«, sagte der Alte Mann.

»Wir sollten uns verabschieden«, schlug Mr. Smith vor.

Beide betrachteten den Landstreicher, der an Malaria im Endstadium zu leiden schien.

»Wir möchten Sie nicht stören, müssen uns aber jetzt auf den Weg machen«, sagte der Alte Mann.

»Ade und viel Glück«, ergänzte Mr. Smith.

Damit verschwanden sie.

Der Landstreicher war nicht überrascht.

»He ... was für ... 'ne Droge ... nehmt ihr denn?« schrie er. »Ich komme gleich ... rauf zu euch ... laßt mir nur Zeit ...«, und dieses Wort packte er mit seinem Hirn, als sei es ein über dem Sägemehl hängendes Trapez, er klammerte sich daran fest, als ginge es um sein Leben, und schrie mit einer Stimme, die sich in Heiserkeit, in Flüstern, in Schweigen verlor: »Zeit ... Zeit ... Zeit.«

Schließlich war er nicht mehr als ein Gebilde, als lebendes Wesen nur noch anhand kleiner, konvulsivischer Zuckungen und des weißen Schaums erkennbar, der sich aus seinen aufgeworfenen Lippen preßte und das Kinn hinunterrann.

Langsam tuckerte ein weiterer Zug über die Gleise, der tauben Landschaft seine Einsamkeit klagend.

Als er vorbeifuhr, rollte eine in ihren Mantel gehüllte Gestalt den Damm hinab. Dies war offenbar ein anerkannter Treffpunkt für Vagabunden.

Der Neuankömmling, ein kleines, vollbärtiges Hutzelmännchen, begriff sofort, was nötig war. Er schraubte eine alte Militärwasserflasche auf, bettete den Kopf des Landstreichers in seinen Arm und zwängte die Wasserflasche in den leise blubbernden Mund.

10

Einander immer noch an den Händen haltend, materialisierten sich der Alte Mann und Mr. Smith in einem Vorzimmer des, wie sich herausstellte, Weißen Hauses. Durch eine halbgeschlossene Tür hörte man einen Mann »It Ain't Necessarily So« aus *Porgy and Bess* von Gershwin teils summen, teils singen, was sich inoffiziell und ziemlich unmusikalisch anhörte.

»Wo sind wir?« erkundigte sich Mr. Smith heiser flüsternd.

»Psst. Die Weiße Villa«, flüsterte der Alte Mann zurück und fuhr fort: »Keine Zeit zu verlieren. Wenn was schiefgeht, treffen wir uns am Flughafen.«

»Wo am Flughafen? Der Flughafen ist groß.«

»So groß, daß wir einander nicht sehen können?«

»Du lieber Himmel, ja. Erinnerst du dich noch an Mr. Henchmans Kathedrale? Also, stell dir davon ungefähr fünfzehn oder zwanzig Stück vor, alle einzeln.«

»Oje. Das ist wirklich groß. Wie heißt er eigentlich?«

»Dulles International Airport.«

»Heißt das, er gehört einem einzigen Mann? Wenn das nicht Amerika ist.«

Mr. Smith schloß einen Moment die Augen, um die Geduld nicht zu verlieren. »Er war Außenminister. Es ist eins der wenigen Dinge, die an ihn erinnern.«

»Danke. Was täte ich ohne dich? Du und dein außergewöhnliches Allgemeinwissen.«

Mr. Smith zuckte bescheiden mit den Achseln. »Das gehört zu meinem Job. Wie könnte ich die Leute in Versuchung führen, wenn ich nur wüßte, wohin ich sie führe, aber nicht, wovon ich sie wegführe?«

»Ja, aber das ist nur Versuchung ...«

»Bei Lichte betrachtet, ist alles Versuchung. Schon Ehrgeiz ist eine Versuchung. Drogen, um für ein armseliges Viertelstündchen die Welt zu beherrschen, ein ruhiges Leben oberhalb der Schneegrenze, die paar unerlaubten Augenblicke mit Miss Carpucci hinter dem Altar, all das wertlose österreichische Geld, das wie Herbstlaub zu Boden flattert ...«

»Ich will es dir glauben. Dies ist nicht die Zeit für philosophische Erörterungen, vor allem nicht, wenn sie im Flüsterton vorgetragen werden. Dazu bleibt in dem Fluggerät noch jede Menge Zeit. Hör zu! Der Bursche hat aufgehört zu summen. Rasch. Können wir mit einer britischen Maschine fliegen?«

»Warum?«

»Dort sind diese Amerikaner mit den Großbuchstaben wahrscheinlich weniger wachsam.«

»Das FBI?«

»Genau. Aus Angst, es falsch auszusprechen, traue ich mich gar nicht mehr, es zu sagen.«

»Das Federal Bureau of Investigation.«

»Ach, so heißt das? Kann man sich viel leichter merken als die Abkürzung. Ich denke mir, die britische Abteilung ist womöglich etwas kleiner, und das könnte es uns erleichtern, einander in der Menge auszumachen.«

»Gute Idee. Am British-Airways-Schalter also, im Dulles-Flughafen.«

»Achtung!«

Ein Mann, sportlich für sein Alter, ein Urlaubslächeln auf dem scharfgeschnittenen, aber nicht unfreundlichen Gesicht, betrat in Unterwäsche den Raum. Seine Kleidung hatte man für ihn bereitgelegt. In der Hand trug er seine randlose Brille, die er sich nun auf die Nase setzte. Mit dem ausgewählten Hemd offenbar zufrieden, nahm er es vom Bügel. Dann drehte er sich um und wollte es anziehen. Er bekam den Schock seines Lebens.

»Wie sind Sie reingekommen?« stammelte er.

»Kümmern Sie sich nicht um die Einzelheiten«, empfahl der Alte Mann.

»Wie sind Sie hereingekommen?« Das klang energischer.

»Wir sind in der Lage ...«

»Hier reinzukommen ist unmöglich. Teufel, wenn ich draußen bin, lassen sie sogar mich ohne eine ganze Latte Überprüfungen und Kontrollen nicht zurück. Sie kommen hier nicht rein!« beharrte er fast unter Tränen.

»Wollen Sie nicht wissen, wer wir sind?«

»Teufel, nein. Ich will wissen, wie Sie reingekommen sind!« Und plötzlich brach er abrupt ab. »Ich kenne Sie«, sagte er. »Sie sind die beiden Irren ... die mehrfach vom FBI festgenommen wurden. Der Bericht liegt auf meinem Schreibtisch. Leider fehlte mir die Zeit, ihn mehr als nur zu überfliegen. Ich hatte ihn als leichte Lektüre für das kommende Wochenende in Camp David bereitgelegt.«

»Leichte Lektüre?« hakte der Alte Mann nach, denn ihm wurde ein wenig unbehaglich.

»Sie sollten sich mal den Kram ansehen, den ich lesen muß«, sagte der Präsident wie zu sich selbst. »Manchmal frage ich mich, ob der ganze Aufwand ...«

Er verfiel in einen kurzen Tagtraum und zog zerstreut sein Hemd an. Dann lächelte er gewinnend. »Nun, offenbar sind Sie nicht hier, weil Sie mich umbringen wollen. Sonst hätten Sie es erledigt, als ich aus dem Bad kam.«

»Verlassen Sie sich nicht darauf«, sagte Mr. Smith und sah wirklich furchtbar böse aus.

Der Präsident hörte auf, sein Hemd zuzuknöpfen. »Meinen Sie das ernst?« fragte er blaß.

»Nein. Aber beurteilen Sie eine Exekution nie nach der Geschwindigkeit, mit der sie durchgeführt wird. Manche Sadisten dehnen so etwas gern bis in alle Ewigkeit.«

»Natürlich sind wir nicht hier, weil wir Ihnen ein Haar krümmen oder auch nur Sorgen bereiten wollen«, sagte der Alte Mann, über Mr. Smith und dessen eigenwilligen Humor verärgert. »Es hat keinen Zweck, Ihnen zu sagen, wer wir sind, Sie würden es ohnehin nicht glauben.«

»Angeblich halten Sie sich für Gott, und bei Ihrem Freund hier wird vermutet, daß er ... nun, das ist allein schon lächerlich, da Gott sich nicht mit dem Teufel abgeben würde. Sie würden ganz gewiß nicht gemeinsam reisen.«

»Mehr wissen Sie nicht«, tadelte der Alte Mann. »Sie haben offensichtlich mehr Vertrauen in politische als in menschliche Faktoren. Es kann durchaus sein, daß man uns nicht zusammen sehen sollte – es könnte als Absprache oder Schwindel erscheinen –, aber, sehen Sie, im Gegensatz zu Ihnen werden wir nicht gewählt, wir befinden uns nicht in Konkurrenz, müssen keine Existenz rechtfertigen oder um Unterstützung betteln ... wir *sind* einfach. Und da wir nun schon mal sind und waren und immer sein werden, können wir uns genausogut zusammentun. Schließlich sind wir die einzigen Wesen, die wir kennen.«

Der Präsident sah scharf von einem zum anderen. »Warum erzählen Sie mir das? Wissen Sie, ich brauche nur mit dem Fuß auf einen Knopf zu drücken, und in weniger als zwanzig Sekunden sind die Jungs vom Sicherheitsdienst da.«

Mr. Smith pfiff in spöttischer Bewunderung. »Wo ist der Knopf?«

»Ich habe einen im Schlafzimmer, zwei im Oval Office, aber hier drin ... es muß einer dasein, aber über ein Attentat im Badezimmerbereich habe ich mir nie Gedanken gemacht.«

»Denken Sie erst gar nicht darüber nach«, empfahl der Alte Mann. »Wir brauchen gar keinen Knopf. Wenn wir das Gefühl haben, unerwünscht zu sein, verschwinden wir einfach.«

»Ich habe davon gelesen. Manche, wie Senator Sam Stuttenberger aus Ohio und der Abgeordnete Newt Cacciacozze aus Arkansas, schwören Stein auf Bein, die Sowjets hätten Sie beide geschickt ... ja, daß Sie Wissenschaftler seien, die neue Spionagetechniken an uns ausprobieren sollten. Sie sind der Grund, wie der Senator in einer vertraulichen Sitzung des Streitkräfteausschusses des Senats erklärte, daß die Sowjets es sich leisten können, in dem Bereich der Kurzstreckenraketen einseitige Abrüstungsgesten zu machen. Wenn das stimmt, werden Sie es natürlich leugnen, das liegt auf der Hand ... aber zur Zeit pflegen wir ziemlich gute Beziehungen zu den Sowjets und finden es früher oder später garantiert raus, ob Sie es uns verraten oder nicht.«

»Wie kommt es«, fragte der Alte Mann in einem Ton, den man durchaus belustigt nennen konnte, »daß wir aufschlußreiche Gespräche mit einem Park-Ranger, einem Psychiater und einem gesellschaftlichen Außenseiter führen konnten, der seine mangelnde gedankliche Schärfe wenigstens mit grenzenlosem Zynismus wettmachte ... aber daß man die reine Idiotie offenbar erst an der Spitze der Macht antrifft? Wir haben gewiß viel mehr zu tun als Spione, aber wir haben auch viel Besseres zu tun, als zu spionieren. Gingen wir dieser verachtenswertesten aller Tätigkeiten nach, würden wir nur unsere Zeit vergeuden.«

Der Präsident lächelte grimmig. »Sie halten die Verdächtigungen von Senator Stuttenberger und dem Abgeordneten Cacciacozze für idiotisch? Gelegentlich mag ich dies auch so empfinden, kann mich aber leider nie so unverblümt ausdrücken.«

»Halten Sie uns für Spione?« fragte Mr. Smith.

»Ich habe da so meine Zweifel. Ich kann mir nicht vorstellen, was Spione in einem Badezimmer suchen sollten, noch dazu so betont gekleidet, daß sie sogar in einer Menschenmenge auffallen würden.«

»Wir sind so betont gekleidet, um irgendeinen bestimmten Effekt hervorzurufen«, sagte der Alte Mann. »Wir sind nur nicht mehr so ganz auf dem laufenden. Was nicht überraschend ist, nach der langen Zeit.«

»Ein T-Shirt mit einer anzüglichen Botschaft drauf? Bedeutet das nicht mehr so ganz auf dem laufenden sein?«

»Damit bin ich nicht hier angekommen«, korrigierte ihn Mr. Smith. »Ich habe es in einer Schwulensauna an der 42nd Street gestohlen.«

»Sie haben es *gestohlen?*« wiederholte der Präsident in Diktiergeschwindigkeit. »In einer Schwulensauna?«

»Ja. Seit unserer Ankunft auf der Erde ist mir durchaus bewußt, wie drollig wir herumlaufen. Ich hasse es, angestarrt zu werden. Schließlich ist der größte Teil meiner Arbeit subversiv, im Gegensatz zu der dieses Alten Mannes.«

»Sie geben es zu« rief der Präsident.

»Als Teufel! Ihr macht mich so wütend, ihr Leute mit euren Einspurhirnen! Wissen Sie, der Teufel ist nicht per definitionem Russe, was auch immer man Ihnen beigebracht haben mag!« blaffte Mr. Smith und zischte wie eine Grube voller Nattern.

Von diesem bedrohlich dreidimensionalen Geräusch beunruhigt, streckte der Präsident in einer beruhigenden Geste beide Hände aus, was in seiner Standardkörpersprache soviel hieß wie: Laßt uns noch einmal ganz von vorne anfangen.

»O.K., O.K., fragen wir mal so: Was haben Sie mit mir vor?«

»Wir haben inzwischen eine gewisse Zeit hier verbracht«, sagte der Alte Mann.

»In diesem unseren großartigen Land?«

»Ganz genau. Wir waren hinter Gittern; in einem riesigen Krankenhaus, das einer dem Gebrechen geweihten Stadt glich; in Luxushotels und schäbigen Absteigen; wir haben uns mit den unterschiedlichsten Mitteln fortbewegt; die pure Gewalt des Fernsehens hat uns fasziniert und bis zur Gleichgültigkeit eingelullt; die Predigt eines Scharlatans, der vorgab, uns beide persönlich zu kennen, hat uns empört und zu Heiterkeitsanfällen bewegt; durch die außerordentliche Glaubenskraft eines einfachen Mannes waren wir gerührt und beeindruckt; und endlich fanden wir es widerlich und abstoßend, wie Drogen es schaffen, daß ein Mensch einige wenige kostbare Augenblicke lang für sich selbst klar verständlich zu sein scheint, während er für Beobachter unverständlich ist. Dies sind nur ein paar zufällige Steinchen aus einem gewaltigen Mosaik, das wir in seiner unzweifelhaften Erhabenheit und verwirrenden Widersprüchlichkeit aus Zeitmangel nie werden untersuchen können. Ich möchte Sie lediglich eines fragen, Sir ... wie wirkt es von Ihrer einzigartigen Warte aus?«

Der Präsident sah vernünftig drein, wie immer, wenn er ein unmögliches Thema ansprach.

»Wie ich mein Land von meinem Schreibtisch aus sehe?«

»Ihr großartiges Land«, korrigierte der Alte Mann taktvoll.

Ein angedeutetes wissendes Lächeln huschte über das Gesicht des Präsidenten. »Zunächst muß einem klar sein, daß niemand alles über dieses Land weiß. Es passiert zu viel. In vier Zeitzonen gleichzeitig. Die Menschen schlafen und wachen zu unterschiedlichen Zeiten. Und niemand bleibt an seinem Fleck. In vielen unserer Städte hat die Tradition keine Zeit, Fuß zu fassen. Im Moment macht das Industriezeitalter – verschmutzt, verqualmt, der Gesundheit abträglich – dem Informationszeitalter Platz – steril, automatisiert, von Robotern dominiert. Der industrialisierte Norden wird verlassen, zurück bleiben große Fabriken, wie Zähne am Horizont aufragend, brüchig und ohne Nerven, während mit der längeren Freizeit Alte wie Junge in die Sonne strömen. Jeder kann selber raten, was als nächstes passiert, doch ich glaube nicht, daß sich diese rastlose Menschenwanderung je verlangsamen wird.«

»Sehr interessant und treffend.«

Der Präsident lächelte. »Ich zitiere aus meiner Rede zur Lage der Nation, die ich gestern vortrug. Dann Drogen. Sie stehen ganz oben auf unserer Dringlichkeitsliste. Fragen Sie mich nicht, warum, aber die Gier nach diesen schädlichen künstlichen Stimulantien wächst ständig. Was eine Schande ist. Dieses großartige Land hat denen so viel zu bieten, die bereit sind, die Herausforderung anzunehmen. Doch angesichts der Entwicklungen in den städtischen Gettos lautet unsere dringlichste Aufgabe, mit allen in meiner Macht stehenden Mitteln zu verhindern, daß diese Schande zu einer Katastrophe wird. Wenn wir diese Aufgabe bewältigt haben, wird keine Zeit sein, in unseren Bemühungen nachzulassen. Im Gegenteil, wir werden zum Angriff auf die Drogendealer und ausländischen Profiteure übergehen und diesen Schandfleck aus unserem Land werfen.«

Er schien zu einem weit größeren Publikum als zwei ehrwürdigen Männern zu sprechen.

»Wir haben Ihnen eine ganz einfache Frage gestellt«, meldete sich Mr. Smith, »und Sie antworten mit Rhetorik. Darf ich Ihnen, rein vertraulich, eine Zusatzfrage stellen?«

Der Präsident warf einen ängstlichen Blick auf die Wanduhr und sagte: »Schießen Sie los.«

»Wie bitte?«

»Ich höre.«

»Aha. Waren das eben Ihre Worte?«

Der Präsident lachte. »Teufel, nein. Keiner schreibt seine eigenen Texte, wenn er noch ganz bei Trost ist, nicht in meiner Position. Dazu fehlt die Zeit. Das waren die Worte von Arnold Starovic, meinem zweiten Redenschreiber. Leider muß meine Nummer eins, Odin Tarbush, wegen einer Mandelentzündung das Bett hüten. Arnie ist ein prima Schreiber, keine Frage, aber ein bißchen zu intellektuell für das Image, das ich rüberbringen möchte.«

»Image?«

Der Präsident warf erneut einen Blick auf die Uhr und schien zufrieden. Er lächelte. »Heutzutage müssen wir alle an unserem Image arbeiten. Public Relations ist alles. Politik. Religion. Was Sie wollen. Also, wenn Sie nichts dagegen haben, von mir einen Rat anzunehmen, in diesem Bereich müssen Sie noch eine Menge tun. Sie haben sich das falsche Image zugelegt. Das amerikanische Volk erwartet keinen ... keinen korpulenten Gott. Alt darf er sein, von mir aus. Vor dem Hintergrund von Erfahrung und langem Leben akzeptiert man das. Aber ein feingeschnittenes Gesicht muß er haben und gutgeschnittene Gewänder, Designergewänder, verstehen Sie? Schmale Hände, lange Finger und, wenn möglich, ein wenig Streulicht hinter dem Kopf. Was wir alle aus unseren illustrierten Bibeln kennen.«

»Ungefähr so?« Der Alte Mann konzentrierte sich und verwandelte sich langsam in ein Wesen von atemberaubender Schönheit, wie eine Gestalt aus einem Fin-de-siècle-Buntglasfenster, zwei Finger zum Segnen erhoben, sein Puppengesicht bar jeden Ausdrucks, wenn man von routinemäßiger Erhabenheit absah. Seine Gewänder wurden himmelblau, im Besatz tauchten Gold, Violett und ein giftiges Grün auf. Hinter seinem Kopf brachte ein verstecktes Licht seine weißen Locken dezent zum Leuchten.

»Wer *sind* Sie?« fragte der Präsident mit stockender Stimme.

Der Alte Mann kehrte zu seiner korpulenten Gestalt zurück. »Es hat keinen Zweck. Ich halte es nicht lange durch. Das bin einfach nicht *ich*.«

Der Präsident errötete und fuhr mit einer leicht fiebrigen Hand über seine Augenbrauen. »Ich habe nicht mitbekommen, was Sie da eben taten. Es ist ein Trick, stimmt's? Eine Illusion.« Er lachte gekünstelt. »Wie macht ihr Jungs das, oder ist es ein Geheimnis? Na klar, wenn ich solche Tricks beherrschte, würde ich sie geheimhalten.«

»Und wie steht's mit mir?« erkundigte sich Mr. Smith. »Wollen Sie mir nicht verraten, was mit meinem Image nicht stimmt?«

»Also, da muß ich raten«, lachte der Präsident sanft; seine innere Anspannung machte sich bemerkbar. »In unserer Volksüberlieferung ist der Teufel angeblich überall, ohne ein klares Image zu haben, ein immerwährend böser Geist, der an zahlreichen Stellen auf der dunkleren Seite unserer Herzen zu Hause ist. Unsere Phantasie hat nur Gottvater verewigt.«

»Von einigen der größten und einigen der schlechtesten Maler in der Geschichte«, seufzte der Alte Mann.

»Stimmt«, lachte der Präsident.

»Das ist nötig, um Universalität zu erlangen.«

»Wir sprachen über *mich*«, bemerkte Mr. Smith spitz und verwandelte sich ohne Vorwarnung in den Standardmephisto eines drittklassigen Opernhauses – schwarze, zerknitterte Strumpfhose, schwarze Slipper mit nach oben gebogenen Kappen, eine schwarze Kapuze mit Haartolle, bleistiftdünner Schnurrbart und Spitzbart. Er posierte wie der Baßsänger in einer Oper aus Viktorianischer Zeit. Diese Erscheinung diente dem Abbau von Spannungen, da der Präsident all seine Hemmungen verlor, als er lachend seine Gutmütigkeit wiedergewann, die ihm abhanden gekommen war, sobald er sich entschlossen hatte, an sein Image zu denken.

Mr. Smith genoß diesen Moment und lächelte selbst, während der Alte Mann leise kichernd das Gespür seines Kollegen für das Absurde würdigte.

Langsam nahm Mr. Smith wieder seine gewohnte Gestalt an.

»Finden Sie das komisch?« fragte er nüchtern.

»Komisch? Hören Sie, es ist zum Schreien«, sagte der Präsident und wischte sich die Augen mit einem Papiertaschentuch, das er einem silbernen, mit einem Adler verzierten Behälter entnahm. Sofort und unauffällig wurde er ernst. Seine Berater hatten ihm erzählt, ein gelegentlicher Witz sei durchaus begrüßenswert, Frivolität aber nicht.

»Ich sag's ehrlich, Leute«, sagte er mit einer gewissen gequälthellseherischen Miene, die vierundsechzig Prozent der Wähler attraktiv fanden (nur neunzehn Komma fünf Prozent der Befragten hatten keine Meinung gehabt), »ich hab' keine Ahnung, wie Sie das machen. Natürlich ist es ein Trick. Es muß ein Trick sein. Nun gibt es gute und schlechte Tricks – Ihre sind gut. Eine verteufelt gute Serie von Tricks. Aber ich möchte Ihnen zwei kleine Ratschläge geben, und vielleicht haben Sie eines Tages Gelegenheit, sich daran zu erinnern. Der erste lautet: Vermeiden Sie in Ihrem

Auftritt jeden Bezug auf Gott. Das ist eine Geschmacksfrage, verstehen Sie. Gott ist nicht amüsant. Außerdem haben viele meiner amerikanischen Mitbürger völlig unterschiedliche Vorstellungen von Ihm, mit großem I. Einige unserer ursprünglichen Einwohner hauen in Waldlichtungen immer noch auf Trommeln ein und tanzen um einen Totempfahl. Das ist ihr gutes Recht. Einige Bürger sind Mohammedaner, Juden oder Buddhisten – was Sie wollen –, und einige von ihnen sind verdammt empfindlich, was ihre eigenen, die einzig legitimen Traditionen angeht, im Gegensatz zu den illegitimen Traditionen aller anderen. All das ergibt eine einzige harte Regel: Im Showbusineß läßt man die Finger von Gott. Er ist tabu. *TABU.* Nun zum zweiten Rat, den ich Ihnen geben möchte. Ihr Auftritt braucht Struktur. So einfach ist das. Struktur. *STRUKTUR.* O.K.? Damit meine ich, jeder Auftritt muß einen Anfang, eine Mitte und ein Ende haben. Exposition, Realisation, Konklusion. Wenn Sie das im Hinterkopf behalten, können Sie bei Ihrem Talent gar nicht viel falsch machen. Auch wenn Sie meinen sollten, Sie hätten ein wenig spät angefangen, glauben Sie kein Wort. Für Qualität ist es nie zu spät. Suchen Sie sich einen guten Agenten, und später, wenn es angebracht ist, einen guten Manager. Sie werden's nicht bereuen. Und denken Sie sich einen guten Künstlernamen aus, einen guten, korrekten Namen. Ich werde mir Ihren Auftritt ganz bestimmt mal ansehen, sobald Sie dran gearbeitet, dran gefeilt und ihn geglättet haben. Haben Sie das verstanden?«

Der Alte Mann schaute Mr. Smith an, der den Blick zurückgab. Beide lächelten freundlich.

»Was steht auf Ihren Dollarscheinen?«

»Ein Dollar.«

»Nein, nein. Ein edler Spruch.«

»Ach so. ›In God We Trust‹ – ›Wir vertrauen auf Gott‹.«

»Welch angenehmer Gedanke«, sinnierte der Alte Mann. »Wenn nur ...«

Die Tür wurde aufgestoßen.

»Er geht nicht ran – was zum Teufel ...?« sagte der Neuankömmling.

»Wir wollen alle ganz ruhig bleiben und uns gut benehmen«, murmelte der Präsident, die Hände beschwichtigend ausgestreckt.

»He, Moment mal... sind das nicht die beiden, die...?«

»Genau so ist es«, bestätigte der Präsident lächelnd. »Sie beide kann ich nicht vorstellen, da Sie noch keine Gelegenheit hatten, sich passende Künstlernamen auszudenken, aber vor Ihnen steht Glover Teesdale, Pressesprecher des Weißen Hauses.«

Teesdale spürte, daß der Präsident im Begriff war, eine tendenziell gefährliche Lage zu entschärfen, nickte den zwei alten Männern kurz zu und begab sich so rasch wie möglich, ohne panisch zu wirken, zu dem Ganzkörperspiegel auf einer Mahagonistütze, an deren Messingbeschlägen er dezent herumfummelte.

»Glover«, fragte der Präsident, seine Nerven sichtlich unter Kontrolle haltend, »was zum Teufel treiben Sie da?«

»Der gottverdammte rote Knopf«, preßte Teesdale hervor. »Ich dachte, ich hätte mir gemerkt, wo die Dinger sind.«

»Wo ist er?«

»Irgendwo hinter dem Spiegel.«

»Können wir irgendwie behilflich sein?« erkundigte sich der Alte Mann angelegentlich.

»Nein, nein«, erwiderte der Präsident hastig und bemüht, nicht zu hastig zu wirken.

»Hab' ihn!«

»Nicht drücken!« nuschelte der Präsident. »Wir wollen doch nicht, daß sie alle mit ihren Knarren angerannt kommen!«

»Zu spät. Schon geschehen.«

»Großer Gott.«

»Ich nehme an, uns bleibt noch eine Gnadenfrist von zwanzig Sekunden«, sagte Mr. Smith.

»Nehmen Sie bitte Platz«, schlug der Präsident vor. »Ich selbst setze mich auch. Glover?«

Alle setzten sich.

»Hoffentlich glaubt man nicht, wir erprobten unser Sitzfleisch, um bei der nächsten Präsidentschaftswahl Ihre Konkurrenten zu werden.« Unter solchen Umständen war Mr. Smith nicht zu bremsen.

Von draußen hörte man gedämpfte Schwingungen, als galoppierte die US-Kavallerie über einen Teppichstapel.

Das hatte man immer wieder geübt, wenn der Präsident nicht anwesend war, dieser oder ein anderer Präsident.

Es waren sechs, und alle nahmen die gleiche leicht obszöne Haltung ein, als bestiegen sie gerade ein fiktives Motorrad. Wie anklagende Finger hielten sie Pistolen ausgestreckt.

»In Ordnung, ihr beiden. Aufstehen, Gesicht zur Wand, Hände über die Köpfe, vorgebeugt«, schrie der augenscheinliche Anführer.

»Stecken Sie die Waffen weg«, sagte der Präsident müde.

»Wir haben unsere Vorschriften.«

»Haben Sie mich verstanden, Crumwell?«

»Lassen Sie mich das auf meine Art erledigen, Sir, bei allem Respekt.«

»Wer bin ich, Crumwell?«

»Mein Präsident, Sir, und ich bin der gesamten Nation für Ihre Sicherheit verantwortlich.«

»Außerdem bin ich Ihr Oberbefehlshaber, Crumwell, und ich befehle Ihnen allen, die Waffen wegzustecken.«

Crumwell schien kurz vor der Meuterei zu stehen. Dann machte er einen melodramatischen Rückzieher, wobei seine Ansicht in dieser Angelegenheit überdeutlich wurde.

»O.K., Jungs. Ihr habt's ja wohl gehört«, fauchte er.

»O Glover, ich wünschte, Sie hätten nicht auf den gottverdammten Knopf gedrückt«, schimpfte der Präsident, ehe er sich wieder den neuen Eindringlingen widmete.

»Verstehen Sie mich nicht falsch, Leute. Ich weiß sehr wohl zu würdigen, daß Sie so schnell hier waren. Aber das sind bloß ein paar alte Possenreißer, aus denen mal hervorragende Varietékünstler werden können, wenn sie ihre Chose auf die Reihe kriegen.«

»Ich erkenne sie jetzt, Sir. Im Unterschied zu vorhin, als ich reingekommen bin. Possenreißer oder nicht, sie stehen trotzdem auf der FBI-Liste der meistgesuchten Verbrecher.«

»Tatsächlich?« Der Präsident schien ehrlich überrascht.

»Die sind schon überall im Land verschwunden. Immer, wenn unsere Agenten sie aufspüren, verschwinden sie wieder. Nach meinem Rechtsverständnis ist das ein Verbrechen, Sir.«

»Verbrechen?«

»Widerstand gegen die Staatsgewalt, ganz einfach.«

»Warum haben sie sich ihrer Festnahme widersetzt? Verzeihung, ich bin noch nicht dazu gekommen, den Bericht zu lesen.«

»Fälschung.«

»Fälschung?«

»Versuchte Brandstiftung. Und andere kleinere Sachen. Nichtbezahlen von Hotelrechnungen, kleinere Diebstähle, Vergehen minderer Güte.«

Der Präsident wandte sich an Glover.

»Wie kann man sich nur so irren? Ich hätte eine Million Piepen gewettet, daß sie bloß zwei harmlose alte Trottel sind. Ich habe sogar auf Zeit gespielt, sie ruhig gehalten, bis Sie kamen. Ich dachte mir, das Beste wäre, ihnen gut zuzureden. Und jetzt erzählen Sie mir ...«

»In Wahrheit haben wir gar nichts gefälscht«, sagte der Alte Mann. »Ich faßte nur in meine Taschen, und das Zeug flatterte heraus.«

»Zeig's ihnen«, drängte ihn Mr. Smith. »Sehen Sie sich das an, das ist der allerbeste Trick.«

»Nein«, rügte ihn der Alte Mann. »Sie sind offenbar nicht damit einverstanden. Ich will sie nicht noch mehr vor den Kopf stoßen.«

»Wenn Sie wirklich unschuldig sind«, sagte der Präsident, »warum vertrauen Sie nicht darauf, von einem Gericht freigesprochen zu werden? Dieses Land wird vom Gesetz regiert, und niemand, nicht einmal der Präsident, steht über dem Gesetz. Stellen Sie sich. Sie können doch nicht den Rest Ihres Lebens fliehen, immer nur verschwinden. Das ist keine Leistung. Verschwinden hat nichts Positives. Es bedeutet, das Gesetz zu biegen, sich selbst darüberzustellen.«

»Vielleicht hat er recht«, meinte der Alte Mann unglücklich.

»Glaub ihm kein Wort«, gab Mr. Smith böse zurück. »Er redet wie das Fernsehen. Mir wird dabei speiübel!«

»Das Fernsehen? Was meinst du damit?«

»Von unserer Fernsehorgie in dem Hotel ist mir noch so viel in Erinnerung geblieben, daß ich in all dem verführerischen Müll, den wir ertragen haben, einen gemeinsamen Nenner erkenne. Da fehlte nichts von den Elementen, die darauf angelegt waren, mir Vergnügen zu bereiten: Vergewaltigung, Gewalt, Perversionen, Grausamkeit, Gefühllosigkeit, Gemeinheit, Folter, Blutvergießen, Zynismus. Und dann, um gegen Ende alles zu verderben, die unvermeidliche, schauderhafte, süßliche Geste in deine Richtung, irgendein widerwärtiger Unsinn über das Gesetz oder – noch prätentiöser und deplazierter – die Gerechtigkeit, als wüßten Sterbliche mehr als nur vage darüber Bescheid.«

»Halte dich mit zu massiven Vorwürfen zurück. Schließlich sind wir nicht hier, um unsere Überlegenheit unter Beweis zu stellen«, bat der Alte Mann.

»Wir sind aber auch nicht hier, um kleinlaut dazusitzen, während sie uns absurde Ratschläge erteilen«, tobte der offensichtlich sehr wütende Mr. Smith. »Possenreißer, also wirklich! Von wegen die andere Wange hinhalten, zur Hölle damit! Ich ertrage eine gewisse Menge Albereien und Spielereien, aber sobald die Musik aufhört, zerspringt irgendwas in mir!«

»Ich hatte keineswegs die Absicht, Sie zu verletzen«, rief der Präsident mit zur Betonung ausgestreckten Händen.

»Aber Sie haben es getan! Ich habe auch meinen Stolz!« schrie Mr. Smith.

Kurz trafen sich Crumwells Blick und der des Präsidenten. Bei jeder späteren Untersuchung würde Crumwell bezeugen können, er habe das Blinzeln des Präsidenten als Hilferuf interpretiert. Angesichts der Umstände würde man ihm glauben.

»Operation Jesse James«, rief er plötzlich.

Wie von Zauberhand tauchten die sechs Pistolen wieder auf, und im Handumdrehen nahm man die leicht obszönen Haltungen ein.

»Bedrohen Sie mich nicht mit diesen Spielzeugen!« brüllte Mr. Smith.

»Keine falsche Bewegung«, warnte Crumwell.

»Und was, wenn ich eine falsche Bewegung mache?« brüllte Mr. Smith so wütend wie seit seiner Verstoßung nicht mehr.

»Dann kriegen Sie eine Kugel verpaßt. Das ist die letzte Warnung. Gehen Sie zu Ihrer Sitzgelegenheit und setzen sie sich, Hände über dem Kopf.«

Langsam ging Mr. Smith auf Crumwell zu, der langsam den Rückzug antrat.

»Das ist Ihre letzte Chance!«

»Nun gib nicht so an!« rief der Alte Mann und erhob sich. Einen Moment lang schien es, als hätte des Alten Mannes Beschreibung von Mr. Smith' Verhalten ins Schwarze getroffen. Mr. Smith zögerte kurz.

»Angeben?« fragte er, als wünsche er eine Erläuterung.

»Ich weiß, daß du raffinierte Dinge kannst. Das können wir beide. Es liegt kein großer Ruhm darin, es anderen zu beweisen. Ich denke an die Tapete. Du überlebst eine Kugel. Die Wand nicht.«

»In solch einem Moment denkt er an die Tapete!« murmelte Mr. Smith wild, was bewies, daß sich seine Wut kein bißchen gelegt hatte. »Im Namen der Tapete, die nicht für sich selbst sprechen kann, möchte ich dir für deine Besorgnis danken.«

Damit galt seine Aufmerksamkeit wieder Crumwell, auf den er langsam zuging, als wolle er ihm die Waffe entreißen.

»Man kann doch drüber verhandeln!« rief der Präsident. »Ich habe das dumpfe Gefühl, daß es geht.«

Crumwell schoß einmal. Zweimal.

Mr. Smith sah ihn verdutzt an. Er faßte sich mit der Hand an die Brust und schien Blut auf ihr zu sehen. Dann, ohne den Gesichtsausdruck zu verändern, wankte er kurz, klappte zusammen und fiel um. Der Alte Mann machte eine irritierte Handbewegung und setzte sich.

»Warum haben Sie das getan?« fragte der Präsident.

»Mit einem Irren kann man nicht verhandeln.«

»Glover, die Presse darf das nicht erfahren«, sagte der Präsident, der seine Prioritäten kannte. »Davon darf kein Wort nach draußen dringen. Kann ich auf euch zählen, Jungs?«

Ein Chor rauher Stimmen bejahte.

»Vielleicht sollte ich besser erklären, warum dieser kleine Zwischenfall eine unschuldige Vertuschung erfordert. Berichte über eine Schießerei im Weißen Haus würden unweigerlich unsere Sicherheitsvorkehrungen in einem schlechten Licht erscheinen lassen. Es wird sich auf das FBI auswirken, vielleicht sogar der CIA Spaß machen.«

Dies führte zu leisem, unterdrückten Gelächter. Die Jungs wußten die Objektivität des Präsidenten wahrlich zu schätzen.

»O. K., Operation Jesse James ist beendet, Leute.« Alle steckten ihre Schußwaffen in die Halfter.

»Hoffentlich verstehen Sie die Notwendigkeit für diese kleine Strategie und sind willens, für sich zu behalten, was heute hier geschehen ist.« Der Präsident sprach zum Alten Mann.

Dieser drehte sich langsam um und betrachtete sein Gegenüber. »Wem sollte ich es sagen? Und wer würde mir glauben? Ich sage Ihnen, wer ich bin. Sie glauben mir nicht. Wer würde glauben, daß ich je im Weißen Haus war? Sehe ich wie jemand aus, den Sie einladen würden?«

»Nein, das stimmt«, erwiderte der Präsident einsichtig, um dann eine verletzlichere Miene aufzusetzen, wie sie gewöhnlich Witwen vorbehalten war. »Das mit Ihrem Freund tut mir schrecklich leid. Ich kann allerdings nicht behaupten, daß die Schuld allein bei den Sicherheitsbeamten liegt.«

Der Alte Mann schaute auf seinen am Boden liegenden Begleiter hinab. »Machen Sie sich wegen ihm keine Sorgen. Der reißt ständig solche Possen.«

»Wie oft kann man denn solche Possen reißen?«

»Unendlich oft, glauben Sie mir«, sagte der Alte Mann, der plötzlich das Gewicht der vergangenen Zeitalter spürte. »Es gefiel ihm gar nicht, als Sie uns Possenreißer nannten. Was mich angeht, mir ist völlig egal, wie Sie uns zu nennen belieben – auch wenn Sie mich bei anderer Gelegenheit ebenfalls beleidigt haben ...«

»Ich habe Sie beleidigt?« hakte der Präsident nach. »Das geschah völlig unbeabsichtigt, glauben Sie mir.«

»Gott ist nicht amüsant, haben Sie gesagt.«

»Und? Ist er es?«

»Wenn Sie sich die Schöpfung ansehen, wie können Sie da zu behaupten wagen, Gott sei nicht amüsant? Nicht einmal Mr. Henchman machte diesen Fehler. Fische, die beide Augen auf einer Seite des Kopfes haben? Galagos, Känguruhs, Affen? Der Anblick verliebter Flußpferde, Hummer in der Paarungszeit, wie kaputte Liegestühle auf der Suche nach erogenen Zonen, oder, durch deren Augen betrachtet, der Mensch? Nicht amüsant?«

»Ich meinte, daß Gott für uns nicht amüsant ist.«

»Noch nie haben Sie etwas so Verletzendes oder zutiefst Unwahres behauptet. Warum schuf ich die einzigartige Dimension des Lachens, die nur dem Menschen eigen ist, wenn ich nicht wollte, daß meine Scherze gewürdigt würden? Lachen ist Therapie, es läßt die Luft aus allem Feierlichen und Pompösen. Es ist meine höchstentwickelte Erfindung, meine vollendetste und raffinierteste Entdeckung, nur von der Liebe übertroffen.«

Langsam richtete Mr. Smith sich auf, aber so unauffällig, daß es die Männer nicht sofort bemerkten. Als sie wieder nach ihren Waffen griffen, meldete sich Mr. Smith ruhig zu Wort.

»Beim ersten Mal hat es nicht funktioniert. Wieso sollte es beim zweiten Mal klappen?«

»Sind Sie nicht mal verletzt?« blaffte Crumwell.

»Überrascht? Alle waren so eingebildet, sofort anzunehmen, ich sei tot?«

»Ich nicht«, widersprach der Alte Mann.

»Von dir war nicht die Rede.«

»Wo haben Sie gelernt, so zu sterben?«

»Fernsehen. Wo sonst? Und Sie haben mich liegenlassen, vermutlich verblutend, und Pläne geschmiedet, wie Sie im Interesse der Public Relations einen Mantel des Schweigens über diesen kleinen Zwischenfall breiten konnten. Wie attraktiv Sie alle von meiner Warte aus klangen! Aber einen Aspekt haben Sie übersehen, den Sie unbedingt noch berücksichtigen sollten, bevor die Raumpflegerinnen auftauchen.«

»Und der wäre?« fragte der Präsident beunruhigt.

»Genau das, was mein Freund vorhergesehen hat. Die Kugellöcher in der Wand. Sie wissen, wie rasch sich in einer freien Gesellschaft Gerüchte verbreiten.«

Die Männer eilten zur Wand. Sie fanden keine Beschädigung. Mr. Smith sprang auf und legte mit einem Klimpern zwei Kugeln in einen Aschenbecher.

»Wie gewöhnlich denke ich an alles. Sie haben mein Wort, daß die Angelegenheit – was mich angeht – nicht nach außen dringen wird.«

»Vielen herzlichen Dank«, sagte der nachdenkliche Präsident

und ergänzte: »Crumwell, lassen Sie die Kugeln nicht im Aschenbecher liegen!«

»Und jetzt müssen wir aufbrechen«, sagte der Alte Mann.

»He, nicht so schnell«, sagte Crumwell und steckte die Kugeln ein, »Sie müssen sich noch zu gewissen Anklagepunkten äußern.«

»Denen wollen Sie nachgehen, obwohl wir Ihnen bewiesen haben, daß Sie ihnen *nie und nimmer* nachgehen können?«

»So ist es.«

»Wenden Sie sich nicht an mich, Sir.« Der Präsident zuckte die Achseln. »Das Gesetz steht über uns allen, wie ich bereits zu erklären versuchte.«

»Stimmt«, sagte Crumwell, »und Sie können von Glück reden, daß wir Sie bis jetzt nur wegen kleiner Vergehen belangen. Sie kommen besser ganz ruhig mit, bevor sich die Anklagepunkte häufen, was unweigerlich der Fall sein wird.«

»Na, komm schon«, sagte der Alte Mann, »stellen wir uns und bringen es hinter uns.«

Der Präsident strahlte vor Vertrauen in das amerikanische System. »Das höre ich gern«, sagte er. »Damit ist kein großes Stigma verbunden. Im Augenblick haben wir so viele Skandale, daß diese Geschichte gar keine Beachtung finden wird. Also, einem Richter des Obersten Gerichtshofes wurde eine Affäre mit einem Strichjungen nachgewiesen, ein Senator hat Drogengeld der Mafia gewaschen, ein Kabinettsmitglied ist von einem Zündkerzenhersteller bestochen worden, und ein führender General hat seine Frau mit einer nikaraguanischen Stewardeß betrogen, um nur einige Skandale zu erwähnen. Was Sie beide getan haben, ist im Vergleich dazu bloß Kleinkram, und das Schlimmste ist, daß sie im Gefängnis alle Bücher über ihre Mißgeschicke schreiben, worin sie einen Haufen anderer Leute beschuldigen, die wir alle bisher für unschuldig hielten. Versprechen Sie, daß Sie keine Bücher schreiben werden.«

»Sollen wir mitgehen?« fragte der Alte Mann.

»Nein.« Mr. Smith blieb eisern.

»Wenn Sie noch mal verschwinden, ist das ein neues Vergehen«, fauchte Crumwell.

»Warum sind Sie so wild entschlossen, sich unbeliebt zu machen?« fragte Mr. Smith. »Unsere angeblichen Vergehen sind auf unsere Unerfahrenheit zurückzuführen. Wir haben nie jemandem ein Leid zugefügt.«

»Das versuchen wir gerade zu ermitteln.«

»Was soll das heißen?«

»Sagt Ihnen der Name Dr. Kleingeld etwas?«

»Nein.«

»Doch«, sagte der Alte Mann. »So hieß der Psychiater, der sich in dem Krankenhaus mit mir unterhalten hat.«

»Stimmt. Er war zugelassener FBI-Psychiater. Ich weiß nicht, was während dieser Unterhaltung mit ihm passiert ist, aber seither hat sich sein Leben dramatisch verändert. Er hat seine Praxis und die FBI-Zulassung verloren und eine Bewegung begründet, die sich ›Psychiater für Gott und Satan‹ nennt. Nach den uns zur Zeit vorliegenden Informationen ist er das einzige Mitglied dieser Bewegung, und er verbringt fast den ganzen Tag vor dem Weißen Haus, ein beschriebenes Transparent in den Händen.«

»Und was steht drauf?«

»Gott und der Teufel sind echt Spitze.«

»Was bedeutet das?«

Crumwell zögerte, dann grinste er humorlos. »Er ist das einzige Mitglied seiner Bewegung. Das beantwortet Ihre Frage wohl.« Sein Tonfall wurde härter. »O.K., gehen wir.«

»Nun denn, bringen wir's hinter uns«, sagte der Alte Mann und seufzte resignierend.

Mr. Smith' Haltung hatte sich verändert. Auf einmal war er umgänglich und doch selbstsicher. Er lächelte beinahe gewinnend.

»Du denkst nie irgendwas bis zu einem halbwegs logischen Schluß durch, stimmt's? Dein verfluchter Stolz auf deine eigene Integrität ist dir so wichtig, daß du die Konsequenzen deines Verhaltens nicht erkennst, ehe es zu spät ist«, sagte er.

Der Präsident zeigte sich irritiert. Die gesamte Episode hatte viel zu früh am Tag an seinen Nerven gezerrt, und er war begierig, sie zu beenden.

Er lächelte mechanisch. »Warum folgen Sie nicht einfach Ihrem Begleiter und warten, daß die Gerechtigkeit ihren Lauf nimmt?«

»Ich verrate Ihnen, warum ich es nicht tue«, sagte Mr. Smith leise. »Sie wollen geheimhalten, was heute hier passiert ist. Ich habe Ihnen bereits substantiell geholfen, indem ich nicht gestorben bin und indem ich die Kugeln mit meinem Körper abfing. Jetzt verrate ich Ihnen den Rest des Szenarios. Man bringt uns hier raus, jeder mit Handschellen an einen Agenten des FBI gefesselt. Wir gehen durch die Flure, in Fahrstühle, durch Türen. Können Sie garantieren, daß uns niemand begegnet? Putzfrauen, Berater, akkreditierte Journalisten vielleicht? Und wie wird das aussehen? Zwei alte Männer in Handschellen, der eine im Nachthemd, der andere in einem anzüglichen T-Shirt, werden von grimmig blickenden Beamten aus der Präsidentensuite geführt? Legen Sie es nicht geradezu auf die Situation an, die Sie unbedingt vermeiden wollen? Und das alles aus Respekt vor Ihrem heiligen Gesetz?«

Der Präsident runzelte die Stirn. Entscheidungen, Entscheidungen.

»Er hat natürlich recht.«

»Was sollten wir tun?«

Der Präsident wischte Crumwells Frage beiseite. Er sprach zu Mr. Smith.

»Welche Lösung bieten Sie an?«

»Man gewährt uns das zweifelhafte Privileg, von hier zu verschwinden ... mit Ihrer Zustimmung ... nein besser noch, Sie bitten uns drum.«

Die präsidialen Kieferbewegungen verrieten seine Qual.

»O.K.«, sagte er.

»Und mit Ihrem Segen zu verschwinden bedeutet, daß dieser Zwischenfall nicht zu den Punkten der Anklage gehört, die man uns zur Last legt, wenn und falls wir abkömmlich werden.«

»O.K.«

»Habe ich Ihr Wort?« fragte Mr. Smith und streckte die Hand aus.

»Sie haben mein Wort«, antwortete der Präsident und ergriff Mr. Smith' Hand. Dann schrie er auf.

»Was ist los?« erkundigte sich Mr. Smith amüsiert.

»Ihre Hand. Sie ist entweder sehr heiß oder sehr kalt. Ich kann mich nicht entscheiden. Und jetzt verschwinden Sie!«

»Aber Sir ...«, bat Crumwell.

Wütend drehte sich der Präsident zu ihm um. »Teufel, Crumwell, dies ist eine Nation der Kompromisse. Die gerichtliche Absprache haben wir erfunden. Für alles gibt es die richtige Zeit und den richtigen Ort. Für eiserne Prinzipientreue. Für bodenständigen Pragmatismus. Diese Mischung hat jeder Geschäftsethik Integrität und Opportunismus eingebracht. Ich will, daß diese Burschen verhaftet werden, klar? Aber ich will noch dringender, daß sie von hier verschwinden. Hier geht's um Prioritäten!«

Aus dem Flur drang das Geräusch von Aktivitäten ins Zimmer.

»Du bist eine Wucht«, gab der Alte Mann zu und sah Mr. Smith bewundernd an. »Immer wieder legst du mir Hindernisse in den Weg. Nach dir.«

»Nein, nach dir«, sagte Mr. Smith. »Ich will sichergehen, daß du wirklich verschwindest.«

»Erlauben Sie mir, Ihnen zu danken ...«, begann der Alte Mann, an den Präsidenten gewandt.

»Raus hier. *Vamos!* Zieht Leine!« zischte dieser.

Von dem Tonfall des Präsidenten beleidigt, verschwand der Alte Mann.

»Jetzt Sie!« drängte der Präsident, als der Lärm im Flur lauter wurde.

Mr. Smith lächelte. »Ich würde schrecklich gern erfahren, wer gleich ins Zimmer eindringen wird«, sagte er ruhig.

»Nein, nein, nein!« Der Präsident krümmte sich, ballte die Fäuste und stampfte mit den Füßen auf.

Im selben Moment, als zwei Beamte den Raum betraten, löste sich Mr. Smith in Luft auf.

»Was geht hier vor, Mr. President?« fragte der eine Beamte.

»Nichts. Absolut gar nichts, Oberst Godrich.«

»Tut uns wirklich leid, hier reinzuplatzen, bevor sie vollständig angekleidet sind, Sir«, sagte der Offizier, »auch wenn uns andere offenbar zuvorgekommen sind. Wir hörten, wie Alarm gegeben wurde. Kurz darauf hörten wir, daß in diesem Bereich zwei Schüsse fielen, und dachten, wir sehen mal nach.«

Glover Teesdale ergriff das Wort. »Der Präsident hatte die Idee, die Alarmvorkehrungen zu testen, ohne vorab die verantwortlichen Behörden zu informieren.«

»Stimmt«, ergänzte der Präsident, der die Entrücktheit eines Olympiers wiedergewonnen hatte. »Jede Sicherheitsüberprüfung, die wie eine Rettungsbootübung an Bord eines Schiffes für eine bestimmte Zeit vorgesehen ist, stellt keinen angemessenen Test unserer Verteidigung dar, General Borrows.«

»Ein richtiger Gedanke, Sir. Allerdings ist anzunehmen, daß jemand verletzt wird, wenn man den So-tun-als-ob-Status auf die Ebene der Realität hievt. Wohin sind die Kugeln geflogen?«

»Aus dem Fenster, auf Verlangen des Oberbefehlshabers« sagte Crumwell und drehte das Magazin seines Revolvers, damit man die zwei leeren Kammern sehen konnte.

»Sachschaden?«

»Nein, Sir.«

Der General sah sich im Zimmer um, dann zog er sich mit den Worten zurück: »O.K., dann wollen wir uns mal wieder der Routine zuwenden, Lee. Vielleicht könnte beim nächsten Mal freundlicherweise der in unserem Büro Diensthabende informiert werden.«

»General Borrows, totale Sicherheit duldet keine Halbheiten«, gab der Präsident druckreif zurück.

Borrows und Godrich gingen schweigend, nachdenklich.

»Der Zwischenfall ist in jeder denkbaren Hinsicht abgeschlossen, Mr. Crumwell, und ich möchte Ihnen für Ihre Zusammenarbeit danken, Leute.«

»Wir kriegen diese Mistkerle noch, bevor wir fertig sind«, verkündete der frustrierte Crumwell fast unter Tränen.

Der Präsident bedeutete ihm nachdrücklich zu schweigen. »Daran zweifle ich keinen Augenblick«, sagte er sehr leise.

Die FBI-Männer marschierten schweigend hinaus.

»Dann wollen wir mal ganz von vorne anfangen«, murmelte der Präsident Glover Teesdale zu, ehe er mit seiner gewohnten Spannkraft ergänzte: »Ach, Glover, bevor ich meine Hose anziehe, zeigen Sie mir, wo der verfluchte rote Knopf ist.«

11

Mr. Smith materialisierte sich im British-Airways-Bereich des Dulles-Flughafens, und zwar so, daß ein hinter ihm stehender Mann, ein ungehobelter und cholerischer englischer Geschäftsreisender, überzeugt war, er sei um seinen Platz in der Schlange betrogen worden.

»Trollen Sie sich«, sagte der Engländer in aggressivem Ton. »Sie war'n eben noch nich hier, Sie brauchen also gar nich so zu tun, als wär'n Sie's gewesen!«

»Was werfen Sie mir vor?« fragte Mr. Smith, das Gesicht so zerfurcht wie ein Pflaumenkern.

»Daß Sie mein Platz inner Schlange geklaut haben. Reisen Sie erster Klasse?«

»Ich habe noch kein Ticket.«

»Dann ham Sie inner Schlange nichts zu suchen. Wo is Ihr Gepäck?«

»Ich habe noch keins erstanden.«

Der Engländer lachte herzlich und versuchte, andere Reisende in die Absurdität der Situation mit einzubeziehen.

»Keinen Koffer, kein Ticket, und dann noch vordrängeln. Großartig, hab' ich recht? Sie sind bestimmt einer dieser religiösen Spinner, vor denen man uns gewarnt hat. Die treiben sich heutzutage überall rum.«

»Religiöser Spinner? Ich?« Mr. Smith gab ein hohes, schrilles Lachen von sich, das dem Engländer unangenehm in den Ohren gellte.

»Na los, trollen Sie sich, wie ich schon gesagt hab', sonst hol' ich die Polizei. Wenn Sie ein Ticket brauchen, können Sie einen Stock tiefer eins kaufen. So. Noch mehr Hilfe kriegen Sie von mir jedenfalls nicht«, sagte der Engländer, der bei jedem gellenden Gelächter von Mr. Smith zusammenzuckte.

Mr. Smith machte Anstalten zu gehen, drehte sich dann aber erneut um. »Was die religiösen Spinner betrifft – Sie haben nicht zufällig einen alten Mann mit wallenden Locken und Bart, weiß natürlich, gesehen, rosa Wangen, korpulent gebaut, trägt lange Gewänder?«

»Hab' ungefähr fünfzehn von der Sorte gesehen, seit ich vor 'ner Weile aus Columbus, Ohio, hergeflogen bin. Die sammeln sich hauptsächlich an amerikanischen Flughäfen, weil da das Geld sitzt, Sie verstehen.«

»Geld? Religiöse Spinner?«

»Tja, deshalb machen sie doch einen auf Religion, stimmt's? Ist doch logisch. Religion ist hier drüben eine richtige Industrie, stimmt's? In diesem Bereich haben die Japse noch nicht die Führung übernommen, stimmt's? Jetzt trollen Sie sich.«

Der Engländer bewegte sich auf den Schalter zu, sein Gepäck mit dem Fuß vor sich herschiebend. Zum Abschied deutete er unbestimmt auf einen an der Wand hängenden Zettel.

»Sie finden alles über die religiösen Spinner an der Wand. Auf Anschlägen steht, es sei legal und man könne nichts dagegen tun. Eine verfluchte Schande nenne ich es. Nicht mehr und nicht weniger als ein Freibrief zur Belästigung. Das heißt, die Freiheit ein klein wenig zu weit treiben. Ins Kittchen gehören die hin ... oder in die Armee, da kriegen sie wenigstens 'n kostenlosen Haarschnitt verpaßt.«

Mr. Smith begab sich nachdenklich zu dem an der Wand hängenden Anschlag und las ihn. Offenbar enthielt er eine Entschuldigung für die eventuelle Anwesenheit von Mitgliedern religiöser Gruppen auf dem Flughafen, die Flugschriften verteilten oder Reisenden gegenüber eine Schilderung ihrer Bekehrung abgaben. Laut Verfassung, die Religionsfreiheit garantierte, konnten die Behörden nichts dagegen unternehmen, nur hoffen, daß sich das Ganze nicht zu einem Ärgernis ausweitete.

Dies hielt Mr. Smith für eine ziemlich gute Neuigkeit. Der Alte Mann und er, mit seiner wilden Mähne öliger Haare, konnten, wenn sie sich als militante Mitglieder obskurer religiöser Gemeinschaften ausgaben, ungestraft durch den Flughafen spazieren, ohne übermäßige Aufmerksamkeit zu erregen. Doch wo steckte der Alte Mann? Er war nirgends zu sehen. Mr. Smith hoffte, daß er nicht wieder seiner Zerstreutheit zum Opfer gefallen war. Das wäre wirklich schlimm, ja sogar ein Grund zur Panik. War der Alte Mann nicht der Quell aller Yen? Ohne seine Zauberei wäre die Aufgabe weit schwieriger. Und wenn er sich noch so konzentrierte, Mr. Smith könnte nie mehr als nur ein paar verbogene oder beschädigte Münzen herbeizaubern, die nicht einmal öffentliche Telefone annehmen würden.

Mr. Smith suchte überall nach dem Alten Mann, aber ohne Erfolg. Langsam wandelte sich seine wachsende Pein in Verunsicherung und schließlich in Wut. Wenn er etwas haßte, dann Unfähigkeit. Die Vorstellung, ganz allein auf dem Dulles-Flughafen festzusitzen und nirgendwohin zu können, außer in die Hölle, verbitterte ihn. Da fiel ihm ein, wie der Alte Mann mit zwei Koffern in den Händen auf dem verdreckten Bürgersteig an der 42nd Street gestanden und geduldig darauf gewartet hatte, bis seine, Smith', Eskapade beendet war, und er dachte nach. Hatte ihm der Alte Mann diese Erinnerung eingegeben, als Bitte um Verständnis? War der Alte Mann schon da, aber noch unsichtbar? Gab es einen Grund für seine Verspätung?

Mr. Smith entwickelte eine positivere Sichtweise. Sie durften keine Zeit verlieren, wenn sie das Land verlassen wollten, ehe das FBI sie wieder einholte. Pässe konnte man nicht kaufen. Ergo mußte man sie stehlen. Das beste wäre, sie in einem anderen Terminal zu stehlen. Das Geschrei wäre zunächst örtlich begrenzt und würde sich erst später ausbreiten. Tickets hingegen müßte man in dem britischen Terminal entwenden, da sie nach London wollten. Gepäck ließ sich überall stehlen. Es ginge auf Kosten der Glaubwürdigkeit, wenn sie – mit einer Fluggesellschaft – ohne Gepäck reisten.

Er verließ das British-Airways-Gebäude und ging weiter bis zu einem Schild mit der Aufschrift »Saudi Arabian Airlines«.

Die Halle war ziemlich leer, offenbar standen keine Abflüge unmittelbar bevor. Eine dunkelhäutige Angestellte der Fluggesellschaft kämpfte mit einem Computer und schrie wütend etwas Arabisches. Auf etlichen Stühlen wie auch auf dem Boden schien sich ein ganzer Stamm in verschiedenen Schlafstellungen niedergelassen zu haben, während ein paar kleine Kinder kreischten und mit einer angeschlagenen blauen Thermosflasche ein selbsterfundenes Spiel spielten. Es sah aus, als werde im Lauf der nächsten ein, zwei Tage kein Flugzeug starten. Die Informationstafel war bar jeder Information. Nur der kalte Luftzug der Klimaanlage deutete an, daß dies Washington war und nicht irgendein Außenposten am Rande des Jemen, der nur alle paar Wochen von metallenen Vögeln besucht wurde.

Mr. Smith sah sich nach leichtsinnigerweise unbewachten Pässen um, doch alles schien sicher in unförmigen Bündeln verstaut. In diesem Moment verlor die Angestellte der Fluggesellschaft endgültig die Geduld mit ihrem unsichtbaren Gesprächspartner und stürmte, Drohungen murmelnd, aus dem Raum in die dahinterliegenden Büros. Mr. Smith ging zu dem unbewachten Schreibtisch, wo er einen großen Stapel von einem Gummiring zusammengehaltener Pässe entdeckte; eine kurze, auf einen Zettel gekritzelte arabische Notiz hatte man mittels einer Büroklammer an den Pässen befestigt. Er schaute sich um, die Augen blitzend vor Abenteuerlust. Die Frau hatte weiter hinten ihre Schimpftirade wiederaufgenommen, und man hörte sie in einiger Entfernung mit dem einen oder anderen zetern.

Blitzschnell zog er zwei Pässe aus dem Stapel. Den einen steckte er zurück, da das Foto eine verschleierte – und natürlich absolut unkenntliche – Frau zeigte. Lediglich der Schleier ließ vermuten, daß der Paß ungeeignet war. Er wählte zwei Pässe von Männern und ordnete die anderen wieder so, wie er sie vorgefunden hatte. Keinen Moment zu früh. Am Klappern der Absätze hörte man, daß die Angestellte zurückkam. Mr. Smith suchte gemächlich das Weite.

»Fliegen Sie mit dem SV 028 nach Riad?« hörte er die Frau auf arabisch fragen.

»Ich suchte nach einem Prospekt«, antwortete Mr. Smith, ebenfalls auf arabisch.

»Nach einem Prospekt? Worüber?«

»Ich habe mich noch nicht entschieden, danke Ihnen aber im voraus.«

»Keine Ursache. Sind Sie Pilger?«

»Nein. Ich bin ein religiöser Spinner.«

»Ich habe das nur erwähnt, weil der Flug zwölf Stunden Verspätung hat.«

»Eine sehr nützliche Information.«

»Die diese Leute schon erhalten haben«, sagte sie, auf die schlafenden Gestalten deutend.

»Markhaba.«

»Akhlin wa Sakhlin.«

Und Mr. Smith begab sich zurück zu British Airways. Hier waren weniger Menschen, aber mehr Betrieb. Die jungen Damen an den Schaltern waren ebenso verstört wie ihre arabische Kollegin, da es offenbar auch hier Computerprobleme gab.

Ohne die wartenden Passagiere zu beachten, begab Mr. Smith sich direkt an den Schalter.

»Was 'n Sache hier?« nölte er in levantinischem Brooklynesisch.

»Sind Sie von der Wartung?« fragte eine junge Frau.

»Klar. Ali Bushiri. Wartung.«

»Können Sie sich ausweisen?« fragte eine andere, vorsichtigere Frau.

»Scheiße, nein. Wie lange seid ihr schon hier, Mädels?«

»Was hat das damit zu tun?«

»Jeder kennen Ali Bushiri. Ich brauch' kein Ausweis. Das beweist bloß, wie oft diese Mistgeräte durchdrehen. Was ist diesmal kaputt?«

Seine träge Selbstsicherheit überzeugte die Frauen, daß er echt war. Das sah den Vorgesetzten ähnlich, ein grausliches Wesen unbestimmten Alters mit einer schmierigen Mähne und einem dreckigen T-Shirt samt zweideutiger Aufschrift für die Reparatur komplizierter Hardware anzustellen. Wahrscheinlich hatte er am Massachusetts Institute of Technology studiert.

»O.K., wie sieht die Fehlfunktion aus?« fragte er.

»Ich kriege keine Ausdrucke«, erklärte die junge Frau, deren Computer er gerade überprüfte. »Ich muß alles per Hand machen.«

Mr. Smith schraubte die hintere Verkleidung des Geräts ab.

»Es liegt nicht bloß eine Fehlfunktion vor ... sämtliche Übermittlungen sind gestört. Sehen Sie sich das an, London taucht hier als LDNOON auf.«

»Ein Fall von jahreszeitlich bedingter Rechtschreibeschwäche«, behauptete Mr. Smith. »Lassen Sie mich ein Problem nach dem anderen angehen. Wann habt ihr Mädels dienstfrei?«

»In ungefähr zehn Minuten, Gott sei Dank.«

»Dann kommt die nächste Schicht?«

»Genau. Wir sind seit fünf Uhr morgens hier. Sollen die anderen mit diesem Chaos fertig werden.«

Zustimmung von allen Seiten.

»Wie viele Flüge habt ihr heute nach London?«

»Einen um dreizehn Uhr, nämlich BA 188, und noch einen um zwanzig Uhr fünfundvierzig, BA 216. Beide sind praktisch ausverkauft, was ziemliche Knochenarbeit bedeutet, wenn die Computer ausfallen.«

»Beide fast ausverkauft?« Mr. Smith runzelte die Stirn. »Sogar erste Klasse?«

»Besonders die erste Klasse. Es ist ein Zeichen der Zeit, sage ich immer zu meinem Mann. Er hat immer Labour-Partei gewählt, bevor wir hierherzogen. Jetzt wählt er gar nicht mehr und sagt, zum ersten Mal weiß er die Demokratie zu schätzen.«

»Die Concorde fliegt in einer knappen Stunde, ist aber schrecklich teuer.«

»Ist sie voll?«

»Normalerweise sind noch ein paar Sitze frei. Warum?«

»Reine Neugier. Braucht man für die Concorde besondere Bordkarten?«

»Ja, die hier drüben. Zufrieden?«

Mr. Smith tat grinsend, als müsse er sich mit irgendeinem schrecklich komplizierten Fehler im Inneren des Kastens beschäftigen.

»Das muß es sein, schätze ich. Machen wir mal einen Probelauf.«

Er schob eine Concorde-Bordkarte in einen Schlitz.

»Und die Flugnummer der Concorde lautet?«

»BA 188«, sagte die junge Frau zuvorkommend.

Mr. Smith tippte ein paar Zahlen, und schon tuckerte das Gerät gehorsam los. Heraus kam eine Bordkarte, Sitz Nummer 24, Nichtraucher, auf den Namen Ali Bushiri.

»Heureka!« rief die junge Frau. »Er funktioniert wieder!«

»Nein, ich glaube, das kriege ich noch besser hin«, und damit warf er einen Blick in den anderen saudiarabischen Paß, der für den Alten Mann bestimmt war.

»Wo schlagen Sie da nach?« fragte die junge Frau neugierig.

»Im Handbuch«, erwiderte Mr. Smith und gab auf der Tastatur andere Anweisungen ein.

Heraus kam eine Bordkarte, Sitz Nummer 25, Nichtraucher, auf den Namen Amir El Hejjazi.

»Sieht O.K. aus. Was die wirren Wörter angeht, das muß ich oben im Computerzentrum im Zentralcomputer checken. Tschüs, Mädels.«

Die Mädels, allesamt gerade im Aufbruch, riefen: »Tschüs, Ali.«

Mit seinem bisherigen Erfolg war Mr. Smith sehr zufrieden, doch da er so viel erreicht hatte, ärgerte ihn die Abwesenheit des Alten Mannes um so mehr. Die Concorde sollte in einer knappen Stunde starten. Sie besaßen zwar Pässe und Bordkarten, aber noch immer kein Gepäck, keine Paßfotos und, vor allem, keinen zweiten Passagier. Er suchte in jedem Flughafengebäude, fand aber von seinem Partner keine Spur. Plötzlich bemerkte er in einer Halle, in der sich einige kleinere Fluggesellschaften niedergelassen hatten, einen Fotoautomaten mit zugezogenem Vorhang, um den sich ein paar ungeduldige Leute geschart hatten. Ein unfehlbarer Instinkt zog Mr. Smith zu der kleinen Öffnung.

»Wie lange wollen Sie noch da drin hocken?« rief eine Frau.

Die Umstehenden reagierten mit der bangen Eindringlichkeit von Menschen, die darauf warteten, daß eine dringend benötigte Toilette frei wurde. Mr. Smith' Blick zog es zu der Metallschale hin, in die dann und wann Fotos ausgespuckt wurden. Eine neue Viererserie folgte den etwa zwanzig bereits in der Schale befindlichen. Auf allen sah man den Alten Mann, wie er mit der Plumpheit von Illustrationen in einem viktorianischen Buch über Schauspieltechniken diverse Gefühlsregungen ausdrückte. Habsucht, Gier, Dünkel, Schrecken, Erstaunen, Unschuld und Stolz.

»Was hast du da drin vor?« Mr. Smith' Stimme knisterte vor schlimmer Vorahnung.

Sofort wurde der Vorhang beiseite geschoben. Der Alte Mann sah Mr. Smith ehrlich erfreut an.

»Ah, da bist du ja endlich!«

»Endlich?«

»Ich bin schon seit Stunden hier. Aber leider hat mich diese neue Maschine in ihren Bann gezogen.«

Die kleine Menge drängte sich vor, aber Mr. Smith zwängte sich mit einer vertraulichen geflüsterten Bemerkung über einen gefährlichen geisteskranken Mörder in die Kabine, und dann nuschelte er noch, er sei der Wärter und darauf erpicht, ihn nach seinem Ausbruch wieder einzufangen.

»Er hat doch keinen von Ihnen bedroht, oder?«

Die Wartenden fühlten sich durch das in sie gesetzte Vertrauen geschmeichelt und leugneten jedwede Bedrohung, auch wenn einige andeuteten, sie hätten einen gewissen Verdacht gehabt. Mr. Smith ließ durchblicken, er werde die Angelegenheit ins reine bringen, und verschwand in der Kabine, die nie für zwei gedacht war.

»Was hast du ihnen gesagt?« erkundigte sich der Alte Mann freundlich.

Mr. Smith nahm auf dem Schoß des Alten Mannes Platz.

»Ich sagte, du seist ein irrer Mörder.«

»Was?« Der Alte Mann wirkte schwer schockiert. »Und sie haben dir geglaubt?« fuhr er fort.

»Offensichtlich, sonst hätten sie mich nicht reingelassen. Hör mir jetzt genau zu. Wir haben keine Zeit zu verlieren. Du hast ungefähr zwanzig Fotos von dir gemacht. Jetzt bin ich dran. Wir brauchen sie nämlich für unsere Reisepässe.«

»Unsere was?«

»Vergiß es. Du mußt mir eben vertrauen, mehr nicht, da du so wild entschlossen bist, ohne Wunder zu verschwinden.«

»Wie kann ich jemandem vertrauen, der das Gerücht verbreitet, ich sei gemeingefährlich?«

»Gib mir eine Münze.«

»Ich habe mein ganzes Kleingeld verbraucht.«

»Wie kann ein Mensch nur so egoistisch sein?«

»Ich bin kein Mensch.«

»Ein Mensch, der vorgibt, ein Mensch zu sein!« Langsam verlor Mr. Smith die Geduld. »Hast du echte oder gefälschte Münzen benutzt?«

»Gefälschte«, sagte der Alte Mann kleinlaut.

»Dann kannst du mir ja wirklich noch eine machen.«

Der Alte Mann griff in seine Tasche und holte eine Münze heraus, zu neu, um echt auszusehen.

»Du machst Fortschritte«, lobte Mr. Smith. »Beweg dich jetzt nicht! Du hast äußerst unwirtliche Knie. Einen Moment lang nicht wackeln, sonst werde ich unscharf, und du mußt mich mit neuen Münzen versorgen, bis wir es schaffen. Eins, zwei, drei!«

Mr. Smith lächelte, wie er fand, gewinnend; ein rotes Licht blitzte grell auf, und der gesamte Apparat schien zu würgen.

»Gut.« Mr. Smith erhob sich, sein Unbehagen übertreibend. »Kämpf mit mir, während wir aufbrechen.«

»Ich habe nicht die Absicht, mit dir zu kämpfen«, stellte der Alte Mann klar.

Mr. Smith war außer sich. »Nach allem, was ich für dich getan habe«, fauchte er, »bist du nicht mal bereit, dich ein wenig zu verstellen, um meine Geschichte glaubhaft zu machen.«

»Nein, ich kann nicht«, sagte der Alte Mann, und es klang wie ein Schluchzen. »Es wäre weniger Verstellen als Lügen. Seit ich den Deckmantel der Sterblichkeit umgelegt habe, häufen sich die Notlügen. Ich ertrage es nicht länger. Es ist unter meiner Würde.«

Mr. Smith wurde schmerzhaft deutlich. »Mein Lieber, das bedeutet es eben, ein Mensch zu sein. Und um dies herauszufinden, mußtest du warten, bis du, in einen Fotoautomaten gesperrt, deine Grimassen unsterblich machtest!«

»Glaubst du wirklich, das Menschsein zieht Lügen nach sich?« fragte der Alte Mann.

»Du lerntest die Versuchung kennen, nicht wahr? Zum ersten Mal in deiner transzendentalen Laufbahn.«

»Versteh doch, ich hatte noch nie ein Foto von mir gesehen. Auf kosmischer Ebene bedarf es solcher kleinen Bestätigungen deiner Existenz nicht. Sieh nur.«

Und aus seinen geräumigen Gewändern zog der Alte Mann noch eine Reihe Fotos. Auf jedem der vier drückte er eine andere Emotion aus.

»Du bist aus der Kabine gegangen, um sie einzusammeln?« fragte Mr. Smith erstaunt.

»Da hat noch keiner gewartet. Ich habe noch mindestens ein Dutzend weitere. Ich bin hier, fast seit wir das Weiße ... den Präsidenten verlassen haben.«

»Und obwohl du in den Vereinigten Staaten wegen Falschmünzerei gesucht wirst, hast du in aller Ruhe ein paar lächerliche Vierteldollarmünzen erschaffen?«

»Ich schuf, was in den Schlitz paßte.«

»Eine Schande.«

Der Radau draußen nahm noch zu.

»Rechtsum!« Mr. Smith verdrehte den Arm des Alten Mannes und machte sich marschbereit.

»Du tust mir weh«, rief der Alte Mann.

»Lüg nicht!«

»Na schön, du tätest mir weh, wenn ich es spüren könnte.«

Sobald sie draußen waren, übertrieb Mr. Smith seine Schwierigkeiten, den Alten Mann festzuhalten.

»Würden Sie mir bitte die Fotos reichen?« bat Mr. Smith den ersten in der Reihe.

Der Mann warf einen Blick auf die Schnappschüsse des Alten Mannes, reichte sie Mr. Smith und murmelte: »Sie haben recht. Der hat nicht alle Tassen im Schrank.«

Mr. Smith bestätigte diese Feststellung mit hochgezogener Augenbraue. Man machte schon einiges mit.

Kaum waren sie im Freien, stellte sich Mr. Smith mit dem Rükken in eine Ecke der Betonfassade des Gebäudes.

»Stell dich vor mich hin«, befahl er dem Alten Mann.

»Was?«

»Als würde ich mich am Strand ausziehen.«

Der Alte Mann tat wie geheißen.

Blitzschnell tauchte Mr. Smith als Araber wieder auf, mit weißem Gewand und Burnus.

»Wer bist du jetzt?« fragte der Alte Mann verwirrt.

»Ali Bushiri, und du bist Amir El Hejjazi.«

»Was muß ich tun?«

»Gar nichts«, antwortete Mr. Smith, fischte eine Kopfbedekkung aus der Luft und setzte sie auf des Alten Mannes wallende Locken.

»Zum Glück können deine Gewänder als Dschellaba durchgehen. Du brauchst nur das hier. Und vielleicht noch eine Sonnenbrille.«

Diese entstand mit einer Handbewegung, und in Windeseile sahen die zwei einigermaßen echt aus.

»Wie hieß ich noch gleich?«

»Amir El Hejjazi.«

»Woher um alles in der Welt stammt dieser Name?«

»Aus dem Paß, den ich gestohlen habe. Schnell. Welches dieser scheußlichen Fotos schmeichelt deiner Eitelkeit?«

»Mir gefallen sie alle«, gab der Alte Mann zu, »aber ich habe auch keine Vergleichsmöglichkeit. Wähl du eins aus.«

»Dieses hier, und eins von meinen. Hilfst du, sie über die echten Fotos zu kleben?«

»Etwa so?«

»Und jetzt los. Wenn wir Glück haben, erwischen wir das Flugzeug auf den letzten Drücker.«

»Was ist mit Gepäck?«

»Überlaß das mir ...«

Die beiden verhüllten Männer betraten das British-Airways-Gebäude und eilten zu dem Concorde-Schalter.

»Unsere Bordkarten haben wir schon«, erläuterte Mr. Smith. »Wir mußten nach draußen und ein dringendes Ferngespräch führen.«

Die junge Frau gehörte zu der neuen Schicht.

Sie runzelte die Stirn.

»Merkwürdig. Die Sitze vierundzwanzig und fünfundzwanzig sind bereits vergeben. An zwei Herrschaften namens Friedenfeld. Wann waren Sie hier?«

»Vor nicht einmal zehn Minuten«, sagte Mr. Smith. »Unser Gepäck ist bereits aufgegeben.«

»War die Kollegin blond? Ziemlich mollig?«

»Mollig? Untersetzt, würde ich sagen.«

»Barbara, Barbara«, stöhnte die Neue. »Auf sie ist immer Verlaß, hab' ich recht?« sagte sie zu ihrer Nachbarin, dann lächelte sie Mr. Smith verlegen an. »Sie hat sich letzte Woche verlobt. Vielleicht liegt es daran.«

»Vielleicht.«

»Wären Sie mit vierundvierzig und dreiundvierzig in der zweiten Kabine einverstanden?«

»Solange das Flugziel London heißt.«

»Das will ich hoffen, von ganzem Herzen.«

Bald hatten Mr. Smith und der Alte Mann in der Concorde Platz genommen und stiegen beinahe lautlos und fast vertikal in die Höhe.

»Wie lange dauert es bis London?« fragte der Alte Mann. »Dreieinhalb Stunden, soviel ich weiß.«

»Das ist furchtbar langsam, oder?«

»Nach unseren Maßstäben schon«, gab Mr. Smith zu.

Der Alte Mann schaute aus dem Fenster, was für einen so korpulenten Mann wie ihn gar nicht so einfach war.

»Hier oben bin ich wirklich in meinem Element«, sagte er und fügte seufzend hinzu: »Ich bin beinahe versucht, hier auszusteigen, und das ganze unerfreuliche Abenteuer abzubrechen.«

»Wenn du das versuchst, kommt es zu einer Panik unter den Passagieren.«

»Natürlich würde mir nicht im Traum einfallen, so etwas zu tun. Hier auszusteigen käme dem Eingeständnis einer Niederlage gleich.«

»Und dazu bist du noch nicht bereit?«

Der Alte Mann antwortete nicht sofort. Mr. Smith ließ das Schweigen lange andauern, da es rasch eine eigene Beredtheit annahm.

»Bereust du, daß du gekommen bist?« brach der Alte Mann das Schweigen.

Mr. Smith lachte. »Kann man solch ein Erlebnis bereuen? Kaum. Ich kann nur die völlige Dekadenz beklagen, in die das Laster verfallen ist. Aus seiner Darbietung wurde jede Spur von Verschleierung entfernt. Das Vorspiel scheint man als Zeitverschwendung fallengelassen zu haben, dabei ist es das Maß der Zeit, ihre Richtschnur.«

»Du sprichst allein von deiner Disziplin, dem Laster.«

»Nein. Nein, mir scheint, als gelte das, was auf das Laster zutrifft, wie üblich für alles; ohne gesundes Laster keine gesunde Tugend. Beide ergänzen einander so wie wir uns, und keines profitiert von dem momentanen Ausfall des anderen. Im Gegenteil, beide steigen und fallen gemeinsam. Sie sind unteilbar. Wenn ich das sagen darf, ohne geschmacklos zu sein, es sind zwei Seiten einer Medaille.«

Der Alte Mann verstand zwar die Anspielung, beschloß aber, nicht darauf zu reagieren. Er begnügte sich lediglich mit einem stillen Lächeln und betrachtete die Wolken, die vorbeizukriechen schienen.

»Wir verlassen also die Vereinigten Staaten ohne einen einzigen Zaubertrick. Bist du zufrieden? Habe ich nicht ein kurzes Dankeschön verdient?«

»Nein«, entgegnete der Alte Mann. »Zugegeben, Zaubertricks gab es keine, aber ein gerüttelt Maß an List und Tücke. Daraus ergibt sich, daß ich zur Zeit Mr. El Hejjazi bin. Und was ist mit dem echten Mr. El Hejjazi, der sich nun in einem Land befindet, das sich oft genug feindselig gegenüber denjenigen zeigt, die sich unvermittelt ihrer Identität beraubt sehen? Und wer hat unsere Flugscheine bezahlt?«

Mr. Smith war außer sich. »Was für ein völliger Humbug!« kreischte er mit einer so unarabischen Stimme, daß sich einige dezent in teure westliche Kleidung gewandete Araber augenscheinlich unangenehm berührt nach einem solch seltsamen Vertreter ihrer Kultur und ihres Erbes umdrehten.

Der Alte Mann stupste Mr. Smith sogar in die Seite, doch das war überflüssig. Als er vermutete, daß sich alle Passagiere in Hörweite wieder um ihre eigenen Angelegenheiten kümmerten, redete Mr. Smith sehr leise und präzise, mit seinem teilnahmslosen Blick so wenig verratend wie ein Bauchredner.

»Hat man erst mal die Macht, Tricks zu vollbringen, wäre es dumm, diese Macht nicht zu nutzen. Es beweist gar nichts, wenn man versucht, nach menschlichen Regeln zu leben und zu arbeiten, was ohne Falschmünzerei, Diebstahl und völlige Verlogenheit unmöglich ist, wie wir bewiesen haben. Bisher haben wir nur etwas erfahren, weil unsere wahre Identität entdeckt wurde. Der Ranger und seine Frau priesen dich als das, was du bist, nicht etwa, weil sie sich durch dein lächerliches Inkognito hätten täuschen lassen. Der arme Psychiater mit seiner verlassenen Praxis schreibt unverständliche Botschaften auf sein Transparent, weil er auf diese Weise unsere Anwesenheit auf der Welt würdigen will, ohne übermäßige Feindseligkeiten zu erregen. Man behandelt ihn mit der harmlosen Irren vorbehaltenen relativen Toleranz, nicht mit dem Haß, der denen gilt, die es eigentlich besser wissen müßten. Alle anderen waren Muster an pharisäerhafter Beschränktheit. Je höher auf der gesellschaftlichen Leiter, desto krasser machte diese sich bemerkbar.«

Der Alte Mann verweigerte eine Antwort, in erster Linie, weil ihm kein Argument einfiel, mit dem er seinen Freund hätte widerlegen können, aber auch, um so zu tun, als schlafe er, ein Zeitvertreib, dem sich diejenigen bereitwillig hinzugeben schienen, die sich einen Concorde-Flug leisten konnten.

Mr. Smith ächzte. Er verstand die Motive und Verwirrtheit des Alten Mannes und wollte die Lage nicht noch verschlimmern. Statt dessen warf er einen Blick auf die britische Zeitung, die seit dem Start auf seinem Schoß lag, ein Geschenk der Fluggesellschaft.

»Ihr Milchmann könnte Gott sein«, brüllte die Schlagzeile.

Interessiert las Mr. Smith weiter, den Text zwischen den Fotos suchend. Die Hauptabbildung, die einen Großteil der Titelseite einnahm, zeigte einen Prälaten, der mit offenem Mund und romantisch zerzausten Haaren auf einen flegelhaft grinsenden Milchmann deutete, der eindeutig in das Bild kopiert worden war. Als Mr. Smith die Lektüre beendet hatte, stieß er den Alten Mann gutgelaunt an.

»Warum weckst du mich auf?« wollte dieser ein wenig wehleidig wissen.

»Weil du gar nicht geschlafen hast.«

Darauf ließ sich nichts entgegnen.

»Hör zu«, fuhr Mr. Smith fort, »dort müssen wir während unseres Londonaufenthalts unbedingt hin. Der Unterhaltungswert dieses Ortes scheint unübertroffen zu sein.«

»Und wo wäre das?«

»Die Synode der Anglikanischen Kirche, Westminster.«

»Was hat man dort vor?«

»Einer von ihnen, ein Bischof namens Dr. Buddle, behauptet, die Öffentlichkeit solle immer wachsam sein, da sich sogar der reguläre Milchmann als Gott entpuppen könne.«

Der Alte Mann setzte sich mit neu erwachtem Interesse auf. »Hundert Punkte, würde ich sagen. Doch wie haben die anderen reagiert?«

»Negativ, aber offenbar ist Dr. Buddle als Outsider bekannt.«

»Als was?«

»Ein amerikanisches Wort, das wohl soviel wie Rebell oder Einzelgänger bedeutet.«

»Was geschah dann?«

»Tumult. Der Primat der Anglikanischen Kirche, bekannt für seine unkonventionellen Ansichten, sah sich einer belustigten, aber neugierigen Presse gegenüber.«

»Belustigt. Warum belustigt?«

»Die Verwirrung der klerikalen Bruderschaft, die sich im schlammigen Morast von Metaphysik und Mystizismus suhlt, wird eine weitgehend agnostische Presse immer amüsieren ... welche dennoch jederzeit mehr als willens ist, frömmelnde Attitüden zu übernehmen, falls es notwendig wird.«

»Verstehe. Und was sagte der Primat?«

»Als ein Sohn Gottes habe Dr. Buddle ein Recht auf seine eigene Meinung. Als führendes Mitglied der Kirche hätte er in seiner Auswahl von Beispielen vielleicht ein wenig behutsamer sein können. Er habe nie so verstanden werden wollen, daß der Milchmann tatsächlich Gott *sei*. Jedenfalls gebe es nur einen Gott und viele Milchmänner. Er habe lediglich sagen wollen, es bestünde die Möglichkeit, der fragliche Milchmann könnte sich eventuell, unter nicht vorstellbaren Umständen, als Gott entpuppen. Jedenfalls hätte er dem Laien verdeutlichen müssen, wie gering die Wahrscheinlichkeit sei, daß ein Milchmann Gott sein könnte, wenn auch nicht völlig ausgeschlossen.«

»Eines Jesuiten würdig. Kein Wunder, daß der Mann Primat ist.«

»Sollen wir ihnen einen Besuch abstatten?« fragte Mr. Smith, nichts als Unfug im Kopf.

Der Alte Mann überlegte einen Moment. »Ich glaube nicht«, erwiderte er ein wenig traurig. »Das würde nur eine Kontroverse beenden, die mit ihrer angenehmen Absurdität die Nation erfreut. Was sollte auch unsere Anwesenheit im Church House beweisen? Daß er instinktiv recht gehabt hat, wird dem guten Dr. Buddle zu Kopf steigen, und dann sucht ihn illusionäre Unfehlbarkeit heim, deren Konsequenzen recht katastrophal sein könnten, während die Opposition mit dem dürftigen Argument, daß ich kein Milchmann sei, zum Gegenangriff übergeht, um zu beweisen, wie unverantwortlich und verbohrt Dr. Buddle ist. Mittlerweile werden beide Seiten Dr. Buddles Absicht, nämlich einfach nur zu sagen, daß Gott in der Lage ist, jederzeit in jeder nur möglichen Verkleidung aufzutauchen, mit Bedacht vergessen haben.«

»Warum gehst du nicht als Milchmann?«

»Das wäre das letzte, was ich täte. Warum Dr. Buddles Hirn mit dem Virus des Größenwahns infizieren? Und warum den Primat und die zweifelnden Thomase demütigen? Die Welt der Ideen kennt keinen größeren Feind als die unausweichliche Tatsache, so wie die Welt des Glaubens nichts Verderblichereres als das physische Erscheinen Gottes kennt. Die Juden haben das begriffen. Ehrfürchtig warten sie auf den Messias, in der hellseherischen Gewißheit, daß er nie erscheinen wird.«

»Was zum Teufel tun wir dann hier?« rief Mr. Smith.

»Wir sind um unseretwillen hier, nicht um ihretwillen«, fuhr ihn der Alte Mann überraschend heftig an.

Mr. Smith schloß halb die Augen. »Was auch immer geschieht, wir dürfen den körperlichen Kontakt nicht verlieren. Wir müssen uns jederzeit an den Händen halten können. Sie dürfen uns nicht trennen.«

»Warum sagst du das?«

»Daß wir um unseretwillen hier sind, macht es nicht unbedingt einfacher. Ich habe das Gefühl, wir werden immer weniger über unsere Zeit, über unsere Wünsche verfügen können.«

»Und wer wird uns bei unseren Entscheidungen beeinflussen? Das FBO?«

Mr. Smith verspürte weder den Wunsch noch die Neigung, solche Vermutungen zu bestätigen oder zu dementieren.

12

Ihre Ankunft im Flughafen Heathrow verlief rasch, sicher und ereignislos. Etliche Passagiere, die zum ersten Mal mit doppelter Schallgeschwindigkeit über den Atlantik befördert worden waren, konnten ihr Erstaunen gar nicht zügeln, während die gewohnheitsmäßigen Concorde-Flieger gelassene Geringschätzung demonstrierten, als sähen sich die Mitglieder eines exklusiven Clubs plötzlich mit einer Invasion von Außenseitern konfrontiert. Hatte da jemand Gäste mitgebracht? Der Alte Mann beschloß, die gleiche Abgehobenheit zur Schau zu tragen wie die Stammgäste. Er fand, er hätte die Strecke schneller zurücklegen können. Nur Mr. Smith gab sich konspirativ.

»Vergiß nicht, daß du Araber bist«, zischte er auf englisch.

»Warum redest du dann Englisch mit mir?« erkundigte sich der Alte Mann auf arabisch. »Bist du nicht auch Araber?«

Sie verließen das Flugzeug, wobei sie sich tief bückten, damit sie durch die winzige Tür paßten, und standen bald Schlange, um ihre Pässe vorzuzeigen. Es versteht sich, daß sie sich zunächst in einer falschen Reihe anstellten, bis sie zu dem Schluß kamen, daß Saudi-Arabien wohl doch kein Mitgliedsland der Europäischen Gemeinschaft war.

»Ein dummer Fehler von uns. Geschwindigkeit ist alles.«

»Ich folge dir bloß«, sagte der Alte Mann. »Amir El Hejjazi ist ein ganz alter und hilfloser Araber, der in allen Dingen sehr auf seinen Neffen angewiesen ist.«

Sogar Mr. Smith mußte lächeln.

Der britische Beamte nahm seinen Paß und schien ihn mittels eines außerhalb der Sichtweite von Passagieren stattfindenden geheimnisvollen Prozesses zu fotografieren.

»Sie sind Mr. Ali Bushiri?«

»Allerdings.«

»Und aus welchem Grund beabsichtigen Sie, das Vereinigte Königreich zu besuchen?«

Mr. Smith war auf diese Frage nicht vorbereitet und zögerte kurz.

»Ich bin Amir El Hejjazi«, behauptete der Alte Mann. »Ich bin hier wegen einer gründlichen medizinischen Vorsorgeuntersuchung.«

»Ah ja, Sir. Und wo soll die stattfinden?«

»In Sir Maurice McKilliwrays Privatklinik in Dorking. Er ist bereits glücklicher Besitzer einer umfangreichen Sammlung von Gegenständen, die ich zu seinem für Studenten unschätzbar wertvollen Handbuch des menschlichen Körpers beigesteuert habe. Gallensteine, Nierensteine ... das letzte Mal sagte er, ich bräuchte wohl eher einen Geologen als einen Chirurgen. Er hat jenen in den abgelegenen Gegenden Saudi-Arabiens so geschätzten makabren englischen Humor.«

»Tatsächlich?« sagte der Beamte der Einwanderungsbehörde, der seine Lippen ironisch spitzte und zittern ließ, ohne daß er dafür auch nur den geringsten Grund hätte angeben können.

»Ali Bushiri ist mein Neffe, auch wenn er gelegentlich älter wirkt als ich. Er ist der Sohn meiner betrauerten Schwester Aïsha, möge ihre Seele in einer himmlischen Oase ruhen, die beinahe doppelt so alt wie ich war, obwohl ich zugegebenermaßen gegen Ende aufholte. Er begleitet mich auf all meinen Vorsorgeuntersuchungen. Falls irgend etwas schiefgehen sollte, Sie verstehen.«

Da hinter ihnen immer noch ein paar Passagiere standen, die langsam ungeduldig wurden, winkte der Beamte sie durch, nicht ohne eine letzte Anmerkung: »Sieht so aus, als könnte Ihr Neffe eine Vorsorgeuntersuchung viel dringender gebrauchen als Sie.«

»Sagen Sie ihm das, sagen Sie ihm das!« jammerte der Alte Mann plötzlich mit glühender Intensität, die den Beamten beunruhigte, der schon den nächsten Paß in der Hand hielt.

»Betrachten Sie sich als informiert«, sagte er kurz angebunden zu Mr. Smith, der fatalistisch nickte und mit den Schultern zuckte.

»Was ist bloß mit dir los?« flüsterte er dem Alten Mann auf dem Weg zur Gepäckabgabe böse zu. »Solche Skrupel, was das Lügen betrifft, und plötzlich kennt er kein Halten mehr. Also wirklich, deine Schwester Aïsha, die in einer himmlischen Oase ruht.«

»Du weißt, daß ich mich nicht verkleiden wollte. Ich wußte, sobald ich es tat, würde sich die Lüge – oder eher: die Erfindungsgabe – wider mein besseres Wissen verselbständigen.« Im Blick des Alten Mannes flackerte fröhlich das Licht der Torheit. »Es entführt mich zurück zu den Anfängen, zu diesem Drang zu erschaffen. Vielleicht erinnerst du dich dunkel an einige meiner ersten Exzesse, bevor sich mein Gespür für Verhältnismäßigkeit zu der einzigartig kritischen Instanz entwickelt hatte, die später daraus wurde? Beispielsweise der Dodo, mit seinen klobigen Eiern – der konnte nun wirklich nicht überleben. Und die Dinosaurier und Brontosaurier, all jene Früchte meines frühen Größenwahns, eine Art bewegliche Tempel meines Egos. Sagte ich beweglich? Nun, mit knapper Not. Wahrscheinlich hast du nie eine meiner frühen Skizzen gesehen? Austern, die sich wie Menschen fortpflanzten. Der Entwurf war von vornherein fehlerhaft. Und der Prototyp eines Huhns konnte fliegen, wußtest du das? Hähne konnten krähend aus dem pechschwarzen Himmel hinabstürzen und weltweit Schlafende wekken. Eine schwerere Seuche als solch eine Schlaflosigkeit hätte die Menschheit nie befallen können. Tja, daß ich mich als Amir El Hejjazi verkleidete, rief mir all das wieder in Erinnerung, diese Experimentierfreude. Aber ich war doch nicht wirklich leichtsinnig, oder? Ich erfand nur eine tote Schwester, und damit kann man nicht viel falsch machen.«

Mr. Smith hörte nicht richtig zu, da sie schleunigst anderes erledigen mußten, und die nostalgischen Ergüsse des Alten Mannes wurden von genügend Seufzern und Ächzern unterbrochen, um ein wenig zusammenhanglos zu klingen.

Sie kamen in die Halle, wo das Gepäck auf ratternden Karussells angeliefert wurde, und Mr. Smith schnappte sich einen aus Lima und Mexiko-Stadt kommenden Matchbeutel.

»Brauche ich auch so etwas?« fragte der Alte Mann.

»Ich glaube, du solltest keinen stehlen. Eine deiner Frauen ist mit dem Gepäck schon vorgeflogen.«

»Aha.« Für den Alten Mann ging das alles zu schnell.

»Mr. Bushiri?« fragte im Zollbüro ein Beamter, dessen bleicher und zweifelhafter Teint seine Beschränkung auf Büros belegte.

»Ja?«

»Und zwar Mr. Ali Bushiri?«

»Ja.«

»Und Mr. Amir ... ich habe leider Probleme mit der Aussprache ...«

»El Hejja-azi«, half der Alte Mann.

»Ähem ... tja ... wenn Sie mir bitte folgen würden.«

»Weshalb?« fragte Mr. Smith.

»Mr. Goatley hätte sich gern mit Ihnen unterhalten.«

Er klopfte an die Tür eines kleinen Büros und winkte sie hinein. Mr. Goatley stellte sich als Leiter des Zollamts vor, außerdem seinen Stellvertreter, Mr. Rahman, einen Schwarzen. Er bot ihnen Stühle an.

»Wir sind ein wenig in Eile«, sagte Mr. Smith.

»Das tut mir leid.« Mr. Goatley musterte die Zimmerdecke, als hege er die vage Erwartung, daß sich von dort oben irgendwas materialisierte. Dann erschien unvermittelt auf seinem Gesicht ein verblüffend unaufrichtiges Lächeln und verdrehte seinen bleistiftdünnen Schnurrbart zu einer Stellung, die der Fünf-Uhr-Position auf einem Ziffernblatt ähnelte.

»Ob wir Ihrem Wunsch zu gehen nachkommen können, hängt doch wohl in erster Linie von Ihrer Bereitschaft ab, ein paar Fragen zu beantworten, nicht wahr?«

Mr. Rahman schien von einem servilen, aber lautlosen Gelächter geschüttelt zu werden.

»Nun denn, immer schön der Reihe nach«, fuhr Mr. Goatley fort. »Sie bestehen darauf, Mr. Bushiri zu sein?«

»Warum sollte ich nicht Mr. Bushiri sein?«

Mr. Goatley betrachtete ein vor ihm liegendes Blatt Papier. »Dürfte ich bitte Ihren Reisepaß sehen?«

»Wir haben unsere Pässe bereits gezeigt.«

»Dessen bin ich mir bewußt. Mir liegen Fotokopien davon vor. Jetzt würde ich sehr gern die richtigen Dokumente sehen.« Mr. Smith' Zögern bemerkend, fuhr er fort: »Man wird Ihnen ohnehin nicht gestatten, das Vereinigte Königreich zu betreten, ohne sie erneut vorzuzeigen.«

Mr. Smith und der Alte Mann rückten ohne große Begeisterung die Pässe heraus.

Mr. Goatley überprüfte sie genau, assistiert von Mr. Rahman, der auf etlichen Seiten gelegentlich mit dem Finger auf diverse Einzelheiten deutete, die zu Belustigung oder Unglauben Anlaß gaben.

Endlich ergriff Mr. Goatley das Wort.

»Gentlemen, haben Sie sich die Reisepässe genau angesehen, bevor Sie sie ... sich aneigneten?«

»Aneigneten? Was soll das heißen?«

»Uns liegt ein Telefax der Kollegen vom Flughafen Dulles vor, nach dem zwei auf die Namen Ali Bushiri sowie Amir El Hejjazi ausgestellte Reisepässe aus dem Saudia-Check-in-Schalter etwa eine Stunde vor Abflug der Concorde gestohlen wurden.«

»Das ist ungeheuerlich! Auf welcher Grundlage beruht Ihre Beschuldigung?«

»Auf der Tatsache, daß Mr. Bushiri und Mr. El Hejjazi nicht an ihrem verspäteten Flug nach Riad teilnehmen konnten und Zeter und Mordio schreien, da sie behaupten, sie hätten ihre Pässe am Saudia-Check-in-Schalter abgegeben. Sie nahmen an einer Gruppenreise teil, müssen Sie wissen.«

Mr. Smith' Ausdruck bekam etwas Verschlagenes.

»Ich bin der einzige Mr. Bushiri in meinem Bekanntenkreis«, verkündete er mit einer Ehrlichkeit, die zu pointiert war, um echt zu sein. »Wie kommen Sie darauf, daß nicht der andere Mr. Bushiri der Schwindler ist?«

»Nun, Sir, deshalb fragte ich ja, ob Sie sich die Reisepässe wirklich angesehen haben, bevor Sie sie benutzten. Hier steht, Sie seien sechsundzwanzig Jahre alt.«

Endlich zeigte sich Mr. Smith betroffen. »Ich bin schwer krank gewesen«, nuschelte er.

»Und die Tasche?«

»Gehört mir«, behauptete der Alte Mann großzügig. Mr. Smith brauchte Hilfe, das spürte er.

Mr. Rahman öffnete den Reißverschluß.

»Irgend etwas Interessantes?« fragte Mr. Goatley.

»Sechs Tennisschläger, Sir.«

»Sechs?«

»Alle in Zellophan verpackt. Eine Kollektion Sporthemden und Schweißbänder.«

»Und woher kam die Tasche?«

»Aus Lima in Peru.«

»Aha«, sagte Mr. Goatley. »Wie ich Ihrem Paß entnehme, sind Sie siebenundsechzig Jahre alt, Mr. El Hejjazi, was wohl nicht allzuweit daneben liegt. Daher vermute ich, daß Sie als Spieler am Seniorenwettbewerb in Wimbledon teilnehmen und kürzlich in Lima gespielt haben. Begeben Sie sich in Ihren Gewändern auf den Platz? Sind die nicht ein wenig hinderlich, vor allem in den Einzeln?«

Während er sprach, hatte er mit einer Schere an den Paßfotos herumgekratzt.

»Dachte ich mir, drunter sind die ursprünglichen Fotos. Ein junger, bärtiger Bursche ... und jemand, der wie Sie gekleidet ist, doch da endet die Ähnlichkeit. Tja. Was sollen wir mit Ihnen machen? Wollen Sie sich nicht alles von der Seele reden?«

Eine lange Pause entstand, während deren Mr. Smith und der Alte Mann unruhig von einem Fuß auf den anderen traten, wie Kinder, die man auf frischer Tat bei irgendeinem Streich ertappt hatte.

Nach einer Weile murmelte der Alte Mann: »Sie haben natürlich ganz recht. Es war ein dümmliches Unterfangen, für das wir weder physisch noch moralisch geeignet sind.«

»Sprich gefälligst für dich selbst!« sagte Mr. Smith, um dessen Zunge eine Flamme spielte, was die Zollbeamten einen Moment lang irritierte, ehe sie es als optische Täuschung abtaten. »Ich behaupte immer noch, daß ich Ali Bushiri bin und der andere Ali Bushiri ein Schwindler ist!«

Mr. Goatley lächelte, und sein Schnurrbart drehte sich. »Für die eventuell folgende Untersuchung nehme ich Ihre Behauptung auf Tonband auf. Sie haben doch hoffentlich nichts dagegen.«

»Dürfen wir jetzt gehen, wo wir uns alles, wie Sie es nennen, von der Seele geredet haben?« fragte der Alte Mann in seinem rührenden Glauben an die Unschuld im Menschen.

»So einfach ist das leider nicht. Sehen Sie, zufällig weiß ich, wer die beiden Gentlemen sind.«

»Ach ja?«

»Ja«, betonte Mr. Goatley taktvoll. »Sie, Sir, sind Gottvater, wohingegen der andere Herr, der sich als der echte Ali Bushiri bezeichnet, niemand anders als unser alter Freund Satan ist.«

Der Alte Mann war einfach sprachlos vor Freude.

»Endlich! Endlich! Das einfache Willkommen, nach dem ich mich gesehnt hatte. Keine Fisimatenten, keine Fanfaren. Nur ein höfliches Lächeln zur Begrüßung! Ich danke Ihnen, Sir. Ihre Reaktion auf unsere Anwesenheit werde ich stets in Ehren halten. Sie zeigt, daß die Alte Welt immer noch zu einer gewissen Objektivität fähig ist, welche in der Neuen Welt durch das rasante Vorrücken der Technik, des – wie hieß es doch gleich? –, des ›Know-hows‹ unter die Räder kam. Sie, Sir, haben dieses kostbare ›Weiß-nicht-wie‹ bewahrt, und dazu gratulieren wir Ihnen. Dürfen wir jetzt gehen? Wir haben viel zu tun.«

»Leider nicht«, bedauerte Mr. Goatley. »Jetzt, wo wir wissen, wer Sie sind, wollen wir Sie nicht so schnell ziehen lassen.«

»Das ist wohl schmeichelhaft« bemerkte der Alte Mann, »kommt aber ziemlich ungelegen. Können Sie sich nicht so recht vorstellen, daß Gott Arbeit zu erledigen hat?«

»Besonders in Gesellschaft des Teufels«, ergänzte Mr. Goatley nicht ohne Sarkasmus. »Darf man fragen, was Sie beide gemein haben könnten? Anders gesagt, welche Aufgaben bringen Sie zusammen? Korrigieren Sie Aufnahmeklausuren für Himmel oder Hölle?«

»Was haben wir beide gemein?« fragte der Alte Mann verdutzt. »Nur die Schöpfung, die Existenz, das Leben, die Materie, die Art...«

»Ich hatte mit der Schöpfung nichts zu schaffen. Ich weigere mich, dafür geradezustehen«, schaltete sich Mr. Smith engagiert ein, um gleich darauf in einen eher verbitterten, vertrauteren Ton zu verfallen. »Ich habe von deiner Naivität die Nase voll. Du bist so froh darüber, erkannt zu werden, daß sich deine Locken wie Kumuluswolken zusammengeballt haben und dein Bart vor Silber glitzert, wie von Lametta durchwirkt. Du strahlst vor Zufriedenheit, daß dich auf dieser großen weiten Welt nicht nur ein Irrer und ein Ranger bei deinem Namen genannt haben. Die anderen beiden sind auf die Knie gefallen. Warum tut das dieser Herr nicht?«

»Vielleicht ist er Atheist«, sagte der Alte Mann. »Das ist sein gutes Recht. Mir würde es auch schwerfallen, an mich zu glauben, wenn ich nicht sicher wäre, daß es mich gibt.«

»Merkst du denn gar nicht, daß ihn nicht simple Ehrfurcht zu seinem Verhalten bewogen hat?« fragte Mr. Smith. »Daß er sich über uns lustig macht?«

»Er macht sich lustig? Ist mir nicht aufgefallen.«

»Also schön, daß er uns Honig um den Bart schmiert, weil er uns für verrückt hält?«

Mr. Goatley roch Gefahr. »Verrückt auf gar keinen Fall«, sagte er unsicher, »lediglich ein wenig exzentrisch.«

»Exzentrisch?« Der Alte Mann war verwirrt.

»Wenn ich mich hinstelle, sehe ich auf seinem Schreibtisch unsere Fotos liegen, verkehrt herum«, rief Mr. Smith, »Fotos von dir und mir in dieser Kirche in Amerika, als du zum ersten Mal dachtest, man hätte deine wahre Natur erkannt!«

Mr. Goatley drückte einen Knopf auf seinem Schreibtisch.

»Sie drücken auf einen Knopf. Was jetzt? Nimm meine Hand!« schrie Mr. Smith dringend, mit einer Stimme wie zerreißender Kattun.

Die Tür öffnete sich, und zwei Männer betraten das winzige Büro.

»Darf ich Detective Inspector Pewter von der Sondereinheit Scotland Yard vorstellen und Lieutenant Burruff, CIA, von der US-Botschaft in London, der im Auftrag des FBI agiert«, sagte Mr. Goatley nun geschäftsmäßig.

»FBI?« fragte der Alte Mann. »Ist das nicht ...?«

»Das ist es«, antwortete Mr. Smith kurz.

»Wir sind im Besitz eines von Interpol ausgegestellten internationalen Haftbefehls«, sagte Pewter. »Sie sollen in Handschellen mit dem nächsten Flugzeug nach Washington zurückgebracht werden, wo Ihnen der Prozeß gemacht wird.«

»Auch wenn ich annehme, daß Ihnen die Anklagepunkte geläufig sind, werde ich sie Ihnen nun verlesen«, ergänzte der Mann von der Botschaft. »Sie wissen ja wohl, daß Sie gewisse Rechte haben, ich muß Sie aber warnen, daß alles, was Sie sagen, gegen Sie verwendet werden kann.«

»Einen Augenblick, bevor Sie uns der Qual Ihres offiziellen Gebrabbels unterziehen, verraten Sie uns eins: Werden wir von britischen oder amerikanischen Behörden festgenommen?« fragte Mr. Smith.

»Technisch gesehen werden Sie von den britischen Behörden auf Ersuchen der amerikanischen Behörden festgenommen«, erwiderte der britische Polizeibeamte. »Sie werden mit einer amerikanischen Fluggesellschaft zurückgeflogen. Sobald Sie das Flugzeug betreten, unterliegen Sie der Verantwortung der US-Behörden. Bis zu diesem Zeitpunkt fallen Sie unter unsere Zuständigkeit.«

»Sämtliche Anklagepunkte werden von den Amerikanern erhoben, dennoch spielen Sie den Büttel. Sind Sie schon so devot?«

»So funktioniert eben Interpol«, sagte Pewter. »In den meisten entwickelten Ländern liegt gegen Sie ein Haftbefehl vor. So kann auch ein britischer Krimineller in den Vereinigten Staaten verhaftet werden.«

»Was nicht ausschließt, daß einige britische Anklagepunkte zu den bereits bestehenden amerikanischen hinzukommen«, stellte Mr. Goatley fest. »Fälschung von Dokumenten beispielsweise, Fälschung von Flugtickets, Gepäckdiebstahl. Zweifellos gibt es noch mehr.«

»Lassen Sie mich das noch mal so wiederholen, daß ich es verstehe«, brüllte Mr. Smith mit einer Stimme wie ein Orkan. »Man schickt uns unter Bewachung zurück, damit wir wegen des ursprünglichen Vorwurfs der Falschmünzerei vor Gericht gestellt werden?«

»Falschmünzerei für den anderen Herrn, für Sie nur Mittäterschaft«, sagte der CIA-Mann.

»Sollen wir Ihnen nicht unser Ehrenwort geben, nicht zu verschwinden?« schrie Mr. Smith, der sich in einen Zustand regelrechter Raserei versetzte.

»Dazu komme ich noch«, schrie der CIA-Mann zurück und beugte sich über die auf dem Tisch liegenden Unterlagen, die der Wind fortzuwehen drohte.

»Zu spät!« brüllte Mr. Smith und nahm den Alten Mann bei der Hand, während der Sturm durch den begrenzten Platz tobte, den Wandkalender sowie das Farbfoto der Monarchin beiseite fegend. Alle nicht festgehaltenen Dokumente wirbelten wie Herbstlaub in die Höhe. Mr. Goatley schien es, als trommelten Elementarkräfte auf seine Augenlider ein, und das Atmen fiel ihm plötzlich schwer. Seiner Ausbildung eingedenk, begann der Mann von der CIA auf dem Höhepunkt der neuen Situation ausführlich und unverständlich die Anklagepunkte zu rufen.

Der Kassettenrecorder stand in Flammen, genau wie sämtliche Elektroinstallationen im Zimmer. Aus den beiden Reisepässen stieg Rauch auf, aus dem Schreibtisch ebenfalls. Die Tasche mit den Tennisschlägern knisterte und knackte.

Der Sturm verschwand so rasch, wie er gekommen war, und mit ihm Mr. Smith und der Alte Mann.

»Da verschwindet das Beweismaterial«, sagte Mr. Rahman und mühte sich mit einem Feuerlöscher ab.

»Genau wie unsere Klienten«, ergänzte Mr. Burruff und schmiß die Anklageschrift angewidert zu Boden.

»Das ist wirklich höchst vorschriftswidrig«, murrte Mr. Goatley, »und kaum näherten wir uns dem Höhepunkt ...«

»Ich sollte wohl besser der Fluggesellschaft mitteilen, daß nichts draus wird«, sagte Mr. Rahman.

»Eins sage ich Ihnen. Mir ist lieber, daß so etwas auf dem Boden passiert als in der Luft«, ergänzte Mr. Goatley, der seine Fassung schon halb wiedergewonnen hatte.

13

Es war ein Morgen mit außergewöhnlich gutem Wetter, ein glückseliger Morgen, so vollkommen wie irgend möglich. In gegenseitigem Einvernehmen landeten und materialisierten sie sich mit Hilfe der ihnen zur Verfügung stehenden Kommunikationsmittel auf hügeligem Boden in der Nähe von Sunningdale.

»Welch ein Morgen!« frohlockte der Alte Mann. »Dies ist der Entwurf meiner Schöpfung, getreulich umgesetzt. Die Welt, wie ich sie mir vorstellte, ehe die Elemente sich Freiheiten mit ihr herausgenommen haben und immer größere Autonomie beanspruchten.« Er atmete tief durch und schien die Jahrhunderte abzustreifen, während seine Augen vor Vergnügen glänzten.

»Ich gebe zu, es hat etwas, auch wenn ich nicht viel von Sonnenschein halte«, murrte Mr. Smith. »Wohin wollen wir jetzt?«

»Wir haben es doch nicht eilig, oder?« Der Alte Mann hoffte, seine gute Laune sei ansteckend.

»Nein, aber ich habe Besseres zu tun, als meinen chronischen Husten durch tiefes Einatmen zu verschlimmern. Ich mag Schatten, Mauern und Kamine.«

»Wie kannst du so etwas sagen, wenn wir ein solch paradiesisches kleines Fleckchen Erde wie dieses finden, was um so erstaunlicher ist, als es in einer weitgehend bebauten Gegend liegt? Überall Häuser, und trotzdem hier, was man für das beste Land weit und breit halten könnte, von saftigem Gras bedeckt, kultiviert, aber ganz und gar nicht ausgebeutet.«

»Sieht irgendwie pseudo aus.«

»Sieht wie aus?«

»Künstlich. Es sieht nicht echt aus. Und der kleine Teich da drüben – der wurde von Menschenhand angelegt, jede Wette.«

»Nein, nein. Ich zumindest erkenne doch wohl Natur, wenn ich sie finde.«

In diesem Moment tauchten am Horizont vier Personen in zwei kleinen, leisen Fahrzeugen auf. Sie waren kaum sichtbar geworden, als sie auch schon auf der Hügelkuppe zwischen einigen Bäumen mit irgendeiner obskuren Aktivität begannen.

»Was haben sie vor?« fragte Mr. Smith nervös.

»Wer?«

»Da drüben.«

Der Alte Mann hatte die Neuankömmlinge nicht bemerkt. »Oh, darüber würde ich mir keine Sorgen machen«, sagte er und fuhr fort: »Es wäre völlig unnatürlich, wenn sich bei solch einem Wetter nicht ein paar Leute im Freien aufhielten. Das muß hier sehr selten sein.«

»Sie mustern den Boden. Ob da gerade eine Verfolgungsjagd beginnt?«

»Was auch immer du tust, entwickle jetzt bitte keine Paranoia«, forderte ihn der Alte Mann beinahe streng auf. »Du hast nichts getan, dessen du dich schämen müßtest, und ...«

»Wie du weißt, werden wir beide verfolgt. Der Planet rückt uns immer dichter auf die Pelle. Wohin ich auch schaue, überall sehe ich Geheimagenten«, rief Mr. Smith fast im Flüsterton. »Warum glotzen diese Menschen so intensiv auf den Boden?«

»Wahrscheinlich pflanzen sie irgendwas.«

»Vielleicht haben sie eine Spur gefunden?«

»Da wir nicht dort oben waren, hat die Spur, wenn es denn eine ist, nichts mit uns zu tun. Es ist die falsche Spur.«

»Auch wenn es eine falsche Spur ist, sie führt diese Leute zu uns. Laß dir das gesagt sein.«

In dem Augenblick rief einer der Männer etwas in ihre Richtung und schwenkte seine Arme.

»Was habe ich dir gesagt?« stieß Mr. Smith heiser hervor.

»Nur nicht den Kopf verlieren«, empfahl der Alte Mann. »Wir begeben uns nach Moskau, in kleinen Etappen. Ich schlage den Sichtflug vor, um unsere Energie zu sparen ...«

»Im Sichtflug?« hakte Mr. Smith nach, als habe der Alte Mann den Verstand verloren.

»Wenn wir in einer vernünftigen Höhe fliegen, können wir nicht nur das herrliche Wetter und die großartige Landschaft genießen, sondern auch wichtige Energie sparen.«

»Wir werden dafür sorgen, daß jede Luftwaffe auf der Welt aufsteigt!« rief Mr. Smith.

»Falls erforderlich, können wir jederzeit unsichtbar werden, das weißt du so gut wie ich.«

»Solange wir es rechtzeitig tun«, murmelte Mr. Smith – doch plötzlich schrie er: »Paß auf!«

Der Alte Mann drehte sich rechtzeitig um und sah, wie ein kleiner weißer Ball in seine Richtung flog, der ein wenig in der Luft zu hängen schien, als sei er zu leicht, um den Erfordernissen der Schwerkraft zu gehorchen. Er fing ihn mit ausgestreckter Hand.

»Worauf haben sie gezielt? Auf uns?« fragte er verdutzt.

»Ein Stückchen hinter dir befindet sich ein kleines Loch mit einer Fahne drin.«

»Sie haben doch wohl nicht geglaubt, wir wollten uns mit ihrer Fahne aus dem Staub machen?«

»Keine Ahnung, aber das zeigt, wie leicht man überrascht werden kann, in eine Falle gerät. Es gefällt mir nicht. Es ist ein Omen.«

»Wenn der Ball mich getroffen hätte, hätte ich nichts gespürt«, erwiderte der Alte Mann störrisch.

»Ein kleiner Ball vielleicht nicht, aber ein Jagdbomber?«

Fröhlich warf der Alte Mann den Ball zurück, berechnete aber die Entfernung falsch, so daß er in den Teich fiel. Die Männer weiter hinten stießen ein gemeinsames Brüllen aus und liefen auf die Unsterblichen zu, speerartige Gegenstände schwenkend.

»Laß uns abhauen«, drängte der Alte Mann.

»Ich weiß, was es ist. Ein Spiel namens Golf.«

»Ich glaub's dir. Dies ist nicht die Zeit, die Regeln zu lernen.«

»Der Teich ist künstlich angelegt«, fauchte Mr. Smith.

»Wollen wir wetten?«

Sie starteten ihren perfekten Formationsflug und erhoben sich langsam in Richtung Ärmelkanal. Die Golfspieler blieben abrupt stehen, sprachlos angesichts zweier ältlicher Männer, von denen einer offenbar ein Nachthemd trug, die sich sanft über die Bäume erhoben, die Arme wie Flügel ausgebreitet. Zufällig waren die Golfer Oberste der Royal Air Force im Ruhestand, die sich in Bungalows bei Sunningdale ihrer Pensionierung erfreuten und deren Verblüffung ein bißchen gedämpft wurde, da sie die Feinheiten des Starts zu würdigen wußten.

»Bestimmt drehen sie hier in der Gegend einen Film«, vermutete einer.

»Was nicht erklärt, warum der Alte in Weiß meinen blöden Ball weggeworfen hat«, sagte der andere. Dann machte er einen neuen Vorschlag. »Angenommen, wir haben sie als einzige gesehen. Meint ihr nicht, jemand bei der Air Force sollte es erfahren?«

»Was schlägst du vor, Stanley?«

»Wir müssen das Spiel doch jetzt ohnehin von neuem beginnen, stimmt's? Ich gehe zurück ins Clubhaus und rufe einen Verantwortlichen an.«

Auf dem Rückweg den Hügel hinauf zu den elektrischen Golfautos und den Caddies sagte der Golfer, der sich zuerst zu Wort gemeldet hatte: »Was meint ihr, das waren keine Hexen auf dem Weg nach Stonehenge, oder?«

»Die brauchen Besen, stimmt's? Diese beiden hatten keinerlei sichtbaren Antrieb.«

Tatsächlich waren die zwei winzigen, aber zielstrebigen Punkte bereits auf den Radarschirmen des Flughafens Heathrow erschienen, bevor die Obersten Alarm schlugen. Die Meldungen besagten, zwei kleine Privatflugzeuge flögen in sehr niedriger Höhe gefährlich nahe zusammen, ohne Erlaubnis. Auf Funkanfragen nach Identifizierung war keine Reaktion erfolgt.

Als die beiden sich der Küste näherten, durchbrach ein Geräusch wie von einer riesigen Schar Wanderinsekten die herrliche Stille der Lüfte. Mr. Smith, dessen Gesicht vom Gegenwind schwammig verformt wurde, schaute sich mühsam um, sah aber nichts. Der Alte Mann, der viel gelassener war und wie immer die Höhe genoß, schaute plötzlich nach oben und sah über ihnen ein langsam fliegendes Flugzeug. Eine Tür ging auf, und ein Mann fiel heraus, dem rasch etliche andere folgten. Sie faßten sich an den Händen und bildeten ein Muster, eine Art stilisierte Schneeflocke.

Der Alte Mann drehte nach links ab, um den Männern auszuweichen, die wie ein Zelt in ihre Richtung fielen. Der beunruhigte Mr. Smith merkte, wie der Alte Mann bei seinem Manöver nach oben blickte, warf ebenfalls einen Blick nach oben und folgte sofort dem Beispiel seines Begleiters. Die lebende Schneeflocke fiel vielleicht einen Meter an ihnen vorbei, und der Alte Mann winkte den Neuen freundlich zu, doch der Anblick zweier alter Herren, die nicht wie jeder Sterbliche mit ein wenig Selbstachtung fielen, sondern sich ohne sichtbares Antriebsmittel in südlicher Richtung fortbewegten, verdarb den Sprung.

Daß die beiden während der Probe einer neuen und außergewöhnlichen aeronautischen Kunstform auftauchten, sorgte für neuerliche Bestürzung auf dem Boden. Zuerst dachten die Experten, zwei Fallschirmspringer hätten sich von der Sprunggruppe gelöst, doch als die Schneeflocke vollständig zustande kam, wurde klar, daß sich noch andere Kurzzeitgäste im Luftraum befanden. Das schwerfällige Flugzeug versuchte sogar, die unerwünschten Beobachter über dem Ärmelkanal aufzuspüren, wurde aber zurückgerufen.

Die britischen Behörden koordinierten ihre Informationen mit beispielhafter Effizienz und versuchten, die Franzosen zu warnen, aber letztere leisteten gerade Dienst nach Vorschrift, wozu ein Streik ihrer Fluglotsen gegen die Regierung gehörte. Der einzige diensthabende Lotse dachte, die Information über zwei fliegende Männer fortgeschrittenen Alters, die in zweihundertfünfzig Meter Höhe nach Calais unterwegs seien und beide von Interpol gesucht würden, sei entweder ein umständlicher Witz oder Symptom eines Nervenzusammenbruchs des Absenders.

Jedenfalls entdeckten UFO-Süchtige das seltsame Paar, und entlang ihrer Flugroute gab es eine Flut von Berichten über angebliche Außerirdische, die so weit fortgeschritten waren, daß sie für ihre Reisen keine fliegenden Untertassen mehr benötigten.

Die beiden überflogen das im Sonnenschein majestätisch glitzernde Paris. Die Stadt wirkte so verlockend mit ihrem Springbrunnen auf dem Place de la Concorde, der einen Diamantenregen in die Luft zu schicken schien, daß Mr. Smith den Flug verlangsamte und Anstalten machte zu landen, was der Alte Mann jedoch mit einer gebieterisch ablehnenden Kopfbewegung verhinderte, wobei er gleichzeitig nach oben deutete. Als Mr. Smith aufschaute, sah er Flugzeuge, die wie Hornissen über ihrem Nest summten, alle in unterschiedlichen Flughöhen, aber ausgesprochen bedrohlich wirkend. Sie alle drehten Warteschleifen, den Launen der Flugsicherung ausgeliefert.

Der Alte Mann drehte elegant in Richtung Osten ab, aber Mr. Smith zögerte, ihm zu folgen. Die Verlockung der Lichterstadt, deren Ruf – was das Entgegenkommen ihrer *grandes cocottes* betraf – nach Ewigkeitsmaßstäben noch nicht sehr veraltet war, überwältigte ihn plötzlich. Schließlich brauchte er ein Stimulans für die verlöschende Glut seiner Begeisterung. Er machte sich trotz der herrischen Gesten des Alten Mannes landefertig, der in einem Kilometer Entfernung ebenfalls eine Warteschleife drehte, darauf wartend, daß Mr. Smith ihm gehorchte.

Plötzlich spürte Mr. Smith einen orkanartigen Sturm hinter sich, verbunden mit einem Geräusch, als schlügen Teppiche auf seine Ohren. Als er nach unten sah, entdeckte er zu seinem Entsetzen, daß die Rotoren eines Hubschraubers auf ihn zukamen. Ihm gelang gerade noch, den Drehflügeln auszuweichen. Zwei Männer saßen in dem Hubschrauber, den die seitlich aufgemalten Buchstaben als Polizeieigentum auswiesen. Pilot und Beobachter bedeuteten Mr. Smith mit unmißverständlichen Gesten, er solle landen. Nichts wollte Mr. Smith lieber, jedoch nicht unter diesen Umständen. Die Polizisten öffneten sogar ein Fensterchen, um unverständliche Anweisungen zu brüllen. Sie stiegen höher, und aus ihrer Tür schlängelte sich eine Strickleiter.

Mr. Smith stieg ebenfalls höher, machte eine international bekannte, ablehnende obszöne Geste und beschleunigte, um sich zu dem Alten Mann zu gesellen, der die Rückkehr des verlorenen Sohnes mit müdem Kopfschütteln quittierte. Gemeinsam beschleunigten sie Richtung Rhein, den Hubschrauber samt baumelnder Leiter sowie Paris hinter sich zurücklassend.

Einmal deutete der Alte Mann südwärts, wo die Alpen im Sonnenschein glänzten, wie Schlagsahne auf einer weit entfernten Ansammlung von Gebäckstückchen. Mr. Smith tat, als zittere er vor Kälte, und der Alte Mann nickte lächelnd.

Sie überquerten die Grenze nach Deutschland und überflogen dichtbewachsene Weinberge und romantische Burgen. Der Alte Mann schlug eine leicht nordöstliche Flugrichtung ein. Das Land wurde flacher, doch das Grün wurde von zahlreichen Wäldern und gelegentlichen breiten Straßen unterbrochen, auf denen blitzende Autos mit verblüffender Geschwindigkeit fuhren, als würde ständig aus einer Tube Zahnpaste herausgedrückt. Über Berlin verloren die zwei an Höhe. Wie ein fauler Zahn starrte die Gedächtniskirche zu ihnen hinauf, das klaffende Loch mit Kanonenmetall gefüllt. Und etwas weiter saßen unerwartet zechende, Lieder singende Menschen auf einer Mauer. Der Alte Mann bedeutete Mr. Smith nachdrücklich, sich ihm anzuschließen. Gemeinsam näherten sie sich vorsichtig der Szenerie, sogar der Alte Mann hatte seiner Neugier nachgegeben.

Die Mauer war mit farbigen Schriftzügen und Bildern der Sorte bedeckt, die manchmal das unbewußte Genie von Geisteskranken verrät. Diese Art von Kunst schien zu der Stimmung der überall von Pappbechern und Flaschen umgebenen Picknickteilnehmer zu passen, die auf der Mauer und um sie herum lagen, Männer nackt bis zur Hüfte, aber oft mit Hüten und Hosenträgern, alle beharrlich und dissonant singend.

»Eigenartig«, rief der Alte Mann in Mr. Smith' Ohren, als sie über alldem schwebten. »Ich hatte immer gehört, die Deutschen seien so ein ordentliches Volk.«

Bei dem Versuch, das Ohr des Alten Mannes zu finden, grub Mr. Smith seine Nase in dessen weiße Locken. »Dies sind keine ordentlichen Zeiten.«

In diesem Moment bemerkte jemand das Paar in der Luft. Ein Ruf des Erstaunens stieg auf, und noch bevor er zu einem aufgeregten Raunen geworden war, waren einige Menschen von der Mauer gefallen oder geschubst worden.

»Komm schon«, rief der Alte Mann. »Höher steigen. Dieses Aufsehen hat uns gerade noch gefehlt.«

»Das ist dein verdammter Fehler«, brüllte Mr. Smith. »Wenn du schon landen willst, dann wenigstens in Paris.«

Sie flogen in ihrer gewohnten Höhe weiter, bis sie offenes Land erreichten. Sie sprachen nicht miteinander, und jeder schien die

Gegenwart des anderen zu ignorieren, bis dem Alten Mann schließlich eine Bewegung am Horizont auffiel. Er erkannte allerdings nicht, was das entfernte Flimmern bedeutete, bis die Sonnenstrahlen plötzlich mit gleißendem Funkeln von den Seitenflächen eines Jagdbombergeschwaders reflektiert wurden.

Der Alte Mann streckte hektisch den Arm aus und wedelte damit herum. Gleichzeitig verlor er dramatisch an Höhe.

Mr. Smith fluchte. »Entscheide dich endlich«, schrie er, verlor ebenfalls an Höhe und näherte sich dem Alten Mann.

Als sie sich an den Händen faßten, durchbrachen die Bomber, Kondensstreifen hinter sich zurücklassend, mit einer Reihe ohrenbetäubender Explosionen die Schallmauer.

»Was hab' ich dir gesagt?« brüllte Mr. Smith.

»Unsichtbar«, rief der Alte Mann, Mr. Smith' Hand ergreifend.

Beide verschwanden aus dem Blickfeld und von den Radarschirmen.

Einige Augenblicke später materialisierten sie sich in den weitläufigen Gärten des Kreml, prächtig selbst während einer der heiklen Jahreszeiten, die dieses Land auf die Beine stellen kann, Aprilschauer im Hochsommer, Unmengen ungeduldigen Schnees lange vor Herbstende. Jetzt schien die Sonne betörend, sprang von den goldenen Kuppeln gegen einen feindlichen schiefergrauen Himmel, und ein paar kurzlebige Regenbogen hockten in dem feuchten Dunst über der Moskwa aufeinander. Touristenströme, viele aus anderen Gegenden der Sowjetunion, liefen in trostlosen Massen vorüber, die Frauen hauptsächlich in grellen Blumenmustern, die Männer bemützt und in Sonntagsanzügen. Einige der Älteren beider Geschlechter trugen irgendwelche Orden oder Embleme; die hatten sie verliehen bekommen, oder sie versuchten wenigstens, diesen Eindruck zu vermitteln. Die Reise hierher schien zumindest eine Belohnung für Langlebigkeit zu sein.

Natürlich gab es auch ausländische Reisegruppen. Eine Frau ohne durchdringende Stimme stand neben der großen zersprungenen Glocke und schrie etwas in merkwürdigem Italienisch, während die Touristen den Versuch aufgegeben hatten, sie zu verstehen, sich allein umsahen und zu ihren eigenen Schlüssen kamen.

Einige Japaner bückten und verbeugten sich erstaunlich unterwürfig, Entschuldigungen und zerbrechliche Verbalkonstruktionen murmelnd, während sie das letzte Gramm Liebenswürdigkeit aus ihren Gesichtern quetschten. Fiel ihnen gerade nichts ein, fotografierten sie einander. Etwas Vergleichbares hatte der Alte Mann noch nie gesehen, und er war von diesem Verhalten wie gebannt.

»Habe ich all das auch geschaffen?« fragte er.

»Du hast geschaffen, was zu alldem führte«, antwortete Mr. Smith. »Es hat eine Evolution stattgefunden.«

»Woher kommen sie?«

»Aus Japan.«

»Da müssen wir hin.«

»Von mir aus, aber nicht jetzt.«

»Offenbar haben sie all ihre Feindseligkeiten, all ihre Komplexe zu der auserlesensten und, wie ich sagen muß, ermüdendsten Höflichkeit sublimiert. Ich könnte ihnen stundenlang zusehen und eine höchst ungewöhnliche Verärgerung entwickeln.«

»Kein Besuch auf diesem Planeten ist komplett, ohne Japan zu sehen, oder ohne einen Besuch bei den reichsten aller Sterblichen, die in selbstauferlegter Armut leben und es genießen, die ihnen zur Verfügung stehende gewaltige Macht zu leugnen.«

»Das ist wahrhaft kultiviert.«

»Was die Sublimierung von Aggression zu Höflichkeit betrifft, das war nicht immer so. Dann und wann vergaßen sie, höflich zu sein, beispielsweise bei ihrem Angriff auf Pearl Harbor.«

»Auf wen?«

»Nein, das war keine hilflose Maid, sondern ein Marinestützpunkt. Hör zu, wir sind aus einem ganz anderen Grund hier, nämlich um den Ersten Sekretär der Kommunistischen Partei der Sowjetunion aufzusuchen.«

»Oh.«

»Wenn wir uns weiter über Japan unterhalten, verwirrt dich das nur.«

»Ja, da magst du recht haben. Nur noch einen letzten Blick. Bitte.«

»Also schön.«

Während der Alte Mann einen letzten sehnsüchtigen Blick auf

die Japaner warf, versuchte Mr. Smith herauszubekommen, wo man den Ersten Sekretär finden konnte.

»Erstaunlich.« Der Alte Mann hatte sich wieder zu ihm gesellt. »Erzähl mir, was uns erwartet«, sagte er. »Natürlich weiß ich von Rußland, der Revolution, dem Mord an der Zarenfamilie, Hungersnot, Attentatsversuchen auf Lenin, dem Aufstieg Stalins, Krieg, aber von da an weiß ich nicht so recht weiter. Frieden vermutlich. Ach ja, und ein Mann in einer Kapsel umrundet die Erde. Daran erinnere ich mich genau. Es passierte zum ersten Mal und hat mich ziemlich schockiert. Inzwischen ist es natürlich eine Belästigung geworden, mit der ich mich abfinden muß. Diese Maschinen durchqueren meine Gesichtslinie so regelmäßig wie die Heiligen auf einer Domuhr. Einige dieser Burschen habe ich schwerelos am anderen Ende von Seilen hängen und Gymnastik machen sehen, wie große traurige Fische in einem Aquarium. Doch an die erste Kapsel kann ich mich deutlich erinnern, sie war nämlich klein, und die Aufschriften waren in kyrillischer Schrift.«

»Die erste war in Wirklichkeit eine amerikanische Kapsel, aber es war keiner drin.«

»Aha, die habe ich wohl für einen Meteoriten gehalten, oder für irgendein anderes der Millionen Partikel, die da draußen im Weltall eine ständigen Stoßverkehr veranstalten.«

Mittlerweile durchquerten sie die Flure des Kremls, dessen Türen sie größtenteils unverschlossen vorgefunden hatten und dessen Flure leer waren.

»Ich muß schon sagen, diese Wandgemälde sind einfach hervorragend, aber die Gewölbe sind so niedrig.«

»Das sollte eine servile Haltung bei den in die Räume Eintretenden bewirken, nicht zuletzt bei ausländischen Botschaftern.«

»Enorm, welches Gewicht einige Menschen derartig simplem Symbolismus im Lauf der Geschichte beimaßen. Wenn es ihnen schon nicht gelang, auf rechtmäßige Weise Ehrfurcht hervorzurufen, versuchten sie es mit architektonischen Krücken. Ich meine, Diktatoren haben eine Vorliebe für Balkone, hochgelegene Orte. Einige Herrscher sitzen in bequemen Sesseln an riesigen Schreibtischen und zwingen Besucher, eine weite Strecke zurückzulegen, um zu ihnen zu kommen, wo sie schließlich auf einer niedrigeren, weniger komfortablen Sitzgelegenheit Platz nehmen. Hier zwingt man sogar die Widerstrebenden, sich zu verbeugen.«

»Seltsam, daß dir so etwas auffällt statt einiger zentralen Ereignisse der neueren Geschichte.«

»Ich bemerke die meisten psychischen Launen der Menschheit. Sie interessieren mich. Sie sind typisch für das, was ich geschaffen habe. Auf sich gestellt, haben die Menschen jede Möglichkeit ausgeschöpft, einander mit allen ihnen zur Verfügung stehenen Mitteln übers Ohr zu hauen – von Krieg natürlich abgesehen. Krieg ist langweilig, jedenfalls für alle außer den Führern. Die beanspruchen den Ruhm, falls der Krieg erfolgreich war. Die anderen Menschen nehmen die Risiken auf sich, und die Schuld, falls er erfolglos war. Krieg ist nicht nur tragisch, sondern einfältig und gewöhnlich arg vorhersehbar. Andererseits ist es absolut faszinierend, wie die Menschen alles nur mögliche probieren, damit sie um einen Krieg herumkommen. Was die neuere Geschichte betrifft, das geht mir alles zu schnell. Vor nicht allzu langer Zeit warfen sich ehrgeizige Narren von Kirchtürmen, in der Überzeugung, fliegen zu können. Heute hängen sie in meiner Gesichtslinie und machen ihre einschläfernden Turnübungen. Wann und wo soll das enden?«

»Bevor es endet, werden sie sich eine Existenz ohne uns ausgedacht haben. In vielen Weltgegenden ist es schon soweit. Sie legen noch ein Lippenbekenntnis zu dir ab und geben vor, Angst vor mir zu haben, gewöhnen sich aber daran, daß die Gesellschaft außerhalb der Bürostunden permissiv ist und zu anderen Zeiten strikt naturwissenschaftlichen Gesetzen gehorcht. In ihrer Existenz spielt keiner von uns mehr eine Rolle. Jede Möglichkeit hatten wir vorausgesehen, nur Vernachlässigung nicht. Die der Vernachlässigung innewohnende Undankbarkeit ist schwer erträglich.«

Es gab eine Pause in ihren Träumereien, als sie sich tief bückten, um einen Raum zu betreten, der so verschwenderisch mit Gold ausgestattet war, daß sie die Augen zukneifen mußten, um sich an den Glanz zu gewöhnen.

»Früher war es anders«, sagte der Alte Mann betrübt. »Sieh dir doch die vielen Bilder von mir an, diese Unmengen Glorienscheine, die übertriebene Frömmigkeit. Und wo bleibst du bei alledem?« ergänzte er, als sich sein Schalk wieder meldete.

»Ich habe schon immer Herz und Schoß bewohnt ... ein doppelter Appell an die Sinne. Für diese Sorte Reklame habe ich keine Verwendung«, sagte Mr. Smith und zeigte geringschätzig auf die goldüberzogenen Wände. »Einen Glorienschein habe ich nur einmal benutzt, und zwar aus List. Verglichen mit dir gibt es bei mir praktisch keine laufenden Geschäftskosten.«

»Ja«, gab der Alte Mann zu, »deine Worte haben bewirkt, daß ich mir seltsam altmodisch und schwerfällig vorkomme. Doch da ist etwas dran. Unsterblichkeit bedeutet nicht ewige Jugend. Ein Unsterblicher altert wie alles andere auch. Die Frische der Anfänge läßt sich nicht beibehalten. Ich bin alt.«

Darauf erfolgte keine Antwort, was den Alten Mann zunächst verwunderte, dann irritierte.

»Keine Reaktion?«

»Ich bin deiner Meinung. Ich habe reagiert.«

Schweigend schritten sie durch andere Türen. Die Zimmer waren modern, sie stammten aus dem frühen neunzehnten Jahrhundert. In einem saß ein Mann an einem Tisch, doch er schlief. Auf seinem Schreibtisch standen Ablagekörbe, aus denen vergilbende Papiere quollen. Leise durchquerten sie den Raum, ohne ihn zu wecken. Plötzlich drängten sich auf dem Flur die Menschen, aber sie wirkten sehr reserviert und gar nicht neugierig. Sie schienen sich auf genau festgelegten Flugbahnen zu bewegen, mit niedergeschlagenen Augen, ihre Mienen ausdruckslos.

»In diesem Gebäudeteil wird wohl gearbeitet«, befand Mr. Smith, woraufhin Vorübergehende aufsahen, erstaunt, daß jemand gesprochen hatte, um dann ihren Schlafwandel wiederaufzunehmen. Am Ende des nächsten Flures befand sich eine Tür. Ein roter Teppich führte zu ihr. Sie war vielleicht ein wenig prächtiger als die anderen. Über ihr befand sich ein Stuckemblem, davor ein Soldat, der auf die altehrwürdige militärische Art verstohlen eine Zigarette rauchte, indem er sie in seiner hohlen Hand verbarg und bei jedem Zug leichte Verrenkungen vollführte. An der Wand, von einer Reißzwecke gehalten, hing die strenge Vorschrift, das Rauchverbot zu beachten, außerdem, als sei dies noch nicht Warnung genug, die Abbildung einer rot durchgestrichenen Zigarette in einem schwarzen Kreis.

Mr. Smith deutete auf die Tür. Der Soldat, der fast an dem Rauch in seinen Lungen erstickte, schlug sich mit der Faust an die Brust und platzte mit der Information heraus, hinter dieser Tür befände sich tatsächlich das Büro des »Parteisekretärs«.

Mr. Smith nickte und deutete so an, daß er gern weitergehen wolle. Der immer noch hustende Soldat tat die stumme Forderung mit einer Handbewegung ab. Mr. Smith trat, ohne anzuklopfen, ein, gefolgt von dem Alten Mann.

Der Erste Sekretär, ein angenehm aussehender, untersetzter Mann in einem nüchternen marineblauen Anzug, am Revers ein großer Ansteckknopf mit wehender roter Emaillefahne, saß an seinem Schreibtisch und unterschrieb einen Stapel Dokumente.

»Ich kümmere mich gleich um Sie«, sagte er in umgangssprachlichem Russisch, ohne aufzusehen.

Mr. Smith und der Alte Mann blieben respektvoll vor dem Schreibtisch stehen. Der Erste Sekretär setzte schwungvoll seine Unterschrift unter das letzte Dokument, dann schaute er freundlich lächelnd auf. Als er das Äußere seiner Besucher registrierte, verlor das Lächeln ein wenig von seinem Strahlen.

»Wer sind Sie?« fragte er.

Der Alte Mann traute seinen Ohren kaum. »Sie wollen wissen, wer wir sind?« hakte er nach.

»Habe ich kein Recht dazu, in meinem eigenen Büro?«

»Natürlich, natürlich. Wir kommen nur gerade aus Washington – aus dem Weißen ... Weißen Haus ... mit dem Präsidenten. Ihn interessierte überhaupt nicht, wer wir waren, sondern nur, wie wir hereinkommen konnten.«

»Ach, die da drüben haben diesen Sicherheitsfimmel. Wir hier verfolgen eine Politik der Offenheit, und der Kreml ist heutzutage voll von Leuten, die eigentlich gar kein Recht haben, hier zu sein, doch nach jahrhundertelanger hermetischer Geheimhaltung ist das eine angenehme und notwendige Veränderung, als lüfte man Bettlaken. Und doch, wir dürfen nicht vergessen, daß wir uns in Rußland befinden, einem Land hartnäckiger Traditionen. So gesehen könnte es für Sie viel schwieriger werden, hinauszukommen als herein, deshalb stelle ich Ihnen Dokumente aus, die Ihnen freies Geleit garantieren.«

»Sie selbst? Sie werden diese Dokumente selbst ausstellen?« fragte Mr. Smith ungläubig.

»Warum nicht? Ich habe die Nase voll von Leuten, für die gewisse Arbeiten unter ihrer Würde sind. In einem Land brüderlicher Ambitionen muß jeder bereit sein, alles zu tun, solange es nützlich ist. Nun denn, um Ihre *Laissez-passers* auszustellen, muß ich erfahren, wer Sie sind.«

»Damit fangen die Schwierigkeiten an«, sagte der Alte Mann.

»Warum?«

»Weil das, was ich zu erzählen habe, Leichtgläubigkeit erfordert. Wenigstens lassen unsere bisherigen Erfahrungen mich das annehmen.«

Der Erste Sekretär lächelte. »Wer könnten Sie wohl sein, um solche Reaktionen zu bewirken? Sie sind nicht zufällig Anastasia, die Zarentochter? Und der Bart ist nur eine plumpe Verkleidung?«

Der Alte Mann starrte den Ersten Sekretär an, mit der ganzen Ruhe und Gelassenheit, die er aufbieten konnte.

»Ich bin Gott«, sagte er.

Die Augen des Ersten Sekretärs verengten sich kurz, dann brach er in leises, ansteckendes Gelächter aus.

»Welch ein Witz, wenn es wahr wäre«, sagte er und fügte leise hinzu: »Wir haben lange genug gewartet, wie mir scheint. Wir waren sehr grob zu Gott, nach Jahrhunderten der Verehrung, die vielleicht zu heftig, zu irrational ausfiel. Eine gottlose Gesellschaft war die Konsequenz. Oh, sie war eigentlich nie gegen Gott gerichtet, sondern gegen die Hierarchie der Priesterschaft. Und es führte nirgendwohin, war nur negativ. Jetzt holen wir wieder die Ikonen aus ihren Verstecken. Meine Eltern waren gläubig. Ich bin es, ehrlich gesagt, nicht. Ich erkenne aber, wie nützlich der Glaube ist, und sei es nur der Glaube an sich selbst. Und wer weiß, vielleicht sind letzten Endes der Glaube an Gott und der Glaube an sich selbst ein und dasselbe, ohne daß man es auch nur merkt. Leider fehlt mir die Zeit, die Wahrheit Ihrer Behauptung zu ergründen, doch eins zeigt der bloße Augenschein: Sie sind beide alt.« Er machte eine weit ausholende Handbewegung. »Setzen Sie sich. Ruhen Sie sich aus!«

Mr. Smith und der Alte Mann nahmen gehorsam Platz, leicht verunsichert von dem Umgangston des Ersten Sekretärs, der sowohl offen als auch direkt zu sein schien, zugleich aber auch etwas Schlaues an sich hatte.

»Zuallererst«, verkündete der Erste Sekretär, »schreibe ich Ihnen Ihre Papiere aus. Nicht verlieren! In der Sowjetunion muß jeder Dokumente haben. Das war im Lauf der Geschichte immer so, sogar unter Iwan dem Schrecklichen, als kaum jemand lesen konnte. So zu tun, als könne man Dokumente lesen, war eine der beliebtesten Beschäftigungen jener Tage. Besonders vor anderen Leuten, die nicht lesen konnten. Das verlieh einem Menschen Prestige und gehörte zu den ersten russischen Selbstbetrügereien, die unser Erbe vergiftet haben.« Er begann, das Dokument zu schreiben. »Wie soll ich Sie nennen? Gott kann ich Sie nicht nennen. Das klänge auf jeden Fall anmaßend. Boguslawski.« (Das russische Wort für Gott ist *bog.*) »Swjatoslaw Iwanowitsch. Und Sie, mein Herr? Ich brauche Sie nicht zu fragen, wer Sie sind. Bereits Ihr Aussehen verrät Ihre Identität.«

»Tatsächlich?« fragte der überraschte Mr. Smith. »Im allgemeinen begründeten die Leute – die nicht glauben, daß wir beide echt sind – ihren Unglauben mit der Annahme, daß Gott sich niemals in Begleitung Satans sehen lassen würde.«

Der Erste Sekretär lachte angenehm. »Darf ich Ihre Aufmerksamkeit auf das alte russische Sprichwort lenken: ›Du sollst Gott preisen, aber den Teufel nicht vernachlässigen‹? Ich glaube, wir haben es immer so verstanden, daß die beiden sich in einer Art freundlichem Wettstreit um unsere Seelen befinden. Sie zu trennen fällt uns schwer. Und als Gott in Ungnade fiel, wurde der Teufel von keinem auch nur erwähnt, um ihm keinen unfairen Vorteil zu verschaffen. Ohnehin hatten wir Stalin. Wozu brauchten wir den Teufel? Der ersparte uns natürlich Ihre Anwesenheit.«

»Stalin hatte nichts mit mir zu tun«, widersprach Mr. Smith vehement. »Er war eine Art pragmatischer Irrer, für den die ihn Umgebenden nichts weiter als Fliegen auf einem Tischtuch waren, die man jederzeit plattmachen konnte. Um Menschen in Versuchung führen zu können, muß ich sie mehr respektieren als er!«

Der Erste Sekretär lächelte verschmitzt. »Wissen Sie, langsam glaube ich Ihnen. Komisch, daß es einem leichter fällt, an den Teufel zu glauben als an Gott.«

»Ach, das war schon immer so.« Der Alte Mann wischte es beiseite. »Der Teufel galt seit Menschengedenken als jemand, der sich weit mehr um die unmittelbaren menschlichen Bedürfnisse kümmert als Gott, der abstrakter, undefinierbarer ist, das liegt in der Natur der Sache. Daß dem so ist, ist mein eigener dummer Fehler. So habe ich es geregelt, und ich merke, wie sich diese Tatsache getreulich in unseren unterschiedlichen Charakteren widerspiegelt.«

»Also, Genosse Boguslawski, ich brauche Ihre Hilfe. Wie nennen wir Ihren Kollegen?«

»Chortidse ... Chortinian ... Chortmatow ...«, schlug der Alte Mann vor (*chort* ist das russische Wort für Teufel).

»Ich würde es vorziehen, diesmal sämtliche rassischen Anspielungen zu vermeiden. Nein, es soll russisch klingen, dann können sich alle anderen darüber auslassen. Und woher sollen Sie beide kommen? Vielleicht aus der autonomen Region Chirvino-Paparak. Gute Idee.« Und der Erste Sekretär schrieb, wobei er die Worte stumm mitsprach, um keinen Fehler zu machen.

»Gibt es diese autonome Region denn?« wollte der Alte Mann wissen.

»Natürlich nicht«, erwiderte der Erste Sekretär, »aber unser Land ist so riesengroß, daß es sie genausogut geben könnte, natürlich in Mittelasien. Wo man die Sorte Kleidung trägt, die Sie anhaben. Auf uralten Webstühlen selbst gefertigt. Bis auf Ihr T-Shirt, Genosse Chortkow, das Ihnen von dem Kulturattaché der Vereinigten Staaten überreicht wurde, der in Ihrer Region unbedingt Kontakte knüpfen wollte, aus Gründen, die man sich heute nicht mehr gern in Erinnerung ruft.«

»Und was machen wir mit diesen Dokumenten?« fragte Mr. Smith, als er seines in Empfang nahm und das andere an den Alten Mann weiterreichte.

»Die zeigen Sie auf Verlangen vor. Daß ich sie unterschrieben habe, bringt nicht nur Vorteile mit sich. Ich bin abwechselnd sehr beliebt und sehr unbeliebt, was von der Region und den aktuellen Ereignissen abhängt. Sehen Sie, im Verlauf der Geschichte waren wir immer eine sehr geschlossene Gesellschaft, was allein schon ein ständiges Mißtrauensvotum über die Fähigkeit der Menschen darstellt, für sich selbst zu denken. Das Analphabetentum wurde zugleich öffentlich beklagt und insgeheim gefördert. Von einigen Intellektuellen und ein paar aufgeklärten Großgrundbesitzern abgesehen, hielt niemand etwas vom Bauer, außer als Arbeitskraft. Dann kam die Revolution. Für die Massen brach die Morgenröte an. Einen schwindelerregenden Moment lang glaubten sie, ihre Zeit sei gekommen – was gewissermaßen zutraf. Der wichtigste ihrer Siege war der über das Analphabetentum. Auch wenn noch nicht alle verstanden, so konnten doch wenigstens fast alle lesen. Aber von diesen wenigen Jahren der Aufklärung abgesehen, ersetzte Stalin den Zaren durch eine nicht nur rücksichtslosere, sondern auch für die öffentliche Intelligenz weit weniger schmeichelhafte Autokratie. Jetzt, nach jahrhundertelangem Winterschlaf, haben wir es gewagt, die Menschen zu wecken. Wacht auf! haben wir sie ermahnt. Habt Meinungen, traut euch zu denken, zu handeln. Unsere Probleme rühren daher, daß viele von ihnen dazu noch nicht in der Lage sind. Sie wissen bestimmt, wie schwer einem nach einer einzigen Nacht mitten im Winter oft das Aufwachen fällt. Stellen Sie sich vor, diese Leute schlafen seit mehr als zehn Jahrhunderten. Sie sind mürrisch, klammern sich noch an der Vorstellung fest zu schlafen, obwohl sie jetzt unwiderruflich wach sind, und drehen sich im Bett auf die andere Seite, um den Zustand des Vergessens noch einmal kurz herbeizuführen. Zur Zeit durchleben wir diese Aufwachphase.«

»Was hat Sie bewogen, ein so gefährliches Experiment zu wagen?« fragte der Alte Mann fasziniert.

»Die Theoretiker der Revolution sprachen immer von einem Klassenkampf, den sich abrackernden Massen, von einem Konflikt gewaltiger anonymer Menschenmengen. Doch wenn man es recht bedenkt, ist das Individuum jederzeit wichtiger als die Masse, denn was ist die Masse anderes als Millionen von Individuen, die um der politischen Theorie willen ihre Persönlichkeit verloren haben? Doch jede Idee, ob gut oder schlecht, jede Erfindung, konstruktiv oder destruktiv, entstammt einem einzigen Geist, so gewiß, wie ein Embryo nur in einem einzigen Schoß zur Geburt heranreifen kann. Ideen und Erfindungen lassen sich zwar durch Komitees verändern, ruinieren, ja sogar verbessern, aber sie können nur das Geistesprodukt eines Individuums sein. Und es ist das Individuum, wie es sich in Eigenheiten oder Unterscheidungsmerkmalen manifestiert, das die Maßstäbe für jene anderen Individuen setzt, aus denen offenbar die Massen bestehen. Warum wir diese grundlegenden Veränderungen unserer Gesellschaft anstreben? Weil wir das Individuum wiederentdeckt haben.«

»Das ist uns natürlich nicht neu«, sagte Mr. Smith. »Wir haben uns von Anfang an nur mit Individuen beschäftigt. Es ist äußerst schwer, die Massen in Versuchung zu führen. Dafür brauche ich die Mithilfe eines besonders ruhigen Diktators, der meinen Wünschen gehorsam und ohne zu fragen nachkommt, während er seine Jünger scheinbar dominiert. Doch meine umwerfendsten Erfolge gelangen mir immer mit Individuen.«

»Meine auch!« warnte der Alte Mann. »Und mir sind keinerlei Fälle kollektiver Tugend bekannt. Nicht einer. Tugend ist eine viel zu persönliche Ware, um innerhalb von Gruppen oder Sekten geteilt zu werden, von Massen ganz zu schweigen. Aber lassen Sie mich sagen, wenn Sie, wie Sie erklären, das Individuum wiederentdeckt haben, dann ergibt sich daraus der Grund, weshalb es Ihnen nicht länger nötig erscheint, die Kirche zu verfolgen.«

»Genau«, lächelte der Erste Sekretär. »Ich gehe sogar noch weiter und sage, daß ich mit Ihnen spreche, als wären Sie Gott. Ich habe keine Ahnung, ob Sie es tatsächlich sind, und halte, ehrlich gesagt, meine Ansichten zu diesem Thema auch nicht für ungeheuer wichtig. Als jemand, der in dieser Gesellschaft aufgewachsen ist, empfinde ich automatisch Skepsis, was diese Möglichkeit betrifft. Doch wenn ich Sie mit dem Respekt behandele, der einem anderen Individuum gebührt, macht dies ein normales Gespräch möglich.«

Der Alte Mann fand die proletarische Offenheit des Ersten Sekretärs amüsant. »Sie haben Glück«, sagte er, »da ich in der Stimmung bin, himmlische Privilegien zu vernachlässigen und mit Menschen als Gleichberechtigten zu sprechen. Doch um auf Ihre Entdeckung, oder war es die *Wieder*entdeckung, des Individuums zurückzukommen – wie ist Ihnen dieses Konzept eigentlich abhanden gekommen?«

»Wissen Sie, was Winter ist?« fragte der Erste Sekretär langsam. »Damit meine ich nicht Schlittenglöckchen, heißen Grog oder den Weihnachtsmann ... ich meine den tiefen Winter der Seele. Düstere Himmel, düstere Gedanken, die Überdosis Wodka, man unternimmt alles, um den Geist rege zu halten. Im Januar, im Februar gibt es keinen Unterschied zwischen unserem Rußland, dem Stalins oder dem Boris Godunows. Erst im Frühling erkennt man den Unterschied. Das ganze Jahr über hatten wir uns dem Winter ergeben. Jetzt ermuntern wir uns, uns vom Frühling anstecken zu lassen. Aber wie können Sie solche Fragen stellen? Hat es nicht lange Phasen gegeben, in denen die für die Orthodoxie Verantwortlichen individuelle Reaktionen auf die einfachsten Dinge mißbilligten, weil sie darin die Machenschaften des Teufels sahen?«

Mr. Smith nickte hochzufrieden. »Es gab Zeiten, in denen ich mir überhaupt keine Mühe geben mußte. Sie sahen mich überall, besonders dort, wo ich gar nicht war. Aber ich möchte Sie nicht unterbrechen. Sie unterhalten mich ausgezeichnet.«

»Die Inquisition, die Exzesse der Missionare, auch heute noch, Fundamentalismus und die damit verbundene Beschränktheit, Bücher- und Menschenverbrennungen, die Hexenjagd auf das Individuum als Verräter an einer Wahrheit, so rigide und furchtbar, wie irgendeine andere, von der die Menschheit je versklavt wurde. Und da zeigen Sie sich überrascht, daß wir einmal, wenn auch für lange Zeit, einer Versuchung erlagen, was Sie so oft und verschiedentlich taten?«

»An dem, was Sie sagen, ist natürlich etwas dran«, gab der Alte Mann ernst zu. »Freiheit ist ein unverzichtbarer Teil des Glaubens. Wenn er dem Zwang entspringt, ist Glaube wertlos. Nur wenn er aus freier Wahl entspringt, auf eigener Vorliebe beruht, ist er von Wert.«

»Das gilt auch für die Sorte Glauben, für den ich einstehe«, sagte Mr. Smith mit der Würde eines Unterhändlers.

Der Erste Sekretär nickte mit so etwas wie pragmatischer Zufriedenheit. »Darf ich sagen, daß Gott und der Teufel die Prinzipien der Koexistenz bejahen?«

»Mein lieber Junge«, erwiderte der Alte Mann, »Satan und ich erfanden die Koexistenz, schon lange bevor ihr diese Formulierung benutzt habt. Wir mußten es tun. Die Alternative wäre eine Katastrophe.«

»Es ist sehr schmeichelhaft für uns, wenn man uns das Gefühl vermittelt, von so hohen Autoritäten wie Ihnen inspiriert worden zu sein. Und jetzt, meine Freunde, muß ich zu unserem neuen Parlament über die Frage wirtschaftlicher Reformen sprechen. Als Delegierte der autonomen Region Chirvino-Paparak, zwei Einwohner, sind Sie willkommen. Begleiten Sie mich und setzen Sie sich, wo Sie Platz finden. Hoffentlich werden Ihre Augen dadurch für die großen Veränderungen geöffnet, denen wir unterliegen.«

»Ich muß Sie allerdings warnen, daß wir sehr wenig von Ökonomie verstehen«, sagte der Alte Mann und erhob sich.

»Wenn das so ist, befinden Sie sich in sehr guter Gesellschaft«, lachte der Erste Sekretär.

»Sprich gefälligst für dich«, fauchte Mr. Smith. »Ich beschäftige mich einen Großteil meiner Zeit nebenher mit dem Markt. Dieser Bereich der Gesellschaft unterliegt am meisten meinem Einfluß.«

»Das glaube ich Ihnen gern«, gab der Erste Sekretär zu, als sie durch den Flur gingen. »Die Amerikaner haben das Gerücht verbreitet, wir seien pleite und Marxismus sei mit einem freien Markt nicht vereinbar. Da steckt ein Körnchen Wahrheit drin. Aber jedes System kann funktionieren, solange es nur persönliche Initiative zuläßt. Wir möchten herausfinden, ob man eine Gesellschaft aufbauen kann, in der Stolz ermutigt wird, ohne daß Habgier Unterstützung oder sogar Belohnung erfährt. Ist es möglich, einer Gesellschaft eine gewisse Moralität einzuimpfen, ohne darauf zu bestehen? Bisher haben wir Regeln durchgesetzt, die unseren Staat ineffizient machten, und je ineffizienter er wurde, desto lauter posaunten wir unseren Erfolg heraus. Welchen Erfolg? Lediglich den, solche idiotischen Regeln durchgesetzt zu haben. Das alles muß sich jetzt ändern. Jeder Bürger sollte für sich arbeiten, unter der Bedingung, daß es dem allgemeinen Guten dient.«

»Sie verlangen das Unmögliche«, bemerkte Mr. Smith.

»Aber ich werde mich begeistert mit dem Möglichen zufriedengeben«, sagte der Erste Sekretär.

»Da sind Sie ja!« rief ein junger Mann, der in die andere Richtung ging. »Sie werden ungeduldig. Man klatscht bereits langsam in die Hände. Sie sind wie Schulkinder, die mit ihren Löffeln gegen die Teller schlagen.«

»Gute Beschreibung«, knurrte der Erste Sekretär und beschleunigte seine Schritte. »Aber ehrlich gesagt ist das, was wir unterstützen wollen, genau das, was normale Politiker zu vermeiden versuchen: Unzufriedenheit, Ungeduld, Protest. Wer für eine Störung sorgt, wird beglückwünscht – zunächst einmal. Später? Wer weiß, wie lange unsere Geduld hält?«

Als sie um die Ecke bogen, sahen sie zwei miteinander kämpfende Männer. Einer war blutüberströmt. Sie fielen zu Boden. Beide waren recht formell gekleidet.

Der junge Mann, der den Ersten Sekretär abgeholt hatte, sprach mit ihnen: »Machen Sie bitte Platz für den Ersten Sekretär, Genossen. Differenzen sollten auf demokratische Weise beigelegt werden, im Gespräch.«

»Uns ist der Gesprächsstoff ausgegangen«, keuchte einer der beiden.

»Als Sie noch im Gespräch waren, worum drehte es sich da?« fragte der Erste Sekretär.

Nach einer Pause antwortete der blutigere der zwei: »Es fällt mir nicht mehr ein.«

Der Erste Sekretär lächelte und musterte beide durchdringend. »Sind Sie beide aus derselben Weltgegend?«

»Er ist aus Aserbeidschan«, sagte der Blutige.

»Und er ist aus Armenien«, sagte der andere.

»Na, dann ist es ja ein Wunder, daß es zwischen euch überhaupt zu einem Gespräch gekommen ist. Ich bin sehr erleichtert, daß ihr eure Differenzen untereinander ausgetragen habt. In diesen engen Korridoren hättet ihr euch problemlos in den Hinterhalt legen und über mich herfallen können.«

Er wartete, bis dieses Beispiel schulmeisterlicher Toleranz ins Bewußtsein gedrungen war, und sagte dann: »Arbeitet ihr beide hier?«

»Wir sind Delegierte, Genosse.«

»Na, dann habt ihr ja während der Bürostunden jede Menge Zeit, euch zu prügeln. Es wäre eine Schande, all eure Energien dort zu verschwenden, wo es an Publikum mangelt. Begleitet mich. Hast du ein Taschentuch, Genosse? Nein? Nimm bitte meins. Wenn ihr blutbedeckt den Kongreß betretet, wird irgendein westlicher Medienvertreter garantiert Gerüchte verbreiten, und ich verabscheue Gerüchte, vor allem, wenn sie zutreffen.«

Auf dem Weg in den Plenarsaal unterhielt sich der Erste Sekretär leise mit dem Alten Mann.

»Als Atheist bin ich wirklich nicht geeignet, um ethnische Agitatoren zu trennen. Manchmal ist ›ethnisch‹ nichts weiter als ein bequemes Etikett. Sehen Sie, der eine ist Christ, der andere Mohammedaner. Ihr Kommunismus reichte nie unter die Oberfläche. Um sie auseinanderzuhalten, sind Sie erforderlich.«

»Oder um sie zusammenzubringen?« sagte der Alte Mann. »Sind Sie auch Optimist, genau wie ich?«

»Da ich weiß, was für ein trauriger, verschwenderischer, dummer und widersprüchlicher Ort die Welt sein kann, ja, ich bin Optimist.«

»Was weiß ein Pessimist?«

»Gar nichts. Er findet die Irrtümer jeden Morgen von neuem heraus.«

Mr. Smith hielt es für angebracht einzugreifen. »Und wenn ich euch beide damit verärgere: Ich bin auch Optimist. Ich lebe in der Hoffnung, daß dies noch schlimmer wird, und alles, was euch zuwider ist, dient mir zur Inspiration.«

Der Alte Mann seufzte tief. »Hoffentlich haben wir nicht nur den Optimismus gemein«, sagte er.

14

Der Erste Sekretär begann seine vielfach unterbrochene Rede. Der Alte Mann und Mr. Smith saßen ganz hinten in dem riesigen Auditorium und kauerten sich hinter dem Meer aus Menschen zusammen, das sich vor ihnen erstreckte, bis hinunter zu den langen, geschwungenen Pulten, an denen ihnen gegenüber die führenden Politiker saßen.

»Wir sitzen in der Falle«, flüsterte Mr. Smith.

»Wieso?« flüsterte der Alte Mann erstaunt zurück.

»Wirst du schon sehen. Man wird uns auffordern zu reden. Siehst du uns nicht schon vor dir? Auf Zehenspitzen sind wir zwei auf die Erde zurückgekommen, beide inkognito und in der Hoffnung, von auserwählten Menschen im privaten Kreis erkannt zu werden, und jetzt sollen wir zu dem sowjetischen Parlament über das Thema ökonomische Schwierigkeiten in der autonomen Region Chirvino-Paparak sprechen, die nicht einmal existiert? Das sähe dem Ersten Sekretär, wie ich ihn bereits zu kennen glaube, ähnlich, eine solche Maßnahme zu ergreifen, um von den wahren Problemen abzulenken.«

»Falls das passieren sollte, ergreifst du selbstredend zuerst das Wort.«

»Warum ich?«

»Oh«, erwiderte der Alte Mann, dessen Mund schadenfroh zuckte, »du weißt über die Region weit besser Bescheid als ich. Du hast sämtliche Zahlen und Fakten parat. Eine solche Situation genießt du doch.«

Mr. Smith grinste angesichts der präzisen Einschätzung des Alten Mannes zufrieden, und sie lehnten sich kurz zurück, um der Debatte zu folgen.

Ein älterer General pries die Vorteile eines Einparteiensystems. »Wo wäre die Armee, wenn jeder einzelne seinen Neigungen folgen würde, statt Befehlen zu gehorchen?« fragte er.

»Zum Teufel mit der Armee. Dann wären die Jungs zu Hause bei ihren Eltern oder Liebsten, wo sie hingehören!« rief eine ordenbedeckte Delegierte.

»Warum bringt ihr die Armee zur Sprache? Wir sind nicht die Armee! Wir sind freigewählte Delegierte!« rief ein dünner Mann mit Bart und Kneifer, der – vielleicht nicht ganz unbeabsichtigt – eine gewisse Ähnlichkeit mit Trotzki aufwies.

»Die heldenhaften Toten der Revolution würden sich entsetzt aus ihren Gräbern erheben, wenn sie wüßten, daß das Einparteiensystem der Arbeiter und Bauern verraten wurde«, rief ein weiterer älterer Militär, der so großzügig mit Orden behängt war, daß er bei jedem Atmen oder Gestikulieren heftig klirrte.

Anschließend wurden Argumente beider Seiten zu Gehör gebracht; zu Gehör gebracht, aber natürlich nicht verstanden.

Der Erste Sekretär schlug wiederholt mit einem Hammer auf sein Pult, und langsam ließ der Lärm nach, bis er allmählich verebbte. Er sprach ruhig, voller Energie und in dem erkennbaren Bemühen, die Tür für so viele Meinungen wie möglich offenzuhalten. Die Delegierten hatten die Disziplin des vorigen Regimes geerbt und waren noch nicht den verhärteten Arterien und konditionierten Reflexen der Parteipolitik zum Opfer gefallen, da Meinung beinahe unweigerlich persönlich war und noch keinen anderen Zwängen unterworfen war als dem, sich klar zu äußern. Im Gegensatz zu anderen Parlamenten gab es keine organisierten Claqueure. Dazu war es zu früh. Es gab sogar eigenartige Momente stiller Reflexion, in denen niemand reden wollte.

Doch während sie in der Vergangenheit mit versteinerten Gesichtern dagesessen und andere Gedanken gedacht hatten, während die Seniorenheimbrigade alter Bolschewiken immer weiter die alte Leier abgespult hatte, wobei sie ihre uninspirierten Worte so zögernd vorlasen, daß selbst schiere Langeweile mit einem Gefühl der Unsicherheit erfüllt wurde, rutschten die Delegierten nun auf ihren Sitzplätzen herum oder drückten sonstwie ihren frustrierten Eifer aus einzugreifen.

Ein wie ein Akademiker aussehender Mann unterstrich den Eindruck dieser Versammlung als einer gefährlich nahe am Rande des Zusammenbruchs jeder Autorität stehenden Schule, als er von einer der Hinterbänke aus ein Papierflugzeug warf. Es segelte ruhig über die Köpfe, schien sogar geheimnisvollerweise an Höhe zu gewinnen, bis es seitlich abschmierte, eine Kurskorrektur vornahm und eine perfekte Landung in dem Seitengang hinlegte, zu Füßen des Podiums des Ersten Sekretärs. Am Anfang seines Fluges erregte es natürlich jedermanns Aufmerksamkeit und schaffte es, den Ersten Sekretär zum Schweigen zu bringen. Schweigend verfolgten die Delegierten seinen eleganten Flug. Als es schließlich landete, gab es mit Gelächter vermischten Beifall.

Der Erste Sekretär lächelte. Hatte ihm nicht bislang Gutmütigkeit den Sieg in jedem Konflikt eingetragen? »Würde sich der Witzbold bitte zu erkennen geben?« sagte er.

Der Akademiker erhob sich. »Ich bin kein Witzbold und hatte es noch nie nötig, nicht einmal in der Schule, zu solchen Methoden zu greifen, um Aufmerksamkeit zu erregen. Ich heiße Professor Iwan Feofilaktowitsch Gruschkow.«

Es gab sofort und lang anhaltenden Applaus, in den der Erste Sekretär pflichtschuldig einstimmte.

»Beruflich bin ich Flugzeugkonstrukteur, unter anderem der Jagdflugzeuge Grusch 21 und 24, des Transporters Grusch 64 sowie des Überschallpassagierflugzeugs Grusch 77, ein Prototyp.«

»Das brauchen Sie uns nicht zu erzählen«, rief der Erste Sekretär. »Das wissen wir.«

»Nun denn, verehrter Erster Sekretär, Sie werden mir vielleicht beipflichten, daß es nicht leicht ist, Ihre Aufmerksamkeit zu erlangen ...«

»Besonders, wenn ich selber rede!«

»Eine Tätigkeit, die Ihnen Spaß macht, was ich Ihnen nicht verübeln kann. Die Welt – und damit, per definitionem, die Sowjetunion – besteht aus einer Menge unterschiedlicher Leute. Nun, ich rede nicht so gern, außer zu streng wissenschaftlichen Themen, mit meinen Studenten oder Fachkollegen. Was zu dem Thema gehört, das ich anschneiden möchte. In der Verfassung unseres Vaterlandes steht eine Eigenheit, die, wie so vieles, was wir ertragen haben, auf dem Papier recht logisch aussieht, in der Praxis aber viel zu wünschen übrigläßt. Die Regierung, besonders die einer Partei, ehrte die besten Köpfe der Sowjetunion, indem sie ihnen den Status von Politikern verlieh. In anderen Ländern überläßt man die besten Köpfe sich selbst, und die Politik bleibt im allgemeinen in den Händen von Leuten, deren Qualifikationen sich in erster Linie auf das Hin und Her des politischen Lebens beschränkt, und die inzwischen, wenn man nach dem statistischen Verhältnis von Wählern zu Nichtwählern geht, weitgehend diskreditiert sind. Ich bin mir nicht sicher, ob die Lage in diesen Ländern besser wäre, wenn die besten Köpfe in solchen Kongressen zum Dienst gepreßt und gezwungen würden, ihre Zeit auf Kosten des Steuerzahlers zu vergeuden – denn, werter Genosse, die Zeit der besten Köpfe ist in jedem Land wichtig. Hier werden sie nicht nur gezwungen, sich Unmengen verbaler Theatralik anzuhören, der größte Teil zutiefst uninteressant, das Ergebnis wildwuchernden Ehrgeizes und ungenügend analysierten Nachdenkens, sondern man verweigert ihnen auch noch die Zeit, die sie am besten an ihren Labortischen, Reißbrettern oder in ihren Büros verbrächten, je nach Fachgebiet. Als ich heute hierherkam, war ich entschlossen, keine Zeit zu verschwenden und mir Argumente anzuhören, die ich weder verstehe noch respektiere, zu außerhalb meiner Kompetenz liegenden Themen. Folgerichtig konstruierte ich aus Tagesordnungen ein Modell des Überschallflugzeugs Grusch 77A mit revolutionärem Flügelbau, bei der im Flugzeugbau endlich neue Amalgame verwendet werden sollen. Ich registriere dankbar, daß sogar ein grobes, aus porösem Papier gefertigtes Modell, das sich unangenehm anfühlt, in der Stabilität und Formbarkeit große Qualitäten aufweist und daß die Landung, sogar auf einem Teppich, nahezu perfekt war.«

Seine Darlegung wurde von einem Beifallssturm begrüßt, Delegierte erhoben sich, als sei man an einem Meilenstein angekommen. Nach und nach erhoben sich alle, einschließlich des Ersten Sekretärs. Professor Gruschkow wartete, bis die Ordnung wiederhergestellt war. Dann winkte er der Versammlung zu.

»Es liegt nicht an mangelndem Respekt, wenn ich nun in meine Fabrik zurückgehe. Im Gegenteil, es ist überaus schmeichelhaft, bei dem weiteren Schicksal des Vaterlandes ein Wort mitreden zu dürfen. Da liegt aber auch das Problem. Hütet euch vor Ehren, die auf jene gehäuft werden, die sie verdienen. Wenn man ein Experte auf einem Gebiet ist, bedeutet das nicht automatisch, ein Experte auf allen Gebieten zu sein. Ich habe keine Ahnung von dem Thema der heutigen Debatte. Welchen Wert hat meine Stimme? Welchen Wert hat mein Ohr? Auch ich könnte mein Herz mit Orden bedekken, Genossen. Ich besitze viele, aber sie liegen zu Hause, in einer Schublade. Ich habe festgestellt, daß sie mein Anzugfutter zerreißen. Außerdem soll man mich um dessentwillen kennen, was ich heute noch bieten kann, nicht wegen eines Sammelsuriums vergangener Leistungen. Und mit dieser Bemerkung verabschiede ich mich. Würden Sie mich entschuldigen?«

Ein weiterer Beifallssturm begleitete seinen Abgang, gefolgt von sechs oder sieben Delegierten, die seinem Beispiel folgten. Der alte Militär rappelte sich auf, trotz des Gewichts seines Ordengehänges.

»Wenn Sie Ihre Orden verdient haben, ist es Ihre heilige Pflicht, sie zu tragen!« kreischte er, bis sein Protest unter dem Gewicht der lauter werdenden höhnischen Rufe begraben wurde, was sofort eine Reaktion aller rechten Konservativen und Ordensträger hervorrief, die rhythmisch zu klatschen begannen.

Der Erste Sekretär benutzte seinen Hammer und ergriff, als eine gewisse Ordnung wiederhergestellt war, das Wort.

»Es gibt zahlreiche Aspekte einer Verwaltung, die Überprüfung und Neuordnung verlangen. Es ist zu früh, um zu erklären, ob ich mit dem Genossen Akademiemitglied I.F. Gruschkow übereinstimme oder nicht, aber seine Methode, unsere Aufmerksamkeit auf seine Ausführungen zu lenken, war sowohl höchst originell, wie man erwarten durfte, als auch wirksam, was beweist, daß er, entgegen seiner Einwände, beträchtliche politische Fähigkeiten besitzt.«

Daraufhin gab es zustimmendes Gelächter, und der eine oder andere klatschte in die Hände. Viele meldeten sich zu Wort.

»Genosse Mehmedinow, ich würde Ihnen liebend gern das Mikrofon überlassen, muß Sie aber warnen, daß Sie sich selbst ein Bein stellen, wenn Sie wie beim letzten Mal darauf bestehen, auf usbekisch zu reden; wir alle gestehen Ihnen zwar das Recht auf Ihre eigene Sprache zu, können in diesem Forum aber keine Situation zulassen, in der die Reden in anderen Sprachen als Russisch nicht generell verstanden werden«, verkündete der Erste Sekretär.

Genosse Mehmedinow nahm schulterzuckend Platz, ein stillschweigendes Einverständnis, daß er den parlamentarischen Prozeß tatsächlich wieder auf usbekisch hatte verschleppen wollen. Es ertönten Bemerkungen und Zwischenrufe in den Sprachen praktisch aller Minoritäten der Sowjetunion.

»Als größter Bestandteil der Sowjetunion ist die russische Republik natürlich das Ziel diverser Anzüglichkeiten und Neckereien der kleineren Bestandteile. Wir ertragen diese ständigen Spötteleien mit lobenswertem Humor, ja sogar mit Verständnis ...«

»Sprechen-Sie-für-sich«-Zwischenrufe kamen aus den zu erwartenden Ecken.

»Es wird Zeit, daß wir wieder von Rußland sprechen!« brüllte der ordenbehängte Offizier. »Die Sowjetunion ist Rußland und sonst nichts!«

»Zur Ordnung! Zur Ordnung!« beharrte der Erste Sekretär. »Wir sind hier zusammengekommen, um über die Wirtschaft und über Heilungschancen für das Chaos in unserer Bürokratie zu sprechen, das die Ausmaße eines nationalen Notstandes angenommen hat. Trotz ... trotz der Dringlichkeit der Lage bleiben wir immer in diesem fruchtlosen Antagonismus stecken – ein Antagonismus zwischen integralen Bestandteilen unserer großen Föderation, die jahrelang in möglicherweise erzwungener ... in möglicherweise erzwungener Harmonie lebten und daher nie etwas zu den damals bereits existierenden Schwierigkeiten beitragen durften.« Der Erste Sekretär hatte Probleme, die Achtung für den Vorsitzenden wiederherzustellen. Häufig wurde seine Rede von gebrüllten unverständlichen Ausbrüchen und einzelnen Worten unterbrochen.

Der Alte Mann stieß Mr. Smith an. »Wenn ich mich nicht sehr irre ...«

»Unsinn.«

Der Blick des Ersten Sekretärs durchforstete die oberen Ränge des Auditoriums wie ein Flüchtende einfangender Scheinwerfer.

»Nun gut«, sagte er, »wenn Sie darauf bestehen, mir die Arbeit unmöglich zu machen, was nicht dafür spricht, daß Ihr Gespür für unsere gemeinsamen Interessen hochentwickelt ist, werde ich keinen von denen das Rederecht geben, die es sich gewohnheitsmäßig aneignen, als wäre es ein Recht, das ihnen aufgrund einer überlegenen Einstellung zustände, sondern einem Delegierten aus den abgelegeneren Gebieten unserer Nation, nämlich aus der autonomen Region Chirvino-Paparak.«

Den Ersten Sekretär beschlich eine düstere Vorahnung, als sich Mr. Smith statt des Alten Mannes erhob, doch sein Gesichtsausdruck verriet nichts davon, nur gebändigte Energie. Die Delegierten drehten sich um und musterten Mr. Smith, und sein Aussehen hatte etwas, das die Aufmerksamkeit fesselte.

»Genossen«, sagte Mr. Smith, »ohne weitere Vorreden überbringe ich euch die Grüße jener Einwohner der autonomen Region Chirvino-Paparak, die weniger privilegiert sind als wir.«

Hier folgte der vorgeschriebene Beifall, und der Alte Mann sah Mr. Smith anerkennend an.

»Natürlich haben wir die Demokratisierungsprozesse in der Sowjetunion mit großem Interesse und wachsendem Verantwortungsbewußtsein verfolgt. Sicher, wir hätten zu dieser hohen Versammlung in der Sprache des chirvinischen oder des paparakischen Volkes sprechen können. (Zufällig bin ich übrigens ein Chirvino, die zur Blässe neigen. Mein Kollege hier ist ein Paparak, die eher untersetzt und dick sind.) Historisch gesehen waren wir einander überaus feindlich gesinnt, standen moralisch und politisch für diametral entgegengesetzte Werte – weshalb Stalin in seinem unendlichen Zynismus uns in unserer erbärmlichen Heimat zusammenpferchte. Also, wie gesagt, wir könnten Sie weiter mit unseren Streitereien langweilen, und zwar in einer oder unseren beiden Muttersprachen. Dies werden wir nicht tun. Wir werden Russisch reden.« (Beifall.) »Unser gemeinsames Erscheinen hier könnte man als Beweis auslegen, daß Völker mit ganz unterschiedlichen Traditionen friedlich zusammenleben können.« (Stille bei den meisten Delegierten nationaler Minderheiten. Exzessiver Beifall von Russen, mit dem Ersten Sekretär ostentativ an der Spitze.) »Dies ist nicht der Fall.« (Stille bei den wie vom Donner gerührten

Russen, die sich offenbar verraten fühlten. Ausnehmend lautstarke Rufe von den Minderheiten.) »Die Differenzen zwischen den Chirvino und den Paparaks sind so lebendig wie eh und je, aber da wir an die Notwendigkeit der Koexistenz nicht nur zwischen Nationen, sondern auch zwischen Völkern glauben, haben wir eine manchmal brüchige, aber vernünftige Übereinkunft erzielt. Wir tolerieren einander nicht nur, sondern suchen gelegentlich die Gesellschaft der anderen zur, wie Sie es nennen würden, Interdependenz.« (Der Erste Sekretär erkannte eine ungewöhnliche rednerische Begabung und spendete Mr. Smith' Gedankengängen Beifall. Der Alte Mann jedoch, der Mr. Smith besser kannte, bemerkte eine leichte und beunruhigende Veränderung in Thema wie Art des Vortrags. Die Stimme wurde unmerklich härter, die pechschwarzen Augen fiebriger.)

»Nun denn, was ist uns an Ihnen aufgefallen, die Sie nach besseren Möglichkeiten suchen? Uns, die wir aus der schiefergrauen Steppe kommen? Sie haben ein überstürztes Rennen aus dem psychiatrischen Knast, in dem Sie jahrhundertelang gefangen waren, in die Anarchie Ihrer Träume begonnen.« (Besorgte Unruhe unter den Zuhörern.) »Ja, ob es Ihnen gefällt oder nicht, die in Ihren Träumen aufgezeigte Freiheit ist pure Anarchie, plötzlich fehlende Verantwortung für irgend etwas außer der Laune des Augenblicks. Der letzte Halt auf der Straße zur Anarchie ist der Bahnsteig namens Demokratie. Besitzt der Zug des Gedankens die Bremsen, um dort anzuhalten, oder stürzt er in den Abgrund, wo Logik nichts gilt, Loyalität nichts gilt, Hingebung nichts gilt?

Was wir in diesem Plenarsaal erleben, ist der Kampf zwischen Anarchie und Ordnung, zwischen genialer Improvisation und träger Unterwerfung, zwischen Rücksichtslosigkeit und Disziplin. Ich glaube nicht, daß Sie als System die Charakterstärke haben werden, zu wissen, wann Sie aufhören müssen.« (Mit Beifall vermischte Proteste.) »Aber warum machen Sie es sich selbst so schwer?«

Der Alte Mann merkte auf, als Mr. Smith' Stimme schneidend und schrill wurde, seine Augen hin und her huschten, als streife er seine Haut ab, wie eine Schlange, um eine Identität zu enthüllen, die man durchaus für seine echte halten konnte.

»Ich kann es nicht ändern«, krächzte Mr. Smith beiseite. »Mein wahres Ich schreit nach Selbstverwirklichung. Verdammt, ich bin nicht hier, um eurer kostbaren Vernunft zu dienen! Ich bin ... ich selbst!«

Wer häßlichen Tönen gegenüber empfindlich war, zuckte zusammen, und als Mr. Smith schließlich behauptete, er selbst zu sein, bekreuzigten sich zwei ängstliche ältere Delegierte ungenau und flüchtig.

»Ihr seid so trist!« rief Mr. Smith mit spöttischem Tonfall. »So puritanisch! So steif! Was hatte dieser Mönch für Spaß, dreckig wie ein Schweinestall, seine Haare stanken nach Fett, und er konnte sich die nackten Frauen aussuchen, in Lavendelwasser getaucht, jede Pore weiß wie Milch, gierig auf die Verderbtheit, die entsteht, wenn man der Natur ihren Lauf läßt!«

Viele Delegierte konnten sich diese unvermittelt vorgetragene, lasterhafte, in Nostalgie verpackte Auflistung kaum anhören, so unangenehm war Mr. Smith' Stimme. Der Erste Sekretär hämmerte auf den Tisch – vergebens.

»Nein, Sie unterbrechen mich nicht! Nicht, wenn ich euch an eure geheimen Traditionen erinnere, nicht die, von denen ihr mit sonoren Stimmen und klimpernden Orden sprecht – sondern an die wahren Traditionen dieses Landes der Horizonte: *ius primae noctis*, die Knute, Alkohol, Betrug, Käuflichkeit, Trägheit, Zaudern, Verlogenheit ... macht diese Dinge zu euren Verbündeten. Schon immer waren sie eine Kraft, nicht nur eine Schwäche! Selbst wenn es euch einen schlechten Ruf verlieh, so war diese Schlechtigkeit ein Zufall, hing von den Lastern anderer ab, von *ihren* Lügen, *ihrer* Heuchelei, *ihrer* Käuflichkeit! Die Persönlichkeit einer Nation reflektiert nur die Persönlichkeit der Welt, dazu ein wenig Lokalkolorit, ein ewiges Schlachtfeld für Böse und Gut. Habt ihr geglaubt, ich würde Gut und Böse sagen? Aber nein! Ich weiß, was wichtig ist!«

Es gab Zeichen von Krawall, Delegierte kämpften sich aus ihren Sitzreihen, um die Hand frei zu haben, andere hielten sich mit schmerzerfülltem Gesicht die Ohren zu, dazu, beharrlich wie ein Metronom, der Hammer.

Als Männer sich Mr. Smith näherten, bereit, ihn zu ergreifen, mit ihm zu kämpfen, erhob sich der Alte Mann und wirkte doppelt so groß, wie er wirklich war. Er übertönte Mr. Smith' irres Krächzen, der sich in einen bronchialen Anfall kurz vor dem Erbrechen zu flüchten schien. Russen hatten schon immer eine Schwäche für volle Baßstimmen gehabt, und nun meldete sich der Alte Mann zu Wort, so harmonisch wie viele Cellos, abwechselnd schmeichelnd und erdrückend. Für eine Weile kehrte in die mißtönende Versammlung der Frieden zurück.

»Ich werde Ihnen nicht verraten, wer ich bin. Das war nicht Zweck unseres Besuches. Daß ich mich gezwungen sah, wider besseres Wissen einzugreifen, als das Laster eine notwendige Ergänzung der Tugend genannt wurde, mag den Skeptikern als Fingerzeig dienen, wer ich bin. Ich glaube leidenschaftlich daran, daß das Gute letztlich triumphieren wird, selbst wenn ich zugebe, eine absurde Schwäche für das Risiko zu haben. Im Grunde meines Herzens bin ich vielleicht ein Spieler, aber nur, weil ich glaube, daß der Weg zum letzten Triumph notwendigerweise ein dorniger ist. In der Mühelosigkeit liegt keine Tugend. Drohendes Versagen ist die Würze, die die Früchte des Sieges begehrenswert machen. Verzeihen Sie uns, was Ihnen wie Überheblichkeit vorkommen mag. Denen unter Ihnen, die nur an sich selbst glauben – Ihnen, Herr Erster Sekretär – rate ich, sich umzudrehen, während wir aus Ihrer Mitte verschwinden ... übrigens nicht unbedingt in die autonome Region Chirvino-Paparak. Vergessen Sie nicht, daß Zweifel zum Fortschritt gehört und daß Gewissensbisse ein flüchtiger Blick auf Gott sind.«

»Ein flüchtiger Blick auf mich ist immer wohlfeil!« rief Mr. Smith.

»Halt den Mund«, befahl der Alte Mann inbrünstig, ergiff Mr. Smith bei der Hand, und ganz langsam wurden sie unsichtbar, der Alte Mann in eine Art bleierne Strahlung getaucht, Mr. Smith rot und flackernd.

Chaos brach aus. Einige Delegierte, besonders die aus abgelegenen Gegenden, fielen auf die Knie, bekreuzigten sich und küßten den Boden, als hätten sie im zwölften Jahrhundert einem Wunder beigewohnt. Zwischen anderen kam es zu Auseinandersetzungen, einige hielten beharrlich die Fahne des Atheismus hoch, andere waren psychischen Phänomenen gegenüber aufgeschlossener. Nach zehn Minuten war wieder so etwas wie Ruhe und Ordnung hergestellt. Der Erste Sekretär durfte das Wort ergreifen. Seine rationale und knappe Art hatte sich nicht verändert. Wenn man seine Zusammenfassung hörte, hätte man meinen können, es wäre nichts geschehen.

»Genossen, ich habe das Gefühl, ich schulde Ihnen einen Bericht über die Ereignisse dieses Vormittags, ohne allerdings in der Lage zu sein, Ihnen eine Erklärung zu liefern. Wie diese beiden Individuen mein Büro betraten, war fast so geheimnisvoll wie vor kurzem ihr Verschwinden aus unserer Mitte. Sie äußerten ihren Wunsch, mit mir zu sprechen, und der Alte Mann in Weiß erklärte, er sei Gott, eine Behauptung, die zu akzeptieren mir schwerfiel, da ich, wie die meisten Anwesenden, als Atheist aufgewachsen bin. Wenn man jedoch, rein theoretisch, kurzzeitig gewillt ist, die Wahrheit dieser Behauptung zu akzeptieren, mußte man die Phantasie nicht übermäßig beanspruchen, um sich vorzustellen, wer wohl der andere Herr sein mochte. Beide schienen – von diesem kontroversen Thema abgesehen – gebildet und relativ gut informiert zu sein. Und so äußerten sie den Wunsch, die Arbeit unseres Kongresses kennenzulernen. Aus diesem Grund sprach ich, im Einvernehmen mit unserer alten Tradition der Gastfreundschaft, ihnen gegenüber eine Einladung aus und stattete sie mit Dokumenten aus, die sie als Delegierte aus der autonomen Region Chirvino-Paparak auswiesen, die, möge Gott, so es ihn gibt, und meine lieben Genossen mir verzeihen, meiner Phantasie entsprungen ist. Eine solche Region existiert schlichtweg nicht.«

Das Gelächter schwoll mit der Erkenntnis an, daß den Anwesenden ein Streich gespielten worden war, der, wie es ein Delegierter formulierte, Gogols in *Die toten Seelen* würdig war.

»Machen Sie aus den Ereignissen dieses Vormittags, was Sie wollen, Genossen. Wer auf göttliche oder teuflische Eingriffe empfindlich reagiert, soll so reagieren, wie er will, wie es die Hysterischen und leicht zu Beeindruckenden im Lauf unserer langen und unruhigen Geschichte getan haben. Den Rationaleren möchte ich nur sagen, daß es in der heutigen Schlacht der Giganten keinen entscheidenden Sieg, keine endgültige Kapitulation gab. Wir sehen uns mit denselben Problemen, denselben Aussichten konfrontiert, die es gab, bevor unsere Sinne von dem einen erschüttert oder unsere Musikalität von dem anderen angesprochen wurden. Nichts, Genossen, hat sich verändert. Und deshalb machen wir nun eine frühe Mittagspause, in der wir Zeit haben, über die Ereignisse dieses Vormittags nachzudenken, und wir treten um Punkt vierzehn Uhr wieder zusammen, um über die ökonomische Situation zu debattieren, die uns erwartet, mit Schwergewicht auf der Produktion von Radieschen, sowie über die Pleite mehrerer Unternehmen, vor allem jener Fabrik in Semipalatinsk, die ihren Plan zur Herstellung von Türgriffen nicht erfüllt hat. Abweichungen von der Tagesordnung werden nicht geduldet.«

Gerade wollte er mit dem Hammer klopfen, als ihm der Außenminister einen Zettel zuschob. Er las ihn rasch.

»Man hat mich soeben informiert, daß der amerikanische Botschafter dem Außenministerium eine Nachricht des Inhalts zukommen ließ, die sich als Gott und Satan bezeichnenden Männer würden in den Vereinigten Staaten mit Haftbefehl gesucht, weil sie wegen Falschmünzerei und Widerstands gegen die Staatsgewalt durch Verschwinden angeklagt werden sollten.«

»Falschmünzerei? Holt sie zurück! Sie könnten uns helfen, unseren Mangel an harten Währungen zu beheben!« rief ein Delegierter; brüllendes Gelächter.

»Keine Blasphemie!« schrie ein anderer, der im Gang kniete und sich nachdrücklich bekreuzigte.

Der Hammer fiel, und es war Mittagessenszeit für alle.

Während der Mittagspause läuteten überall in der Sowjetunion die Glocken. Da nie jemand die Verantwortung für irgend etwas übernahm, gab auch niemand zu, den Befehl dazu erteilt zu haben. Daher vermutete man landesweit, daß sich die Glocken aus eigenem Entschluß in Schwingungen versetzt hatten; noch ein ungeklärtes Phänomen in dem bereits an Ungeklärtem und Unerklärlichem so reichen langen Gobelin russischer Geschichte.

15

Sie hatten Moskau zwar um die Mittagszeit verlassen, landeten aber erst nach Einbruch der Dunkelheit. Obwohl es eine finstere Nacht war, spürten sie, daß sie sich in einem Olivenhain befanden. Die Luft war warm, und sogar die Erde hatte sich nach der Tageshitze noch nicht abgekühlt. Wären sie mit einem Geruchssinn ausgestattet gewesen, hätte ihnen die Mischung aus Rosmarin und Thymian zugesagt, die an dem Ort ihrer Landung die Luft erfüllte.

»Warum haben wir so lange gebraucht?« fragte der Alte Mann beunruhigt.

»Sind wir auf einmal so langsam wie die Concorde?« gab Mr. Smith mit unheimlicher Stimme zurück.

»Zunächst mal, wo sind wir?«

»In Äquatornähe, soviel steht fest.«

»Warte, warte. Der Nachthimmel kommt mir bekannt vor. Die Sternbilder. Alle meine kleinen Wegweiser sind an ihrem Platz. Sieh mal! Da ist eine Sternschnuppe! Immer am Rande der Rebellion. Und wenn ich den Winkel bedenke, unter dem ich den Schutt der Schöpfung betrachte, würde ich uns nicht weit von Babylon ansiedeln. Im Weichbild von Ur in Chaldäa, eventuell. Vielleicht sogar Damaskus.«

»Sind wir etwa auf der Straße nach Damaskus? Hoffentlich nicht. Dort wärst du unerträglich. Würdest mir stundenlang deine Erinnerungen ins Ohr tröten.«

»Habe ich das jemals ...?«

»Nein, aber das wirst du ganz gewiß. Ich kenne dich. Du nimmermüder Propagandist für Hokuspokus, das dich in einem ansprechenden Licht erscheinen läßt. Denk doch nur an Moskau. Meine Stimme mit reiner Lautstärke übertönen. War das fair? Und all die unterschwellige Werbung von wegen Gewissensbissen! Also wirklich!«

»Ich muß darauf hinweisen, daß ich meine Stimme nicht mit voller Lautstärke einsetzen mußte, da du bereits an deiner anschaulichen Schilderung von Zechereien mit irren Mönchen und dergleichen beinahe erstickt wärst. Ich hatte nicht die Aufgabe, für mich zu werben, sondern die Ordnung wiederherzustellen. Sie glichen Betrunkenen, die man erst ausnüchtern mußte, ehe man sie auf die Straße lassen konnte. Ich tat, was nötig war. Doch viel mehr Sorgen macht mir, ob wir unsere Fähigkeit zu verschwinden einbüßen. Und was das Reisen betrifft, verlieren wir an Geschwindigkeit?«

Mr. Smith zuckte schroff mit den Schultern. »Frag mich nicht«, sagte er. »Du hast die Regeln aufgestellt, nach denen wir beide existieren. Dein Instinkt muß dir verraten, was möglich ist und was nicht. Es geht schließlich das Gerücht, du seist allmächtig. Wenn das zutrifft, läßt sich in dieser Existenz praktisch alles hinbiegen. Ganz gleich, welche Regeln du aufgestellt hast, du kannst sie immer hinbiegen.«

Der Alte Mann erwiderte mit verzweifelter Stimme: »Ich kann mich nicht erinnern. Ist das nicht furchtbar? Ich habe so was noch nie ausprobiert. Ich war zufrieden, wie eine Decke über der Welt zu liegen, mich in meinen eigenen beschaulichen Überlegungen zu diesem und jenem zu sonnen, je nach momentaner Stimmung zu lächeln oder finster dreinzuschauen, Wirbelstürme und Hitzwellen, Schneestürme und Windstille zu verursachen.« Plötzlich lächelte er. »Jetzt weiß ich, wo wir sind, und zwar auf den Punkt genau. Der Stern da drüben, der verschmitzt zu blinzeln scheint, steht an der für ihn vorgesehenen Stelle. Wir befinden uns im Lande Israel, irgendwo ein paar Kilometer nordöstlich von Bethlehem. Zwischen dort und Jericho, würde ich sagen.«

Mr. Smith knurrte. »Das bedeutet Ärger.«

»Ärger? Wieso? Die Römer sind weg.«

»Hör doch!« Aus der Entfernung drangen die unheilvollen Klänge einer Festlichkeit, fatalistisch-traurig gestimmte Musik, in einer bitteren Parodie von Freude herausgehämmert. Weit weg wurde in die Hände geklatscht, eine Art gedämpfte Ausgelassenheit.

»Ja, ich muß zugeben, dieser Lärm klingt ein wenig grimmig, als würde man von Menschen zum Tanz aufgefordert, deren choreographische Neigung von Natur aus eher begrenzt ist«, sagte der Alte Mann. »Was haben sie vor?«

»Der mißmutigen Musik nach zu urteilen, feiern sie irgendein frohes Ereignis. Ihre Milch gerinnt, sobald sie ausgegossen wird, die Tränen verwandeln sich in Salz. Alles ist vorherbestimmt. Was ist die Geburt anderes als der Anfang auf der Straße zum Tod?« sinnierte Mr. Smith.

»Laß uns ein Weilchen sinnieren, bevor wir hingehen und nachsehen«, schlug der Alte Mann vor.

»Ich bin einverstanden. Was gibt es für uns zu sehen, von so ziemlich allem abgesehen?«

Sie dachten einen Augenblick nach.

»Weißt du«, sagte der Alte Mann endlich, »es ist bedauerlich, daß ich Afrika nicht sehen werde.«

»Wieso bedauerlich? Warum siehst du es dir nicht an?«

»Ich muß ehrlich sein. Ich spüre meine nachlassenden Kräfte. Ich bin sehr überrascht und enttäuscht. Wie du hatte auch ich überall gehört, ich sei allmächtig, Gott, der Allmächtige, wie es wohl in einem alten Kirchenlied heißt, vorgetragen mit dem gleichen inspirierten Mangel an Musikalität, wie ihn sich die Cherubim im Laufe der Zeitalter zulegten. Tja, ich weiß nicht recht. Es ist eine Frage des Durchhaltevermögens. Als ich im Kreml versuchte, einen schnellen Abgang für uns zu organisieren, dauerte das Verschwinden plötzlich Stunden. Stunden ist natürlich übertrieben. Mindestens zweieinhalb Sekunden. Das hat es noch nie gegeben. Ich befürchte sehr, wir können uns den Luxus Afrika nicht leisten.«

»Du kannst doch im Geiste hin, oder?« fragte Mr. Smith.

»Selbstverständlich, aber das ist nicht dasselbe, wie deine Füße auf die nackte Erde zu stellen und darüber nachzudenken. Afrika ist übrigens der Kontinent, der uns am wenigsten überraschen würde. Er ist, so stelle ich mir vor, mehr als jeder andere so geblieben, wie wir ihn schufen.«

»Nett von dir, mich in die Schöpfung mit einzubeziehen. Aber ich will damit nichts zu tun haben. Dies war nie ein Entwurf, zu dem ich befragt worden wäre oder zu dem ich meine Zustimmung gegeben hätte.«

»Wie wichtigtuerisch du bist, nach der langen Zeit! Also, raus damit, was hättest du getan?«

»Es war nie meine Aufgabe, irgend etwas zu tun«, erwiderte Mr. Smith mit zwingender Logik. »Mein Auftrag, wenn ich ihn recht verstand, lautete, mit allen mir zur Verfügung stehenden Mitteln gegen deine Taten vorzugehen, was ich bis vor kurzem auch ganz gewissenhaft tat.«

»Bis vor kurzem?« hakte der Alte Mann besorgt nach.

»Nach dem anfänglichen Reiz wird das Böse ebenso absurd wie das Gute. Der Mensch wurde vor einiger Zeit erwachsen und kann, was meine Abteilung betrifft, problemlos sich selbst überlassen werden. Es ist ihm sogar gelungen, gewisse Dinge zu erfinden, auf die ich nie gekommen wäre, aus dem einfachen Grund, daß sie zu der Sorte Böses gehören, die einem keinerlei Befriedigung verschafft. Die Atomwaffe, so ziemlich das Böseste, das man sich vorstellen kann, ist alles andere als erotisch, und wenn dem Bösen der unerläßliche Kitzel fehlt, ist es ganz einfach unzulässig. Es gibt jene Personen minderer Intelligenz wie Premierminister und dergleichen, die von nuklearer Abschreckung sprechen, was ebenso scharfsinnig ist, wie Lärm Schlafabschreckung oder öffentliche Hinrichtungen Verbrechensabschreckung zu nennen. Erstens gibt es Leute, die sich von der Vorstellung eines auf ihre Köpfe gerichteten Abschreckungsmittels höchstens anregen lassen, und zweitens gibt es keine Abschreckung für den Wahnsinn, und wenn es eine gäbe, wäre es ganz gewiß nicht gesunder Menschenverstand.«

»Wem oder was verdanken wir plötzlich diese Gehässigkeiten gegen Atomwaffen?« erkundigte sich der Alte Mann taktvoll.

»Sie sind gegen meine Würde als Versucher. Sie sind sogar gegen meine Würde als berufsmäßiger Reisender. Sie sind, ganz offen gesagt, fürchterlich langweilig – wenn sie nicht benutzt werden, versteht sich. Erinnerst du dich noch, wie vor einem halben Jahrhundert die Sieger eine ganze Anklagebank voller Männer wegen Kriegsverbrechen zum Tode verurteilten?«

»Nicht besonders deutlich«, gab der Alte Mann zu.

»Man mußte zuerst die Regeln des Spiels erfinden, ehe man entschied, daß die Kriegsverbrecher es verloren hatten und man sie in einer Atmosphäre entrüsteter Pietät hängte. Wer als erstes eine

Atomwaffe einsetzt, sorgt dafür, daß einem diese alternden Männer wie straffällige Jugendliche vorkommen, und doch redet man ganz rational über die Möglichkeit atomarer Verteidigung ohne die Spur einer moralischen Attitüde. Dabei besteht kein Unterschied zwischen einer atomaren Verteidigung und einem atomaren Angriff. Das eine ist genauso blasphemisch wie das andere, doch in meiner Waffenkammer will ich mit diesen Monumenten menschlicher Dummheit nichts zu tun haben. Willst du sie?«

»Gewiß nicht. Man könnte sie nie auch nur mit dem Anschein einer moralischen Absicht versehen. Ich lehne sie als Fluch ab.«

»Siehst du!« rief Mr. Smith. »Die Menschheit verschwindet aus unserem vertrauten Schlachtfeld, wo einzelne Seelen von uns beiden beansprucht oder verworfen werden. Sie haben uns beiden unbekannte, ungeahnte, unvorstellbare Laster erfunden. Laster, die nicht nur ihre Phantasie übersteigen, sondern denen es, was weit schlimmer ist, gelingt, sogar unsere zu übersteigen!«

»Und?« fragte langsam der Alte Mann, der der Wahrheit ins Auge blicken wollte, wie auch immer sie aussehen mochte.

»Und? Wir sind Luxus, den sich eine Welt im raschen Umbruch nicht mehr leisten kann. Man konnte ja nicht erwarten, daß du *alles* voraussiehst. Sie sind uns entwachsen.«

»Aber der Ranger...«

»Ein Einzelfall. Er kann sich die Reinheit seines Glaubens, die Heiligkeit seiner Familie leisten, weil er von der Gesellschaft entrückt lebt. Er hat sich für eine mönchische Isolation entschieden und sie auch gefunden. Er braucht den Ablauf der Zeit nicht zu erkennen, dort oben auf seinem Berg. Er besitzt das kostbarste Geschenk, das den Menschen noch geblieben ist – Distanz.«

»Und Dr. Kleingeld, der Psychiater?«

»Er war sein Leben lang dem Wahnsinn so nahe und hat so viel Geld damit verdient, daß er lediglich eine Schuld zurückzahlt, die er bei seinen Mitmenschen hat, indem er mit seinem herrlichen, sein Vertrauen in uns ausdrückenden Transparent die Polizei vor dem Weißen Haus quält.«

»Vielleicht. Und der englische Theologe, der bereit ist, sich vor dem Milchmann in den Staub zu werfen?«

»Oh, seit sie sich von Rom getrennt haben, sind englische Theologen schon immer wilde Exzentriker. Von dem Freiheitstaumel nach dem Abschütteln dieses Jochs haben sie sich nie richtig erholt. Ihre Äußerungen zu ernst zu nehmen wäre gefährlich. Übrigens erwarten sie das gar nicht.«

»Aber wo wir auch immer waren, habe ich Kirchen, Moscheen, Synagogen und Tempel gesehen. Nun ja, gesehen ... ihre Existenz gespürt.«

»Lippenbekenntnisse gehören immer noch zu den bedeutendsten Wirtschaftszweigen der Menschheit. Schon durch seine Position sieht sich der amerikanische Präsident gezwungen, in regelmäßigen Abständen an Andachten teilzunehmen. Dann schließt er fromm die Augen, überlegt aber vielleicht nur, wann es weise wäre, sie wieder zu öffnen. Da dies ein freies Land ist, werden wir die Wahrheit nie erfahren. Weltweit wird dein Name angerufen, damit du Zeuge von diesem oder jenem wirst, Menschen schwören in deinem Namen, töten einander, weil einer oder mehrere von ihnen dich offenbar beleidigt haben. Du bist immer noch ein Maßstab, an dem man alle Werte öffentlich mißt, aber was macht das privat schon aus? Immer weniger. Immer weniger.«

»Du zeichnest ein niederschmetterndes Bild«, sagte der Alte Mann und seufzte so schwer, daß die silbrigen Blätter an den Olivenbäumen das wenige verbliebene Licht einfingen, an ihren Ästen zitterten und den Seufzer an andere Bäume in der Dunkelheit weitergaben.

»Wegen Afrika verspüre ich noch immer diffuse Schuldgefühle«, sagte er plötzlich, begierig, das Thema zu wechseln.

»Afrika?«

»Ja. Ich frage mich, ob ich ihnen eine Chance gab, ob ich mein Werk beendet habe, wie ich es hätte tun sollen, oder den Kontinent nicht ein wenig zu sehr sich selbst überlassen habe.«

»Glaube ich nicht«, grübelte Mr. Smith. »Dort gibt es großartige Landschaften, herrliche Tiere.«

»Das genügt nicht. Es fehlte das Nötige, um ohne Hilfe voranzukommen, und dies ließ all die seltsamen Haltungen des Menschen gegenüber dem Menschen entstehen, Einschätzungen, die nicht nach Qualität oder Tugend vorgenommen wurden, sondern nach Hautfarbe und dem Glauben, dunkler gefärbte Menschen seien Naturkinder, die nie erwachsen würden.«

»Das ist weitgehend Vergangenheit, und im nachhinein läßt sich dagegen absolut nichts unternehmen. Wenn du dich jetzt dorthin begibst, erreichst du gar nichts. Wenn deine Kraft wirklich nachläßt, wie du sagst, solltest du wie ein Politiker lieber jene Wahlkreise aufsuchen, wo du einer Mehrheit sicher sein kannst.«

»Jetzt kommt bestimmt eine schlimme Ketzerei«, murmelte der Alte Mann und fuhr fort: »Beispielsweise?«

»Beispielsweise Rom«, sagte Mr. Smith, die Lippen zu einer barocken Miene des Hohns geschürzt.

»Sieht dir ähnlich, solch beunruhigende Gedanken zu formulieren. Warum Rom? Warum nicht Mekka? Oder die Ufer des Ganges? Oder Lhasa?«

»In Mekka begibst du dich in schwere Gefahr an Leib und Leben, wenn du die blasphemische Behauptung aufstellst, der zu sein, der du bist.«

»Aber, mein lieber Junge, ich bin, wer ich bin, und wenn ich eins zutiefst bedaure, dann daß ich gegen jedes Leid immun bin.«

»Du magst immun sein, aber es wird ihnen trotzdem gelingen, dich zu verletzen. Dort ist man zwar süchtig nach Toleranz und einer wunderschönen Form von Glauben, aber einige gehören zu den notorischsten religiösen Fanatikern des Planeten, die weder Veränderung noch die winzigste Variante ihrer Version von Wahrheit dulden. Ich weiß es. Man kann sie praktisch nicht in Versuchung führen, und es ist so anstrengend, sie in Versuchung zu führen, daß der Versuch nicht lohnt. Nichts als blitzende Augen und keinerlei Sinn für Vergnügen. Bei ihnen hast du weniger Chancen als der Messias bei den Juden.«

»Wir werden es bald wissen«, murmelte der Alte Mann grimmig. »Nach Rom kann ich jedenfalls nicht. Für den Vatikan bin ich längst nicht gut genug gekleidet.«

»Quatsch. Du bist beinahe genauso gekleidet wie Seine Heiligkeit, nur trägst du lieber Tennisschuhe statt weiche Slipper.«

»Wenn das so ist, würde mein Aussehen garantiert als Majestätsbeleidigung gewertet.«

»Schon möglich. Dort würde man jedenfalls nicht handgreiflich gegen dich werden. Sie würden sich nur deine Behauptung vornehmen, Gott zu sein, etwa hundert Jahre lang darüber streiten, dann, wenn du Glück hast, dich seligsprechen, als ersten Schritt zur Heiligsprechung, und danach dürftest du nicht allzulange vor dem Ende der Zeit jenen Status einnehmen, den du gemäß der von dir geschaffenen Natur ohnehin innehast. All dies beweist, daß die Hauptsitze organisierter Religion für uns nicht das richtige sind. Wie Ministerien haben sie viel zu sehr mit den alltäglichen Glaubensgeschäften zu tun, als daß sie sich mit der eigentlichen Wurzel des Glaubens abgeben könnten. Wir beide gehören nicht in die Klöster, die Höfe und Heiligtümer. Meditation ist eine abstrakte Angelegenheit. Solche wie uns anzustarren ist eine Enttäuschung, die wohl kein mystisch orientierter Mensch akzeptieren wird. Vorher hat er sich der Wahrheit näher gefühlt.«

Abrupt schüttelte sich der Alte Mann vor unkontrollierbarem Gelächter. Es war eine gewaltige Befreiung von Pein und Angst, seine Stirn verlor plötzlich ihre Falten wie eine sich im Wind entfaltende Flagge; sein Geist wurde von innen erleuchtet wie von der unversehens hervorbrechenden Sonne; die Freude wurde mächtig herausposaunt, als hätte eine Herde fröhlicher Elefanten ein Wasserloch entdeckt; der Himmel war los. Sogar das trostlose Klatschen auf der Festivität in der Ferne zögerte einen Augenblick, als die Nacht eine gewaltige therapeutische Kraft ankündigte, die irgendwo außer Sichtweite wirkte. Mr. Smith schloß sich an, da ihn der ansteckende Ausbruch mitzog, ihn wie ein Kind auf einem gutgepolsterten Schoß hopsen ließ, doch sein Gelächter glich dem Kichern eines schüchternen pubertierenden Schulmädchens. Wenn er milde gestimmt war – was selten genug vorkam –, gab er nur leise Geräusche von sich, ein schwacher Widerhall der klingenden, klappernden Kakophonie, die er von sich gab, wenn man ihm Widerstand entgegensetzte.

Der Alte Mann hatte wohl das Unmögliche getan: nicht nur geruht, sondern geschlafen. Seine letzte Erinnerung vor dem Schlaf war ein ihm bisher unbekanntes, seltsames Gefühl, es brannten nämlich Tränen in seinen Augen. Vielleicht nicht genug, um einen Unsterblichen zu beunruhigen, aber immerhin erwähnenswert. Mr. Smith war es nicht gelungen, wach zu bleiben, und er hatte sich dem Alten Mann in seiner behaglichen Zuflucht eines traumlosen Schlafs angeschlossen. Immerhin hatte er dies schon einmal erlebt, als er in Gegenwart der New Yorker Prostituierten einen Fluchtweg gesucht hatte. Diesmal mußte er nicht nach seiner Geldbörse kramen, auch im Schlaf nicht. Tröstlich zu wissen, daß sie nichts in den Taschen hatten.

Beim Morgengrauen wachten sie gleichzeitig auf. Über der welligen Landschaft krähten Hähne, eine grelle Sonne kletterte zum Rand des Horizonts, und die Olivenbäume hatten ein paar starre kleine Blätter auf die beiden geworfen. Doch der Grund für ihr Erwachen schien der Lärm einer Auseinandersetzung zu sein. Rauhe Stimmen, schreiende Frauen, ein leises Klagen, Gewalt.

Der Alte Mann und Mr. Smith sahen einander kurz an, erhoben sich ohne weitere Umstände und eilten über den Hügel. Bald sahen sie einen Teppich niedriger Häuser, so blendend weiß wie Zähne auf einem Werbeplakat, durch Höfe und Innenhöfe voneinander getrennt. Plakate und Transparente mit hebräischen Aufschriften wurden geschwenkt, ein paar Kabel mit bunten Glühbirnen daran hingen kreuz und quer über ein sandiges Stück Land, Tapetentische, Stühle, eine improvisierte Tanzfläche, die Unordnung nach einem Fest.

Durch die Siedlung, die deshalb eher einer Festung als einem Wohngebiet glich, bewegten sich hemdsärmelige Männer, alle mit jüdischen Käppis auf dem Kopf, einige trugen Gewehre. Etwas weiter weg im Tal befand sich eine weitere Häusergruppe, ein Dorf, aber dort waren die Gebäude von der Zeit gelb gefärbt worden und halb in die sie umgebende Erde versunken. Zwischen den beiden Siedlungen verlief eine kleinere Straße, die sich durch Hügel bis zum Horizont schlängelte. Auf dieser Straße war eine Prozession verschleierter und maskierter Männer, Frauen und Kinder unterwegs, die arabisch beschriftete Transparente trugen. Einige Männer und alle Kinder verließen die Gruppe und liefen den Hang hinauf, bewaffnet mit Steinen, die sie mitten unter die Verteidiger der neuen Gebäude, die jüdischen Siedler, schleuderten.

»Ich habe keine Ahnung, wer die Beteiligten sind, aber bei solchen Auseinandersetzungen kleine Kinder einzusetzen ist ungeheuerlich«, befand der Alte Mann.

»Und was ist, wenn die kleinen Kinder Meinungen haben, die sie für verteidigenswert halten?« wollte Mr. Smith wissen.

»So ein Unsinn. In dem Alter? Die können unmöglich wissen, worum es geht.«

»Was das betrifft, ähneln sie dir. Die Männer unten auf dem Hügelchen sind jüdische Siedler. Die sie mit Steinen bewerfen, sind arabische Dorfbewohner.«

»Aber wem gehört das Land?«

»Das ist die Frage. Die Araber sagen, es gehöre ihnen, weil sie so lange dort wohnen. Die Juden glauben, es gehöre ihnen, weil es in der Bibel steht.«

»Nicht schon wieder!« rief der Alte Mann gequält aus. »Was das arme Buch alles ertragen muß. Sucht man nur lange genug und mit einem Mindestmaß schlechten Willens, findet man für so ziemlich jede menschenmögliche Handlung eine Rechtfertigung, besonders im Alten Testament.«

»Es liegt nicht auf meinem Nachttisch«, sagte Mr. Smith. »Da kommen andere, um die Lage noch komplizierter zu machen. Sieh nur.«

Ein Konvoi von Militärfahrzeugen traf ein, in Staubwolken gehüllt, was auf die Stellen der Straße zurückzuführen war, an denen der Asphalt dem Druck der Natur nachgegeben hatte und im Sand versunken war.

»Wer ist das?« fragte der Alte Mann in dem ernsthaften Versuch, der Handlung zu folgen.

»Israelische Soldaten.«

»Gekommen, um die Araber zurückzutreiben!«

»Nicht unbedingt. Die Juden haben mit dem Bau dieser Siedlung gegen das Gesetz verstoßen.«

»Du meine Güte. Wenn sie wirklich gegen das Gesetz verstießen, wäre doch eine Menge Zeit gewesen zu verhindern, daß sie die Fundamente bauten, geschweige denn die Gebäude fertigstellten.«

»Schon. Aber es handelt sich um ein zweideutiges Gesetz – man ermutigt sie, es zu brechen, diese Sorte Gesetz ist das.«

»Wer tut das?«

»Die gleichen Leute, die es verabschiedet haben.«

Der Alte Mann seufzte. »Hat sich wohl nichts geändert.«

»Nein. Die Römer waren froh, als sie gingen.«

Die israelischen Soldaten schwärmten über den Hügel aus, einige feuerten Gummigeschosse auf die palästinensischen Dörfler, aber in Maßen, während eine Mikrofonstimme sie auf arabisch aufforderte, in ihr Dorf zurückzukehren. Unterdessen verprügelten andere, mit Schlagstöcken bewaffnete Soldaten die Siedler, die so durchdringend schrien, daß ihre zur Schau getragene Leidenschaft über die feine Grenze ins Lächerliche transportiert wurde. Keiner schien darauf auszusein, daß irgendwer verletzt wurde. Dann fiel ein Schuß, zwei. Keiner wußte, woher die Schüsse gekommen waren, aber sie hatten anders geklungen als Gummigeschosse. Beinahe gleichzeitig hielt eine Araberin ein verwundetes Kind in die Höhe und stimmte einen schrecklichen Haßgesang an, und ein offensichtlich getroffener israelischer Soldat wurde vom Boden gehoben. Die Schlacht wurde ernst und nahm grauenhaftere Formen an als die vorhergegangene Demonstration.

Ohne Vorwarnung preschte der Alte Mann den Hügel hinunter. Mr. Smith wurde zunächst überrascht und mußte dann hinterher, angesichts einer solch impulsiven Tat einen Fluch krächzend. Der Alte Mann eilte zwischen die Kämpfenden, die Arme in einer flehend-gebieterischen Geste ausgebreitet. Dann ergriff er das verletzte, von seiner Mutter hochgehaltene Kind und versetzte es im Nu in seinen ursprünglichen Zustand zurück. Es wäre taktlos, die Reaktion der Mutter lediglich erstaunt zu nennen, obwohl dies unter solchen Umständen – und da sich die menschlichen Werte auf einem Tiefstand befanden – ein normaleres Verhalten als Dankbarkeit war, die man derart vernachlässigt hatte, daß sie außer Kraft gesetzt war. Von den Siedlern wurde der Alte Mann mit einem Hagel spitzer Steine eingedeckt, von den Soldaten mit ein paar strafenden Gummigeschossen, der Preis für sein Eingreifen. Beim Umdrehen fing er die letzten Steine auf und warf sie spielerisch zurück, wie beim Baseballtraining. Die wenigen Gummigeschosse retournierte er mit seiner Handfläche, was bei den Soldaten zu einigen leichten Blessuren führte. Plötzlich erhob sich der verwundete Soldat, von seiner Verletzung keine Spur.

In dem Glauben, er müsse für Ablenkung sorgen, setzte Mr. Smith ein Militärfahrzeug in Brand. Die verfügbaren Soldaten besprühten es mit Feuerlöschern.

Inzwischen kniete die Mutter neben dem genesenen Kind, murmelte Worte mütterlicher Liebe und pries Allah. *»Allah es Akhbar«,* sangen die Dorfbewohner in der gefestigten Überzeugung, daß Gott mit ihnen war. Einige Siedler schauten mit ausgestreckten Armen gen Himmel, als wandten sie sich an den unsichtbaren Schiedsrichter einer gekauften Begegnung.

»Was haben wir dir angetan, daß du einem ihrer Nachkommen beistehst?« hörte man einen Alten fragen, der genau wußte, wie die himmlische Verantwortung verteilt war.

Allmählich normalisierte sich die Lage. Die Araber gingen singend in ihr Dorf zurück. Die Siedler verbarrikadierten sich in ihrer Siedlung, während man den Alten Mann und Mr. Smith, die zahlenmäßig unterlegen waren, vor Generalmajor Avshalom Bar Uriel zerrte, den Befehlshaber des Militärbezirks.

Der General, ein gutaussehender Mann Ende Dreißig, empfing sie in seinem kargen weißgetünchten Büro, seinem Befehlsstand. Es umgab ihn eine undefinierbare Melancholie, wofür nicht nur die tiefen Furchen auf beiden Seiten seines Mundes standen, sondern auch der hervorstechende Bogen seiner schwarzen Augenbrauen, die sich über seiner Nase trafen, wo sich das Portal einer gerunzelten Stirn zu dem romantisch wirren Haaransatz erhob.

»Wie ich höre, haben Sie ein von einer Kugel verwundetes Kind geheilt. Einen unserer Männer auch. Darf ich fragen, wie Sie das getan haben?« erkundigte er sich bei dem Alten Mann.

»Oh ... das war gar nichts. Nicht viel. Ein Trick, den ich mir irgendwo angeeignet habe.«

»Ein Trick?« Der General lächelte ironisch, aber humorlos. »Wenn Ihnen solche Tricks zur Verfügung stehen, sollte man Ihnen die Leitung unseres Gesundheitssystems übertragen. Sie sprechen Hebräisch.«

»Das stimmt. Auch wenn ich ein wenig aus der Übung bin.«

»Sie sprechen ein sehr gutes Hebräisch, wenn ich das sagen darf. Ein sehr reines Hebräisch. Nicht das Hebräisch, das man heute spricht. Ein Hebräisch aus biblischer Zeit.«

»Das ist sehr freundlich von Ihnen.«

»Nein. Das ist eine Tatsache. Kein israelischer General ist ausschließlich General. Wenn ich nicht im aktiven Dienst dieser abscheulichen Tätigkeit nachgehe, arbeite ich als Professor der Philologie. Sie sprechen das Hebräisch König Salomons, und das fasziniert mich.«

»Mich fasziniert, daß Sie Ihre Tätigkeit abscheulich nennen, oder war das ein Versprecher?« fuhr der Alte Mann fort

»Keineswegs. Es ist abscheulich. Jeder hier ist bereit, für das Land zu kämpfen, sogar zu sterben. Aber hier sind wir gezwungen, die Seelen meiner Soldaten zu töten. Wir sind gezwungen, uns so zu verhalten, wie sich Kolonialsoldaten uns gegenüber verhielten. Was für eine Lektion! Was für eine bittere Medizin müssen wir schlucken, und mit jedem örtlich begrenzten Sieg wird unsere moralische Niederlage nur noch deutlicher. Nehmen Sie den heutigen Tag. Bisher ist er erfolgreich verlaufen. Kein einziger Demonstrant wurde getötet, weder in Gaza noch hier. Zwei wurden verwundet, sind aber wieder geheilt, dank Ihnen. Durch eine einzige Entscheidung, oder was immer das war, haben Sie den Abscheu der Welt für einen weiteren Tag abgelenkt. Sie haben eine Auszeichnung verdient.«

»Nein, schönen Dank«, lachte der Alte Mann. »Davon habe ich in Rußland genug gesehen. Wenn man so viele hat wie dort, kann man sich genausogut eine Rüstung zulegen.«

»Noch ein Verweis auf die Geschichte«, sagte der General rasch und ergänzte: »Übrigens unterzog unsere Besatzung den ausgebrannten Mannschaftswagen einer flüchtigen Untersuchung, konnte aber keinen Grund finden, warum er in Flammen aufging. War das auch Ihr Werk?«

»Nein, das war meins«, verkündete Mr. Smith mit kühler Eitelkeit.

»Ihres? Warum? Aus welchem Grund haben Sie ein Militärfahrzeug zerstört?« Das sagte der General mit unerwarteter Härte.

»Auch mir steht ein Arsenal nützlicher Partytricks – Verzeihung: Partywunder – zur Verfügung. Und wenn sie einem schon mal zur Verfügung stehen, wäre es doch eine Schande, sie nicht einzusetzen, finden Sie nicht auch?«

»Sie sprechen auch Hebräisch. Das gleiche Hebräisch.«

»Als Jungens waren wir dicke Freunde.«

»Und jetzt?« Der General sah durchdringend von einem zum

anderen, während sie einander ansahen, ohne dem General Beachtung zu schenken.

»Waren Sie gemeinsam in Rußland?«

»Ja«, antwortete Mr. Smith, den Alten Mann anstarrend.

»Wo noch?«

»England«, sagte Mr. Smith.

»In den Vereinigten Staaten«, fügte der Alte Mann ganz sanft hinzu, während er über Mr. Smith nachdachte.

Auf einmal glichen sie einem Liebespaar, das sich an die Orte erinnerte, wo es am glücklichsten zusammengewesen war.

»Ich glaube, ich habe in der *Jerusalem Post* von Ihnen gelesen«, sagte der General leise.

Der Alte Mann kicherte. »Das würde mich kein bißchen überraschen.«

»Ein Talent, zu verschwinden ... und eventuell zur Falschmünzerei?«

»Stimmt, und ein wenig schneller durch den Raum zu fliegen als die Concorde, diese alte lahme Ente.«

»Und jetzt retten Sie einem Kind das Leben ... und stecken Eigentum der israelischen Regierung in Brand.«

Mr. Smith lachte. »Wir können es Ihnen leider nur in ausländischer Währung zurückerstatten.«

Der General lächelte so traurig wie immer. »Wenn Sie jetzt in gewohnter Manier verschwinden wollen, tun Sie sich keinen Zwang an. Jetzt oder nie.«

»Warum sagen Sie das?«

»Wissen Sie, dies ist ein Land der Wunder. Anders gesagt, in diesem Land herrscht der tiefste Skeptizismus. Nie wird irgend etwas für bare Münze genommen. Wie ein Stück Knorpel im Mund wird alles wiedergekaut und bis zur Geschmacklosigkeit abgenagt, bis man zugibt, daß es von vornherein nicht eßbar war. Da dies solch ein Land ist, das praktisch auch noch unter Kriegsrecht steht, muß ich leider gewisse Schritte unternehmen, die mir zutiefst zuwider sind. Zunächst sehe ich mich gezwungen, ein paar nach dem Zufallsprinzip ausgewählte arabische Häuser zu zerstören, als Warnung an sie, in Zukunft Demonstrationen zu unterlassen. Das ist keine korrekte Umsetzung von Gerechtigkeit, wie ich sie verstehe, was nicht nur mir klar ist. Wir können die *gush emonim,* die Siedler, dezent auf den Kopf hauen, aber ihre Häuser dürfen wir nicht anrühren, obwohl ihre wachsende Zahl die größte Provokation darstellt.«

»Und welches ist Ihre zweite Pflicht?« fragte der Alte Mann.

»In Anbetracht Ihres Wunders und ähnlicher Vorkommnisse, die in meinem Bericht erwähnt werden, müssen Sie automatisch vor einem Religionsgericht erscheinen. Sehen Sie, sobald Sie sich an dem Übernatürlichen versuchen, begeben Sie sich außerhalb meiner Kompetenz. Ich habe die Aufgabe, mich mit militärischer Intervention, Vergeltungsschlägen sowie der Sorte von Vergeltungsschlägen zu beschäftigen, die dem eigentlichen Angriff vorausgehen und die wir, in der Terminologie moderner Heuchelei, Präventivschläge nennen. Außerdem gehören Übergriffe, Repressalien und Tod in meinen Aufgabenbereich, aber das Heil, Transfiguration und Himmelfahrt muß ich anderen überlassen.«

»Wir haben nicht die Absicht zu fliehen, General«, sagte der Alte Mann.

»Der Hohe Rat! Was für ein Spaß! Nach so langer Zeit!« kicherte Mr. Smith.

»Wie Sie wünschen«, sagte der General, »aber da Sie keine Angst oder Hemmungen vor dem Religionsgericht haben, rate ich Ihnen dringend, nicht ohne Gebetsschals oder Käppis zu gehen. Ich kann Sie aus unseren militärischen Beständen damit versorgen.«

»Nein, trotzdem vielen Dank«, sagte der Alte Mann vernünftig. »Nach all der Zeit habe ich eine Abneigung davor, so zu tun, als sei ich jemand, der ich nicht bin.«

»Was soll das heißen, der Sie nicht sind?« fragte der General langsam. »Was sind Sie nicht?«

»Jude«, antwortete der Alte Mann.

Diesmal verlor der General die Beherrschung. »Das verraten Sie ihnen doch hoffentlich nicht? Sonst werden Sie sich bis zum Ende des Jahrhunderts dort aufhalten und über irgendwelche Spitzfindigkeiten streiten. Sie sind alle sehr alt. Sie kennen sie nicht. Die werden sich alle Mühe geben, nicht zu sterben, bevor sie Sie beide dort haben, wo sie Sie haben wollen.«

»Und wo wäre das?« erkundigte sich der Alte Mann.

»Wahrscheinlich in einem Flugzeug, das Israel verläßt.«

»Ist das eine Strafe?«

»Wie Sie es sagten ... und was Sie sagten ... läßt es mir unmöglich erscheinen, daß Sie kein Jude sind. Und dann auch noch in so erlesenem Hebräisch.«

16

Sie verbrachten die Nacht in einer Art Gefängnis, in dem man Hunderte von Verdächtigen vorübergehend eingekerkert hatte, auch wenn man sich alle Mühe gab, den beiden in Anbetracht ihres Alters, ihrer Wunder und ihrer beunruhigend distinguierten Ausstrahlung ein wenig zusätzliche Bequemlichkeit zu ermöglichen. Am Morgen schaffte man sie in einem spartanisch ausgestatteten Vehikel, mit dem das Militär Gefangene transportiert, nach Jerusalem, wo sie vor einem niedrigen Tor anhielten, durch das sie fuhren, und nur einen kurzen Blick auf die Altstadt werfen konnten, die wie ein auf Grund gelaufenes Schlachtschiff auf ihrem Hügel thronte.

Eine Weile warteten sie in einem Vorraum, bis sich eine Tür öffnete, durch die ein schwarzer Herr trat, vor Wut und Frustration tänzelnd. Mit blitzenden, rollenden Augen sprach er laut im Dialekt der Südstaaten der USA beinahe unverständliche Worte, da seine Wut die ohnehin schon überlangen Vokale noch mehr dehnte. Auf dem Kopf trug er zwei Käppis, eins über dem anderen, und etliche Gebetsschals um den Hals; schwarze Ringellöckchen hingen auf beiden Seiten seiner ansonsten auf Afro-Haarschnitt getrimmten Frisur herab. Das alles über abgeschnittenen Bluejeans und einem T-Shirt mit einer obszönen Botschaft in Hebräisch. Er gab sich augenscheinlich alle erdenkliche Mühe, sein Jüdischsein zu beweisen; ebenso klar war, daß man ihn abgelehnt hatte. Er wurde rasch von einem Wachmann nach draußen getrieben, dem er nach Ende seiner Befragung irgendwie abhanden gekommen war.

»Ich habe immer noch Schuldgefühle wegen Afrika«, sagte der Alte Mann. »Er hat meine ganze Schuld aufflackern lassen. Was sagte er?«

»Er hat mit Afrika nichts zu tun«, erklärte Mr. Smith. »Er stammt aus dem Süden der USA.«

»Amerika?« Der Alte Mann schien überrascht. »Warum hat er dann kein Amerikanisch gesprochen wie die anderen?«

»Viele Amerikaner reden so. Wir sind bloß keinen begegnet.«

»Was? Rumhüpfen und mit den Fingern schnipsen, als wollten sie einen rituellen Tanz aufführen? Gehört das zur Sprache?«

»Und ob. Und er war besonders verärgert, weil man seinen Antrag, Jude zu werden, abgelehnt hat.«

»Ich frage mich, weshalb«, überlegte der Alte Mann. »Du glaubst doch nicht, es könnte etwas mit seiner Hautfarbe zu tun haben? Das wäre verwerflich. Welche Kriterien gibt es für das Judesein?«

»Wir werden es bald erfahren«, erwiderte Mr. Smith und deutete auf den Gerichtsdiener, der sich anschickte, sie in eine illustre Gesellschaft zu geleiten.

Der Prüfungsraum war ziemlich klein, auf einem erhöhten Podium stand ein langer Schreibtisch, hinter dem fünf gelehrte Männer saßen, grübelten und kritzelten. Unter und vor ihnen, auf einer niedrigeren Ebene, standen zwei Stühle. Einen Kassettenrecorder hielt man auch bereit. Hinter den großen modernen Fenstern lag wieder die Altstadt, in Sonnenschein getaucht.

Den gelehrten Männern war eines gemeinsam, nämlich ihre extreme Blässe. Sie sahen aus, als hätte man nie einem Sonnenstrahl erlaubt, ihre Haut zu beflecken, die alle Anzeichen von schwerer Arbeit in schlecht beleuchteten Räumen trug, von den Qualen höchster Gelehrsamkeit, die man unter überaus kargen und ungesunden Bedingungen erworben hatte.

Die in der Mitte sitzende Gestalt hatte die spitzeste, je an einem Menschen beobachtete Nase, wie ein Brieföffner geformt und gnadenlos auf jeden zeigend, der gerade angesprochen wurde. Drei der anderen wiesen alle Anzeichen von Unbeugsamkeit auf, nur der vierte Mann war nicht ganz so glanzlos und weltabgewandt, was an dem sephardischen Einfluß liegen mochte.

Sie schoben eine Weile ihre Unterlagen hin und her, dann ergriff die furchterregende Vaterfigur mit einer hohen pfeifenden Stimme das Wort, die so ganz und gar nicht zu seiner gebieterischen Art passen wollte. Er redete Englisch, da er sich nicht traute, anzunehmen, der Alte Mann und Mr. Smith sprachen Jiddisch, die Sprache der Orthodoxie, bevor ihr Judentum nicht zweifelsfrei feststand.

»Ich werde nicht einmal fragen, wer Sie sind. Ich hege nicht den Wunsch, diese Untersuchung mit einer Blasphemie zu beginnen.«

»Sie wissen es also?« fragte der Alte Mann augenzwinkernd.

»Ich habe es gehört. Wir alle haben gehört. Und wir alle haben mißbilligt.«

»Es ist deprimierend, wenn jemand tatsächlich erscheint, auf den man so lange gewartet hat. Das wirft einem alle Pläne über den Haufen.«

»Die letzte Bemerkung habe ich überhört. Die anderen Rabbis ebenfalls. Ich werde Ihnen Ihre Lage sich erklären. Die Vereinigten Staaten üben sich Druck auf uns aus wegen mancherlei: Wir sollen auf unserem eigenen Gebiet keine Araber belästigen, wir sollen von den Vereinigten Staaten kaufen, was wir selbst besser herstellen können; und erst heute morgen kam die Forderung, Sie festzunehmen und nach Amerika zurückzuschicken, damit man Sie dort vor Gericht stellt wie Falschmünzer. Solchen Forderungen und anderen widerstehen wir, läßt sich beweisen, daß Sie Juden sind.« Hinter der Glut seiner Ausdrucksweise lauerte eine Spur unterdrückte Hysterie. »Für uns«, sagte er wütend, »ist es wichtiger, daß Sie Jude sind, als daß Sie Falschmünzer sind.« Die anderen nickten heftig.

»Mit anderen Worten, ein jüdischer Falschmünzer kann vor diesem Gericht mit größerem Verständnis rechnen als ein Mann, der zwar kein Falschmünzer, aber auch kein Jude ist?« fragte der Alte Mann.

»Ein Laiengericht entscheidet, ob er Falschmünzer ist, ein Mensch. Ein religiöses Gericht beschäftigt sich nur damit, ja oder nein, ist er Jude.«

Mr. Smith unterbrach ihn. »Fragen Sie mich, wer ich bin. Bei meiner Antwort besteht keine Gefahr, daß sie blasphemisch ausfällt.«

Der Präsident, Rabbi Tischbein mit Namen, hieb mit einem Hammer auf den Tisch. »Versuchen Sie nicht, daß Sie uns Vorschriften machen. Einer nach dem anderen, ich frage. Jeder Fall muß gesondert behandelt werden. Also, bitte, Ihre Mutter war Jüdin?«

»Meine?« fragte der Alte Mann.

»Wessen sonst?«

»Das läßt sich nicht leicht beantworten.« Der Alte Mann zögerte.

»Sie haben Ihre Mutter nie kennengelernt?«

»Ich habe meine Mutter ganz gewiß nie kennengelernt...«

»Sie starb im Kindbett?«

»Nein. Es mag Ihnen dramatisch vorkommen, Rabbi, aber für mich war es ganz natürlich... so wie es jemand ganz natürlich nennen kann, der mit Fug und Recht behauptet, die Natur unterliege seiner Verantwortung.«

»Sie sprechen in Rätseln.«

»Kurz und gut, ich hatte keine Mutter. Nennen wir es so.«

Der Präsident atmete scharf ein und zerrte an seinem Revers. Die anderen wackelten mit den Köpfen hin und her und jammerten ein wenig vor sich hin. Mr. Smith lachte meckernd. »Oh, Ekstase! Weißt du noch, wie sie früher waren? Jetzt fällt mir alles wieder ein. Sie hatten sich geschworen, immer dann ihre Kleidung zu zerreißen, wenn sie eine blasphemische Äußerung hörten! Abends, im Hohen Rat, hatten sie so viele gehört, daß ihnen ihre Kleidung in Fetzen vom Leib hing.«

Die vier anderen Rabbis warfen einander kurze Blicke zu und rissen kleine Schlitze in ihre Kleidung.

»Sie äußern sich, Sie könnten zu dieser Zeit hier gewesen sein?« fragte Dr. Tischbein, die Augen zu Schlitzen verengt.

»Das war ich, ich war's. Man kann sagen, daß ich die große jüdische Tradition der Schneiderei miterlebt habe, einschließlich der späteren Entwicklung namens unsichtbares Flicken.«

»Daß es gut für den Handel ist, macht es schlecht für die Religion?« fragte der Rabbi, nicht ohne eine Spur bissigen Humors.

»Ganz im Gegenteil. Die meisten religiösen Heiligtümer treiben einen schwunghaften Souvenirhandel.«

»Sogar hier«, seufzte Dr. Tischbein. »Aber das sind keine jüdischen Heiligtümer.«

»Darf ich eine Frage stellen?« schaltete sich der Alte Mann ein.

»Hier, die Fragen, wir sind es, die sie stellen«, fauchte Dr. Tischbein.

»Ich es bin, der auf Antworten wartet«, entgegnete der Alte Mann. Da nicht sofort eine Frage gestellt wurde, nahm der Alte Mann dies als ein Zeichen stillschweigenden Einverständnisses und stellte die Frage, die ihm durch den Kopf ging.

»Warum ist es so wichtig, Jude zu sein?«

Der Rabbi war schockiert, die anderen murmelten.

»Man kann sein, was man ist nicht?« keuchte er. »Oder nicht sein, was Sie sind?«

»Das habe ich nicht gefragt. Warum ist es so wichtig, das zu sein, was Sie sind?«

»Wir wurden auserwählt von Gott!«

»Das ist natürlich durchaus möglich. Ich kann mich nicht mehr so genau erinnern. In meiner Jugend habe ich so vieles gemacht.«

Dr. Tischbein riß noch ein wenig mehr von seinem Revers ab. Die anderen folgten seinem Beispiel.

»Damit will ich gar nicht behaupten, ich hätte die falsche Entscheidung getroffen!« rief der Alte Mann hastig. »Ich bin sicher, daß ihr es durch eure Zielstrebigkeit, eure Intelligenz ...«

»Euer Leiden«, unterbrach ihn Mr. Smith.

»... völlig verdient habt, auserwählt worden zu sein.«

»Es war Gottes Wille, nicht Ihrer.«

»Wie wollen Sie beweisen, daß ich nicht der bin – nein, nein, ich flehe Sie an, lassen Sie Ihre Revers in Ruhe! –, der ich zu sein behaupte?«

»Wenn er zurückkäme, wir alle würden Gott erkennen. Nicht nur unser Verstand, unsere Herzen würden es uns verraten.«

»Eine wahre Wunderorgie? Die Blinden können sehen? Der Lahme schmeißt seine Krücken fort? Ein Durcheinander von Bäckerei und Fischhandel?«

»Im Zirkus sind wir nicht«, zischte Dr. Tischbein.

Mr. Smith verlor augenscheinlich die Geduld. »Ich sagte dir doch, es ist Zeitverschwendung«, erklärte er. »Wenn wir jemanden nicht überzeugen können, dann religiöse Autoritäten. Die gesamte Theologie steht zwischen uns. Sie erwarten nichts, weil nichts ihren Erwartungen entsprechen kann. So einfach ist es. Als Abstraktion nötigst du Ehrfurcht ab, ich zumindest Respekt. Sind wir physisch vorhanden, haben wir nichts zu lachen, werden von Zollbeamten herumgestoßen, vom FBI gesucht, von Landstreichern belästigt. Ein von Natur aus so skeptischer Mensch wie dieser Psychiater war erforderlich, um uns den gebührenden Glauben zuteil werden zu lassen. Hier haben wir nicht die Spur einer Chance. Komm, wir geben es auf und verziehen uns. Wenn's so weitergeht, sind die armen Rabbis bald kleiderlos. Wieder einmal wird alles zerfetzt sein.«

»Ihre Sympathie, Sie bitte behalten!«

»Ich gebe zu, daß alles wahr ist, was Sie sagen, dennoch fasziniert mich dieser Punkt. Was bringt Sie auf die Idee, daß Sie so anders als andere Völker sind?« fragte der Alte Mann.

Die Rabbis murmelten untereinander, wie die Bibel gesagt hätte.

»Wir sind anders. Das ist eine Tatsache.«

»Alle Menschen sind anders als die anderen.«

»Nicht so anders wie wir.«

»Können Sie sich vorstellen, daß Gott auch die Gattung Mensch auserwählte, als er Sie erwählte?«

»Die Gattung Mensch hat er erschaffen. Uns hat er auserwählt.«

»Beinhaltet Schöpfung nicht auch Auswahl?«

»Nein. Schöpfung, die kommt vor dem Erwählen. Man erwählt, wenn man aus etwas wählen kann, nicht vorher.«

»Da komme ich nicht mit.«

»Was war zuerst da, der Stoff oder die Kleidung?«

»Beide waren vor der Blasphemie da«, sagte Mr. Smith, verschmitzt an seinem T-Shirt reißend. »Komm schon, wir halten Händchen und verschwinden.«

»Nein«, sagte der Alte Mann, »ich muß zur Wurzel dieser Überzeugung vorstoßen, die die Gleichheit zerstört. Wenn kein Gefühl von Gleichheit mehr zugestanden wird, wird der Dialog mit anderen weitgehend unmöglich.«

Zu seinem Erstaunen nickten die Rabbis.

»Sie bewirkt Arroganz«, sagte einer.

»Aber auch Verfolgung«, warnte ein anderer.

»Haß«, stellte der dritte trocken fest.

»Eifersucht?« erkundigte sich der vierte.

»All dies trifft zu«, sinnierte Dr. Tischbein, »aber es ist Gottes Wille, nicht unserer.«

Wieder nickten alle Rabbis.

»Das ist mir zu einfach. Sie machen ...« Und der Alte Mann brach abrupt ab, da ihm auffiel, wie die Hände erwartungsvoll an die Revers fuhren. Statt dessen fragte er: »Woher wissen Sie das?«

»Es steht geschrieben«, erwiderte Dr. Tischbein. Die anderen stimmten zu.

»Wer hat es geschrieben?«

»Propheten.«

»Welche Propheten?«

»Viele Propheten. Es steht geschrieben.«

»Und das genügt? Das Wort eines Propheten ist immer zweifelhaft, bis seine Prophetie durch ein Ereignis bestätigt wird. Was nicht immer der Fall ist. Die Worte vieler Propheten wären um vieles zweifelhafter.«

Dr. Tischbein hielt eine Hand hoch, weiß wie Marmor, mit langen, spitz zulaufenden Fingern. »Es steht geschrieben!« sagte er im Ton der Endgültigkeit.

Der Alte Mann und Mr. Smith sahen einander an, der Alte Mann verzweifelt, Mr. Smith mit übertriebener Geduld.

»Hören Sie.« Dr. Tischbein ergriff erneut das Wort. »Gibt sich kein Volk, was sich klammert so hartnäckig an seine uralten Traditionen. Unsere Art zu beten ist sich anders als die anderer, alles, was wir essen, die den Sabbat und die Feiertage regelnden Gesetze. Sogar unser Gott gehört sich uns und keinem anderen. Andere schicken aus Missionare, um zu überzeugen, zu bekehren. Wir ihn behalten für uns und lassen keinen ohne Beweis hinein, selbst verlorene Schafe wie Sie, es ist möglich. Unsere Tradition ist sich so stark, sie existiert zu der Zeit von Babylon, genauso wie sie existiert heute. Wenn wir nicht hätten gehabt diese Disziplin, dieses

Gesetz, wir wären nicht mehr hier. Wir wären verstreut, wie Spreu in den Wind, an die Enden der Erde gejagt, wir sind noch hier. Bitte, nun sagen Sie uns, wir sind nicht anders?«

»Jeder ist anders.«

»Jeder ist anders, könnte sein. Nur wir sind, von ihnen, mehr anders.«

Der Alte Mann versuchte es noch einmal, ließ es so klingen, als sei es das letzte Mal. »Sagen Sie, erinnern Sie sich noch, welches die erste Kränkung war, die Ihrem Volk zugefügt wurde, die erste Wunde, die es in der Geschichte erlitten hat?«

Rabbi Tischbein antwortete langsam, nach reiflicher Überlegung. Die seiner Persönlichkeit immanente Ironie machte sich dezent bemerkbar.

»Nein, daran erinnern wir uns nicht«, sagte er leise. »Und doch könnten wir nie vergessen.«

Die anderen Rabbis ließen die Würze dieser Antwort auf ihren Zungen zergehen, worauf sie fatalistisch und mit der Anerkennung von Gourmets nickten.

Der Alte Mann war von dieser indirekt zugegebenen Verletzlichkeit gerührt. Er wollte die Geste unbedingt erwidern. »Ich möchte versuchen, Ihnen auf halbem Wege entgegenzukommen«, rief er. »Ich *bin* Jude!«

Das Gericht sandte einen lauten Ruf der Begeisterung aus, was sich allerdings weniger wie normale Begeisterung anhörte, sondern wie Stöhnen.

»... und vieles andere mehr«, fuhr der Alte Mann fort.

Das Stöhnen zerfiel in Atonalität und Chaos, bevor es in der Luft hängenblieb, unschlüssig und jämmerlich.

»Entweder Jude oder Nichtjude!« rief Dr. Tischbein, so laut es seine verschrumpelten Lungen zuließen. »Dazwischen ist sich nichts!«

»Was habe ich dir gesagt?« rief Mr. Smith verärgert. »Gehen wir. Das erinnert mich an so vieles, was ich lieber vergessen würde.« Er schaute himmelwärts. »Die *endlosen* Streitereien. Oder besser, die Streitereien, für die es kein logisches Ende gab!«

»Bitte?« Dr. Tischbein blinzelte ungläubig, seine rosa Lider senkten sich wie die eines Straußes über die Augen, um den

Schmerz und die Enttäuschung einer Welt voller Überraschungen auszuschließen.

Unversöhnlich und wild wie gewohnt, wandte sich Mr. Smith an Dr. Tischbein. »Verstreut wie Spreu im Wind, das kann man wohl sagen! An die Enden der Erde gejagt! Was in Ihren Köpfen die Diaspora zur Tragödie machte, statt zu dem Segen, der sie war!«

Einer der Rabbis erhob sich protestierend.

»Jawohl, ein Segen! Hättet ihr Maimonides oder Spinoza, Einstein oder Freud zustande gebracht, wenn ihr hier geblieben wärt, in Kämpfen mit den Nachbarn geschwelgt hättet? Natürlich nicht! Daß ihr jetzt alle in die Heimat eurer Vorväter zurückströmt, ist eine eher sentimentale als praktische Geste, die meine Behauptung nur unterstreicht. Um euren Ruhm, euren Bekanntheitsgrad zu erreichen, mußtet ihr den Horizont erweitern, da dies geschehen ist, könnt ihr es euch eurer Meinung nach nun leisten, zurückzukehren und lachhafte Gerichte wie dieses einzurichten. Du meine Güte! Habt ihr nicht genug unter denjenigen gelitten, die zu beweisen suchten, daß die Reinheit einer Rasse durch fremde Elemente verunreinigt werden kann, um einer Parodie der gleichen Ketzerei zu frönen? Und welchem Zweck soll diese Exklusivität dienen? Wollte ich bleiben, könnte ich innerhalb einer Minute zu jedermanns Zufriedenheit beweisen, daß ich Jude bin. Bräuchte ich eine Minute, so würde es mein alter Freund hier in dreißig Sekunden oder weniger schaffen. Aber wir beide sind ehrlich, jeder auf seine Art. Wir müssen keinem etwas beweisen. Wir stehen über jeder Nationalität, über Weltanschauung oder Religion.«

Ein oder zwei Rabbis zerrissen ihre Jacken.

»Nicht über, jenseits der Religion...«, verbesserte der Alte Mann, immer um Ausgleich bemüht. Ein Rabbi riß noch einmal an seiner Jacke, um sicherzugehen.

»Wir sind von Anbeginn der Zeit ohne Tradition, ohne Wurzeln ausgekommen«, schnarrte Mr. Smith. »Warum sollten wir heute für solche Albernheiten Sympathie empfinden?«

Dr. Tischbein bewahrte Fassung. »Sie glauben, beweisen zu können, daß Sie sind Juden, zu unserer Zufriedenheit? Das bezweifle ich. Auch wenn ich gebe zu, es wäre für Sie einfacher zu beweisen, daß Sie sind Afrikaner.«

»Wirklich?« fragte Mr. Smith und verwandelte sich in einen Afrikaner, mit zwei Käppis auf dem Kopf, einen obszönen hebräischen Spruch auf seinem T-Shirt.

»Vergeude doch deine kostbare Energie nicht mit Wundern«, rief der Alte Mann. »Wir werden jedes Volt, jedes Ohm brauchen, die wir haben!«

»Einen Augenblick, ich frage«, unterbrach Dr. Tischbein. »Einen Moment vorher, als ich mit Ihnen sprach, Sie waren nicht schwarz.«

»Noch früher war ich es, wissen Sie noch?« sagte Mr. Smith, schnippte mit den Fingern, einem nur für ihn hörbaren Rhythmus gehorchend. »Ich kam hier rein, hab' meine *roots* gesucht, logo. Nun, hat sich wohl nicht so entwickelt, wie ich mir's gedacht habe. Ich nehm's dir nicht übel, Mann.«

Die Rabbis kauerten sich zusammen wie Tauben im Park, die nach imaginären Krumen picken, und murmelten einander ihre Reaktionen auf die beunruhigenden Ereignisse in die Ohren. Der sephardische Rabbi löste sich als erster aus dem Konklave. Sein Äußeres wies nicht jene pergamentartige Oberfläche auf, die das Markenzeichen der anderen zu sein schien. Samt, hätte man wohl eher gesagt; und eine beinahe übertrieben volle Stimme, als spräche ein Sänger.

»Und wohin begeben Sie sich anschließend?« erkundigte er sich.

»Sie wissen, daß wir nicht bleiben?« fragte Mr. Smith.

»Wenn Sie gewollt hätten, wären Sie geblieben. Das haben Sie selbst gesagt.«

»Aber woher soll ich wissen, daß Sie uns glauben?«

Der sephardische Rabbi lächelte. »Es besteht keine Notwendigkeit für Sie, noch länger diese Farce aufzuführen.«

»Tut mir leid, man vergißt so leicht«, sagte Mr. Smith und nahm wieder seine übliche scheußliche Form an. »Wir begeben uns nach Japan.«

»Japan?« Der Alte Mann war verärgert.

»Das ist ein wunderschönes Land«, sagte der sephardische Rabbi.

»Sie waren schon mal da?«

»Nein.« Der sephardische Rabbi lächelte. »In dieser tristen Welt hat der Glaube eine gewisse Bedeutung. Man muß glauben, daß die Menschen nicht lügen, wenn sie einem erzählen, Japan sei ein wunderschönes Land. Man muß glauben, daß die Menschen nicht lügen, wenn sie einem fast alles erzählen.«

Mr. Smith setzte zu einer Erwiderung an, doch der Alte Mann brachte ihn mit einer Handbewegung zum Verstummen.

»Heißt das ...?« begann er mit ruhiger Intensität. »Heißt das, daß Sie uns glauben?«

Der sephardische Rabbi lächelte sanfter als gewöhnlich. »Als Gericht stellen wir Fragen und erwarten klare Antworten – aber unsere juristische Ausbildung verbietet uns, selbst klare Antworten zu geben.«

»Was werden Sie über uns sagen, wenn wir weg sind?« versuchte es Mr. Smith.

Nach einer Pause antwortete der sephardische Rabbi, so großmütig lächelnd wie immer. »Ein Glück, daß wir sie los sind.«

»Aber warum?« stammelte der Alte Mann verdutzt.

»Sie befinden sich außerhalb unseres Erfahrungshorizontes. Ob wir Ihnen glauben oder nicht, macht keinen Unterschied. Sie sind, ehrlich gesagt, nicht, was wir erwarten, und daher auch nicht, worauf wir gewartet haben. Sie setzen unsere Schwelle fürs Frohlocken herab, Sie reduzieren Lobpreisung auf Gespräche, Psalmen auf Palaver. Wir sind bitter enttäuscht.«

»Und ich dachte, der Weg in die Herzen der Menschen führte über das Gewöhnliche, das Alltägliche«, sagte der Alte Mann im Flüsterton, fast wie ein Hauch, und ergänzte leicht boshaft: »Ich versichere Ihnen, die Enttäuschung liegt ganz auf unserer Seite.«

Mr. Smith reichte dem Alten Mann die Hand.

»Was bedeutet das?« fragte dieser irritiert.

»Japan?«

»Was werden Sie den Amerikanern, dem FBI sagen?«

»Die Wahrheit, wie immer«, antwortete der sephardische Rabbi. »Wir sagen, daß Sie verschwunden sind. Das wird sie kaum überraschen.«

Alle sahen einander eine ganze Weile an, in den Blicken lag Schmerz, Trauer, Bedauern und – im Falle des sephardischen Rabbis – eine distanzierte, kaum wahrnehmbare Belustigung. Dann ließ der Alte Mann seine Hand in die offene Hand Mr. Smith' gleiten, ihre Finger verschränkten sich.

Sie verschwanden langsam.

Sofort begann Dr. Tischbein mit dem Kopf zu nicken und stimmte ein Gebet an. Die anderen taten es ihm nach. Hebräische Gelehrte hätten die Worte mühelos als Danksagungslitanei identifiziert.

17

Sie landeten ungeschickt und schmerzhaft auf einem riesigen, offenen, grob gepflasterten Gelände inmitten von Menschen, die zurückwichen, als sich ihr Kommen ankündigte.

Der Alte Mann lag einen Moment lang platt auf dem Boden, wie es schien mit einer Gehirnerschütterung. Mr. Smith hatte zwar wirre Haare und war erschöpft, aber von der anstrengenden Reise augenscheinlich weniger direkt angegriffen.

»Mir ist unbegreiflich, warum du dir ausgerechnet eine so fette sterbliche Hülle ausgesucht hast, wo du doch zwischen unendlich vielen athletischeren hättest wählen können«, schimpfte er.

Der Alte Mann lag bewegungslos da, während ihn die Asiaten mit einer Ehrfurcht betrachteten, die jeden Schritt auf ihn zu verhinderte.

»Reiß dich endlich zusammen«, blaffte Mr. Smith. »Daß du unmöglich tot oder auch nur verwundet sein kannst, weiß ich, versuch also nicht, mir Angst einzujagen, vor allem nicht vor uns völlig fremden Menschen.«

»Sind wir in Japan?« fragte der Alte Mann endlich mit ganz leisem Stimmchen.

Mr. Smith probierte sein bestes Japanisch an einigen Umstehenden aus – vergeblich. Dann versuchte er es mit Vietnamesisch, Thai, Birmanisch, Lao, Khmer und Indonesisch. Die meisten Angesprochenen wichen vorsichtig zurück, als er seine Kenntnisse südostasiatischer Sprachen an ihnen ausprobierte. Erst ganz zum Schluß kam ihm der Gedanke, es mit dem Mandarin-Chinesischen zu versuchen.

Ein hübsches Mädchen mit knabenhafter Figur und weißem Stirnband, das bedrohlich an einen Verband erinnerte, trat auf sie zu.

»Sie sind in der sogenannten Volksrepublik China«, sagte sie, »um genau zu sein, in Beijing, auf dem Tienanmen-Platz.«

»Tienanmen-Platz«, wiederholte Mr. Smith entsetzt.

»Warum ruft dieses Wort eine solche Bestürzung bei dir hervor? fragte der Alte Mann, inzwischen wieder völlig bei Bewußtsein.

»Steh auf, steh auf, tu nicht so, als hättest du gerade einen Verkehrsunfall hinter dir«, knurrte Mr. Smith, als er dem zusammenzuckenden Alten Mann auf die Beine half.

»Tienanmen hat vor kurzem traurige Berühmtheit erlangt, als die Armee zahlreiche friedlich demonstrierende Studenten niedermetzelte. Diese Tat beunruhigte und deprimierte viele andere Länder, wo man der Meinung gewesen war, China sei auf dem Wege, eine liberalere Gesellschaft zu werden. Habe ich recht?«

»Ich kann nicht für andere Länder sprechen«, sagte das Mädchen, als spräche sie zu einer Versammlung, »aber Ihre Beschreibung dessen, was sich auf dem Platz ereignet hat, trifft im großen und ganzen zu.«

»Ich muß mich für die Frage meines Freundes entschuldigen«, erklärte Mr. Smith. »Er zeigt nur geringes Interesse an den Ereignissen der letzten zehntausend Jahre.«

»In dem Fall wäre er hervorragend geeignet, eine Funktion in unserer jetzigen Regierung zu übernehmen«, sagte das Mädchen.

»Sie sprachen von der sogenannten Volksrepublik China. Was ist es in Wirklichkeit?«

»Die Diktatur des Altersstarrsinns.«

Mr. Smith lachte ein wenig schuldbewußt. Der Alte Mann lachte gar nicht.

Ein paar Polizisten forderten alle auf weiterzugehen.

»Dieses Verfahren haben sie von den Amerikanern gelernt«, kommentierte das Mädchen.

Ein junger Mann, der sich zu dem Mädchen gesellte, zeigte durch sein besitzergreifendes Verhalten, daß eine gefühlsmäßige Bindung zwischen ihnen bestand und er ein eifersüchtiger und labiler Mensch war. Die chinesischen Schriftzeichen auf seinem Stirnband deuteten darauf hin, daß er die Oberflächlichkeit von Parolen der größeren Herausforderung von Wörtern vorzog.

»Wie mir mein Freund sagt, fotografieren sie wieder, um Beweismaterial für später zu sammeln«, sagte das Mädchen verstohlen, während sie mit ihren rastlosen Blicken die hin und her wogende Menge zu durchdringen versuchte. Ihr Freund zog als Vorsichtsmaßnahme wie ein Terrorist einen Strumpf über das Gesicht, der nur seine Augen frei ließ.

»Fotos als Beweismittel gegen was?« fragte der Alte Mann.

»Gegen uns. So war es beim letzten Mal. Wir schenkten den Soldaten Blumen und errangen ihr Verständnis. Die alte Garde spielte auf Zeit. Als sie merkten, daß wir gewannen, schickten sie Soldaten aus den Provinzen, die sich nur nach Befehlen richteten und keinen emotionalen Kontakt zu uns hatten. Sie ermordeten eine Menge von uns und verfolgten die übrigen anhand von Fotos und Filmen, die Agents provocateurs an den Tagen zuvor aufgenommen hatten. Sie sind immer noch hinter uns her, um uns einen schnellen Prozeß zu machen und uns hinzurichten.«

»Sie hinrichten?«

»Ja, als Rebellen gegen die Autorität der Partei, der alten Garde. Sie hätten nie gedacht, daß ihre Taten so bekannt, ihre Motive so korrekt interpretiert werden würden. Sie dachten, es wäre heutzutage immer noch möglich, uns alle unter den Teppich zu kehren und so zu tun, als hätte es uns nie gegeben, so wie es in all den vergangenen Jahrhunderten war. Sie waren erstaunt und entsetzt, als etliche Länder in ihrem Ärger über das Geschehen zeitweise Verträge außer Kraft setzten oder sogar begrenzte Sanktionen verhängten. Ihre einzige Rechnung, die aufging, war eine zutiefst zynische. Sie vermuteten, die Verlockungen des riesigen chinesischen Marktes seien zu groß, als daß die Wut länger als eine symbolische Zeitspanne anhalten könnte, und daß es nicht lange dauern würde, bis alles wieder im gewohnten Trott lief, während die Blüte unserer Jugend unter der Erde liegt. Wenn man davon absieht – und davon, daß die Alten noch älter geworden sind –, hat sich absolut nichts geändert. Aber... wir haben der menschlichen Gemeinschaft einen Dienst erwiesen. Ohne unser Opfer und die Sturheit unserer Politiker hätten die friedlichen Revolutionen in Polen, Ungarn und vor allem in Ostdeutschland und der Tschechoslowakei nicht in dieser Form stattfinden können. Nach Tienanmen konnte eine

Zeitlang kein Polizist die Waffe gegen Studenten erheben. Und nun probieren wir heute aus, ob ein neues Tienanmen sogar hier möglich ist oder nicht.«

»Wenn ja?« fragte der Alte Mann vorsichtig.

»Dann werden wir die anderen Nationen einholen.«

»Wenn nicht?« erkundigte sich Mr. Smith harsch.

»Dann sterben diejenigen, die beim letzten Mal davongekommen sind.«

Noch ehe ein weiteres Wort fiel, drehte sich der junge Mann mit der Strumpfmaske rasch um und versetzte einem Passanten einen Fausthieb, worauf der einen Fotoapparat durch seinen Kittel auf das Pflaster fallen ließ. Einen Moment lang kämpften beide um die Kamera. Seltsamerweise trug auch der andere, ältere Mann ein Stirnband, auf dem ein aufrührerischer Spruch stand.

»Ein Agent provocateur«, erläuterte das Mädchen.

Es gelang dem Studenten, sich die Kamera zu schnappen, und er warf sie dem Mädchen zu, bevor er sich wieder dem Gerangel mit dem Fotografen widmete. Das Mädchen nahm fachmännisch den Film aus der Kamera, die sie anschließend auf den Boden legte.

»Kommen Sie mit«, befahl das Mädchen.

»Wohin?« fragte der Alte Mann, erstaunt über die rasante Entwicklung.

»Man hat uns befohlen weiterzugehen. Wahrscheinlich wird man meinen Freund verhaften. Den Film haben wir. Man darf ihn nicht finden. Bestimmt sind Sie auch drauf. Das ist schlecht für Ausländer.«

Nicht einmal der Alte Mann konnte ahnen, wie schlecht es wirklich war, geschweige denn, daß ein anderes Auge in seine Angelegenheiten spähte, und zwar aus einer Gegend, von der man es am wenigsten erwartet hätte: aus dem Weltall, an sich seine angestammte Domäne.

* * *

Während die Vergrößerungen der von dem Spionagesatelliten aufgenommenen Fotografien trockneten, drückte der in der Nähe von Washington für die technische Abteilung zuständige Experte sein

Erstaunen auf konventionelle Weise mit einem leisen Pfiff aus. Dann führte er vorschriftsmäßig ein paar streng verschlüsselte geheimnisvolle Telefonate, mit dem Erfolg, daß sich in einem Lageraum irgendwo außer Reichweite von allem, wenn man von Kaffee in Plastikbechern absah, rasch eine Anzahl Interessierter versammelte.

Eine knappe Stunde nach ihrer Entdeckung stand Lougene W. Twistle, einen Zeigestock in der Hand, vor der riesigen Vergrößerung einer Luftaufnahme und dozierte vor einer Handvoll Experten, die sich wie Sprinter in ihren Startblöcken vorbeugten.

»Dies ist die Fotografie AP Bindestrich MS Bindestrich 11.932.417, aufgenommen am vierten elften um vierzehn Uhr einundzwanzig Ortszeit über dem Tienanmen-Platz in Peking, auch bekannt als Beijing. Wie Sie sehen, weist der Platz ungewöhnliche Aktivitäten auf, nachdem er seit den Vorkommnissen vor einigen Monaten weitgehend leer oder kaum bevölkert war. Damit beziehe ich mich natürlich auf die Studentenunruhen sowie das Eingreifen der Armee.«

»Lassen Sie uns auf das Wesentliche kommen«, befahl Milton Runway, einer der Chefs des FBI. »Keiner von uns hat viel Zeit.«

»Ich habe meine Anweisungen, Sir. Nicht alle meine Klienten sind so gut informiert wie die hier anwesenden Gentlemen. Senatoren, Kongreßabgeordnete, solche Leute«, erklärte Twistle.

»Das wissen wir zu schätzen«, bellte Runway.

»Bevor wir anfangen, möchte jemand Kaffee nachgeschenkt haben?«

Da es keinen Konsens gab, fuhr Twistle in seinem gemessenen Tempo fort.

»Gründe für die Vergrößerung. Nun, es fanden sich zahlreiche kleine weiße Flecken, gewöhnlich Stirnbänder von Studenten oder, in einigen Fällen, Transparente, die in der Regel rechteckig sind, selbst aus einigen tausend Kilometern Entfernung. Aber nur ein Fleck war rundlich, und der sah sogar unter einer Lupe weder wie ein Stirnband aus – er war zu groß –, noch befand er sich zwischen zwei Stangen. Ich entschied mich für die größte Vergrößerung. Hier, meine Herren, ist das Ergebnis der hervorragenden Arbeit unserer Labors. Hier...«, und damit schwenkte er seinen Zeigestock über die Menschenmenge, »... befinden sich die Studenten, ein paar Milizionäre sowie andere, deren Rolle auf dem Platz sich nicht präzise bestimmen ließ ... aber hier ...«, damit deutete er auf den erwähnten weißen, rundlichen Fleck, »... hier finden wir einen Mann von mittlerer bis beträchtlicher Korpulenz, der offenbar auf den Boden gefallen ist und aus diesem Grund eine ungewöhnlich große Fläche beansprucht. Neben ihm, wenn die Herren genau hinsehen wollen – weil er dunkel ist, läßt er sich vor dem dunklen Hintergrund nicht besonders gut ausmachen –, hält sich ein kleiner Bursche mit langen Haaren und augenscheinlich ungepflegtem Bart auf. Er streckt seine Hand aus, vermutlich um dem fülligen Menschen beim Aufstehen behilflich zu sein. Zunächst hält man den Kerl für einen unter vielen Chinesen, aber wenn man sich den erwähnten fülligen Menschen genau ansieht, bemerkt man einen weißen Bart und einen kahlen oder schwach behaarten Schädel, außerdem den beträchtlichen Platz, den sein Mittel- oder Bauchbereich einnimmt, besonders auffällig durch seine liegende Körperhaltung, während jede andere Person in dem fraglichen Teil des Platzes aufrecht steht.«

»Ich habe genug gesehen und bin überzeugt«, sagte Runway. »Das sind sie.«

»Ich wollte den Herren gerade in Erinnerung rufen, wie die beiden Gesuchten aussahen, als sie sich noch in den Vereinigten Staaten aufhielten«, bemerkte Twistle, und ein Diaprojektor zeigte Aufnahmen des Alten Mannes und Mr. Smith' im Fernsehen mit Joey Henchman, außerdem ihre Paßfotos aus den beschlagnahmten saudiarabischen Pässen sowie anderes Beweismaterial.

»Ich will sie nicht noch mal sehen. Herrgott, könnt ihr Jungens ein paar Saukerle vergessen, die dem FBI die größte Demütigung seiner Geschichte beigebracht haben? Sie sind's, klar. Und jetzt ...« In einem Anfall schlechter Laune über die ununterbrochene Diashow mit Erinnerungsstücken: »Würden Sie das verdammte Gerät bitte abschalten, Mister?«

Twistle, ein wenig eingeschnappt wie alle Techniker, deren Auftritt vor Gericht von denjenigen unterbrochen wird, die sich für zu ranghoch halten, um gründlich zu sein, schaltete das Gerät aus, ließ aber die Vergrößerung hell erleuchtet.

»Wenn die Gentlemen meine Anwesenheit für erforderlich halten sollten, erreichen Sie mich über Anschluß 72043«, sagte er und ging unauffällig. Seine Arbeit als wortgewandtes und präzises Rädchen in einem gewaltigen Getriebe war erledigt.

Runway stand auf und schritt auf und ab. Offensichtlich tat er dies immer, wenn er gründlich nachdenken mußte. »Hört zu, Leute«, sagte er, und seine Stimme kündete von tiefer Befriedigung, »wir haben die Spur wiederaufgenommen. Laut israelischem Geheimdienst erzählten diese Burschen ihren israelischen Vernehmern, sie würden als nächstes in Japan haltmachen. Sie landen in China. Also, Frage: Haben sie ihren Plan geändert, oder ist ihre Reichweite begrenzt, wie die eines Flugzeugs?«

»Ich verstehe nicht, welchen Unterschied...«, hub Lloyd Shrubs an, ein weiteres Mitglied der Gruppe.

»Jeden Unterschied auf der gottverdammten Welt«, kreischte Runway, in seiner unendlichen Ungeduld mit geschlossenen Augen grimassierend. Er beruhigte sich, um seine Erklärung der Zusammenhänge abzuliefern.

»Jeder kann seinen Plan ändern. Stimmt's?«

»Stimmt«, bestätigte Shrubs.

»Angenommen, ihre Pläne haben sich nicht geändert. Sie wollten nach Japan. Ihnen ist einfach der Treibstoff ausgegangen, den sie brauchen. Begriffen? Und sie mußten in Beijing notlanden!«

»Was verrät uns das?« Shrubs ließ nicht locker.

»Das verrät uns die Reichweite, deren sie fähig sind!« Runway sprach überdeutlich, wie zu einem Geistesschwachen. »Spannen Sie auf der Landkarte einen Zirkel zwischen Tel Aviv und Beijing. Nun ziehen Sie mit dem Zirkel einen Kreis um Beijing, bei gleichbleibendem Radius. Jetzt haben Sie die genaue Entfernung, die sie von Beijing aus zurücklegen können, ohne zu landen!«

»Mit anderen Worten«, sagte Shrubs, »wir wissen, daß sie nicht weiter als bis zum Yukon, nach Djakarta, Bangalore oder zurück nach Tel Aviv kommen, ohne eine kurze Ruhepause einzulegen. Eine umwerfende Information.«

»O.K.« Runway beruhigte sich schlagartig und unternahm einen neuen Versuch. »Wie wir wissen, haben sie den Nordatlantik in einer Concorde überquert. Warum? Dadurch sind sie ein unglaubliches Risiko eingegangen, in Anbetracht ihres Status als Rechtsbrecher. Beruhte diese Entscheidung darauf, daß sie ihre Grenzen kannten? Riskierten sie, über dem Meer niedergehen zu müssen?«

»Das kann ich nicht beantworten«, sagte Shrubs.

»Ist mir klar. Ich auch nicht. Aber ist es nicht Ihre heilige Pflicht, dieses Problem zu lösen? Sollte ein guter Aufklärungsfachmann nicht versuchen, alles zu erfahren, was es über seinen Kontrahenten zu erfahren gibt? Können Sie etwa im voraus sagen, welcher Informationsschnipsel in genau welchem Moment nützlich sein wird?«

»Natürlich nicht«, gab Shrubs zu, »aber die Wahrscheinlichkeit läßt sich gewichten, und man muß sogar Eingebungen berücksichtigen, den sechsten Sinn.«

»Die lasse ich nicht unberücksichtigt«, erwiderte Runway ernst.

»O.K., und was sagt Ihnen Ihr sechster Sinn, wohin wollen die beiden?« fragte Shrubs und schob sich als Denkhilfe ein Kaugummi in die Backe.

»Mein sechster Sinn?« erkundigte sich Runway, als wende er sich an seine eigene höchste Instanz. »Japan. Dorthin wollten sie, wie sie selbst erklärt haben. Dorthin wären sie auch gekommen, wenn ihnen der Treibstoff nicht ausgegangen wäre.«

»Japan? Ich habe ein anderes Szenario für Sie.« Shrubs ließ nicht locker.

»Ach?«

»Sie haben den Mossad belogen. Die ganze Japan-Chose ist nichts als eine gigantische falsche Fährte. Das Wild ist entkommen – nach Ägypten, Jordanien oder in den Irak, einem von diesen Ländern.«

»Eins haben Sie vergessen«, murmelte Runway, eine aus seinem anscheinend unerschöpflichen Vorrat an Trumpfkarten ausspielend. »Der Dicke behauptet, er sei Gott. Und Gott lügt nicht. Und wer behauptet, er sei Gott, der lügt auch nicht. Warum? Weil er will, daß seine Behauptung glaubwürdig bleibt. Hinzu kommt, man belügt den Mossad nicht. Der glaubt nämlich ohnehin, daß man lügt, und dann tut man alles, um ihre miese Meinung über einen zu entkräften.«

»Also?«

»Also entscheiden wir uns für Japan. Und alarmieren unsere Agenten, die sich innerhalb der vermuteten Reichweite unseres Pärchens befinden.«

»Das wird einer Menge Leute schlaflose Nächte bereiten.«

»Besser, als wenn sie uns wieder durch die Finger schlüpfen. Hier geht's nicht mehr nur um Durchsetzung der Gesetze, Lloyd. Hier geht's um unsere gottverdammte Ehre.«

»Eine Variante können wir unberücksichtigt lassen«, meldete sich Stanley Rohdblokker, der sich gehütet hatte, vorher zu unterbrechen. »Die Behauptung, daß die Burschen für die Russkies arbeiten und von denen ihren geheimen Antrieb bekommen.«

»Ich will nichts unberücksichtigt lassen, auch wenn es noch so lächerlich klingt«, beharrte Runway. »Auf den ersten Blick wirkt diese Theorie unwahrscheinlich. Nun, die Roten haben ja nicht mal feste Treibstoffe für ihr Raketenprogramm. Wie könnten sie in einer Hinsicht so fortgeschritten, in anderer wiederum so zurückgeblieben sein? Davon abgesehen weiß man, daß sie sich eher auf den umfassenderen, weniger diffizilen Gebieten der technischen Wissenschaften auskennen als in den miniaturisierten. Allerdings muß man sagen, daß der Alte und sein Begleiter einmal in Moskau waren, wenn auch nur kurz. Also, geschah dies, um sich mit dem KGB zu besprechen und neue Anweisungen zu erhalten? Das läßt sich noch nicht sagen, auch wenn unsere Informationen darauf hinauslaufen, daß sie sich nicht länger als etwa drei Stunden in der sowjetischen Hauptstadt aufhielten; unter anderem nahmen sie an der Vormittagssitzung des Kongresses teil, während deren sie beide Reden hielten. Für eine Lagebesprechung war wohl kaum Zeit. Andererseits...«

»Woher haben wir diese Informationen?« Das war der unermüdliche Shrubs, der nicht lockerließ.

»Russische Quellen und einige unserer eigenen.«

»Wir müssen uns jetzt auf *russische* Quellen über Rußland verlassen?« Aus Shrubs' Mund hörte sich das schier unglaublich an.

»So steht es in unserem Beistandspakt, so ist eben das Leben, Lloyd. Natürlich überprüfen wir es, wenn möglich.«

»*Wenn möglich?*« hakte Shrubs nach, was sich sogar noch mehr nach Verrat anhörte.

»Ja. Gottverdammich, worauf wollen Sie hinaus, Lloyd? Daß wir uns verraten und verkauft haben, als wir auch nur das kleinste Dokument mit ihnen unterschrieben?« schrie Runway.

»So isses.«

»Machen Sie einen besseren Vorschlag.«

In diese aufgeladene Atmosphäre platzte Declan O'Meaghan, in Fachkreisen O'Mean, der Verschlagene, genannt.

»Um mal kurz das Thema zu wechseln, ohne den generellen Rahmen unserer Richtlinien zu sprengen: Gibt es irgendwelche Beweise für oder gegen das weitverbreitete Gerücht über unsere beiden abtrünnigen Falschmünzer, daß sie schwul seien?«

»Um Himmels willen, Declan, was würde uns das bringen, wenn wir's wüßten?«

»Solche Leute lassen sich häufig leicht in Versuchung führen, die man ihnen dezent in den Weg streuen könnte, während sie um die Welt reisen. Wir könnten sie, wie man mir versichert, verleiten, wenn wir uns geschickt anstellen.«

Runway räusperte sich. »Zunächst einmal liegen uns die vertraulichen medizinischen Berichte aus dem Krankenhaus vor, in das man sie bei ihrer ersten Festnahme brachte. Darüber möchte ich mich nicht detailliert auslassen. Die Feststellung muß genügen, daß sie offenbar nicht über die Voraussetzungen für etwas anderes als eine vegetative Form der Fortpflanzung verfügen. Habe ich mich damit verständlich gemacht?«

»Nein«, sagte Shrubs.

»Sie haben weder Venen noch Arterien.«

»Meinen Sie das ernst?«

»Todernst. Wie sie funktionieren, bleibt ein Geheimnis. Macht man sich das klar, läßt sich nur schwer vorstellen, daß sie irgendein körperliches Leben einschließlich der damit verbundenen Versuchungen führen könnten. Vor diesem Hintergrund, Declan, fällt mir – auch wenn wir in unserer Mitte zahlreiche brillante Köpfe mit vielen herausragenden Fähigkeiten haben – spontan keiner ein, der den beiden in der Volksrepublik China eine Schwuchtelfalle stellen könnte.«

»Morgen vielleicht in Japan, Nepal, Kamtschatka ...«
»Ist es dort einfacher?«
»Es muß einen Weg geben ...«, murmelte Declan und knabberte wie ein Schuljunge auf einem Bleistift, während ihm sein Geflecht kohlschwarzer Haare über ein eisblaues Auge fiel, das Bild eines korrupten Kardinals kurz vor seiner Demaskierung.

* * *

Auf dem Platz trieb das Mädchen den Alten Mann und Mr. Smith an, als wisse sie, was sie tat, und habe irgendeine unfehlbare Prozedur völlig unter Kontrolle. Es herrschte eine diffus bedrückende Atmosphäre.
»Warum bewegen wir uns auf diese ermüdende Art?« fragte der Alte Mann.
»Es wäre töricht stehenzubleiben«, antwortete das Mädchen.
»Wenn wir uns schon bewegen müssen, warum verlassen wir dann nicht den Platz?«
»Das wäre Selbstmord. Sie nehmen jeden fest, der gehen will.«
»Woher wissen Sie, daß man nicht jeden festnimmt, der bleibt?«
»Das weiß ich nicht.«
»Wie fühlst du dich?« fragte Mr. Smith besorgt.
»So gut, wie zu erwarten war. Warum sind wir ausgerechnet hier gelandet?« erkundigte sich der Alte Mann schwer atmend.
»Uns ist der Dampf ausgegangen, der Saft, wie immer du es nennen willst. Wir sind nicht einfach gelandet. Gefallen sind wir. Zwei Sterbliche hätten sich übel verletzt.«
»Vielleicht ist es ja nur Einbildung, aber ich schätze, ich habe mich übel verletzt.«
»Wenn Sie sich unterhalten müssen, tun Sie es auf chinesisch«, sagte das Mädchen grimmig.
»Auf chinesisch? Aber wir sehen nicht aus wie Chinesen!«
»Hier gibt es starke Ausländerfeindlichkeit, seit sich die fremden Staaten weitgehend so verhalten, als hätte es nie einen Tienanmen gegeben.«

»Hast du die Kraft, Japan zu erreichen, falls wir in aller Eile verschwinden müßten?« wollte Mr. Smith wissen.

»Weiß nicht«, antwortete der Alte Mann auf kantonesisch, vor Kummer die Augen geschlossen haltend.

»Kein Kantonesisch!« blaffte das Mädchen. »Zur Zeit sind Kantonesen ebenso unbeliebt wie Ausländer.«

»Womöglich müssen wir im Handumdrehen weg«, warnte Mr. Smith auf mongolisch.

»Wenn die Lage verzweifelt genug ist, findet man immer die Kraft«, keuchte der Alte Mann.

»Warum redest du Usbekisch, wenn ich dich im Dialekt von Ulan Bator anspreche?«

»Natürlich kenne ich Mongolisch«, seufzte der Alte Mann. »Das gehört zu den wichtigen Vorteilen der Allwissenheit. Aber ich habe es nie reden hören und keine Ahnung, wie man es ausspricht.«

»In besseren Zeiten habe ich da draußen einfache Versuchungen ausprobiert. Die armen Schätzchen, sie waren leichte Beute. Sie hatten kaum etwas. Und auf jede Emotion – Fröhlichkeit, Klamauk, Charme, Tragödie, Begierde – reagierten sie mit wildem Geschrei. Häufig war es schwierig, ihre wahren Gefühle herauszufinden.«

Mr. Smith' Träumereien wurden durch ein Netz unterbrochen, das offenbar von zwei Laternenpfählen herabfiel und sich wie eine riesige Glocke über die Leute darunter stülpte. Mittels einer Schlinge zog es sich rasch zu, so daß die etwa zwanzig von dem Netz umgebenen Personen unsanft zusammengedrückt wurden. Sie waren Gefangene der Milizionäre, die sich zufrieden grinsend um sie scharrten und es augenscheinlich genossen, mit ihren Waffen herumzufuchteln.

Das Mädchen fluchte. »Der älteste Trick der Welt, und ich habe ihn nicht kommen sehen.« Dann gewann ihr normales eisiges Ich wieder die Oberhand. »Der Film darf nicht in ihre Hände fallen. Sie werden mich ausziehen. Das machen sie gern.«

»Geben Sie ihn mir«, sagte der Alte Mann leise.

»Vielleicht verzichten sie darauf, Sie als Ausländer zu durchsuchen, aber ich bezweifle das, bei ihrer jetzigen Laune.«

»Her damit. Ich passe schon auf mich auf, keine Angst.«

Sie wurden so fest gegeneinandergequetscht, daß das Mädchen Schwierigkeiten hatte, in ihre Tasche zu fassen und dem Alten Mann den Film zu reichen.

»Ich hätte Lust, ein paar Feuer zu machen«, kreischte Mr. Smith, von dem Alten Mann durch etliche Studenten getrennt, die sich panisch gegen die von allen Seiten drückenden rauhen Seilstränge wehrten.

»Tu nichts Übereiltes!« bat der Alte Mann. »Laß uns zuerst von diesem Platz verschwinden. Eine falsche Bewegung von dir, und die ganze Gegend könnte brennen wie ein Freudenfeuer.«

Die Studenten draußen flehten die Polizisten an und verteilten Blumen, stießen aber auf taube Ohren. Ein Lastwagen fuhr rückwärts in den von Demonstranten geräumten Bereich. Seine Ladeklappe fiel zu Boden, der Druck des Netzes ließ nach. Man hob seinen Rand hoch, und die Gefangenen durften tief gebückt einer nach dem anderen hinaus; sie wurden von den Milizionären mit Prügeln empfangen und grob in Richtung Lkw geschoben, auf den sie klettern mußten, von den Gewehrkolben und Schlagstöcken anderer Milizionäre ermuntert. Dem Mädchen stellte man ein Bein, als sie aus dem Netz kam, auf dem Boden liegend wurde sie brutal geschlagen. Dann isolierte man sie von den übrigen Gefangenen. Der Alte Mann erhielt seine Ration Schläge mit dem Gewehrkolben von dem Milizionär, den allein schon die Masse seines Ziels zu Ausgelassenheit animierte. In aller Ruhe ergriff der Alte Mann das Gewehr, verbog den Lauf zu einem Knoten und reichte es seinem Benutzer lächelnd zurück.

»Und nun erklären Sie das Ihrem Vorgesetzten«, sagte er in Mandarin.

Verblüfft betrachtete der Milizionär mit weit aufgerissenen Augen seine Waffe, den Mund zu einem humorlosen, ungläubigen Grinsen verzogen.

»Ich habe die nötige Energie!« rief der Alte Mann Mr. Smith zu, als er den Lkw bestieg. »Es hängt davon ab, ob der Geist beschäftigt ist.«

Als Mr. Smith unter dem Netz durchkroch, erhielt er einen heftigen Schlag und eine Ladung Spucke mitten ins Gesicht, vermutlich als verhaßter Ausländer. Mr. Smith zahlte seinem Peiniger mit gleicher Münze zurück, indem er ihn mit einem Speichelpfeil in die Augen traf. Der Milizionär schrie auf und preßte vor Schmerz seine Hände gegen die Augen.

»Du hast ohnehin zuviel gesehen«, verkündete Mr. Smith, ebenfalls in Mandarin, und fügte hinzu: »Jetzt verzieh dich und mach ein chinesisches Sprichwort draus.«

Als er den Lastwagen bestieg, stieß er einen furchterregenden Schrei aus, das Geräusch einer feilenden Nagelfeile, so laut verstärkt, daß es das menschliche Ohr nicht ertrug. Der seine Augen reibende Milizionär krümmte sich plötzlich vor lauter Qual und legte seine Hände auf die Ohren, um sie zu schützen, aber zu spät.

Als der Lkw ruckartig anfuhr, wollte der Alte Mann von Mr. Smith wissen: »Was hast du getan?«

»Reden kann er noch«, stellte Mr. Smith völlig ausdruckslos fest. »Damit er seinen Kindern davon erzählt.«

Der Alte Mann sah seinen manchmal so unschätzbaren, so verständnisvollen, so überraschenden Kollegen an und sah nur die von grünen und blauen Adern durchzogene Blässe eines reifen Gorgonzola, die Lippen feucht wie ein Winterweg, Nasenlöcher wie Höhlen in ausgewaschenen Kalksteinfelsen, Augen so gesprenkelt wie das Spiegelbild des Mondes in glatten Pfützen in Nächten voller jagender Wolken. Die einzige Reaktion, zu der er sich aufraffen konnte, war ein monotones: »Smith, Smith, Smith ...«

Der Lkw knirschte und ächzte auf seiner langsamen Fahrt durch die mißmutige Menge. Der Alte Mann und Mr. Smith hatten einander nichts zu sagen, bis plötzlich zu beiden Seiten auftauchende Häuser andeuteten, daß sie sich endlich auf einer normalen Straße befanden.

»Wir haben den Platz verlassen«, murmelte der Alte Mann. »Wenn du möchtest ...«

»Fühlst du dich fit genug?« fragte Mr. Smith besorgt.

»Bei den seltenen Gelegenheiten, da ich wütend bin, fühle ich mich für alles fit genug. Aber warum Tokio?«

»Wir beide sollten noch einen Menschen kennenlernen, bevor unser Abenteuer ein Ende findet. Matsuyama-San.«

»Wen?«

»Ruhe«, brüllte der Wachtposten auf der Ladefläche des Lkw. »Ihr habt noch genügend Zeit zu reden, wenn der Oberst euch auf seine unnachahmliche Art Fragen stellt.«

Mr. Smith zwängte sich zu dem Wachtposten, an ein paar Studenten vorbei, die entweder jeden Mut verloren hatten oder sich ihre Energien aufsparten. Er sprach den Mann sehr leise auf Mandarin an.

Der Wachtposten versuchte angestrengt, ihn zu verstehen. »Was?«

Mr. Smith wiederholte seine Frage, in der es ziemlich sicher darum ging, daß er unbedingt aufs Klo müsse.

Der Wachtposten beugte sich noch tiefer hinab, um die Frage zu verstehen.

Blitzschnell hatte Mr. Smith mit seinen schartigen Zähnen das Ohr des Mannes gepackt und verbiß sich darin wie ein Hund.

Der Wachtposten schrie wie am Spieß und konnte nicht einmal versuchen, sich zu befreien, so gefährdet kam ihm sein Ohr unter diesen Umständen vor. Plötzlich erregte ein ähnlich intensiver Schmerz ebenfalls seine Aufmerksamkeit. Seine beiden Stiefel brannten lichterloh. Mit einem brutalen Kopfschütteln riß Mr. Smith dem Mann das halbe Ohr ab und warf den sich nicht wehrenden Wachtposten über die Ladeklappe auf die Straße. Bald geriet der sich auf der verlassenen Straße windende, heulende Mann mit den brennenden Stiefeln außer Sicht.

Mr. Smith klappe die Ladeklappe runter und wandte sich mit einer großmütigen Geste an die Studenten. Einer nach dem anderen sprangen sie aufgeregt von dem Lastwagen. Bald waren der Alte Mann und Mr. Smith allein.

»Jetzt?«

Mr. Smith schüttelte nur den Kopf.

»Was ist das für ein widerwärtiger Gegenstand in deinem Mund, der dich am Reden hindert?«

»Oh.« Mr. Smith hatte vergessen, daß er etwas in seinem Mund hatte, an dem er nervös knabberte. Er nahm das Stück Ohr des Wachtpostens heraus und warf es wie eine leere Zigarettenschachtel fort.

»Laß ihnen ein Weilchen Zeit zum Entkommen.«

Nach einer langen Pause sagte Mr. Smith: »Reich mir deine Hand.«

»Was hast du vor?«

Aus dem Fahrerhaus erklangen Schreckensrufe.

»Was hast du gemacht?« fragte der Alte Mann, als das Fahrzeug quietschend anhielt.

»Der Motor und alle vier Reifen stehen in Flammen.«

Der Fahrer und zwei Wächter brabbelten wütend, als sie aus dem Fahrerhaus auf die Straße sprangen und konsterniert entdeckten, daß die Lkw-Ladefläche leer war und die Klappe schlaff nach unten hing.

»Weißt du«, sagte der Alte Mann, »als ich mir das menschliche Ohr ausdachte, hielt ich es für einen Gegenstand unaussprechlicher Schönheit... und Ausgewogenheit...«

»Nicht jetzt. Später«, unterbrach ihn Mr. Smith taktvoll, und sie verschwanden beide geräuschlos, während die Wachen ihre Maschinenpistolen in Richtung auf die Stelle leerten, wo sie eben noch gewesen waren.

18

In Tokio regnete es erbärmlich, als sie in einer elenden Gasse in dem ärmsten, klaustrophobischsten Viertel der Stadt eine makellos weiche Landung hinlegten.

»Das hast du perfekt gemacht«, sagte Mr. Smith, die Fähigkeiten des Alten Mannes erstaunlich sensibel anerkennend. »Bist du immer noch böse?«

»Böse nicht. Aber unser chinesisches Abenteuer hat mein Bewußtsein geschärft. Wir hatten nicht vor, dort zu landen. Was hat uns dorthin getrieben? Ja, ja, ich weiß, was du sagen willst, wir hatten nicht genügend Energie, aber warum auf dem Tienanmen-Platz? Warum nicht irgendwo sonst in diesem riesigen Land, auf einem abgelegenen Reisfeld, in einem während der Kulturrevolution zerstörten alten Tempel?«

»Du weißt davon?« fragte Mr. Smith verblüfft.

»Mich haben alte Männer schon immer fasziniert, die den Kopf verlieren und mit dem getrübten Verstand der Impotenz oder erzwungener Bewegungslosigkeit den Krieg erklären. Mao Zedong hat sofort meine Aufmerksamkeit erregt. Er entschied sich zu schwimmen, als gehen schwierig wurde. Wie ein anderer alter Kauz in Afrika.«

»Bourguiba, in Tunis.«

»Genau der, schwamm überall, um zu beweisen, daß er sich noch bewegen konnte, die deutlichste Rückkehr in den Schoß, zum Schwimmen in der Plazenta. Aber Mao setzte noch eins drauf: Er schwamm mit einer Hand, in der anderen hielt er sein kleines Buch mit Plattheiten, ein ziemlich mieser Reklametrick für ein Büchlein, das ohnehin nichts taugte. Dann, als seine Gier nach Unsterblichkeit unerträglich wurde, befahl er seinen jungen Leuten, loszuziehen und alles Alte außer ihm selbst zu zerstören. Der endgültige Beweis der Senilität, die endgültige Rache eines Verstands, der durch den Gebrauch verrostet war.«

»Offenbar hast du dein Thema gründlich studiert.«

»Wundert dich das, bei meinem Alter?« murmelte der Alte Mann wehmütig und ergänzte mit hochgezogener Stirn: »Warum auf dem Tienanmen-Platz? Vermutlich mußten wir noch etwas Besonderes lernen. Doch was brachte uns dorthin? Die Vorsehung? Aber die Vorsehung sind wir...«

Schweigend standen sie einen Moment lang in dem strömenden Regen. Wasser spritzte aus Rinnen in Fässer und weiter auf die kopfsteingepflasterte Gasse, gelegentlich kam eine alte Frau in klappernden Holzpantinen vorbei, die durch die schmale Straße hallten.

»Wohin gehen wir?« fragte der Alte Mann.

»Das läßt sich in Japan nicht so einfach sagen, weil die Häuser entsprechend ihres Baujahrs durchnumeriert sind, doch ich glaube, es ist die schwarze Öffnung da drüben.«

»In der Öffnung gibt es keine Tür.«

»Was in den ärmeren Bezirken dieser Stadt keine Überraschung zu sein braucht. Aber siehst du den kleinen glänzenden Gegenstand unter dem Dach? Wir werden bereits elektronisch überwacht.«

»Man kann uns von innen sehen?«

»Man nimmt jeden unserer Schritte auf.«

»Und wen erwarten wir dort vorzufinden?«

»Matsuyama-San.«

Sie machten sich daran, die Straße zu überqueren, traten vorsichtig über das von mitgeführter Erde gelbgefärbte, reißende Wasser, das den Hügel hinunterschoß und sich zwischen den Steinen seinen Weg suchte. Als sie sich Matsuyama-Sans Haus näherten, das man zwischen andere, auf verschiedenen Ebenen erbaute Häuser gequetscht hatte, sagte der Alte Mann plötzlich: »Ach ja, das menschliche Ohr. Ich erinnere mich. Es war eine schwierige Entscheidung, es funktional und schön zugleich zu gestalten. Ein echtes Problem. Nach vielen Versuchen und Irrtümern war ich mit dem Resultat recht zufrieden. Zugegeben, entfernt von Meeresmuscheln angeregt, doch deshalb nicht schlechter. Alles in allem war es erfolgreicher als der Fuß, ein Körperteil, der mir von Anfang an Kummer bereitete. Ich probierte, ihn so harmonisch wie das Ohr zu gestalten, aber der durchschnittliche Körper konnte auf einer so zerbrechlichen Grundlage nicht das Gleichgewicht halten, und ich mußte ihn so sehr vergröbern, bis er zu dem funktionalen und irgendwie verwachsenen Gegenstand wurde, der er ist. Aber das Ohr ... ah, das Ohr ...«

»Ich entschuldige mich für mein Benehmen. Bestimmt habe ich dich schockiert«, sagte Mr. Smith, als er die Hand ausstreckte, um dem Alten Mann bei dem rutschigen Abstieg behilflich zu sein.

»Ich habe mich an ein anderes Verhalten gewöhnt«, gab der Alte Mann zu. »Zeitweise übersah ich sogar, wer du bist. Aber der Kontakt mit einer Zivilisation, die, soviel ich weiß, eventuell eine Spur zu alt ist, weckt in dir eine Art urzeitliche Herzlosigkeit, eine Rücksichtslosigkeit und Wildheit, die du mich hattest vergessen lassen.«

»Warum braucht ein Mensch Seh- und Hörvermögen, wenn er aus diesen Privilegien so wenig Nutzen zog, als er sie noch besaß?«

»Wenn das so ist, war es grausam, nicht gütig, ihm sein Sprechvermögen zu lassen.«

»Natürlich. Soll er andere mit der Schilderung seines Mißgeschicks langweilen, bis er stirbt.«

»Wo wir schon mal beim Thema sind: Was war mit dem Ohr? War das nötig?«

»Er braucht sich nur die Haare wachsen zu lassen. Das ist heutzutage ziemlich modern. Ich fand den ganzen Zwischenfall ziemlich enttäuschend. An einem Ohr ist kaum Fleisch dran. Wahrscheinlich könnte man sich an den Geschmack gewöhnen, wie an Tintenfisch.«

Trotz seines Ekels mußte der Alte Mann leise kichern. »Du bist wirklich ein wüster und undisziplinierter kleiner Kerl.«

»Bei diesem Job muß man das sein«, behauptete Mr. Smith, sich in der Wärme des Kompliments sonnend. »Verlangt wird unsentimentale Weltsicht sowie eine gewisse begleitende Härte, um deine Integrität mit Tatkraft zu untermauern.«

Der Radar hatte sich wie das Auge eines Zyklops bewegt, und als Ergebnis seiner Erkundungen jagten nun vier Akita-Inu-Hunde aus der dunklen Öffnung auf die Straße, finster, stumm, unversöhnlich. Mr. Smith kreischte auf und versteckte sich hinter dem Alten Mann.

»Du brauchst dich gar nicht erst in irgendein eindrucksvolles Vieh zu verwandeln. Diese Hunde fürchten sich vor gar nichts.«

»Was sind das?« flüsterte Mr. Smith mit vor Angst klappernden Zähnen.

»Akitas. Bei vier von der Sorte braucht man keine Tür.«

Der Alte Mann hob eine Hand und sagte: »Platz!« Auf japanisch, versteht sich.

Die vier Akitas nahmen gehorsam Platz und warteten auf weitere Anweisungen, die hellen Augen wachsam.

»Erstaunlich. Aber aus einer sitzenden Position könnten sie problemlos aufspringen«, gab Mr. Smith zu bedenken.

Der Alte Mann senkte die Hand, Handfläche nach unten. »Hinlegen«, sagte er auf japanisch.

Die vier Akitas legten sich hin, die Augen so wachsam wie immer.

»Vielleicht könnten sie ein kurzes Nickerchen halten«, schlug Mr. Smith vor, »oder sogar ein langes. Eventuell bis in alle Ewigkeit.«

»Weißt du genau, daß du nicht zuerst ein Stückchen von ihren Ohren haben willst?« fragte der Alte Mann.

»Tut mir leid.«

Der Alte Mann bewegte langsam die Finger, als spiele er in der Luft eine getragene Melodie.

»Das wird schwieriger«, sagte er, und seine Stimme bekam etwas Träumerisches. »Ihr seid sehr müde«, teilte er den Akitas mit. »Ihr wollt träumen, von Knochen... Knochen... Knochen...«

Die Hunde schienen nicht schläfrig zu werden, sondern musterten den Alten Mann mit gewohnter Wachsamkeit.

»Ich sagte dir ja, das würde schwieriger«, bemerkte der Alte Mann.

»Darf ich einen Vorschlag machen?«

»Welchen?« Der Alte Mann zeigte sich ein wenig irritiert, daß jemand in Mr. Smith' gefährlicher Lage ihm auch noch Ratschläge erteilen wollte.

»Wäre es nicht sinnvoller, weiterhin Japanisch zu sprechen, statt abrupt auf Polnisch umzusteigen, wie du es getan hast?«

»Das habe ich getan? Was nur zeigt, daß auch ich bald schwimmen werde, mit einer Hand meine Gesetzestafeln in die Luft haltend.«

Der Alte Mann schaltete auf eine Art Hundejapanisch um. »Ihr seid müde... Ihr wünscht, von Knochen zu träumen...«

Einer nach dem anderen schloß die hellen Augen.

»Ihr träumt von Eindringlingen.«

Sechzehn Hundebeine zuckten im Schlaf.

»Ihr habt sie in die Knöchel gebissen.«

Vier Fänge wurden gebleckt und schnappten wieder zu, etwas Schaum befleckte für eine Weile ihre Mäuler.

»Jetzt denkt ihr an Schla-a-af... Schla-a-af...«

Die vier Akitas plumpsten hin, als hätte man ihnen Drogen verabreicht.

»Was ist, wenn sie aufwachen, bevor es Zeit ist zu verschwinden?«

»Tun sie nicht. Komm, gehen wir hinein.«

Als die zwei Männer auf der Schwelle erschienen, entstand unter einigen kleinen Frauen und dem einen oder anderen jungen Mann Panik, die hin und her liefen, sich verbeugten, murmelten und mittelalterlicher Achtung Ausdruck verliehen.

»Matsuyama-San«, sagte Mr. Smith mit der Arroganz eines Samurai auf der Suche nach dem einen, ihm gebührenden Kampf.

Die Domestiken teilten sich wie Wasser, um sie durchzulassen. Von einer Matte oder einem niedrigen Tisch abgesehen, waren die Zimmer völlig leer, doch es waren mehr, als man von außen vermutet hätte.

In dem letzten Zimmer, auf Kissen thronend und von der Rükkenlehne eines Stuhls aufrecht gehalten, saß ein uralter Mann. Ja, er war so alt, daß die Umrisse des Schädels deutlicher hervorstachen als das, was von der Form seines Gesichts noch übrig war. Seine Haut schien so eng über die Knochen gespannt wie das Fell einer Trommel. Dadurch konnte Matsuyama-San sich praktisch nicht bewegen. Sein Mund stand fast immer offen, da ihm nicht genügend Haut zur Verfügung stand, um ihn zu schließen. An der einen Seite seines Mundes sah man eine dünne nasse Spur, während seine Kiefer zuckend und unsicher versuchten, Worte zu formen. Seine Augen waren lehmfarben, wenn man sie dann und wann einmal zu sehen bekam. Sie huschten in Öffnungen hin und her, die aussahen, als wären sie mit einem Dolch ins Gesicht geschnitten worden. Auf seinem verwüsteten Schädel standen noch ein paar einzelne Haare, wie Schilfrohre am Rande eines Teichs.

»Matsuyama-San?« erkundigte sich Mr. Smith.

Ein kaum wahrnehmbares Nicken war die Reaktion auf seine Frage.

Mr. Smith ging in die Hocke und forderte den Alten Mann auf, es ihm gleichzutun. Dieser nahm lieber auf dem Fußboden Platz, wo er sich sicher fühlte.

»Wir sind Freunde aus dem Ausland«, sagte Mr. Smith mit lauter Stimme, in der ziemlich sicheren Annahme, Matsuyama-San müsse wohl taub sein.

Matsuyama-San hob einen wackligen Zeigefinger. Das war immer das Zeichen, daß er – ob er nun taub war oder nicht – zu sprechen wünschte. Englisch redete er mit Ausländern, Japanisch mit Hunden und anderen Dienern.

»Ich sah, wie Sie meine Akitas behandelt haben.«

»Wie?« rief Mr. Smith.

Derselbe fiebrige Zeigefinger suchte nach einem Knopf, auf einer ganzen Schalttafel voller Knöpfe. Als er ihn drückte, verschwand die gesamte Bambuswand nach oben und enthüllte ein Bataillon von nicht weniger als vierzig Fernsehapparaten, die alle unterschiedliche Aktivitäten an verschiedenen Arbeitsplätzen zeigten. Nur auf dem ersten sah man den Hof mit den vier Akitas, die dort schliefen, wo der Alte Mann sie verlassen hatte.

»Mächtige Medizin«, murmelte Matsuyama-San.

»Es ist keine Medizin«, widersprach Mr. Smith, »sondern eins von Gottes besten Wundern.«

Das fand Matsuyama-San unsagbar komisch, und er schüttelte sich in stummer Heiterkeit.

»Weshalb lachen Sie, wenn ich fragen darf?«

»Gott.«

Der Alte Mann versuchte würdevoll und abweisend auszusehen.

Plötzlich schien Matsuyama-San zu knurren. Seine Laune war unvermittelt und ohne Vorwarnung umgeschlagen.

Er drückte auf einen Knopf, der zu leuchten begann.

Ein traditionell gekleideter junger Mann trat mit einer tiefen Verbeugung ein. Matsuyama-San hielt drei Finger hoch, dann zwei.

Der junge Mann betrachtete die Bildschirme und murmelte: »Nummer zweiunddreißig«, anschließend stieß er einen jener traditionellen japanischen Laute aus, der übertriebenes Mißfallen bedeutete, ein lang anhaltender Ton im unteren Register einer Posaune.

»Stimmt was nicht?« fragte Mr. Smith.

Der junge Mann sah Matsuyama-San an. Dieser erteilte ihm die Antworterlaubnis mit einer so winzigen Geste, daß sie für jemanden, der nicht dem Haushalt angehörte, unsichtbar war.

»In der Fabrik Nummer zweiunddreißig in der Präfektur Yamatori, wo wir U-Boot-Turbinen und elektronische Orgeln herstellen, ist die Vormittagspause seit über zwei Minuten zu Ende, und immer noch lachen einige Arbeiterinnen in der Kantine.« Er nahm einen Telefonhörer ab und wählte zwei Ziffern. Offenbar gab es eine direkte Verbindung. Er sprach kurz und nachdrücklich, dann glitt sein Blick zurück zu Bildschirm zweiunddreißig. Die Arbeiterinnen brachen gerade auf, um wieder an ihre Arbeitsplätze zu gehen. Matsuyama-San drehte an einem Knopf, und man konnte ihr Gespräch hören. Ein Mann betrat den auf dem kleinen Bildschirm erfaßten Bereich, fuhr die Frauen übereifrig an und kreuzte Namen auf einer Liste an. Die beiden gescholtenen Arbeiterinnen verbeugten sich und brachen fast in Tränen aus, als seien sie in einem höllischen Kindergarten bestraft worden.

»Was geht da vor?« wollte Mr. Smith wissen.

»Arbeiterinnen in der Tastenabteilung des Bereichs elektronische Orgeln werden bestraft wegen Lachens nach Ende der Erholungspause«, erklärte der junge Mann.

»Wodurch bestraft?«

»Nur den halben Lohn diese Woche. Wenn es zweimal passiert, Entlassung, und wenn einmal entlassen, fünf Jahre lang nicht können Beschäftigung finden in irgendeiner anderen großen japanischen Firma. Ist Abkommen zwischen Großbetrieben, auf Vorschlag von Matsuyama-San, größter von Großbetrieben.«

»Und das, weil sie nach der Erholungspause gekichert haben?«

»Gleiche Bestrafung für Kichern vor Erholungspause.«

»Und während der Erholungspause?«

»Erholungspause hat Namen, damit man während alles Kichern loswerden kann.«

»Eine ziemlich harte Regel für den Gewohnheitskicherer.«

Matsuyama-San verstand das zwar nicht, wollte aber seinen eigenen Gesprächsbeitrag beisteuern, ohne zu sehr auf einen Stellvertreter angewiesen zu sein.

»Matsuyama-San beschäftigt über zwei Millionen Personen«, sagte er von sich selbst und streckte zwei Finger in die Höhe.

»Zwei Millionen!« rief der Alte Mann, der seinen Ohren kaum trauen mochte.

»Sie Gott?«

»Das stimmt.«

Matsuyama-San gackerte vergnügt und hielt einen Finger hoch.

»Mein Name: Mr. Smith«, schrie Mr. Smith.

»Amelikanel.«

»Nicht unbedingt.«

»Gott auch Amelikanel.«

Der Alte Mann und Mr. Smith sahen einander an.

Es ließ sich schwer entscheiden, ob Matsuyama-San sehr dämlich oder zutiefst ironisch war.

»Was kann Gott sonst sein außer Amelikanel?« fragte er mit der begrenzten ihm zur Verfügung stehenden Fröhlichkeit. »Sein Amelika nicht Gottes eigenes Land?«

Der Alte Mann befand, daß sich hinter diesen Bemerkungen durchaus ein Schuß Boshaftigkeit verbarg.

»Seltsam, daß ein so ungeheuer reicher und mächtiger Mann in solch einem relativ ärmlichen Stadtteil wohnt«, befand der Alte Mann.

»Gott versteht nicht?« fragte Matsuyama-San, und dann verschlechterte sich seine Laune wieder, und er glich dem Tod persönlich. »Japaner nicht haben einen Gott«, säuselte er. »Japaner ziehen es vor, Verehrung in der Familie zu behalten, verehren Ahnen. Ich nicht verehre Ahnen; Ahnen nicht gut; habe mich selber zu allem gezwungen. Ich hier geboren, in diesem Haus. Meine Ahnen hier geboren. Köche, Tischler, Klempner, Diebe, alles mögliche. Viele Leute. Alte, junge, Neugeborene, Onkel, Tanten, Vettern, alle leben hier. Viel Lärm, viel Unruhe, keine Stille. Jetzt ich allein. Viel Stille, viel Nachsinnen, viel Grübeln. Meine Brüder, alle tot. Meine Schwestern, alle tot. Meine Kinder, einige tot, einige leben große Häuser, Swimmingpool, Grill, Holzbrücken über künstlich Bach, alles Luxus. Zwei meine Söhne – Kamikaze, versenken Schiffe. Einer sich tötet nach Kriegsende. Große Schande. Glück gehabt. Ich überleben Krieg. Setze fort japanische Tradition. Beschäftige zwei Millionen Menschen. Vielleicht bald mehr. Nicht mehr versenke feindliche Schiffe. Alte Zeiten. Jetzt versenke feindliche Automobile, Fernseher, Kamera, Uhr, High-Tech, neue Zeiten. Gut und Böse Kriterien der Vergangenheit. Alte Zeiten. Polarität der Zukunft: Effizienz und Ineffizienz, Haben und Nichthaben. Heute, Samurai leben wieder, aber in Industrie, nicht in Einzelkampf, sondern in Sitzungssaal.«

»Moment mal«, brüllte der Alte Mann, »wollen Sie damit andeuten, Effizienz und Ineffizienz sei an die Stelle von Gut und Böse getreten? Habe ich Sie richtig verstanden?«

»Völlig richtig. Das ist neue Dimension in menschlichem Verhalten. Rivalen reden viel von Effizienz, führen Idee aber nie zu logischem Ende. Führen Qualitätskontrolle ein, anderes Zeug, dulden aber Kichern während Arbeitszeit. Beide unvereinbar. Kann keine Ausnahme geben bei Suche nach totaler Effizienz. Gleichung wie folgt. Totale Effizienz gleich totale Tugend.«

»Eigenartig«, sinnierte der Alte Mann. »Wir geben uns alle Mühe, wie Sterbliche zu sprechen, um nicht den Eindruck zu vermitteln, wir fühlten uns überlegen, aus Höflichkeit, als kleine

Gefälligkeit, Sie verstehen. Sie hingegen, Matsuyama-San, reden wie ein Unsterblicher, aus einem Motiv heraus, das ich nicht zu verstehen wage.«

Die Andeutung eines Lächelns fiel wie ein Schleier über den zahnlosen Mund. »Überaus genaue Beobachtung«, flüsterte Matsuyama-San, während sich sein Zeigefinger zu einem anderen Schalter tastete. Der Bambusschirm hinter seinem Thron verschwand nach unten und gab den Blick auf eine merkwürdige Maschine frei.

»Dies Life-Support-System, neuestes Modell. Letzter Schritt auf dem Weg zu Unsterblichkeit. Meine Fabriken haben Befehl, innerhalb von fünf Jahren Technik des ewigdauernden Lebens zu meistern. Vertraulicher Bericht gestern gibt mir große Freude. Sagt mir, Arbeit geht gut. Braucht vielleicht weniger als fünf Jahr.«

»Aber was passiert, wenn Sie sterben, bevor Ihre Fachleute die Arbeit beendet haben?«

»Ich lassen mich sofort an Life-Support-Maschine anschließen. Schon Löcher in mein Fleisch gebohrt, um Sensoren aufzunehmen. Habe auch Schlitz in hinterem Schädel. Erhalte Diskette. Nimmt alle Gedanken während Koma auf. Kann verschlüsselte Anweisung geben, während bewußtlos. Nur noch letzter Schritt erforderlich, um Aussicht auf Unsterblichkeit für alle zu öffnen, die sie verdienen.«

»Und diese Aussicht macht dir Vergnügen, du armer Narr?«

Matsuyama-San brauchte ein Weilchen, um die Beleidigung wie Arznei aufzunehmen.

»Seit Jahren ich Vergnügen aufgegeben. Vergnügen ersetzt durch Leistung.«

»Haben Sie nie geliebt?« erkundigte sich der Alte Mann.

»Gehaßt?« warf Mr. Smith ein, um nicht außen vor zu bleiben.

»Ach so. Das letzte halbe Jahrhundert wenigstens eine Stunde am Tag für Ehefrau reserviert, eine Stunde für Geisha, eine Stunde für Prostituierte. Ich habe keine Ahnung, ob diese weiblichen Wesen dieselben sind wie die zu der Zeit, als ich diese Regel aufstellte. Ich glaube, ist unwahrscheinlich. Aber sie haben Anweisungen, gute Freundinnen zu sein, wer auch immer sie sein mögen.«

Ein Stirnrunzeln tauchte auf Matsuyama-Sans ausgezehrtem Gesicht auf, während er zögerte. »Sehen Sie«, gestand er langsam, den Zeigefinger in der Luft, »seit einigen Jahren ich habe Schwierigkeiten, Leute zu erkennen. Ich erkenne nur Leistung, und Übertretungen.«

»Wie viele Kinder haben Sie?« Der Alte Mann war so taktvoll wie ein Arzt.

»Fragen Sie mich nichts Unmögliches«, schimpfte Matsuyama-San. »Ich habe keine Ahnung. In gewisser Weise meine Beschäftigten, alle zwei Millionen zweihunderteinundvierzigtausendachthundertdreiundsechzig, meine Kinder sind, die man loben und bestrafen muß. Die jungen Männer hier im Haus können durchaus Kinder von mir sein. Schlecht genug behandle ich sie. Andererseits kann ich immer noch, trotz meines schlechten Sehvermögens, die vier Akitas voneinander unterscheiden. Göttlicher Donner, Himmlischer Vulkan, Strafender Blitz und Kaiserlicher Krieger. Und an ihre Eltern denke ich mit Respekt. Drachenatem und Zarte Blüte.«

»Sie sagen, Ihr Sehvermögen lasse nach. Wie werden Sie Ihre Augen ersetzen, selbst bei Unsterblichkeit?« fragte Mr. Smith.

Matsuyama-San kehrte zu seinem flüchtigen Grinsen zurück. »Besondere Linsen bereits getestet, Plastikersatz für optischen Nerv, birgt spezielle Sensoren. Auch das Hörvermögen, Technik aus Hi-Fi entwickelt. Mikrofone von Größe einer Gartenerbse in Trommelfell implantiert. Höre und sehe besser als Kind.«

»Und fürchten Sie sich nicht vor den Auswirkungen, die Arroganz auf Ihren Charakter haben kann?« formulierte der Alte Mann langsam.

»Was ist das für eine Frage«, krächzte Matsuyama-San verächtlich. »Arroganz? Ich kenne nichts anderes. Ich befehle. Ich gebe Anweisungen. Arroganz ist meine Existenz.«

»Das genießen Sie?«

»Genuß ist Schwäche, ein Laster, Maßlosigkeit. Schlechtes Wort. Ich genieße nichts. Ich bin. Das ist alles.«

»Dann werde ich dich Demut lehren«, rief der Alte Mann mit seiner feurigsten Stimme. »Ich werde dich wieder in die Defensive drängen, wo du hingehörst. Sieh mich an!«

»Ich sehe, Gott.« Das klang ein wenig spöttisch.

»Sind Sie sicher? Ich kann von hier aus Ihre Augen nicht erkennen. Lassen Sie mich das nicht mehr als einmal machen. Auch ich bin alt, und es ist recht anstrengend. Sind Sie bereit?«

»Was werden Sie tun? Mir beweisen, Gott haben noch Spur von Macht?«

»Genau. Wenn ich bis drei gezählt habe, fällt Ihnen vielleicht eine Veränderung an mir auf. Beobachten Sie nur mich, sonst nichts.«

»Ich dachte, es wäre dir zuwider, auf Wunder zurückzugreifen, um Eindruck zu schinden«, zischte Mr. Smith.

»Angesichts solcher Dickköpfigkeit gibt es kein anderes Mittel«, donnerte der Alte Mann. »Eins. Zwei. Drei!«

Und damit verschwand er spurlos. Seine Abwesenheit schien Matsuyama-San kaum aufzufallen, machte aber Mr. Smith merklich nervös. Die Aussicht, in diesem Irrenhaus allein zu sein, fand er nicht gerade beruhigend, und er verbrachte die Zeit während der Abwesenheit des Alten Mannes damit, Bildschirm Nummer eins zu betrachten, auf dem man die glücklicherweise immer noch schlafenden Akitas sah. Nach zehn Sekunden, die zehn Minuten glichen, tauchte der heiter gestimmte Alte Mann wieder auf.

»Nun?« fragte er.

Keine Antwort. An Matsuyama-San war keine sichtbare Veränderung festzustellen. Er saß immer noch da, steif wie ein Ladestock und mit zurückhaltendem Gesichtsausdruck, bewegte sich aber überhaupt nicht.

»Er schläft«, sagte der Alte Mann trocken.

»Oder ist er tot?« vermutete Mr. Smith. »Vielleicht war es der Schock, dich verschwinden zu sehen. Soll ich den jungen Mann rufen, damit er ihn an die Life-Support-Maschine anschließt, oder sollte ich es probieren? Da unten liegt ein Bündel Leitungen.«

»Er schläft«, wiederholte der Alte Mann und räusperte sich so, daß es wie ein nicht sehr weit entferntes Erdbeben klang.

In Matsuyama-Sans Gesicht zuckte etwas. »Ich entschuldige mich«, nuschelte er, »aus Höflichkeit, nicht weil ich es tun muß. Ich bin eingeschlafen. In meinem Alter ist das praktisch außer dem Tod das einzige, was noch nicht vorhersehbar ist.«

»Haben Sie gar nichts gesehen?« rief der Alte Mann.

»Ich hatte den – vielleicht ganz irrigen – Eindruck, daß Sie aus irgendeinem Grund das Haus verließen und nach einer Weile wieder Ihre ursprüngliche Position hier auf der Tatami-Matte einnahmen.«

»Ich kam durch die Tür?«

»Wie sonst?«

»Darum geht's ja«, schrie der Alte Mann. »Jetzt haben Sie sich ausgeruht. Diesmal gibt es keine Entschuldigung. Sehen Sie mich ununterbrochen an. Ein drittes Mal mache ich es nicht. Ich werde Sie einfach hier in Ihren eigenen ungesunden Säften schmoren lassen, ist das klar? Also. Sehen Sie mich an!«

Er schwenkte die Hände in Matsuyama-Sans Augenhöhe.

Dieser quittierte die Geste mit einem schwachen Nicken. »Ich bin wach«, bestätigte er.

»Also. Konzentrieren Sie sich. Eins, zwei, drei!«

Und er verschwand.

Diesmal bildete Mr. Smith sich ein, daß Matsuyama-San sich vorsichtig im Zimmer umsah, besonders in Richtung Decke. Nach den üblichen zehn Sekunden tauchte der Alte Mann wieder auf, was bei Matsuyama-San ein sichtbares Zittern verursachte.

»Na?«

»Wieviel?« lautete die knappe Antwort.

»Wie bitte?«

»Wieviel für die Rechte?«

»Ich glaub's nicht«, murmelte der Alte Mann gedämpft.

»Ich zahle gut, aber nicht übertrieben«, sagte Matsuyama-San. »Der Trick ist gut, muß aber nicht unbedingt aufgeführt werden. Sagen wir hunderttausend US-Dollar. Sollten Sie ablehnen, seien Sie versichert, daß wir diese Technik später ebenfalls meistern werden, es liegt also in Ihrem Interesse, das Geschäft jetzt abzuschließen.«

»Nimm an!« flehte Mr. Smith. »Wenigstens hätten wir endlich etwas rechtmäßig erworbenes Geld. Hunderttausend US-Dollar!«

»Ich kann nicht«, rief der Alte Mann. »Ich kann den Trick, hab' aber nichts zu verkaufen. Ich kann keinem Instruktionen geben. Es ist angeboren.«

»Macht das was aus? Warum tust du nicht so, als ob? Dann mach' ich's eben. Ich kann so gut verschwinden wie du. Ich verkaufe alles.«

»Damit haust du ihn übers Ohr.«

»Er hat es nicht anders verdient!«

»Das ist eine andere Frage, die außerhalb des ethischen Bereichs liegt.«

»Zur Hölle mit dem ethischen Bereich.«

Matsuyama-San hielt seinen Finger hoch. »Ich sehe Sie zwar streiten, kann aber nichts hören. Ich unterbreite Ihnen mein letztes Angebot: einhundertzwanzigtausend US-Dollar oder den Gegenwert in Yen für die weltweiten Rechte am Verschwindetrick.«

»Er hat es zu einem Zaubertrick reduziert! Das ist der sprichwörtliche Tropfen!« donnerte der Alte Mann, nur um von einem hysterischen Quäken Mr. Smith' unterbrochen zu werden.

»Schau, schau mal, Bildschirm eins! Die Polizei!«

Auf dem Bildschirm Nummer eins sah man mehrere Polizisten in Sturmausrüstung, die sich vorsichtig dem Haus näherten. Einer trat einen Akita, der aufwachte und seinen Knöchel packte.

»Die Hunde sind wach!«

»Oh, ich kann nicht an alles denken«, sagte der Alte Mann ungehalten.

»Ich rufen Polizei sofort an, als ich sehe, wie Sie dominieren Akita«, enthüllte Matsuyama-San, dessen Finger auf einen roten Knopf zeigte. Er drehte an einem anderen Knopf, und die Unterhaltung vor dem Haus wurde verstärkt. Das bösartige Knurren des Akita, die Schreie des Opfers und die Versuche der anderen Polizisten, ihren Kollegen zu befreien, drangen als Wirrwarr durch den Lautsprecher. Plötzlich geriet ein großer blonder Mann in Sicht, er und ein kleiner japanischer Polizist mit Schriftzeichen auf dem Helm, die vermutlich seinen höheren Rang anzeigten. Durch den leichten Fischaugenblick der Linse war das Gesicht des blonden Mannes verzerrt.

»O.K., wir sind also einer Meinung. Ihre Leute gehen zuerst rein. Ich hinterher. Wir wollen ihnen keine Gelegenheit geben zu verschwinden, bevor wir ihnen ihre Rechte verlesen haben. Was Sie auch tun, jagen Sie ihnen keine Angst ein. Vermitteln Sie ihnen den

Eindruck, es handele sich lediglich um eine routinemäßige Überprüfung aufgrund eines falschen Alarms. Mit anderen Worten, Sie wiegen die beiden in trügerischer Sicherheit. Dann komme ich rein, wenn die Zeit reif ist. Ich werde versuchen, einen Deal mit ihnen zu machen.«

Der japanische Polizeioffizier nickte.

»Das FBI!« rief Mr. Smith aus. »Die und die Hunde! Das schafft mich.«

»Wie haben sie uns gefunden?« sagte der Alte Mann nervös. »Es muß bereits elektronische Geräte geben, die uns aufspüren können. Vielleicht hat dieser Bursche recht.«

»Verschwinden kann niemand außer uns.«

»Das ist kein besonders konstruktives Verhalten«, sagte der Alte Mann und reichte Mr. Smith seine Hand.

In dem Augenblick stürmten die ersten japanischen Polizisten in den Raum, mit einem gut Teil geschmeidigem Machismo und den entsprechenden angestrengten Grunzern.

»Oh, mein Fernsehen wird mir fehlen«, flötete Mr. Smith.

»Wo soll's hingehen?«

Der japanische Polizeioffizier stolzierte mit erhobener Hand herein. Die anderen senkten die Maschinenpistolen.

»Indien.«

»Indien?«

»Unser letzter Halt, ehe wir diese sterbliche Hülle ablegen.«

»Klingt hübsch. Wer hat das geschrieben?«

In das Zimmer schlenderte, mit bemühter Nonchalance, der große blonde Mann.

»O.K., Leute. Das ist für euch das Ende der Fahnenstange. Das wißt ihr ja wohl.«

Mit geschlossenen Augen und einem seligen Lächeln über das ganze Gesicht schwebten der Alte Mann und Mr. Smith langsam durch das Dach, eine Variante ihres üblichen Verfahrens.

»Scheiße!« schrie der blonde Mann. »Einer von euch muß sie erschreckt haben!«

Matsuyama-Sans jugendlicher Assistent kam gerade noch rechtzeitig, um die letzten Wortwechsel und die Himmelfahrt mitzuerleben. Er musterte seinen Herrn in dunkler Vorahnung. Dann schlug er Alarm, während die Polizei noch auf Anweisungen wartete und auf Bildschirm eins die Akitas benommen gähnten.

»Rasch. Matsuyama-San ist tot. Ich muß ihn innerhalb von zwei Minuten an das Life-Support-System anschließen. Einer von Ihnen hält mir die Gebrauchsanweisung hin, während ich ihn einstöpsel!«

Als der Assistent Matsuyama-San hochhob und versuchte, die Löcher im Rücken des Alten zu finden, schreckte letzterer aus dem Schlaf auf.

»Idiot! Ich bin nur mal kurz eingenickt. Was ist passiert?«

19

Ihre vorletzte Reise war zwar nicht die weiteste, aber doch die weitaus anstrengendste, was sich wohl auf ihre angeschlagene Verfassung zurückführen ließ. Sie hatten keine Ahnung, wo sie gelandet waren, da sie, beinahe bevor sie den Boden erreichten, in tiefen Schlaf verfielen. Wie lange ihr Schlaf dauerte, wußten sie nicht, doch als der Alte Mann endlich ein Auge öffnete, um es sogleich wieder zu schließen, brannte die Mittagssonne erbarmungslos auf sie herab. Der Alte Mann befühlte seinen Bauch, der freilag, weil sich die Gewänder bei der Landung nach oben verschoben hatten, zog die Hand aber rasch wieder weg.

»Du liebe Güte«, nuschelte er, »mein Bauch scheint glühend heiß zu sein. Noch nie war meine Hand so sensibel.«

Mr. Smith rührte sich. »Wie war das? Bauch glühend heiß? Ich dachte, das wäre mein Privileg bei ärztlichen Untersuchungen!« Und er lachte. »Den Schlaf hatte ich nötig.«

»Hast du je zuvor Schlaf gebraucht?«

»Wir beide. Es wurde nach und nach zur Bedingung, um erfolgreich den Zustand der Sterblichkeit zu imitieren. Bei mir fing es mit dieser schauderhaften Nutte in New York City an. Bis zum heutigen Tag sehe ich die Abdrücke der Gummizüge auf ihrem Körper, wie Reifenspuren im Schnee. Dort rührte mein Schlaf von purer Langeweile her, da ich mich gezwungen sah, ihre Vorstellung von Sex zu teilen. Wohlgemerkt, nicht daß ich mitgemacht hätte, aber ich sah es kommen, und das reichte mir, um mich zu verabschieden. All das theatralische Gestöhne, die umflorten Augäpfel, das rhythmische Gehopse, die kommerzielle Leier: ›Das tut so gut‹, die simulierten Orgasmen, wenn die vorgeschriebene Viertelstunde sich ihrem Ende nähert.«

»Dies sind wohl kaum Erfahrungen, die ich mit einem gewissen Behagen oder auch nur Verständnis mit dir teilen könnte...«, sinnierte der Alte Mann.

»Ich erwähne es nur, weil es für mich eine Art Meilenstein war, das erste Mal in meiner Existenz, daß ich geschlafen habe, meine erste Kostprobe jenes süßen Vergessens, das uns vorenthalten wurde...«

»Wir haben andere Vorteile.«

»Sehr wenige. Die Fähigkeit zu verschwinden, mehr nicht.«

»Ohne Tickets verreisen, ohne Schlange zu stehen, ohne auf öffentliche Verkehrsmittel angewiesen zu sein...«

»Ist das ein angemessener Gegenwert für ein Leben ohne Träume, ohne Ruhe, ohne Ende? Ich bezweifle es...«

»Was mir jedoch Sorgen macht...«

»Was?«

»Daß wir, während wir sterbliche Existenzen simulieren, langsam sterblich werden – wenn auch erfolgreicher und sogar würdevoller als Matsuyama-San in seiner Art, unsterblich zu werden.«

»Was wohl bedeutet, daß es Zeit für uns wird zu gehen«, sagte Mr. Smith langsam.

»Es wurde nun schon seit einer ganzen Weile Zeit zu gehen. Leg deine Hand auf meinen Bauch.«

Mr. Smith tat wie geheißen.

»Kommt dir das nicht unerträglich heiß vor?« fragte der Alte Mann.

»Nein. Nein, in diesem Klima ist das eine durchaus angemessene Temperatur für einen Bauch.«

»Ich habe das falsche Beispiel gewählt. Aber das Klima, du spürst das Klima.«

»Gemäßigt, finde ich, also furchtbar heiß für die meisten normalen Menschen.«

»Ich habe nie erfahren, was es hieß, heiß oder kalt zu spüren. Jetzt habe ich wenigstens eine gewisse Ahnung. Wenn es so weitergeht, mache ich mir langsam Sorgen, was unsere Fähigkeiten angeht, dorthin zu gelangen, wo wir hingehören.«

»Wenn man diese Fähigkeiten erst mal hat, verliert man sie nicht, da bin ich sicher. Wir könnten nur unsere Energie verlieren.

Wer ans Bett gefesselt ist, weiß zwar noch, wie man geht, kann es aber nicht mehr.«

»Ein vergnügliches Beispiel, wie üblich«, bemerkte der Alte Mann, während er, auf einen Ellbogen gestützt, seine Gewänder ordnete. Seine Augen gewöhnten sich an den intensiven, gleißenden Sonnenschein, der das Gebüsch im Hintergrund zum Flimmern brachte. Im Schatten eines gewaltigen Baums entdeckte er die Umrisse von, wie er zunächst glaubte, Tieren, vollkommen bewegungslos und doch beunruhigend wachsam.

»Was ist das?« fragte er vertraulich.

Mr. Smith setzte sich auf. »Menschen«, antwortete er.

»Kein Zweifel?«

»Absolut keiner. Sie sind praktisch nackt. Alles Männer. Dünner als ich. Kahl. Brillen mit Metallrahmen.«

»Alle? Wie viele sind es?«

»Fünf, falls sich nicht noch mehr in dem hohen Gras verstecken. Fünf sind zu sehen.«

»Ich muß schon sagen, deine Sehkraft hat sich gut gehalten.«

Mr. Smith lächelte diabolisch. »Für derartige Vergnügungen sind sie oft geschult worden. Das hat mir, so glaube ich, mein Sehvermögen scharf und begierig erhalten.«

»Behalt den Grund für dich. Meine nächste Frage. Was sind das für Leute?«

»Heilige Männer.« Die Antwort kam von einem aus der Gruppe, mit hoher, quengelnder, aber sanfter Stimme, im singenden Tonfall Mutter Indiens.

»Können Sie uns von dort hören?« fragte der Alte Mann verblüfft.

»Hätte ich nicht gedacht«, flüsterte Mr. Smith.

»Wir hören jedes Wort«, meldete sich die Stimme, »und das bestätigt unsere Ansicht, daß Sie ebenfalls sehr mächtige und einflußreiche Heilige Männer sind, und wir sind hier versammelt, um Ihre Worte der Weisheit zu hören.«

»Woher wußten Sie, daß wir kommen würden?«

»Wir bekamen eine mystische Nachricht, wir alle, die uns sagte, wohin wir kommen sollten. Zweifellos sind noch andere unterwegs, die einen weiteren Weg zurücklegen müssen. Als wir Sie dann inmitten eines Feldes vom Himmel purzeln und unter den mörderischen Strahlen der Mittagssonne liegen sahen, in einem von Schlangen befallenen Teil des Landes, in dem auch der Tiger heimisch ist, dachten wir uns, das sind tatsächlich Heilige Männer höchsten Grades, allerersten Ranges sozusagen, und wir versammelten uns unter diesem Baum, um unsere fehlbareren Schädel zu schützen, während wir auf Euer Erwachen warteten.«

»Woher wußten Sie, daß wir noch lebten?« rief Mr. Smith.

»Wir haben natürlich Ihren Atem gehört.«

»Was zweifellos bedeutet: unser Schnarchen«, ergänzte der Alte Mann.

»Ich gebe zu, gelegentlich mischte sich ein Schnarcher unter das Atmen.«

Es war nicht klar, ob immer derselbe Heilige Mann redete oder ob sie sich abwechselten.

»Tja, das ist gewiß etwas Neues«, flüsterte der Alte Mann Mr. Smith zu. »Das FB-wie-es-auch-heißen-mag hat uns um den ganzen Erdball gejagt, man hat uns in England festgenommen, über Deutschland mit Flugzeugen angegriffen, in China verhaftet, in Japan eine Falle, in Israel vor Gericht gestellt, und durch die Umstände sahen wir uns gezwungen, die Gestalt von Hornissen, von einem Grizzlybären, arabischen Reisenden sowie Delegierten aus einem imaginären Teil Sibiriens anzunehmen; hier endlich heißt man uns mehr oder weniger als das willkommen, was wir sind. Warum so spät in unserem Abenteuer?«

»Weil wir nicht wie andere Menschen sind«, ertönte unter dem Baum die Antwort.

»Sie konnten mein Flüstern hören?«

»Wenn wir einen guten Tag erwischen, hören wir einander sogar denken«, antwortete die Stimme freundlich kichernd und fuhr fort: »Sie müssen wissen, daß Indien seit langem ein Land ist, in dem die materiellen Voraussetzungen – zumindest für die unteren Kasten – so schlecht sind, daß wir dazu neigen, unsere Energien auf die für jeden erreichbaren spirituellen Ziele zu richten, mit denen aber Regierungsbeamte, Politiker, Industrielle und andere korrupte oder korrumpierbare Schichten der Gesellschaft oder die wenigen, die wie Maharadschas oder erbliche Fürsten über der Korruption stehen, ihren Geist nicht zu behelligen brauchen.«

»Das war ein sehr langer Satz«, kommentierte der Alte Mann.

»Wir tendieren zur Langatmigkeit, aus dem einfachen Grund, daß unser Atem sehr lange anhält. Das gehört zu den Merkmalen, wenn man die Natur von der untersten Ebene an dominieren will. Wir atmen viel weniger als normale Menschen ohne spirituelle Ziele, und dies, kombiniert mit der Tatsache, daß wir extrem hoch gebildet sind, aber sehr wenig Gelegenheit haben, diese Bildung unter Beweis zu stellen, führt dazu, daß wir äußerst langweilig sind, wenn es erforderlich wird.«

»Verstehe«, sagte der Alte Mann. »Aus dem wenigen, was Sie haben, machen Sie das Beste.«

»Brillant formuliert, wenn ich das sagen darf. So wie wir es sehen, hat die Menschheit zahlreiche gemeinsame Nenner, so unterschiedlich sie diese auch ausdrücken mag. Sieht die Menschheit eine Leiter vor sich oder, wie im Falle Indiens, ein Seil, besteht ein unwiderstehlicher Drang, diese oder dieses zu erklimmen, wohin sie oder es auch immer führen mag – im Falle Indiens nirgendwohin. In dieser Beobachtung manifestiert sich die gesamte symbolische Bedeutung des Seiltricks. Doch der gemeinsame Instinkt der Gesellschaft ist ein nach oben gerichteter. Was uns betrifft, wir erkennen schaudernd, wieviel durch das Klettern nicht nur gewonnen wird, sondern daß sogar noch mehr verlorengeht.«

»Wir kommen gerade aus Japan, wo uns das eingetrichtert wurde«, sagte Mr. Smith. »Da gab es einen alten Mann, er war wohl fast hundert, der weit über zwei Millionen Menschen beschäftigte.«

»Das ist an sich bereits unmoralisch, da sie bezahlt werden. Wenn zwei Millionen Menschen von demselben Mann bezahlt werden, bekommen sie nie genug. Das ist beinahe eine Regel. Um solche Arbeiter bei der Stange zu halten, muß der Arbeitgeber sich wie ein Geizkragen und wie ein grausamer Vater verhalten, was keineswegs miteinander unvereinbar ist. Während er seine Profite erhöht, wird er seine Seele verlieren.«

»Aber was meinten Sie mit dem Satz, es sei unmoralisch, zwei Millionen zu beschäftigen, falls sie bezahlt würden? Es läßt sich doch bestimmt nicht bestreiten, daß es noch unmoralischer wäre, zwei Millionen nicht zu bezahlen und sie dennoch der Früchte ihrer Arbeit zu berauben, schließlich handelt es sich dabei um nichts anderes als Sklaverei?« fragte der Alte Mann.

»Sklaverei in diesem Sinne ist Vergangenheit. In vielen anderen Formen gibt es sie noch. Doch ich bezog mich natürlich auf unseren Herrn Buddha, der beträchtlich mehr als zwei Millionen Seelen beschäftigt, die nicht bezahlt werden und daher absolut nicht korrumpiert sind.«

»Ich verstehe«, murmelte der Alte Mann. »Sie variieren lediglich das alte Sprichwort, daß Geld korrumpiert.«

»Wie brillant, wie prägnant Sie das formuliert haben.«

»Tausende haben es so formuliert wie ich.«

»Was die Strahlkraft Ihrer Bemerkung keineswegs schmälert. So habe ich es nie zuvor gehört. Geld korrumpiert.«

»Der hundertjährige Japaner erzählte uns, seine Fabriken seien auf dem besten Wege, eine Maschine zu entwickeln, die das Leben unendlich verlängern würde – mit anderen Worten, eine Unsterblichkeitsmaschine«, führte Mr. Smith aus.

»Es wird scheitern.«

»Weshalb sind Sie da so sicher? Uns erschien es ein wenig besorgniserregend.«

»Nein, nein. Eine Kleinigkeit wird schiefgehen. Ein defekter Stecker oder ein Schalter mit Kurzschluß. Irgend etwas Unbedeutendes. Und was für eines Lebens kann sich ein Mensch erfreuen, wenn er von einem elektrischen Kontakt abhängt? Schlimm genug, von einer Leber, einer Niere oder einem Herzen abzuhängen, aber die vergißt man im Laufe des Tages, auch wenn man ein noch so großer Hypochonder ist. Einen defekten Kontakt kriegt man nie so ganz aus dem Hinterkopf. Zahnweh verursacht Schmerz, aber nie die gleiche Sorte Furcht wie die Instabilität eines falschen Zahns. Was ein Teil von dir ist, bringt dich nie so um den Schlaf wie eine künstliche Ergänzung deiner Person. Der japanische Greis baute diese Maschine ursprünglich nur zum Eigengebrauch mit einer späteren kommerziellen Verwertung vor Augen, wenn er von seinem Kissen aus Befehle erteilen kann, daher wird das ganze irre Unterfangen kläglich scheitern, eine Sicherung wird durchknallen, eine geschwärzte Glühbirne aufblitzen. Es ist zu anmaßend, um erfolgreich zu sein.«

»Das ist sehr beruhigend. Aber verraten Sie uns, wie gelangen Sie zu solchen Einsichten über die Welt, Sie, die Sie nichts haben?« Die Frage kam von dem Alten Mann.

»Wir haben nichts und alles. Doch selbst wenn man alles hat, kriegt man doch nie genug von allem. Deshalb sind wir hier, um Ihnen zu folgen und noch mehr zu lernen.«

»Und wenn wir nicht wollen, daß man uns folgt?«

»Natürlich respektieren wir Ihre Wünsche. Aber Sie werden uns nie wieder ganz los.«

»Das ist tröstlich«, sagte der Alte Mann ironisch. »Aber da wir schon mal dabei sind, könnten Sie uns genausogut verraten, wie Sie aus so wenig so viel gemacht haben.«

»Indem wir der Versuchung widerstanden, im Zuge jener wahnwitzigen Hast namens Fortschritt den Bereich unserer Wahrnehmungen zu verlassen. Denn wenn man das untersucht, was uns am nächsten ist, und sich die Mühe macht, es zu verstehen, hat man den ersten Schritt zum Verständnis aller Dinge vollzogen.«

»Sie beziehen sich auf...?«

»Den menschlichen Körper. Wenn man ihn meistert, ist man einem Verständnis der Welt viel näher, als wenn man am Ende eines Seiles in der Stratosphäre herumspaziert.«

»Und haben Sie ihn gemeistert?«

»Wir haben an der äußeren Hülle unseres Begreifens geknabbert, doch selbst dort hatten wir ein Quentchen Erfolg. Zunächst einmal, wir alle sind gewiß ein wenig älter an Jahren als unser japanischer Freund. Die meisten von uns zählen weit über hundert Jahre, und unsere Körper mögen zwar schrumpelig sein, werden aber nicht von Ängsten zerfressen. Sie sind hager und funktional. Nicht einmal in Wüstengegenden fürchten wir Austrocknung, da wir durch die Poren unserer Haut den Tau absorbieren können. Aus einem Grashalm können wir ein Mahl zubereiten und die zahllosen Feinheiten seines Geschmacks genießen. Zwei Grashalme sind schon ein Bankett, ein Zeichen der Gier, der Anfang der Selbstzerstörung. Wir können, falls nötig, einen kleinen Wassertümpel leeren, indem wir ihn durch den After aufnehmen, und ein paar Kilometer weiter wieder ausspeien. Dies üben wir nur heimlich, da es in der Regel gegen das Zartgefühl von Menschen verstößt, die nicht über diese Fähigkeit verfügen, allerdings wurden wir gelegentlich von den Feuerwehren abgelegener ländlicher Gebiete eingesetzt. Jede Öffnung, jeder Schließmuskel des menschlichen Körpers läßt sich als Einlaß- oder Auslaßventil verwenden. Yoga oder seine Varianten schärfen die Sinne so weit, daß man noch ein gutes Stück außerhalb normaler Hörweite hören und jenseits der Krümmung des Horizonts sehen kann, vor allem wenn niedrighängende Wolken das zu Sehende reflektieren. Es besteht keine Notwendigkeit, unsere Stimmen bis zu einer unangenehmen Lautstärke zu entwickeln, da wir die Benutzung von Wellenlängen gemeistert haben. Keine unserer Wahrnehmungen ist außersinnlich. Sie sind keinen Augenblick willkürlich, sondern werden von der Anpassung entwickelter Naturwissenschaft an die Anatomie bestimmt.«

»Nun«, überlegte der Alte Mann, seine Worte sorgfältig wählend, »aus Angst, Sie zu beleidigen – was angesichts Ihrer ehrfürchtigen Haltung gegenüber meiner Person einem lachhaften Komplex gleichkommt, aber so ist es nun mal –, kann ich Ihnen meine genaue Identität nicht verraten. Ich kann nur sagen, ich freue mich sehr darüber, in welchem Ausmaß Sie den mir einst vorliegenden ursprünglichen Entwurf verbessert haben. Nicht einmal im Traum hätte ich gedacht, daß sich das Modell dermaßen verbessern, ja sogar rationeller gestalten lassen könnte. Es war nie konstruiert worden, um mit einem einzigen Grashalm als Tankfüllung zu fahren, aber wenn es Ihnen gelungen ist und wenn Sie auch noch den Durst löschen, indem Sie Ihre Haut dem Frühtau aussetzen, um so besser. Was Sie geleistet haben, ist ungeheuer schmeichelhaft.«

»Nein, wir wissen nicht, wer Sie sind, da Sie sich offensichtlich sorgfältig verkleidet haben, genau wie Ihr Gefolgsmann. Und wir sind unschlüssig, ob wir es wirklich wissen wollen. Der einzige uns mehr als geläufige Teil Ihrer Anatomie sind Ihre lächelnden Augen und die freundliche Fülle Ihres Bauchs. Den sahen wir nach Ihrer Landung wie eine goldene Kuppel aus dem Buschwerk aufragen und den Sonnenschein so reflektieren, daß die Augen schmerzten. Uns fielen seine majestätischen Konturen auf und daß seine Glätte nirgends von Anzeichen einer normalen Geburt eingedellt war. In diesem Moment beschlossen wir, daß wir Ihnen als erster Schritt zur Verehrung zunächst einmal zuhören würden.«

Es folgte ein langes Schweigen, dann fuhr die hohe Stimme fort: »Dies sind hoffentlich nur Freudentränen.«

Der Alte Mann bedeckte sein Gesicht mit dem Arm.

Die süßliche Atmosphäre ungetrübter Frömmigkeit war zuviel für Mr. Smith, der vor Bilderstürmerei geradezu platzte.

»Ich bin kein Gefolgsmann«, kreischte er mit einer so unangenehmen Stimme, daß die Heiligen Männer zusammenfuhren.

»Wir wählten das falsche Wort und sind tief zerknirscht. Wäre Mitreisender genehm?«

»Ich habe den gleichen Rang, bin ebenso einflußreich.«

»Dies ist offenbar eine Frage himmlischer Semantik, ein Feld, auf dem zu weiden unseren Hirnen die Qualifikation fehlt.«

»Verzeihen Sie uns bitte«, sagte der Alte Mann und setzte sich abrupt auf, »aber wir müssen uns wirklich auf den Weg machen. Wir sind beide erschöpft. Unsere Zeit hier ist um. Wir werden anderswo verlangt ...«

»Wir beide kommen nicht vom selben Ort«, rief Mr. Smith. Das Timbre seiner Stimme lockte eine Tigerin an, die auf einmal in einiger Entfernung auftauchte, da sie glaubte, die gelegentlichen ohrenbetäubend schrillen Ausbrüche stammten von irgendeinem seltenen und saftigen Wild, das einer Nachforschung wert sein könnte.

»Wenn du nicht den Mund hältst, verschwinde ich und lasse dich mit dem Tiger da drüben allein«, murmelte der Alte Mann.

»Tiger? Wo?« flüsterte Mr. Smith.

»Sitzt noch da drüben, den Riecher im Wind.«

»Tu's nicht, sonst verschwinde ich auch!«

»Dann finden wir einander nie wieder.«

Dies brachte Mr. Smith wirksam zum Schweigen, und er fing an zu zittern.

»Es handelt sich um eine Tigerin, die viel gefährlicher ist. Ihren entzündeten Brustwarzen nach zu urteilen, säugt sie einen Wurf Junge«, sagte die Stimme eines Heiligen Mannes. »Ein Tiger jagt lediglich für sich selbst, wie ein britischer Sportsmann, hemmungslos, nur so zum Vergnügen sozusagen, verstehen Sie. Eine Tigerin jagt für ihren Nachwuchs, von furchtlosem Altruismus bestimmt. Sie kommt langsam in diese Richtung.«

»Haben Sie keine Angst?« fragte der Alte Mann.

»Im Laufe der Jahre haben wir einen aus dem menschlichen Körper austretenden Geruch entwickelt, der für die durchschnittliche Nase nicht wahrnehmbar, für die eines Tigers oder einer Tigerin jedoch zutiefst abstoßend ist.«

»Du liebe Güte, Sie haben aber fleißig geforscht.«

»Leider wurden viele Heilige Männer von Tigern verspeist, bevor wir die richtige Formel zustande brachten, während wir noch im Entwicklungsstadium waren. Sie waren Märtyrer für eine gute Sache.«

Vorsichtig bewegte sich die Tigerin vorwärts, mit gesenktem Kopf, ihre Energie für den letzten Sprung aufsparend.

Der Alte Mann erhob sich.

Mr. Smith klammerte sich an den Umhang des Alten Mannes und kreischte: »Laß mich nicht allein zurück!«

Die Tigerin hielt inne und blinzelte, während der Schrei ihre Speicheldrüsen anregte.

»Kein weiteres Wort oder Gekreische«, befahl der Alte Mann und streckte mit liebkosenden Bewegungen eine gebieterische Hand aus. Die Tigerin legte sich auf den Rücken, die Pfoten schlaff, als erwarte sie, auf der Brust gestreichelt zu werden.

Der Alte Mann und Mr. Smith gingen auf einem kleinen Pfad ihres Weges, während die Heiligen Männer winkten, aus deren Mitte sich eine Stimme erhob und den Reisenden mit unveränderter Intensität folgte, obwohl sie sich mit jedem Schritt weiter entfernten.

»Wir haben tatsächlich eine große Macht des Guten erlebt, die uns in unserem Glauben bestätigt, daß die gesamte Natur eins ist und daß jeder ihrer Teile so heilig ist wie das Ganze. Wohin auch immer ihr wandert, Reisende, wir werden nicht weit entfernt sein. Nie mehr.«

* * *

Es war der Alte Mann, der eine halbe Stunde später das Schweigen brach. Mr. Smith hielt immer noch eine Handvoll seines Gewandes fest.

»Meine gesamte Natur ist möglicherweise eins, und jeder ihrer Teile könnte durchaus so heilig sein wie das Ganze. Ich bedaure bei diesem prachtvollen Balanceakt nur, daß die elenden Tigerjungen nun auf ihr Abendessen warten müssen.«

»Als potentieller Teil besagten Abendessens«, sagte Mr. Smith, »bin ich mit dem bestehenden Arrangement einverstanden.«

»Hoffentlich befinden wir uns mittlerweile außer Hörweite.«

»Es wäre natürlich möglich, daß sie jenseits der Krümmung des Horizonts Lippen lesen könnten.«

»Wir drehen ihnen die Rücken zu.«

Allmählich betraten sie, was sie für ein Dorf hielten, was sich aber als Vorort einer kleinen Stadt entpuppte. Heilige Kühe spazierten umher, behinderten den Verkehr und fraßen beiläufig von den Gemüseauslagen am Straßenrand liegender Geschäfte, mit genau dem Gesichtsausdruck schläfriger Königinwitwen, denen man nichts abschlagen konnte. Es fehlten nur die Diademe. Mr. Smith fühlte sich unwohl in Gegenwart der streunenden Hunde, die mit verstohlenen, schuldbewußten Blicken aufsahen und Mini-Flugplätze für Flöhe und bösartige Termiten zu sein schienen.

»Hau ab. Schmutzig«, murmelte er immer wieder, wobei er immer mehr vom Umhang des Alten Mannes ergriff und versuchte, jeden Körperkontakt mit den armen räudigen Kreaturen zu vermeiden, die ständig auf der Suche nach etwas Freundlichem waren, woran sie sich reiben konnten. Als die Tageshitze in das ausgeglichenere nachmittägliche Licht überging, wurden die Menschenmassen immer undurchdringlicher. Die beiden überquerten wiederholt die gelbe unbefestigte Straße, den Dreirädern mit ihren hektischen Klingeln und Haufen heiliger Kuhscheiße ausweichend. Ohne Vorwarnung ließ Mr. Smith den Umhang des Alten Mannes los und sagte: »Warte mal einen Augenblick auf mich.« Damit näherte er sich eilig einem kleinen Laden, der alles von Ventilatoren bis zu Speiseeis verkaufte, und verschwand in dessen Innerem.

Mr. Smith' plötzliche Zielstrebigkeit machte dem Alten Mann nicht geringe Sorgen. Damit Mr. Smith seine Feigheit überwand, mußte die Verlockung groß sein. Der Alte Mann war gezwungen weiterzugehen, da eine heilige Kuh genau über die Stelle gehen wollte, auf der er stand. Der »Sollen-sie-doch-Kuchen-essen«-Ausdruck auf ihrem gelangweilten Gesicht duldete keinen Kompromiß. Der Alte Mann tat so, als hätte er ohnehin vorgehabt zu gehen, was durchaus nicht der Wahrheit entsprach.

Dann sah er in der Gosse einen Mann liegen, der so derangiert aussah, daß dagegen sogar Mr. Smith vergleichsweise gepflegt wirkte. Der Alte Mann sprach den Burschen in Urdu an. Der Mann, der nicht nur mit einer Schmutzschicht überzogen war, sondern auch seine Haare viele Jahre lang sich selbst überlassen hatte, antwortete mit einer von Alkohol oder Drogen getrübten Stimme, aber im pomadigen Tonfall des englischen Landadels.

»Verschonen Sie mich mit diesem verfluchten Idiom. Korrektes Englisch, wenn es recht ist. Oder Sie halten ganz den Mund.«

»Verzeihung. Ich dachte, Sie hätten sich zurückgezogen.«

»Zurückgezogen? Woraus?«

»Aus Indien.«

»Mein alter Herr hat sich zurückgezogen. Ich bin wieder hier. Großes Pech gehabt. Wer hätte das gedacht. Ich war einmal ein Filmstar. Benedict Romaine. Künstlername. Schon mal von mir gehört? Natürlich nicht. Ich kam bei den ganz jungen Leuten zu gut an, als daß sonst irgendwer von mir gehört hätte. Dann tat ich, was gerade Mode war. Suchte mir einen Guru und kam nach Indien, zahlte Kost und Logis. Verdammt teuer, wenn man bedenkt, daß ich gar nichts aß, nur außer der Reihe haufenweise trank. Jetzt besitze ich keinen Pfifferling mehr für die Heimfahrt. Eine verflixte Tragödie, finden Sie nicht? Da wir gerade beim Thema sind, Sie hätten wohl nicht zufällig eine Rupie übrig, oder?«

»Leider nein. Geld ist die einzige Ware, von der ich absolut gar nichts besitze«, sagte der Alte Mann bedauernd.

»Das sagen sie alle. Ich bin es schon gewöhnt. Hier muß ein Bettler Inder und Buddhist sein. Ich verrate Ihnen eins, man hat eine sogar noch unter den sprichwörtlichen Unberührbaren angesiedelte Kaste gegründet, für einen Bettler, dessen Farbe eher von Dreck als von seiner Pigmentierung herrührt, ein unbußfertiger Angehöriger der anglikanischen Kirche, eher aufgrund seiner Konfirmation als aus Überzeugung. Kann ich sonst noch irgend etwas für Sie tun, solange ich am Leben bin?«

»Es klingt absurd, ich weiß, aber ich suche den Mount Everest.«

»Den wollen Sie wohl besteigen, wie, im Nachthemd? Einige Menschen scheuen vor nichts zurück, um im *Guinness Buch der Rekorde* Aufnahme zu finden. Ich sage Ihnen eins, die Idee ist verrückt genug, um in diesem beklopptesten aller Zeitalter verflucht gut zu sein. Wenn ich halbwegs in Form wäre, würde ich mich Ihnen anschließen, aber viel weiter als bis zum Basislager würde ich es leider nicht schaffen. Ich sage Ihnen, was Sie tun müssen, Sie behalten die eingeschlagene Richtung bei, bis Sie die Stadt verlassen. Dann biegen Sie rechts ab und gehen immer geradeaus weiter. Sie brauchen nicht noch mal zu fragen, aber verwechseln Sie ihn nicht mit einigen anderen Bergen, die von verschiedenen Blickwinkeln aus höher aussehen.«

»Ich bin Ihnen sehr verbunden.«

»War nicht der Rede wert. Meine Verehrung an meine alten Herrschaften, falls Sie mal vorbeikommen. General Sir Matthew und Lady Tumbling-Taylor, Rabblestock Place, Stockton-on-Tees. Sagen Sie ihnen, wenn sie diese Nachricht bekommen, sei ich wahrscheinlich tot. Benedict Romaine. Tja, auf der Leinwand konnte ich mich wohl kaum Robin Tumbling-Taylor nennen, oder? Und in der Gosse auch nicht.«

Diese Leidensgeschichte verwirrte den Alten Mann ungemein. An solch klappriger Würde konnte er kaum vorübergehen, ohne daß es an seinem Gewissen nagte, eine weitere zeitweilige Errungenschaft seines Besuchs auf Erden. Während er sich verstohlen danach umsah, ob ihn auch niemand anstarrte, faßte er tief in seine Tasche und ließ dezent einen Rupienregen auf den Landstreicher fallen, der die Münzen mit fiebrigen Fingern aufsammelte.

»Und da sagen Sie, Sie hätten keins!« kicherte der hysterisch.

»Habe ich eigentlich auch nicht«, gestand der Alte Mann. »Sehen Sie sich vor, wie und wo Sie es ausgeben. Es ist alles gefälscht. Ich weiß es, da ich es selbst gemacht habe. Leisten Sie sich zuerst ein Stück Seife und eine Schere. Die werden Ihre Kreditwürdigkeit beträchtlich erhöhen.«

»Ich habe es gesehen«, verkündete Mr. Smith giftig, als er am Tatort eintraf, einen Karton unter dem Arm. »Ach nein, kein

Taschengeld für den armen Mr. Smith, nicht wahr? Nur für völlig Fremde.«

»Was ist in dem Karton?« fragte der Alte Mann, nichts Gutes ahnend.

»Ein Fernsehgerät. Aus Japan.«

»Hast du es geborgt? Zu welchem Zweck?«

»Weil es dir nicht im Traum einfallen würde, *mir* ein wenig Geld zu machen, mußte ich es klauen, wie üblich. Wir sollten uns unter die Menge mischen, ehe der Mann in dem Laden sein Fehlen bemerkt.«

»Verzeihen Sie mir für all das«, sagte der Alte Mann zu dem Landstreicher.

»Köstlich, wieder mal einen Streit zwischen zwei Tunten mitzuerleben. Da bekommt man so ein heimatliches Gefühl.«

»Komm mit.«

Während der Alte Mann Mr. Smith auflas und beide rasch zu Fuß den Ort mehrerer Verbrechen verließen, schimpfte der Alte Mann: »Ich wünschte, du würdest dich nicht so weibisch aufführen. Das bringt uns beiden einen höchst zweifelhaften Ruf ein.«

»*Dir* vielleicht. Ich habe ihn schon. Ohnehin ist es dein Fehler, daß du das Schlimmste in mir zum Vorschein bringst.«

»Und wozu brauchst du einen Fernseher? Ohne Antenne funktioniert er nicht, und da du an einem luftabgeschlossenen Ort lebst, wirst du nie eine bekommen.«

»Ich werde dafür sorgen, daß er funktioniert. Ich muß! Jetzt, da wir in die Monotonie unserer Einsatzräume zurückkehren, habe ich darüber nachgedacht, was mir wirklich fehlt. Fernsehen. Ich bin fernsehsüchtig geworden. Fernsehen ist ein einziger langer Werbespot für meine Sichtweise, meinen Lebensstil. Wahllose Zerstörung, Betrug in leitenden Positionen, unverfälschte Vulgarität und Hirnlosigkeit. Ich bedaure nur, daß es alles Mumpitz ist, wie sie es nennen. Am Ende jeder Sendung schminkt man die Toten ab, die nach Hause zu ihren Frauen oder Geliebten oder wem auch immer gehen, um sich für die Pseudowirklichkeit des nächsten Tages auszuruhen. Doch mein Trost ist, daß Schwachsinnige in verdummten Scharen vor dem Fernseher hängen und ein paar sich davon so inspirieren lassen, daß sie diese übelriechenden Alpträume in die Realität umsetzen. Sie ziehen los und morden. Diese Idioten glauben, das Leben sei so, und sie wollen daran teilhaben. Auch wem es persönlich an Phantasie gebricht, der kann auf eine öffentliche Phantasie zurückgreifen – Fernsehen. Wenn es in der Welt, in *deiner* Welt, noch Fairneß gibt, müßten sie mir Tantiemen zahlen!«

»Es ist höchst beunruhigend und, jawohl, desillusionierend«, sagte der Alte Mann, ein wenig atemlos vom Gehen, »daß du nur in dein einsames Reich zurückkehren mußt, und schon zeigst du dein wahres Gesicht und wirst feindselig und, ehrlich gesagt, eklig. Ich im Himmel, ist dir eigentlich klar, daß es während unseres Abenteuers Augenblicke gab, wo ich wirklich völlig vergessen habe, wer du warst... oder eher: bist?«

»Klingt schon besser«, sagte Mr. Smith ein wenig besser gelaunt und drückte seinen Fernseher an sich, wie vielleicht eine Mutter ein schreianfälliges Baby an sich drückt.

Der Alte Mann blieb abrupt stehen. »Was ist das?« fragte er.

»Ich habe nichts gehört«, erwiderte Mr. Smith.

»Kein Geräusch. Ein Geruch. Ich kann tatsächlich etwas riechen.«

Mr. Smith schnüffelte. »Nichts«, sagte er. »Ich nicht.«

»Essen«, verkündete der Alte Mann. »Oh, bei allem, was heilig ist. Ich habe Huuunger!« Und damit fing er an zu zittern wie ein kleiner Junge, der ein dringendes Bedürfnis verspürt.

»Ich habe keinen Hunger, aber weißt du noch, wie wir durch das hohe Gras rannten, um vor der Tigerin zu fliehen?«

»Ja.«

»In Bodennähe gab es ein paar gefährliche Dornen. Sieh dir das mal an...«

Mr. Smith zog seine zerschlissenen Hosenbeine hoch, so daß man kreuz und quer über seinen Knöcheln Kratzwunden sah.

»Was ist das?« fragte der Alte Mann und bückte sich.

»Blut.«

»Blut?«

Es entstand eine spannungsgeladene Pause.

»Noch eine Nacht auf Erden, und wir müssen uns trennen«, erklärte der Alte Mann mit erstickter Stimme.

20

Ihre letzte Nacht verbrachten sie auf der Treppe einer Tempelruine, die sich aus dem wirren Unterholz eines Dschungels erhob. Die Härte der Stufen wurde von Grasbüscheln gemildert, die sich zwischen den Steinen hindurchgezwängt hatten. Die Dekoration schmeichelte Mr. Smith' Gefühlen in seiner letzten Nacht auf der Erde, da es sich bei den Wandgemälden weitgehend um fortgeschrittenen Erotizismus handelte, obwohl man so etwas wie Experte sein mußte, um die zahlreichen Körper zu entwirren, die auf den ersten Blick ausschließlich aus Pobacken, Knien und Zehen zu bestehen schienen, wie Perlen auf einem Abakus.

Es wurde rasch Nacht, während sie sich zu ihrer letzten Meditation und ihrem letzten Schlaf bereit machten. Das Geplapper der Dschungeltiere erfüllte die Abendluft, unheimliches Gackern und Rufen, das einer munteren Parodie der menschlichen Kommunikation glich, während sich Affenhorden, deren Umrisse sich vor dem fahlen Himmel abzeichneten, in wilder Raserei über die Tempelruinen schwangen.

»Hoffentlich bist du mit der Umgebung einverstanden, die ich für deine letzten Stunden auf Erden ausgesucht habe«, sagte der Alte Mann.

»Sie zeugt von ungewöhnlichem Verständnis«, antwortete Mr. Smith, der sich mit dem Karton um seinen Fernseher abrackerte.

»Warum nimmst du ihn aus seinem Karton?«

»Dann läßt er sich leichter tragen. Und wenn er nicht in seinem Karton steckt, kann ich immer behaupten, ich hätte ihn gekauft. Im Karton sieht er in meinen Augen schrecklich geklaut aus.«

»Du bist immer noch um den Augenschein besorgt, auch wenn weit und breit kein Mensch ist?«

»Morgen begebe ich mich zu dem tiefsten Ort, den ich finde. Unterwegs stoße ich garantiert auf Menschen. Für dich ist es einfacher. Du mußt nur zum höchsten Ort. Der ist mit ziemlicher Sicherheit leer. Erinnerst du dich an den Olymp?«

»Was haben wir auf dieser Reise gelernt, so fehlgeleitet oder großartig sie in kritischen Momenten auch erscheinen mag?«

»Oh. Werden wir etwa ernst?«

»Weshalb wären wir sonst hierhergekommen?«

»Ah. Eine richtige kleine Schönheit!« rief Mr. Smith, als er das Fernsehgerät aus seiner Wiege hob und genauer betrachtete. »Es heißt Feder. Hergestellt von der Matsuyama-Firmengruppe. Mit den federleichten Bedienungselementen von Matsuyama. Da kommt einem ja gleich das Kotzen!«

»Für unsere Überlegungen könnte es kein besseres Thema geben, hab' ich recht? In einem einzigen Satz bist du von uneingeschränktem Entzücken zu tiefster Abscheu gelangt. Nichts ist so, wie es zu sein scheint.«

Mr. Smith überlegte kurz.

»Nein, nichts ist so, wie es scheint. Amerika, weißt du noch? Jeder sehnt sich danach, dorthin zu kommen, ein Vermögen zu machen, die Freiheit zu finden ...«

»Stimmt das?« fragte der Alte Mann vorsichtig.

»Warum wolltest du als erstes dorthin?«

Der Alte Mann nickte und schwieg.

»In der Fata Morgana taucht ungeheurer Reichtum auf, Belohnung für harte Arbeit. Es gibt keine Fata Morgana, in der man auch nur andeutungsweise die auf der Straße liegenden Menschen zu sehen bekommt, die drogensüchtig, betrunken oder tot sind. Nichts ist so, wie es scheint. Fragt man, weshalb die Lage so ist, bekommt man zu hören, das sei nun mal der Preis der Freiheit. Freiheit streckt ihre Fangarme sogar bis in die Gosse. Die Armen wollen arm sein, die Obdachlosen wollen keine Unterkunft haben, die Mittellosen haben sich ihren Lebensstil selbst ausgesucht. Freiheit ist nämlich obligatorisch. Aber wenn Freiheit obligatorisch ist, ist der einzelne nicht mehr frei. Dieser Punkt geht über ihren Horizont.«

»Du bist wirklich brutal.«

Mr. Smith lächelte gewinnend. »Versteh mich nicht falsch. Von allen Ländern, die wir besucht haben, möchte ich dort am liebsten leben. Dort könnte ich gedeihen. Nichts gefällt ihnen besser, als in aller Öffentlichkeit, im Fernsehen, schmutzige Wäsche zu waschen. Und sollte nicht genug schmutzige Wäsche vorhanden sein, um das nationale Bedürfnis zu befriedigen, erfinden sie welche, in köstlich widerwärtigen Serien über die Verderbtheit der Reichen, ein Vorbild für alle. Freiheit gibt es zuhauf, aber manchmal in strikt kontrollierten, regulierten Teilen.«

Und hier ließ Mr. Smith seiner Gabe zur Imitation privilegierter Amerikaner angelsächsischer Herkunft freien Lauf. »›Würden Sie, Mr. Tumblemore, in den verbleibenden dreißig Sekunden genau berichten, wie Ihnen der Arzt die Neuigkeit beibrachte, daß Sie todkrank sind?‹ Oder: ›Es bleiben nur zwanzig Sekunden Zeit, Mr. Außenminister. Wie sollte in dieser Sendezeit unsere Botschaft an die fundamentalistischen Terroristen lauten?‹«

Der Alte Mann begann fröhlich zu lachen, wieder ganz der alte.

»Der hundertjährige Japaner hatte übrigens recht. In einer Gesellschaft selbsternannter Sieger ist Effizienz von überragender Bedeutung, aber wenn nur zwanzig Sekunden Zeit bleiben, in denen der Außenminister eine Botschaft formulieren muß, die jede Nachrichtenagentur auf der Welt übernehmen wird, bleibt diese Effizienz auf der Strecke. Effizienz lautet das Credo, aber die Praxis steckt voller liebenswerter Schnitzer, Nachlässigkeiten und Zugeständnisse an die pure Hektik, als beschleunigte ein Polizist durch Pfeifen auf seiner unangenehmen Trillerpfeife und Armwedeln ständig den Straßenverkehr. Freiheit heißt auch Kichern nach der Frühstückspause, Freiheit heißt das Recht, ineffizient zu sein.«

»Und auch, die Konsequenzen zu tragen?«

»Natürlich, Freiheit in Reinkultur führt geradewegs auf die Parkbank. Oder zur Anhäufung unerhörter Reichtümer. Das ist der Haken und die Verlockung. Ein Verbrecher hat die Freiheit zu betrügen, zu veruntreuen, die Bücher zu fälschen, bis er geschnappt wird...«

»Nicht sehr taktvoll, diese letzte Feststellung...«

»Hör mal, wenn du die Welt neu erschaffen würdest, weil sie dir nicht gefiele, würde dich das FBI zweifellos wegen Fälschung der alten anklagen.«

»Aber warum gibt es deiner Meinung nach so viel Elend in einem im Prinzp so reichen Land, in dem aus ererbtem Reichtum oft so brillant Kapital geschlagen wird?«

»Man hat dort ein fortgeschrittenes Gefühl persönlichen Heils, dank des Bedürfnisses nach spirituellen Elementen in einer Zivilisation, der sie normalerweise völlig fehlen, und in der Kultur ein für Schwule und Pazifisten reserviertes Schimpfwort ist. Es fehlt nicht an Freiwilligen für die Arbeit, die das Ziel jeder anständigen Regierung sein müßte. Andererseits ist Regierung ebenfalls ein Schimpfwort, und was die Mehrheit der so denkenden Leute angeht, man ist nicht verpflichtet, den Dschungel um sich herum zu erkennen. Es bleibt immer die Freiheit, nicht zu sehen, was einen stört.«

»Und du erzählst mir, in diesem Dschungel könntest du leben, umgeben von jaulenden Sirenen und Maschinengewehrfeuer?«

»Ich würde mich darin suhlen. Und ich würde – mit Leichtigkeit – als landesweit veröffentlichter Klatschkolumnist ein Vermögen verdienen, indem ich mit der Selbstsicherheit eines Orakels über Dinge schriebe, die ich nicht zwangsläufig verstehen muß, oder ich könnte es als Wäscher von schmutzigen Geldern machen, oder in irgendeiner der neuen, im Zuge der Korruption entstandenen Berufe, oder, noch besser, ich könnte mir die größte aller Korruptionen zunutze machen und Fernseh-Evangelist mit einem Millionenpublikum werden, Reverend Smith samt seinem Chor von Engeln mit toupierten Hochfrisuren und Gewändern von einem Tanzwettbewerb in der Provinz, gerngesehene Gäste in jedem christlichen Zuhause. Armer Johannes der Täufer, mit seinem intimen Kreis von Skeptikern in der Wildnis. Was wußte er schon von dem großen Geschäft?«

»Daß du von Korruption und den damit einhergehenden Möglichkeiten fasziniert bist, verstehe ich«, unterbrach ihn der Alte Mann. »Für dich ist das eine berufliche Angelegenheit, das ziehe ich auch nicht in Zweifel. Aber verrate mir eins, ist Korruption eine unweigerliche Konsequenz schrankenloser Freiheit?«

»Wie du weißt, existiert Korruption überall. Sie ist ein Ansporn des Fortschritts. Es liegt auf der Hand, daß sie aufblüht, wo die Freiheit als Surfbrett dient, mit dem man auf Wellen reitet. In Japan war Korruption das private Privileg Matsuyama-Sans, und er hatte vierzig Fernsehgeräte, um sie im Keim zu ersticken, falls sie woanders auftauchte. In Amerika stellt sie eine Verlockung für alle dar, und ich möchte sagen, daß in einer Welt des Überflusses Korruption zu größerem Wohlstand für alle führt. Nur wo es wenig zu verteilen gibt, dient die Korruption einem auf Kosten des anderen.«

»Verfremde deine Theorien ein wenig, mach sie ein bißchen unverständlicher, und schon könntest du auch als Wirtschaftsführer Erfolg haben«, grummelte der Alte Mann anerkennend.

»Du läßt mich die ganze Zeit reden«, sagte Mr. Smith.

»Ich höre dir gern zu, auch wenn ich nicht immer deiner Meinung bin. Aber ich habe wenig Ergänzendes zu sagen, ehe ich nicht gründlich darüber nachgedacht habe, und dazu muß ich allein sein. Wenn ich keine körperliche Form mehr habe, wird alles klar und durchsichtig. Solange ich in dieser badewannenartigen Gestalt stecke, habe ich Angst, mich auszudrücken. Ich neige zu Fehleinschätzungen, die einer Gottheit unwürdig sind.«

»Du bist keine Gottheit«, korrigierte ihn Mr. Smith. »Du weißt sehr gut, wer du bist, und du schuldest es dir, dein Selbstvertrauen nicht zu verlieren. Wenn du das tust, ist es für mich Ehrensache, auch Selbstvertrauen zu verlieren, und dann komme ich mir verloren vor. Vergiß nicht, ich bin auf dich angewiesen.«

Der Alte Mann wischte sich mit der Hand über sein Gesicht, das weiß wie das eines Clowns war. »Vielleicht bin ich nur erschöpft. Diese vielen schnellen Ortswechsel. Von einer Zivilisation zur anderen. Von einer Hemisphäre zur anderen. Langsam spüre ich, daß... seit der Schöpfung und all diesen unbezähmbaren Träumen ist eine Menge Zeit vergangen. Sag mir offen – deine ehrliche Meinung –, hat die Menschheit einen Weg gefunden oder ihn unwiderbringlich verloren?«

»Weshalb so pessimistische Gedanken?«

»Aggression gab ich ihnen nachträglich, wie ein Koch Salz und Pfeffer zu einem Essen gibt. Ich habe nie damit gerechnet, daß sie aus den Gewürzen eine Mahlzeit zubereiten. Erinnerst du dich noch an die Militärs in der Sowjetunion, wie die Zeichen ihrer tödlichen Leistungen kleinen orientalischen Tempelglocken gleich auf ihren Brustkörben bimmelten, und an den General in Israel, der seine philosophischen Studien vernachlässigt, um in sinnloser Vergeltung ein paar bedeutungslose Hütten zu sprengen? Welch eine Verschwendung!«

»Laßt Euch durch nichts deprimieren, Sir.«

Der Alte Mann schaute auf. »Du nennst mich Sir?« fragte er ungläubig.

»Allerdings.« Mr. Smith war in eine Rolle geschlüpft, spielte sie aber sehr gut. »Was lebt länger in der Erinnerung fort – die unsinnigen Grausamkeiten vom Tienanmen oder die Gelassenheit eines T'ang-Pferdes? Die Debatten im sowjetischen Parlament oder die Harmonie eines orthodoxen Kirchenchores? Und ist Gott als Milchmann nicht eine Reverenz an das surreale Genie eines Lewis Carroll, der durchaus mit dem verrückten Hutmacher und Alice an ein und demselben Tisch sitzen und Tee mit, Gott sei Dank, Milch trinken könnte?«

»Du bist ein Narr«, kicherte der Alte Mann, »hast dir aber zweifellos ein Gefühl für Werte bewahrt. Kultur überdauert natürlich alles. Sogar das Gebäude, in dem wir unsere zeitweilige Sterblichkeit ausruhen. Das Amüsement ist schon seit langem passé, aber die Bilder bleiben, zum Vergnügen der Paviane.«

»Jeder Potentat der Vergangenheit hielt sich einen Narren. Es gereicht unsereinem zur Ehre, diese Rolle für Euch zu spielen, Sir.«

»Übertreib es nicht, sonst muß ich annehmen, daß sich hinter deiner Höflichkeit ein sarkastisches Element verbirgt.«

»Du kennst mich gut genug, um zu wissen, daß wenigstens ein solcher Eindruck bei mir unvermeidlich ist.«

Sie sahen einander herzlich und amüsiert an, als Gleichgestellte. Eigenartigerweise wurde Mr. Smith als erster wieder ernst.

»Ich möchte nur eins klarstellen«, sagte er.

»Ja?«

»In den diversen heiligen Schriften wird das Beten zu falschen Göttern, zu Götzen mit tönernen Füßen, so häufig verdammt, diese ganz innere Propaganda, Reklame für den eigenen Glauben auf

Kosten all der anderen. Dies scheint mir völlig verkehrt, da ja der Glaube an sich wichtig ist, nicht die Objekte des Glaubens. Glaube bringt eine Lektion in Demut mit sich. Für die Seele eines Menschen ist es gut, wenn er an etwas Größeres als sich selbst glaubt, nicht weil er seinen Gott vergrößert, sondern weil er selbst auf sein Normalmaß schrumpft. Also, wenn dem so ist, hat ein Primitiver, der einen Baum, die Sonne oder einen Vulkan verehrt, den gleichen Nutzen von diesem Akt moralischer Unterwerfung wie ein zivilisierter Mensch, der den Gott seiner Tradition anbetet, und die Auswirkungen auf den Anbetenden sind identisch. Der Akt der Verehrung ist wichtig, in keinem Fall das Objekt dieser Verehrung. Ketzerei?«

»Ich kann nur sagen, was für jeden auf der Hand liegt, außer für einen Theologen. Da ich alles bin, folgt daraus, daß ich der Ton bin, aus denen die Füße des falschen Gottes bestehen, von dem Vulkan, dem Baum, der Sonne ganz zu schweigen. Es gibt keine falschen Götter. Es gibt nur einen Gott.«

»Viele Ketzer sind verbrannt und abscheulich gefoltert worden, weil sie falsche Götter verehrten. Man hätte sie dafür beglückwünschen sollen, daß sie überhaupt verehrt haben.«

»Nicht. Verlange bitte nicht das Unmögliche von mir, einen Kommentar zu den Unzulänglichkeiten der Vergangenheit. Ich bin nicht in Stimmung, alte Geschichten von Auseinandersetzungen wieder aufzuwärmen, in denen Überzeugungen die Schlachten gegen Zweifel gewonnen haben. Vergiß nicht, ihre Zweifel einen die Menschheit, ihre Überzeugungen entzweien sie. Es ist doch logisch, daß Zweifel für das Überleben der Gattung Mensch viel wichtiger sind als bloße Überzeugungen. So. Ich habe schon zuviel gesagt.«

»Jetzt denkst du doch nicht schlecht von mir, weil ich dieses Thema angeschnitten habe?«

»Ich würde schlecht von dir denken, wenn du es nicht getan hättest.«

Der Alte Mann streckte die Hand aus und berührte Mr. Smith' Schulter. »Warum bist du so gut zu mir? So tolerant, was meine Fehler angeht? So um mein Wohlergehen besorgt?«

Mr. Smith' Antwort war ebenso simpel wie entwaffnend. »Du

vergißt, daß ich als Engel ausgebildet wurde.« Und kaum hörbar ergänzte er: »Sir.«

Offenbar zufrieden schloß der Alte Mann die Augen. »Laß uns schlafen«, sagte er. »Ich wollte Nahrung zum Nachdenken. Du hast mir ein Bankett aufgetischt. Morgen werden wir all unsere Kräfte brauchen.«

Mr. Smith schloß die Augen und machte es sich gemütlich, sichtlich auf größtmögliche Bequemlichkeit erpicht, wie ein Jagdhund nach einem erfolgreichen Arbeitstag.

»Gute Nacht«, sagte er, doch der Alte Mann war schon eingeschlafen.

Nach einem ungestörten Augenblick tauchte im Unterbewußtsein beider Schläfer ein flimmerndes Bild auf. Die Heiligen Männer hockten immer noch wie Kobolde unter ihrem dicken Baum, doch inzwischen waren es über zwanzig. Die Neuankömmlinge saßen in der Dunkelheit, genau wie die ursprünglichen fünf, aber sie schienen ebenso glänzend-kahl und nackt wie ihre Kollegen zu sein. Die Brillen in ihren Metallgestellen glitzerten in der pechschwarzen Dunkelheit.

»Wir haben, wie Sie bemerken werden, sozusagen immer noch Kontakt zu Ihnen«, sagte die durchdringende Stimme.

Der Alte Mann wie Mr. Smith bewegten sich im Schlaf.

»Wir glauben, wir sollten Ihnen mitteilen, daß uns die indische Polizei einen Besuch abstattete, jene Abteilung, in deren Zuständigkeit Wohlergehen und Schutz Heiliger Männer fällt. Ihnen lagen Meldungen über eine beträchtliche Ansammlung unter diesem Baum vor, und denen wollten sie nachgehen. Offenbar haben die amerikanischen Behörden in Neu-Delhi Großalarm gegeben, weil sie zwei Gentlemen suchen, deren Beschreibung auf Sie zutrifft, und nach denen man wegen nicht näher genannter Vergehen in Washington fahndet. Ich muß zugeben, wir alle waren ein wenig von der Tatsache beunruhigt, daß Ihr Assistent ein schändliches Symbol der heutigen ordinären Werte in Form eines Fernsehgerätes gestohlen hat, wurden aber durch seine spätere Enttarnung der ganzen Schrecken einer konsumorientierten Gesellschaft wieder ein wenig beruhigt. Einige von uns fühlten sich versucht, der Polizei bei ihrer Suche nach Ihnen behilflich zu sein, andere vertrauten eher unseren gewöhnlich unfehlbaren Instinkten, was andere Heilige Männer angeht, und so schickten wir sie in die falsche Richtung.«

»Aber woher wissen Sie das alles?« rief der Alte Mann im Schlaf. »Wie können Sie unsere vertraulichen Gespräche mithören?«

»Wir befinden uns auf der Wellenlänge Ihres Unterbewußtseins«, verkündete die Stimme. »Wir brauchen nur ein Quorum von den diese Technik beherrschenden Heiligen Männern, um die jetzige ruhige Halluzination zu erreichen.«

»Heißt das, unsere intimsten Gedanken liegen innerhalb Ihrer Reichweite?« rief der Alte Mann erzürnt.

»Solange Sie sich in annehmbarer Entfernung aufhalten.«

»Das ist schrecklich.«

»Wir wissen, wer Sie sind. Oder zumindest, für wen Sie sich halten. Vielleicht haben Sie recht. Vielleicht auch nicht.«

»Aber woher wußte die Polizei, daß wir hier waren?« rief Mr. Smith. »Und die Amerikaner?«

»Wie wir einem vertraulichen Telefonat außerhalb normaler Hörweite, aus ihrem Jeep, entnahmen, war Ihr letztes Wort beim Verlassen Japans, das von der japanischen Polizei an ihre indischen Kollegen sowie vom amerikanischen Geheimdienst an seine Partner in der Militärmission der Vereinigten Staaten übermittelt wurde, das Wort ›Indien‹, worauf Ihr Komplize angeblich mit ›Indien‹ antwortete.«

»Und als Ergebnis dieser einfachen Unbedachtheit wurde die gesamte Operation in Bewegung gesetzt, und zwar so rasch?« fragte Mr. Smith verblüfft. »Es ist kaum zu glauben.«

»Die Kommunikation ist geradezu unheimlich rasant geworden«, sagte die einschmeichelnde Stimme. »Heute können Informationen weit schneller als mit Schallgeschwindigkeit von einem zum anderen Ende der Erde übertragen werden. Logisch, daß Fehlinformationen ebenso schnell reisen können. Die Lüge hat die gleiche Chance wie die Wahrheit. Der Mensch hat mit elektronischen Mitteln die Übertragung des Gedankens beschleunigt. Ganz und gar mißlungen ist ihm allerdings, die Qualität des Gedankens zu verbessern. Stellen Sie sich vor, solche Wunder werden einzig und allein dazu benutzt, um anderen Polizisten mitzuteilen, Sie und Ihr

Komplize hätten das Wort ›Indien‹ ausgesprochen! Das gleicht einem neckischen Zeitvertreib zwischen Knackis. Welch eine Verschwendung! Man könnte fast sagen: Welch ein Sakrileg!«

»Ich bin nicht der Komplize des alten Herrn«, krächzte Mr. Smith.

»Das haben wir gemerkt«, schnurrte die Stimme, »und deshalb entschieden wir uns, die Polizei auf eine falsche Fährte zu setzen. Als wir dem Gespräch zwischen Ihnen beiden lauschten, kamen wir zu dem Schluß, daß wir es hier mit zwei komplementären Kräften zu tun haben, die gemeinsam das Spektrum menschlicher Wahlfähigkeit, menschlichen Strebens abdecken.«

»Genau!« rief der Alte Mann.

»Und da es uns gelungen ist, dem sterblichen Mechanismus Möglichkeiten zu entlocken, die auf kurze Entfernung effektiver sind als Elektronik, gelang es uns, die Aufmerksamkeit von Ihren Aktivitäten abzulenken.«

»Wir sind Ihnen sehr zu Dank verpflichtet«, sagte der Alte Mann nervös. »Sehen Sie ...«

»Halt!« fauchte Mr. Smith, dessen Furcht erneut alle mißtönenden Töne seiner Stimme in einem schrillen Klang vereinigte. »Gleich verrätst du ihnen Dinge, die du sogar mir verschwiegen hast und über die du erst sprechen solltest, wenn du wieder körperlos bist.«

Der Alte Mann schreckte aus dem Schlaf auf. Seine Stirn war von Schweißtropfen übersät.

»Hilf Himmel, ich habe ganz furchtbar geträumt«, murmelte er.

Mr. Smith war bereits wach, der Ton seiner Stimme hatte sogar ihn erschreckt. »Weißt du genau, daß es ein Traum war?«

»Mach dich nicht lächerlich«, sagte der Alte Mann nervös. »Natürlich war es ein Traum. Es konnte nichts anderes sein, so schlimm war es.«

»Ich glaube, wir hatten beide denselben Traum«, bemerkte Mr. Smith nüchtern.

»Quatsch. Träume hat man nicht gemeinsam.«

»Schließ die Augen und sag's mir. Sind sie noch da?«

»Wer?«

»Unter ihrem Baum?«

Der Alte Mann schloß die Augen und öffnete sie sofort wieder. »Sie sind noch da. Alle«, flüsterte er mit schreckerfüllter Stimme.

»Wir werden den Schlaf meiden«, verkündete Mr. Smith kategorisch.

»Du meinst, sie sind sogar so weit in unsere Einsamkeit eingedrungen?« fragte der Alte Mann langsam.

»Schau!«

»Was?«

»Der Bildschirm meines Fernsehapparates«, murmelte Mr. Smith, der das Gerät nur aus dem Augenwinkel betrachtete.

Ein blasses Bild des großen Baumes war zu sehen, unter dem man diffus die Heiligen Männer erkennen konnte, aber das Bild verschwand immerzu nach oben, als würde es pausenlos wie Karten gemischt.

»Stell ihn ab«, bat der Alte Mann.

»Er ist nicht an«, erwiderte Mr. Smith.

»Aber wie...?«

»Irgendwie erzeugen sie ihre eigene Elektrizität. Wir können sie sogar im Dunkeln sehen.«

»Versuch es mit einem anderen Kanal. Weißt du noch, wie das geht?«

Mr. Smith tat wie geheißen. Die Heiligen Männer hatten sämtliche Kanäle mit Beschlag belegt.

»Das wird die angemessene Bestrafung meines Diebstahls, wenn ich zu Hause ankomme und auf allen Kanälen nur die unter ihrem Baum sitzenden Heiligen Männer sehen kann.«

»Oh, danke für deinen Humor. Der nimmt den Fluch von den meisten Situationen.«

»Was sollten wir tun?«

»Jetzt trennen wir uns.«

»Jetzt? Im Dunkeln?«

Eine tiefrote Sonne spähte andeutungsweise durch die Wolken wie das erwachende Auge eines gewaltigen Ungeheuers.

»Recht bald wird es hell sein.«

»Und bis es soweit ist?«

»Meditieren wir, aber auf keinen Fall transzendental. Ganz anspruchslos, sogar oberflächlich. Gib ihnen nichts, was sie spitzkriegen können. Wollte ich gerade etwas furchtbar Dummes sagen, als du mich wecktest?«

»Es klang mehr nach etwas furchtbar Tiefsinnigem, was sogar mir nicht vergönnt worden war, was aber dem Mund einer leicht törichten ... älteren Person entschwebte.«

»Danke, daß du mich in meiner Verwirrung aufgehalten hast. Das war ein weiterer Beweis deiner inneren Loyalität.«

»Ich habe nur meine Pflicht getan«, sagte Mr. Smith, was leicht übertrieben fromm klang.

Dann meditierten beide eine Zeitlang oberflächlich.

Als die rote Sonne orange wurde, was die Affen feierten, indem sie vor dem wiedergewonnenen Hintergrund des Himmels unglaubliche akrobatische Kunststücke aufführten, erhob sich der Alte Mann abrupt.

»Vielleicht ist es besser so, daß wir einander unter diesen Umständen verlassen. Beobachtet zu werden verhindert, daß unser Abschied zu emotional verläuft.«

»Danke, daß du an mich gedacht hast.«

»Kein Bedauern?«

»Wie kann man das bedauern?«

Sie sahen einander tief in die Augen.

»Bestimmt verstößt es gegen alle Regeln und Gewohnheiten, aber ...«, sagte der Alte Mann und drückte Mr. Smith in einer innigen Umarmung an sich.

Beide schlossen die Augen, um diesen Augenblick in ihrer Erinnerung festzuhalten. Bei geschlossenen Augen tauchten zwangsläufig die Heiligen Männer wieder auf.

»Sind sie noch da?« fragte der Alte Mann im Flüsterton.

»Sie sind noch da, aber anscheinend sind es weniger geworden.«

»Ob sie auch unsere Absichten mitbekommen?«

Mr. Smith lächelte satanisch. »Welch eine Rache!« grinste er.

»Rache?«

»Unsere Vertreibung aus der Welt ähnelt meiner Vertreibung aus dem Garten, während ich die erste Kopulation der Geschichte belauschte.«

Der Alte Mann löste sich aus der Umarmung. »Ich will nichts davon hören«, sagte er verärgert und enttäuscht.

»Dabei war es nicht einmal sündhaft, nur ein kleines, sehr geschmackvolles Experiment. Erst nach Erfindung des Feigenblattes wurde es zur Sünde.«

»Es steckt immer ein Stachel im Schwanz, stimmt's?«

»Das sagst du nur, weil du mein eines Ende nicht von dem anderen unterscheiden konntest, als ich eine Schlange war.«

Trotz seiner Verärgerung lachte der Alte Mann. »Unverbesserlich«, sagte er mit fester Stimme und schritt von dannen.

Als Mr. Smith ihm nachsah, stiegen Tränen in seine Augen, dann drehte er sich zu seinem Fernseher um und sagte in emotionslosem Ton: »Von jetzt an bist du mein Begleiter.«

Ohne den Reliefs auch nur einen Blick zu gönnen, ließ er den erotischen Tempel hinter sich; er folgte dem Alten Mann nicht, sondern schlug die entgegengesetzte Richtung ein.

* * *

Obwohl er Energie zu sparen versuchte, gönnte sich der Alte Mann in körperloser Form den einen oder anderen beträchtlichen Sprung vorwärts, da er sich überlegte, wenn er nicht ein paar Abkürzungen nähme, würde er den Gipfel des Mount Everest nicht vor Abend erreichen. Ein- oder zweimal schloß er probeweise die Augen, sah aber nur Finsternis. Er war dankbar, außer Reichweite der heiligen Bürgerwehr zu sein.

Rasch wurde die Luft dünner, und da der Alte Mann nach und nach temperaturanfälliger geworden war, zitterte er, als seine nassen Füße in den zerschlissenen Tennisschuhen in den Schnee einsanken. Mehr Energie ging verloren, um den inneren Heizkessel zu bestücken, damit er kälteunempfindlich wurde – ein Notfall, den er nicht vorhergesehen hatte.

Den Gipfel des Mount Everest erreichte er recht spät am Nachmittag. Seine weißen Haare und Bart wie Augenwimpern glitzerten, da sich zahlreiche Eiskristalle auf ihnen bildeten, was ihm das talmihafte Aussehen eines Weihnachtsmannes im Kaufhaus verlieh. Er fühlte sich schwach und unvorbereitet für den Aufstieg in sein Reich. Eine Weile führte er laut Selbstgespräche, um die Einsamkeit zu vertreiben, die er bereits empfand.

»Reiß dich zusammen. Es ist nichts dabei. Du mußt dir vor deinen inneren Augen bloß dein Ziel vorstellen, und dann los! Du brauchst nicht mal groß drüber nachzudenken – das führt lediglich zu Komplexen, zu Hemmungen. Es ist dein Geburtsrecht wie zu Fuß gehen das der Sterblichen. Versuch's! Du wirst dankbar sein, wenn du es hinter dir hast.«

Er hatte die sentimentale Vorstellung genährt, einen letzten Blick auf die Erde in all ihrer Pracht werfen zu wollen, sah aber nichts als undurchdringlichen Nebel, kreisenden Dunst und wirbelnde Winde. Ein feindseliger Abschied.

Und so hob er plötzlich im Gefühl der Ablehnung und Verärgerung ab, was für ihn selbst überraschend kam. Zunächst ging alles glatt. Anfangs stieg er langsam empor, dann mit wachsender Geschwindigkeit, wie eine Rakete. Erst als er etwa eine Minute lang unterwegs war, überfiel ihn eine große Erschöpfung sowie der Wunsch, nicht all seine verfügbaren Energien in einem abgebrochenen Sprung zu verbrauchen, also entspannte er sich und schraubte sich, einen gewaltigen Seufzer ausstoßend, zur Erde zurück. Seine Landung war nur deshalb weich, weil er in einem riesigen Schneehaufen versank und kämpfen mußte, um nicht noch tiefer zu sinken. Er bildete sich ein, auf dem Rückweg eine Anzahl schwarzer Punkte auf den Berghängen gesehen zu haben, wie Korinthen auf einem Brötchen. Doch genausogut konnte ihm seine Phantasie einen Streich gespielt haben.

Er befreite sich aus der Schneewehe und versuchte, seine Lage rational und ohne Panik zu analysieren. Sein Mangel an himmlischem Treibstoff war eine neue Lage, in der er sich noch nie befunden hatte. Waren seine Kräfte begrenzt, oder hatte er es nur mit einer Furcht zu tun, die ihn beschlich, da er menschliche Form angenommen hatte? Er mühte sich, diese Ideen durchzudenken, wurde aber von, wie er glaubte, den Rufen weiblicher Stimmen unterbrochen, die der Wind mit sich trug. Er brach seine Konzentration ab und spähte über die Felswand; dort sah er eine lange Reihe von Frauen, durch Seile miteinander verbunden und mit Pickeln bewaffnet, die sich mühsam auf dem Weg zum Gipfel befanden.

»Keine Privatsphäre mehr«, murmelte er. »Wird dem Olymp immer ähnlicher.«

Jetzt gab es einen weiteren Anreiz zu entkommen. Er schaute in den Himmel, machte sich mental gewichtslos und schoß wie ein Pfeil in die Luft. Doch statt zu beschleunigen, fing er sich ab, um dann, nach einer quälenden Pause, wieder in den Sinkflug überzugehen, wie ein Vogel verzweifelt nach Fallböen suchend; als er aber keine fand, wurde er in gleicher Höhe wie die mühsam kletternden Frauen gegen einen zerklüfteten Felsen geschleudert. Sie sahen ihn und spekulierten per Zuruf darüber, ob er ein Adler oder ein Meteorit sei. Sie unterhielten sich in Schwyzerdütsch, und die großen Lettern auf einem der Rucksäcke identifizierten sie als Lehrerinnen aus Appenzell, die in den Ferien mit einigen fortgeschrittenen Schülerinnen den Everest bestiegen.

Der Alte Mann hatte keine Zeit für sie. Ihm brach der kalte Schweiß aus, als der Schmerz in seinem Körper von dem schrecklichen Gefühl betäubt wurde, er würde die Erde nie wieder verlassen können und sei nun dazu verdammt, um den Gipfel des Everests zu schweben und pausenlos zu versuchen, den Absprung zu schaffen, wobei jeder Versuch peinlicher endete als der vorhergehende. Eine eher untypische Woge von Selbstmitleid überwältigte ihn, er weinte, und auf seinen Wangen wurden die Tränen zu Eiszapfen.

Plötzlich gewannen seine blauen Augen ihre Gelassenheit zurück, und ein Glitzern des Verstehens tauchte in ihnen auf. Er stieß ein lautes Triumphgebrüll aus, so daß sich die Schweizerinnen, von denen viele wie Fledermäuse mit den Köpfen nach unten in der Luft hingen, verstört umsahen und ihre Befürchtungen untereinander im Dialekt des Kantons Appenzell austauschten.

Ihre Verstörung erfuhr keine Auflösung. Mit anderen Worten, sie sahen nicht, was als nächstes geschah. Der aufgrund seines Alters an Vergeßlichkeit leidende Alte Mann hatte schlicht übersehen, daß er nicht unsichtbar war. Sichtbare Flüge waren wirtschaftlich, sobald man die erforderliche Höhe erreicht hatte, doch für die Startphase bedeuteten sie nur zusätzliches Gewicht. Sofort wurde der Alte Mann unsichtbar, und da ihn nie jemand wiedersah, war sein dritter und letzter Versuch vermutlich in jeder Hinsicht erfolgreich. Es genügt wohl, wenn man erwähnt, daß den

Schweizerinnen, als sie eine gute Stunde später den Gipfel erreichten und eine kleine verstärkte Kiste zwischen die Fahnen stellten, die eine Armbanduhr, ein Stück Käse und eine Tafel Schokolade enthielt, nicht der durch die Landung des Alten Mannes entstandene riesige Krater entging. Sie fotografierten ihn von allen Seiten, mit Blitzlicht. War dies endlich ein Beweis für die Existenz des Yetis?

Etwa um diese Zeit trieb die leere Hülle von Mr. Smith' Körper auf dem Ganges, mit der Strömung schwimmend wie die abgestreifte Haut eines Reptils. Trotz ihrer Durchsichtigkeit waren seine Gesichtszüge deutlich sichtbar, und in den Armen, welche die Konsistenz von Ölhaut aufwiesen, lag das leere Gehäuse eines Fernsehgeräts – kein Bildschirm, keine Knöpfe, nur die Außenhülle.

Hinter der Haut trieben ein Blumenmeer und schwimmende Kerzen, liebevoll abgesetzt oder vorsichtig in den Fluß geworfen, von mindestens hundert Heiligen Männern, die wußten, wohin sie kommen mußten, und nun in langen schmalen Booten den Überresten folgten.

»Uns vereinigt der Kummer angesichts des Dahinscheidens großer spiritueller Kräfte«, sagte die näselnde Stimme, die weit und ausgedehnt in der Dämmerung über die Regatta getragen wurde, »die uns viel zu grübeln, viel zu enträtseln, viel zu entwirren gaben. Wie wir wissen, ist dies nicht der Tod in seiner gewohnten Form, hier sind weder ein Scheiterhaufen noch Gesänge oder Klagen erforderlich. Wir haben es hier lediglich mit dem Übergang von einer Jahreszeit zur anderen zu tun, wie es das Abstreifen von Haut versinnbildlicht. Lasset uns aber, verbunden mit unserer tiefen Reflexion, dankbar sein, daß keine größere Wahrheit offenbart wurde. Was den tieferen Sinn des Lebens angeht, sind wir so unwissend wie immer. Auch wenn wir durch unsere Hartnäckigkeit womöglich den Schlüssel hergestellt haben, bleibt das Schloß immer noch unbestimmbar. Unserer Unwissenheit müssen wir dafür danken, daß wir wie bisher Heilige Männer bleiben können und, um den Alten Mann zu zitieren, unseren Zweifeln die Freiheit geben, die sie brauchen, aber unsere Überzeugungen an kurzer Leine halten.«

Langsam stimmten sie einen Gesang an, der mit den tiefsten Tonlagen begann, um nach und nach zu einer dichten, aber vorsichtigen Harmonie zu erblühen, wie eine zum Zeitvertreib spielende Orgel, gemessen, voller schräger tonaler Resonanzen, absolut unerbittlich. Räucherstäbchenduft stieg in die Luft, während am Ufer ein Koloß von einem Mann mit eisengrauem Bürstenhaarschnitt von einem langsam fahrenden Jeep aus in dem Restlicht und durch eine Zoom-Linse einen Schuß nach dem anderen auf Mr. Smith' sterbliche Hülle abgab.

EPILOG

Die unmittelbaren Konsequenzen der Rückkehr Mr. Smith' und des Alten Mannes in ihre natürlichen Gefilde waren vielfältig und rätselhaft, obwohl sie, von Dr. Kleingeld und einer Handvoll indischer Heiliger Männer abgesehen, kaum jemand der Himmel- und Höllenfahrt zuschrieb. Überall auf der Welt machten Ökologen kriminelle Versäumnisse der Menschheit, was das Befolgen gewisser Naturgesetze anbelangte, dafür verantwortlich.

Die vielleicht augenfälligsten dramatischen Ereignisse waren die heftigen Schneestürme, von denen die Wüste Sahara heimgesucht wurde, und die anschließenden schrecklichen Überschwemmungen. In Zeitungen tauchten Fotos von einem erbärmlich, knietief im Schlamm steckenden Kamel auf, dessen jammervolles Gesicht Qual und Verblüffung widerspiegelte. Überall reagierten Popgruppen auf den Hilfeschrei, wie sie es immer in Notfällen tun, und eine Organisation namens SÜFSAN (Schnee- und Überschwemmungsfonds Sahara-Nothilfe) warb in der Öffentlichkeit um finanzielle Beiträge, genau wie eine noch rauhere Gruppierung, die RARFETS (Rock-and-Roller für eine trockene Sahara) hieß.

Die kanadische Regierung setzte einen Zubringerdienst zu den Krankenhäusern und Auffanglagern entlang der südlichen Grenze ein, wohin man Eskimos und Inuits brachte, die ein gutes Stück oberhalb des Polarkreises vom Sonnenstich erwischt worden waren. Diese Unglücklichen, die man lang ausgestreckt auf driftenden Packeisschollen fand, wo sie zusahen, wie ihre Iglus unaufhaltsam schmolzen, wurden mit Wasserflugzeugen gen Süden geflogen. Gewaltige Brecher trommelten auf die Küsten Westeuropas ein und schmissen Liegestühle bis nach Wolverhampton oder

Limoges ins Binnenland, ja, ein ganzer Katamaran landete in einem Feld bei Cognac. Daß bei Göteborg die Malaria ausbrach, verblüffte die schwedischen Behörden, außerdem identifizierte man Tsetsefliegen in der Schweiz, wo es zu Ausbrüchen von Schlafkrankheit kam. Ohne Vorwarnung gab es in den kristallklaren Wassern des Barriere-Riffs Fälle von Bilharziose, bei Düsseldorf fand ein größeres Erdbeben statt, im oberen Bereich der Richter-Skala. Die Behörden gaben sich alle Mühe, der Öffentlichkeit zu versichern, daß es für all diese unerwarteten Umwälzungen triftige Gründe gäbe, ein Mann der Wissenschaft ging sogar so weit zu behaupten, es sei ein veritables Wunder, daß die Gegend um Düsseldorf bisher von Beben verschont geblieben sei. Einige abergläubische Menschen befragten Nostradamus und behaupteten, alles, was geschah, stünde dort zwischen den Zeilen; andere machten die Atomenergie verantwortlich, unterirdische Atomversuche, das Loch in der Ozonschicht, den Treibhauseffekt sowie sauren Regen. Am Ende wußte keiner so genau, wovon alle redeten, was sie aber, wie gewöhnlich, nicht am Reden hinderte. Im Gegenteil, die wüstesten Spekulationen sammelten die aggressivste Anhängerschaft, und in den meisten großen Städten kam es zu wütenden Demonstrationen. In Bulgarien machte eine Menschenmenge die Regierung für das schlechte Wetter verantwortlich, was für Washington nur bestätigte, welche Begeisterung das Volk für den Demokratisierungsprozeß aufbrachte.

In Washington wiederum blieb es ungewöhnlich ruhig. Dr. Kleingeld traf immer noch jeden Morgen um Punkt acht Uhr vor dem Weißen Haus ein, samt Thermosflasche und den in Alufolie gewickelten Sandwiches. Wie üblich begleitete ihn der riesige Flegel namens Luther Basing, der zwei Menschen umgebracht hatte, während er sich für Gott hielt, und der nun sklavisch Kleingeld folgte, solange der Alte Mann abwesend war, vor dem er niedergekniet und den Drang der Verehrung verspürt hatte. Sie rollten ihr zwischen zwei Stangen befestigtes Transparent auf, das sie allen Passanten entgegenhielten:

Gott und der Teufel
sind echt Spitze

Eines Tages hielt ein Auto vor ihnen. Am Steuer saß die furchterregende Miss Hazel McGiddy, ehemals in der Aufnahme von Dr. Kleingelds Krankenhaus tätig. Nun trug sie die schicke Uniform einer Majorin der US-Armee.

»Huhuu. Kennen Sie mich noch?« rief sie mit ihrer Baritonstimme und sah eher aus wie ein Maya-Gott mit wasserstoffblondem Haar.

»Guter Gott. Miss McGiddy, stimmt's?«

»Na klar. Nur daß ich jetzt Major bin. Ich wurde zum Stab von Oberst Harrington B. Claybaker abgeordnet, PA beim CS der USAF.«

»Ich habe keine Ahnung, was das alles bedeutet«, gestand Dr. Kleingeld.

»Glauben Sie vielleicht, ich wüßte es, Schätzchen?« lachte sie. »Es ist unwichtig. Ich verrate Ihnen was, wir sind so überbesetzt, wenn morgen zehn von uns stürben, würden sie es nicht vor Jahresende merken.«

»Sie haben das Krankenhaus verlassen?«

»Und ob. Der Job hat mir nicht gefallen. Fünfzig Prozent der Eingelieferten kamen nicht lebendig wieder raus. Vielleicht übertreibe ich, vielleicht aber auch nicht. Ich hab' mal bei den Streitkräften gearbeitet, als ich mit dem Rollerball-Spielen aufhörte, und dachte mir, da mach' ich weiter. Einen Teil meiner Zeit arbeite ich im Pentagon, den anderen Teil an einem geheimen Ort in West Virginia. Das Ganze ist streng geheim, aber da es in Washington keine Geheimnisse gibt, hat man immer Stoff für Klatsch.«

»Keine Geheimnisse in Washington?«

»Nö. Es ist eine Stadt der Wichtigtuer. Burschen, die alles besser wissen. Die sich ausdenken, was sie nicht wissen. Und Sekretärinnen, die Vertrauliches zu verkaufen haben, und Körper, und für beides gibt es einen Preis; die alles fotokopieren, was in den Reißwolf kommt, falls der Preis stimmt.«

Sie schminkte ihren Mund im Rückspiegel des Wagens und änderte ihren Tonfall.

»Ich denke oft an Sie, Schätzchen, und dann denke ich immer, was für eine verdammte Schande, daß ausgerechnet der geniale Doktor Morton Kleingeld, der den Nobelpreis für Medizin hätte kriegen können, in Begleitung von Gott Drei hier draußen vor dem Weißen Haus steht, bloß weil ihm zwei Spinner über den Weg gelaufen sind und ihn von seiner wahren Berufung abgebracht haben.«

»Das verstehen Sie nicht, Major...«

»Und ob. Sie waren ein *großartiger* Arzt. Sie haben *so viel Geld* verdient. Was ist denn sonst noch wichtig? Persönliche Befriedigung? Daß ich nicht lache. Woran hab' ich wohl beim Rollerball-Spielen gedacht, wenn ich 'n paar Mädels bewußtlos geschlagen hab' und anschließend selber auf'm Arsch gelandet bin, weil irgendeine bösartige Schlampe unter meinem Schlag weggeduckt ist und mir einen Hieb gegen den Kiefer verpaßt hat? Persönliche Befriedigung? Nein, Sir. Wenn mich eins am Laufen hielt, als ich meine Zähne ausspuckte, dann der Gedanke an meinen Lohnscheck. He, Gott Drei hat zugenommen. Ich dachte, das wäre unmöglich. Und wie haben Sie ihn aus dem Irrenhaus geholt?«

»Man hat ihn kastriert, was zu der Strafe gehörte. Seitdem ist er viel ruhiger und nimmt zwangsläufig zu, wie die meisten Eunuchen. Mrs. Kleingeld hat mich verlassen, als ich beschloß, mein Leben zu ändern.«

»Oh, das tut mir wirklich leid.«

»Sie ist jetzt viel glücklicher, und ich auch. Es ist kein großer Spaß, mit einem Psychiater verheiratet zu sein. Sie hat den gesellschaftlichen Aufstieg geschafft, was sie immer wollte. Sie wohnt in Las Vegas mit einem Croupier zusammen. Sie sehen sich nie und sind vollkommen glücklich. Seit Gott Drei draußen ist, habe ich ihn zu mir genommen. Er schläft in einer Hängematte in der Garage. Ich habe kein Auto mehr.«

»Puh.« Major McGiddy wußte nicht recht, wie sie auf so viel Pech reagieren sollte, zumal es ihr vorgetragen wurde, als handle es sich um einen Glücksfall. »Das ist hart«, sagte sie, änderte aber in ihrer sprunghaften Art rasch den Ton.

»He, ich hab' ein wenig schmutzige Wäsche für Sie... über die zwei Irren, für die Sie dauernd Reklame machen.«

»Gott und der Teufel?«

»Wie auch immer. Das FBI ist immer noch hinter ihnen her, müssen Sie wissen.«

»Das glaube ich gern.«

»Und ob. Haben sie in England fast erwischt, dann in Israel, dann irgendwo anders, soviel ich weiß, und schließlich in Indien. Sie haben Fotos von Smith, tot, wie er in dem Fluß treibt, den sie da haben, und eins von 'ner Mulde im Schnee, ein Foto nämlich, das von der Größe her zu dem Umriß des anderen Burschen paßt, Gottfried.«

»Mir fällt es furchtbar schwer, Ihren Worten zu folgen, Major. Wo war die Mulde im Schnee?« fragte Dr. Kleingeld.

»Oben auf dem Mount Himalaya.«

»Einen solchen Berg gibt es nicht.«

»Na, nennen Sie mir ein paar andere Namen.«

»K2, Annapurna, Everest.«

»Das ist er. Oben auf dem Mount Everest.«

Dr. Kleingeld lachte laut. »Wer um alles in der Welt sollte ein Foto von einer Mulde im Schnee auf dem Gipfel des Mount Everest machen?«

»Ein Trupp Schweizer Lehrerinnen. Es war mehr als eine Mulde. Es war ein richtiges Loch, so groß wie der alte Typ. Sie haben das Bild ans *National Geographic* geschickt, weil sie dachten, es könnte beweisen, daß es den Schneemenschen wirklich gibt. Das FBI hat von der Zeitschrift Abzüge des Fotos bekommen.«

»Und was haben sie davon?« fragte Dr. Kleingeld, immer noch amüsiert.

Major McGiddy beugte sich auf dem Vordersitz ihres Wagens näher zu ihm hinüber. »Ich weiß nicht, ob Sie wissen, daß das FBI zusammen mit dem Massachusetts Institute of Technology an einem Projekt gearbeitet hat, das bisher ein *Schweinegeld* verschlungen hat. Sehen Sie, die hatten die Nase gestrichen voll davon, daß diese Verbrecher jedesmal verschwanden, wenn sie die beiden mal wieder eingeholt hatten. Das hat sie stinksauer gemacht, und jetzt – was ich Ihnen gerade erzähle, ist übrigens so geheim, wie's geheimer nicht mehr geht, damit das klar ist – ist es ihnen gelungen, eine Maus verschwinden und wiederauftauchen zu lassen. Diese Technik ließe sich auch auf einen Mann oder eine Frau anwenden, bloß, was sie davor zurückschrecken läßt, sind die enormen Kosten. Würden sie weitermachen, müßten sie Millionen Dollar aus dem Verteidigungs-, dem Sozial- und dem Bildungsetat nehmen. Ist es das wert? Einige, zum Beispiel die großen Tiere vom FBI wie Milt Runway und Lloyd Shrubs, halten es für eine Ehrensache und meinen, die Experimente sollten um jeden Preis fortgesetzt werden. Andere, wie die Senatoren Polaxer und Del Consiglio oder der Kongreßabgeordnete Tvanich aus Nome, Alaska, verstehen nicht, warum die Nation solche astronomischen Beträge ausgeben sollte, um nicht vorbestrafte Verbrecher festzunehmen, die lediglich relativ kleine Geldbeträge gefälscht haben.

›Macht man 'ne Ausnahme, ist das der erste Schritt, um Recht und Ordnung im Lande abzuschaffen‹, verkündete Runway.

›Anscheinend können wir eine Maus verschwinden lassen und wieder zurückholen. Den Trick beherrscht jeder fähige Gaukler. Bloß daß er meist mit Tauben durchgeführt wird. Wirklich aufregend.‹ So reagierte Polaxer darauf.

Del Consiglio sah es anders. ›Es liegen fotografische Beweise vor, daß sie verschwunden sind. Abgehauen. Futsch. Von dem Himalaya-Gebirge und dem Ganges aus.‹

Genau darauf hatte dieser erbärmliche Scheißkerl Shrubs nur gewartet.

›Verschwunden? Futsch, tatsächlich? Tja, vielleicht sind sie's, andererseits wieder vielleicht auch nicht‹, sagte er und sah jedem einzelnen in die Augen, als gebe er ihnen eine letzte Chance, ihre Aussagen zu korrigieren. ›O.K.‹, fuhr er fort und klang verdammt vernünftig, ›mal sehen, ob Sie mit diesem Szenario leben können. Sie kommen wieder, verstehen Sie, wie sie es bisher immer getan haben, wenn man dachte, sie wären verschwunden. Sie kommen wieder und stellen Milliarden über Milliarden Dollar in Kuba und Nikaragua her... sogar im befreundeten Panama. Oder auch in der Sowjetunion, in Japan, China oder Korea, in Gegenden, wo wir nicht ein paar Luftlandedivisionen hinschicken und sie festnehmen können. Sie haben seit dem ersten Mal ihre Fälschungen verbessert – und sie werfen genug von dem Zeug auf den Markt, um an einem einzigen Nachmittag unsere finanzielle Vorherrschaft zu unterminieren, unsere Wirtschaft fertigzumachen, unser Vertrauen in den Dollar zu erschüttern. Können wir das zulassen?

Können wir dieses Risiko eingehen? Haben wir nicht eine gewisse Verantwortung für die Menschheit?‹

Damit hatte er's geschafft, glauben Sie mir. Als er die Menschheit erwähnte. Sie wissen ja, was ihnen allen die Menschheit bedeutet.«

»Was haben sie getan, um ihrer Wertschätzung der Menschheit Ausdruck zu verleihen?« erkundigte sich Dr. Kleingeld dezent.

»Sie haben die Sitzung vertagt«, sagte Major McGiddy mit düsterer Entschiedenheit.

»Und der Präsident?« Dr. Kleingeld war nicht mehr amüsiert.

»Er ist unentschlossen, wie üblich«, antwortete Major McGiddy.

In diesem Moment hielt ein Polizist auf einem Motorrad neben dem Wagen. »Sie dürfen hier nicht anhalten, Major. Tut mir leid.«

Major McGiddy nahm sich noch die Zeit, eine Zigarette anzuzünden, sich einen kurzen, aber heftigen Hustenanfall zu gönnen und Dr. Kleingeld eine Kußhand zuzuwerfen, bevor sie langsam anfuhr.

Dr. Kleingeld seufzte. Dann lächelte er Gott Drei freundlich zu.

»Ist das nicht typisch Menschheit?« fragte er. »Versucht ewig, Gott näherzukommen, und sei es mit Hilfe des FBI.«

Gott Drei verstand ihn zwar nicht, nickte aber dennoch.